타오

김세화 장편소설

KB208238

nabiclub

타오

프롤로그

6월 3일 토요일

숲은 강가 습지로 이어진다.

날이 어두워지고 비가 내리자, 습지에서 먹이를 찾던 새들이 자취를 감췄다. 어디선가 이름 모를 새의 외마디 울음소리가 무거운 공기를 갈랐다. 둑 위에는 강 쪽으로 나무벽을 세우고 둥근 구멍을 뚫어 새를 관찰할 수 있게 만든 L자형 덱이 설치되어 있었다. 하지만 덱에 올라가 구멍으로 습지를 보더라도 무성한 나뭇가지만 보일 뿐 날아가는 새를 포착하는 건 어려웠다. 아이가 발판에 올라서서 들여다보는 작은 구멍으로는 새 둥지가 하나 보일 뿐이다. 기적에 가까운 우연이다. 숲에 올 때마다 둥지를 관찰했다. 그리고 어제 비로소 보았다, 어미 새가 먹이를 물고 날아와 새끼에게 주는 모습을. 새끼는 보이지 않았지만, 울음소리가 들렸다.

빗줄기가 굵어졌다. 덱에 떨어지는 빗방울이 드럼 치는 소리를 냈다. 우산을 펴 그녀의 머리 위로 들었다. 작은 우산이지만, 가냘픈 그녀의 몸을 가리기에 충분했다. 그녀의 목소리가 떨렸다.

"무서워. 왜 이곳에 온 거야?"

"…."

"우리 아기 어디 있어?"

"여기."

"어디?"

그녀는 어둠 속에서 비를 맞고 있는 내 얼굴을 보고 석고상 같다고 했다. 석고상이 후드 모자를 깊게 쓰고 그녀를 내려다보고 있었다. 그녀가 작은 어깨를 흔들며 울먹이기 시작했다. 나는 그녀의 등을 토닥거리며 부드럽게 말했다.

"아기는 키울 수 없어."

흔들리던 어깨가 멈췄다. 그녀의 목소리가 갑자기 날카로워졌다.

"뭐? 왜?"

나는 천천히, 또박또박 말했다.

"이 나라에선 비참해져."

그녀의 눈은 먼 가로등이 보내는 불빛을 희미하게 반사하고 있었다. 나는 그 눈빛에서 그녀의 기분이 어떤지, 무엇을 생각하는지 느낄 수 있었다. 처음부터 그랬다. 나는 그녀와 많은 말을 주고받지 않았다. 지금 그녀의 눈빛은 불안하다. 그녀는 내 마음이 갑자기 돌변할 수도 있음을 예감할 것이다. 그녀가 목소리를 낮추고 내 안색을 살피며 달래듯이 말했다.

"우리 아기 데려와. 잘 키울 수 있어."

"데려올 수 없어."

나는 단호하게 말했다.

"뭐?"

"아기는 이 세상에 없어."

내 얼굴을 올려다보는 그녀의 표정이 굳었다.

빗줄기는 더욱 거세져 우산으로 가리지 못한 나의 머리와 어깨를 내리쳤다. 습지의 나뭇잎이 경련을 일으키며 흔들렸다. 둥지로 돌아가는 새의 울음소리가 우리가 서 있는 공간 주위에 검은 장막을 펼쳐 외부와 단절시켰다. 이 습지에는 우리뿐이다. 그녀의 눈동자 안에서 아기가 울었다. 그녀는 갑자기 내 가슴을 때리며 울부짖기 시작했다.

"안 돼! 안 돼!"

나는 우산을 내던지고 그녀의 가는 손목을 잡아 내리고, 작은 어깨를 움켜잡았다. 그녀의 귀에 대고 분명하게 말했다.

"우리 아기 아니잖아. 나는 너만 보호할 거야."

"왜 그런…? 안 돼!"

그녀가 주저앉았다. 작은 머리가 더 작아 보였다. 그 위로

빗물이 쏟아져 내렸다.

그녀는 사람들에게 이용당했다. 그리고 소외되었다. 그녀를 불행하게 만든 그들은 타인의 고통을 느끼지 못하는 자들이다. 그녀는 그들 때문에 만신창이가 되었다. 아기는 그들이 그녀에게 마지막으로 던진 배설물일 뿐이다. 그것은 그녀를 죽을 때까지 괴롭힐 것이다. 그녀 혼자서도 살기 어려운 세상, 아기까지 짊어지게 할 수 없었다. 그녀도 내 생각을 이해할 것이다.

시간이 얼마나 지났을까? 어깨를 들썩이던 그녀가 나를 올려다보았다. 그녀의 입가에 미소가 보인 것도 같았다. 이제 그녀는 내 뜻을 알아차렸을 것이다. 아기를 데리고 나오면서 젖병 한 개만 챙겼을 때 내가 무엇을 하려는지 명민한 그녀는 알았을 것이다. 암묵적으로 내 뜻에 동의했을 것이다. 그녀가 작은 목소리로, 하지만 내 귀에는 빗소리를 뚫고 올라오는 분명한 울림으로 말했다. 예상하지 못한 말이었다.

"치사한 새끼, 진작 알아봤어야 했어."

"..."

"나쁜 자식, 가만두지 않을 거야. 경찰에 말할 거야!"

그녀가 울부짖었다. 그러다가 갑자기 멈추고 내 가슴을 밀치며 돌아서 뛰었다. 나는 그녀를 뒤쫓았다. 그녀는 몇 걸음 가지 못해 잡혔다. 나는 그녀의 팔을 잡고 뒤에서 강제로 안았다. 장애물은 없다. 이제 그녀는 영원히 나의 것이다. 이제 행복하게 살 수 있다. 그녀를 꼭 안았다.

그녀가 비명을 지르며 발버둥 쳤다. 어디서 그런 힘이 나올까. 나는 그녀가 더 이상 움직이지 못하게 더욱 끌어안았다. 그녀는 몸을 비틀어대며 주저앉았다. 작은 몸을 내 팔뚝에서 빼내려고 했다. 그러다가 내 팔에 목이 걸렸다. 나는 한 팔로 목을 계속 껴안고 다른 손으로 그녀가 움직이지 못하게 어깨를 눌렀다. 그녀가 고함을 멈췄다. 두 발을 구르며 몸을 비틀었다. 나는 그녀가 빠져나갈 수 없게 팔에 힘을 주고 꼭 안았다. 시간이 흘렀다. 폭포 같은 빗소리가 그녀의 비명과 발버둥을 흡수했다. 잠시 뒤 어둠 속 습지에는 빗소리 외에 어떤 소리도 들리지 않았다. 그녀를 내려다보았다. 움직이지 않았다.

그녀를 덱 위에 눕혔다. 숨을 쉬지 않는 것 같았다. 그녀의 가슴을 두 손으로 계속 압박했다. 그래도 그녀의 숨은 돌아오지 않았다. 어깨를 흔들었지만, 그녀의 얼굴엔 아무 표정이 없었다. 그녀는 죽었다. 내가 그녀를 죽였다. 빗줄기가 잦아들었다. 나는 그녀 앞에 무릎을 꿇은 상태로 움직이지 못했다. 울부짖었다. 시간이 흘렀다.

그녀가 왜 이렇게 됐을까? 그녀는 나의 전부다. 그녀는 내가 죽인 것이 아니다. 그녀를 죽인 것은 그들이다. 그들이 그녀를 죽였다. 그들 하나하나가 그녀를 한 번씩 죽였다. 일어서서 그녀의 얼굴을 내려다보았다. 고개를 들어 주위를 둘러보았다. 평상심을 찾기 위해 크게 심호흡했다. 마음을 가라앉혔다. 비가 그치고 날이 밝으면 습지는 아무 일도 없었던 것처럼 잠에서 깨어날 것이다. 나는 평소처럼 생각을 거듭했다.

차례

타오

1

8월 27일 일요일에는 하루 종일 된더위와 폭우가 번갈았
다. 비가 그치면 한증막이었고 비가 내릴 때는 빗줄기마저
뜨거웠다. 거리는 질척거리고 저지대는 물에 잠겼다. 장마
철이 지나간 뒤에 오히려 더 많은 비가 내렸다.

오지영 형사과장은 끔찍한 한 주를 보냈다. 소화가 되지
않았고, 아랫배가 묵직한 느낌이었다. 그 때문에 스트레
스가 가중됐다. 소화를 시키려고 오후에 산속 암자에 올
라 상쾌한 비를 맞고 깨끗한 공기를 마셨다. 하지만 거리
로 내려오자, 무더위에 습도까지 높아 옷이 거머리처럼 피
부에 달라붙었다. 불면증도 계속되었다. 월요일 출근을
위해서 일찍 침대에 누웠지만, 뜬눈으로 새벽을 맞았다.
그래서 벨소리가 울리자마자 마치 기다리던 소식이라도
온 것처럼 휴대폰을 집어들었다. 김태경 형사의 빠르고
밝은 목소리가 들렸다.

"과장님, 지금 바로 나오셔야겠는데요."

"살인이야?"

"아뇨."

김태경은 형사과에서 오지영을 제외하곤 유일한 여성이
었다. 30대 중반이지만, 어떤 때는 이해심 많은 중년 같았

타오

다. 오지영에게 스스럼없이 말하는 유일한 형사이기도 했
다. 오지영은 김 형사가 화내는 얼굴을 본 적이 없었다.
늘 명랑한 얼굴이었고 가수처럼 성량이 풍부한 목소리였
다.

"폭행 사건인데요, 그래도 과장님이 현장을 보시는 게 좋
을 것 같아서요."

"어딘데?"

"K대학 후문 앞 골목이에요. 이슬람 사원 있는 골목이요.
차를 학교 안에 주차하고 후문으로 나오시면 골목 입구
가 바로 보여요."

오지영은 모교인 그곳을 잘 알고 있었다. 휴대폰을 보니
28일 월요일 새벽 1시였다.

골목은 20년 동안 변한 게 없었다. 입구에서 K대학 담장
으로 가로막힌 막다른 곳까지 어림잡아 100미터 정도였
다. 담장 너머에 숲이 있고 너머에 야구장, 그 너머에 대
운동장이 있다. 골목 입구 전봇대 위에 가로등이 하나 있
었고, 그 아래에 CCTV 카메라가 골목 안쪽을 비추고 있
었다. 골목 왼쪽에는 주민들이 거주하는 주택과 4층 규모
의 작은 빌라들, 빨래방이 있고 그 중간에 지난 5월에 들

어선 이슬람 사원이 있었다. 골목 오른쪽에는 승용차 여러 대가 축대 아래에 일정하지 않은 거리를 두고 세워져 있었다.

최계호 형사1팀장이 어둑어둑한 골목에서 걸어 나왔다. 희미한 가로등 아래에서도 미간에 세로로 난 세 개의 깊은 주름이 선명하게 보였다. 주름 사이로 노골적인 불만이 배어 있었다. 그가 신경질적인 말투로 입을 열었다.

"김태경한테 과장이 휴가 기간이라 연락하지 말라고 했는데 괜히 쓸데없는 짓을 한 것 같소."

최계호 팀장은 자신보다 나이 어린 여성이 지휘관으로 부임했을 때 노골적으로 불쾌감을 드러냈다. 오지영 역시 기분이 상쾌한 것은 아니지만, 평소의 태도를 유지했다.

"먼저 들어가세요."

최 팀장은 오지영의 말에 아무런 반응을 보이지 않고 그녀를 지나쳐 갔다.

그는 최근에 위암으로 위 절제 수술을 받았다. 소식을 했고 매운 음식은 입에 대지도 못했다. 구내식당만 이용했는데 김치를 헹궈 먹기 위해 물 담은 종이컵을 늘 식판 옆에 두고 밥을 먹었다.

오지영은 이슬람 사원 앞에서 지구대 순경과 얘기하는 김태경 형사에게 다가갔다.

"휴가는 잘 보내셨어요? 어차피 어젯밤 24시부로 휴가가 끝났기 때문에 나오시라고 했어요. 사실은 제가 오늘 0시부터 휴가거든요. 과장님한테 떠넘기고 도망갈 작정이었어요. 이지혁 형사가 아직은 어리바리해서 조금은 죄송한 마음도 드네요."

김 형사가 천진난만하게 웃었다. 그녀의 명랑한 말투와 밝은 표정은 비 내리는 새벽의 어두운 사건 현장과 어울리지 않았다. 예상했던 대로 옛날 공무원처럼 투피스 옷차림에 굽 낮은 구두를 신고 있었다. 그녀가 고개를 돌릴 때마다 단발머리가 찰랑거렸다.

"살인 미수 사건이에요. 단순 폭행이나 강도가 아니라서 연락드린 거예요."

"피해자는 누구야?"

"권윤정 교수라고 여기 K대학 사회학과 조교수예요. 나이는 마흔두 살이고, 주민들이 이슬람 사원 건립을 반대할 때 무슬림을 대변한 사람이에요. 기억나시죠? 사원 짓는 동안 주민들이 삼겹살 파티도 하고 돼지머리도 전시해놓고… 공사를 방해했잖아요? 그때 앞장서서 구청과 대학에 무슬림을 도와달라고 요청한 바로 그 사람이에요. 뭔가 심상치 않아 보이죠?"

오지영은 김 형사가 왜 현장에 나오라고 했는지 이해할

수 있었다.

"권윤정 교수는 많이 다쳤나?"

"생명에 지장은 없어요. 지금 K대학병원 응급실에 있습니다. 권 교수 본인과 이슬람 사원 옆에 거주하는 주민의 진술을 확보해놓았어요. 저쪽 입구에 CCTV 보이죠? 상황실에서 체크했습니다. 최 팀장님이 들어가셔서 확인할 겁니다."

"사무실로 가신 거군."

"범인은 이슬람 사원 현관에 몸을 숨기고 있다가 권 교수가 지나가자, 뒤에서 망치로 가격했어요."

이슬람 사원은 주택을 개조한 작은 기도원으로, 현관문은 길에서 1미터 정도 안쪽으로 들어가 있었다.

"사원 안에는 아무도 없었고 현관문은 잠겨 있었어요. 범인이 권 교수를 마구 때렸고, 비명을 들은 2층 주민이 불을 켜고 밖을 내다보니까 놈이 K대학 안으로 도주했어요. 저쪽에 학교 담장 있죠? 저기까지 달려가서 훌쩍 담을 넘어갔어요. 옆집 주민이 바로 뛰어나와 119에 연락하고 경찰에 신고한 겁니다."

"피해자는 우산을 쓰고 있지 않았어?"

"쓰고 있었어요. 범인이 망치를 들고 뒤에서 다가갈 때 인기척을 느꼈다고 하더라고요. 놈이 달려들자, 우산으로 가렸는데 놈이 우산을 위로 들어올리고 권 교수 머리를 내리친 겁니다. 다행히 빗나가서 콧등만 스쳤어요. 교수가 뒷걸음질을 쳤거든요. 우산은 뒤집힌 채 옆으로 날아갔고 요. 지금 제가 들고 있는 이 우산입니다."

김 형사는 쓰고 있는 초록색 우산을 올려다보았다.

"놈은 권 교수 목을 뒤에서 끌어안고 주차된 승용차와 축 대 사이로 끌고 들어가서 넘어트린 뒤 발로 밟고 망치로 한 번 더 내리쳤는데 이번에는 손등을 때렸어요. 권 교수 가 두 발과 두 손으로 놈을 밀어내면서 강하게 저항했거 든요. 그때 이웃 주민이 나타나자 범인은 도망쳤고요. 목 격자가 검은 우비를 입고 모자를 뒤집어썼다고 진술했어 요. 검은색 마스크와 검은색 장갑도 꼈고요."

"권 교수 소지품은 없었어?"

"휴대폰을 바지 뒷주머니에 넣어두었고, 돈이나 카드는 없었어요. 강도 같지는 않아요."

"옷차림은?"

"티셔츠에 청바지 차림이었어요."

"망치는?"

"범인이 도주할 때 바닥에 떨어져 있던 우산에 걸려 넘어 지면서 떨어트렸어요. 당황한 거죠. 망치는 최 팀장님이 수거했습니다. 집에서 쓰는 흔한 망치예요. 그 외에는 아무엇도 남기지 않았습니다. 이지혁 형사가 담장 넘어 K대학에 들어가서 숲속을 수색해봤는데 장갑이나 마스크를 비롯한 범인의 것으로 보이는 소지품은 발견하지 못했습니다. 이 형사는 지금 응급실로 따라갔습니다. 내일 다시 제대로 수색해봐야 할 것 같아요."

왜 여기일까? 오 과장의 시선은 이슬람 사원 현관에서 골목길을 따라 막다른 K대학 담장으로 향했다. 가로등 불빛은 그곳까지 이르지 못해 담장의 윤곽만 드러낼 뿐이다. 담장은 낮았다. 어렵지 않게 넘어갈 수 있는 높이였다.

"권 교수가 왜 이 골목으로 들어왔지?"

"귀가 중이었습니다. 저기 막다른 길, 대학 담장에 붙어 있는 빌라 있잖습니까? 저 빌라 4층에 거주합니다. 원룸은 아니고 방 세 개짜리인데 저 빌라에선 가장 큰 평수라고 하더라고요. 권 교수는 밤 11시에 연구실에서 나와 걸어왔습니다. 승용차는 늘 연구실 앞에 주차해놓고요. 범인은 권 교수의 귀가 시간에 맞춰 골목에서 기다린 거죠."

"일요일인데도 연구실에 나간 모양이군."

"네. 매일 연구실로 출근한답니다. 그런데 한 가지 특이한 점이 있어요."

김 형사가 갑자기 긴장했다.

"목격자와 권 교수의 진술인데, 범인이 전속력으로 달아나면서 짐승 같은 괴성을 질렀답니다. 그 소리가 너무 기괴해서 더 무서웠답니다. 소프라노의 고음 같기도 하고 늑대가 울부짖는 소리 같기도 하고, 좀 이상한 소리였답니다. 으 어 으 어 으 억! 이런 식으로요."

오지영 형사과장과 김태경 형사는 K대학병원 응급실 입구 대기실에 앉아 최계호 팀장이 보내준 CCTV 화면을 휴대폰으로 보았다. 화면이 어두워서 선명하지는 않았지만, 범인의 움직임이 날렵하다는 생각은 들지 않았다. 숙련된 폭력배는 아니다.

"과장님, 강도나 강간, 단순 폭행은 아닌 듯한데 살인을 목적으로 한 것치고는 흉기가 너무 둔탁하지 않아요? 만일 죽일 목적이었다면 더 예리한 흉기를 쓰지 않았을까요?"

김 형사가 시선을 화면에 고정한 채 낭랑한 목소리로 말했다.

"목소리 좀 낮춰."

다른 사람의 시선을 느낀 김 형사가 작은 소리로 다시 물었다.

"과장님은 어떻게 생각하세요?"

"망치로 때려죽이고 싶었겠지."

오지영의 말에 김 형사의 얼굴에서 웃음기가 사라졌다.

응급환자 현황 모니터에는 권윤정 교수가 CT 촬영 중이라고 나와 있었다. 오지영은 더부룩한 아랫배에 손을 대고 크게 숨을 쉬었다.

"과장님, 범인은 집 앞 골목에서 권 교수를 기다렸잖습니까. 그것도 이슬람 사원 앞에서요. 그런데 교수는 무슬림 편을 든 사회학자란 말이에요. 그러니까 범인은 이슬람 사원 건립에 찬성한 여성을 테러하기 위해서 귀가 시간을 사전에 파악했다는 거 아니겠어요?"

"사원은 이미 완공됐잖아."

"그래도 주민과 무슬림 사이에 앙금은 남아 있죠. 어느 세력이든 과격파가 있지 않겠습니까? 사람들이 모르는 사연도 있을 수 있고요. 재개발을 추진하던 골목에 이슬람 사원이 들어서려고 하니까 이를 막으려는 주민과 무슬림 사이에 갈등이 생겼고, 주민들은 여론과 법적 문제 때문에 사원 건립을 막지 못하면서 재개발이 사실상 수포로 돌아갔고, 그래서 주민 가운데 과격파가 무슬림을 대변한 권 교수에게 복수를 했다…, 이런 줄거리도 가능하지 않을까요?"

오지영 형사과장이 이슬람 사원 골목에서 나와 차를 세워둔 후문 쪽으로 걸어갈 때 옆 골목 안쪽에 첨탑이 꽤 높은 작은 교회가 보였다. 한 골목에는 기독교 교회, 그 옆 골목에는 이슬람 사원이 공존했다. 재개발의 걸림돌이라면 교회나 이슬람 사원이나 다르지 않을 것이다. 오지영은 정문 부근에 천주교 성당이 있다는 사실도 기억해냈다. 성당의 경우는 재개발이 추진되더라도 천주교 재산이라 아무도 건드리지 못하고 오히려 교세를 확장할 것이다.

이지혁 형사가 응급실에서 나와 대기실 쪽으로 걸어오는 모습이 유리벽을 통해 보였다. 이 형사는 둥그런 얼굴의 서른 살이 갓 넘은 형사과 막내였지만, 최 팀장보다 키가 크고 고릴라 같은 거구로 40대처럼 보였다. 형사과에 처음 들어왔을 때 김태경 형사에게 일을 배웠고, 지금도 찰떡같은 관계를 유지하고 있었다. 김태경과 이지혁이 함께 일하는 모습을 처음 본 사람은 두 사람이 중년 부부가 아닐까 착각하거나, 대화를 듣고 엄마와 아들로 오해하기도 했다. 덩치가 큰 이지혁 형사가 얼굴을 들이대고 앳된 목소리로 추궁하면 아무리 험악한 용의자라고 해도 혼란스러움 때문에 잔머리를 굴리지 못한다는 것이 형사들 사이의 중론이었다. 하지만 젊은 여성에게 이지혁 형사는 비호감 중의 비호감이었다. 이 형사가 대기실 안으로 들어오며 앳된 목소리로 말했다.

"과장님, 입원실 앞에서 잠깐 피해자를 만났습니다. 코뼈 옆쪽으로 좌창이 생겨서 피부하고 피하조직 일부가 찢어졌답니다. 골격은 이상이 없고 표피만 좀 박탈됐습니다. 다행이긴 한데 얼굴에 상처가 나서…, 손등에도 좌창이 생겼는데…."

"야, 소리 좀 죽여."

김태경 형사가 핀잔을 주었다. 오지영은 이지혁 형사에게 눈을 흘기는 김태경 형사를 어깨로 툭 치며 일어섰다.

형사는 폭행당하거나 강간당한 피해자, 시체를 보는 일이 다반사다. 그러다 보면 피해자의 고통에 공감하는 태도가 점차 엷어지기도 한다. 피해자가 느꼈을 공포감은 당해보지 않은 사람은 모른다. 그래서 오지영은 피해자에 대한 공감과 예의를 의식적으로 갖춰야 한다고 생각했다. 하지만 생각처럼 쉽지는 않았다.

입원실 앞에서 침대에 누워 있는 권윤정 교수와 곁에 서 있는 노부부, 간호사 한 명이 형사들을 맞이했다. 교수의 얼굴은 코 부분을 중심으로 붕대로 감겨 있었다. 손등도 마찬가지였다. 교수는 비록 눈과 입만 내놓고 있었지만, 의외로 담담한 모습이었다. 오지영은 노부부에게 먼저 머리를 숙이며 정중하게 말했다.

"뭐라고 위로의 말씀을 드려야 할지 모르겠습니다. 저는

타오

오지영 형사과장입니다."

딸이 다쳤다는 소식에 부랴부랴 병원으로 달려왔을 노부인은 기품을 잃지 않고 있었다.

"권 교수가 형사님을 뵈어야 한다고 해서 오시라고 했습니다. 다행히 생명에는 지장이 없다니 진술을 들으셔도 괜찮을 것 같습니다."

노부인은 딸을 객관화해서 말했다. 권 교수가 오지영 과장이 질문하기 전에 먼저 말을 꺼냈다. 코가 막힌 것 같고 목소리는 작았지만, 충분히 알아들을 수 있었다.

"그자는 저를 기다리고 있었어요."

"누군지 아십니까?"

"보지 못했어요. 얼굴을 가려서."

"의심 가는 사람은 없습니까?"

"없어요."

"주변에 원한을 산 사람은 없습니까? 이슬람 사원 때문에 갈등을 빚었던 사람도 있지 않습니까?"

"그래도 저한테 원한을 품을 만한 사람은 생각나지 않습니다."

"보통 몇 시에 연구실에서 나오십니까? 이슬람 사원을 지나가실 때가 밤 11시 20분이었습니다."

"11시 정각에 나와 11시 22분에 집에 도착합니다."

권 교수는 시간관념이 정확하고 매사 철두철미한 사람이었다.

"퇴근해서 집으로 갈 때 한두 번 스친 사람이 있을 수도 있습니다. 그런 사람은 없었습니까?"

"전혀 생각나지 않아요."

오지영은 노부부를 보면서 물었다.

"부모님과 함께 사십니까?"

"아니에요. 권 교수 혼자 삽니다."

"권 교수님, 제가 질문한 내용을 계속 생각해주시기 바랍니다. 혹시 뭐든 기억나는 게 있으면 꼭 연락해주세요."

"네, 근데 할 말이 있어요."

오지영은 목덜미가 뻣뻣해졌다.

"눈빛이 악마 같았어요. 두 번째 저를 내려칠 때 그자의 눈을 봤어요. 악마처럼 이글거렸어요."

공포에 질렸던 권 교수의 눈빛이 점차 자기주장이 강한 본래의 모습으로 돌아왔다.

간호사가 더는 곤란하다며 환자 침대를 입원실 안으로 밀었다. 이지혁 형사가 뒤뚱거리며 침대를 함께 밀었다. 조금 뒤 이 형사가 입원실에서 나왔다. 그때 오지영은 배가 뒤틀림을 느꼈다. 그녀는 배를 움켜쥐고 허리를 굽히며 숨이 넘어갈 듯 다급한 목소리로 간신히 말했다.

타오

"응급실!"

오지영은 누군가 자신을 보고 있다는 느낌에 눈을 떴다. 정장을 차려입은 그가 바지 주머니 양쪽에 손을 넣은 채 내려다보고 있었다. 여전히 자신만만한 얼굴 혹은 거만한 얼굴이었다. 지난주 법정을 나오면서 영영 이별한 남자였다. 오지영은 자신이 맹장 수술을 받고 입원실에 누워 있다는 사실을 생각해냈다. 생방송을 끝내고 분장도 지우지 못한 채 바로 달려온 것 같은 번지르르한 그 앞에서 아랫배에 플라스틱 관을 박은 상태로 소변 줄까지 차고 누워 있는 모습이 부끄러웠다.

"김태경 형사라는 분한테 전화를 받고 바로 왔어. 괜찮아?"

"괜찮아."

"맹장이 터졌어. 관으로 고름을 뽑아내야 한대. 사나흘 굶어야 하고."

"그렇게 아프지 않았는데."

"통증이 심하지 않은 사람도 있다더군. 아무튼 큰일 날 뻔했어. 김태경 형사가 대신 휴가 신청을 내줬어. 일주일. 그리고 자기도 이번 주 휴가 간다고 전해달래."

오지영은 비로소 이슬람 사원 앞 폭행 사건이 생각났다. 오전에 K대학 담장 안쪽 숲속을 조사했는지 궁금해졌다.

"와줘서 고마워. 이제 괜찮아."

오지영은 그가 위에서 자신을 내려다보는 것이 거북했다.

"몸조리 잘해. 자기 몸을 좀 돌보라고. 관리도 하고. 예쁜 얼굴이잖아."

오지영은 하마터면 일어나서 라이트훅을 먹일 뻔했다. 하지만 손가락 하나 움직일 수 없었다. 그는 처음 자세 그대로 돌아서서 조용히 문을 열고 나갔고, 간호사가 들어왔다.

"어머, 남편분 아까 TV 뉴스에서 봤어요. 더 젊어 보이시네요."

그녀는 간호사 말을 못 들은 척하며 눈을 감았다. 그리고 까무룩 잠이 들었다.

잠결에 병실 문이 열리고 닫히는 소리, 간호사가 몸을 만지는 부드러운 촉감이 여러 차례 느껴졌다.

시간이 얼마나 흘렀을까. 둔탁한 구두 소리에 오지영은 눈을 떴다. 순간 꿈이 아닐까 생각했다. 현실적으로는 불가능한 장면, 최계호 팀장이 입원실로 들어온 것이다. 뒤에는 김인석 서장이 정복을 입고 따라 들어왔다. 서장은 비타민 음료수 상자를 손에 들고 있었다. 같은 경찰서에서 근무한 적이 몇 차례 있었지만, 서장과 형사과장이라는 직속 관계로 만난 것은 이번이 처음이었다.

오지영은 옆 침대를 보았다. 한 침대 건너편에 누워 있던 젊은 여성 환자가 늙수그레한 두 남자의 등장에 인상을 찌푸리며 돌아누웠다. 팔뚝에 줄을 여럿 달고 있어서 돌아눕는 것이 불편해 보였다. 오지영도 돌아눕고 싶었지만, 아직도 몸에 감각이 없었다. 최 팀장이 눈썹 사이의 찡그린 주름을 오 과장 얼굴 위로 들이대면서 탁한 소리로 말했다.

"서장님이 문병을 오셔야 한다고 해서…."

그녀는 본능적으로 이불을 목까지 덮으려고 했지만, 팔이 어디 있는지 느낄 수 없었다.

"깜짝 놀랐네. 얼마나 걱정했는지 몰라, 오 과장."

서장은 지금 이 상황을 즐기고 있었다.

"맹장이 터졌다고 하던데 몸조리 잘해. 장이 달라붙으면 큰일 나니까. 교수님이 잘 잘라내고 꿰맸다며 걱정하지 말라고 했네. 그래도 병원에서 맹장이 터져서 다행이야. 아니 이미 터져 있었지. 이슬람 사원 골목에서 쓰러졌다고 생각해봐. 아찔하지 않았겠나?"

오지영은 서장의 바느질 솜씨가 좋다는 것이 생각났다. 취미가 자수였다.

"죄송합니다. 모두 바쁘실 텐데 이런 곳에 있어서…."

오지영은 일손 부족을 염려해서 말했지만, 서장은 자기 나름대로 해석했다.

"바쁘긴. 어차피 퇴근 시간인데. 형사과장이 맹장이 터져 장협착 우려가 있다는데 당연히 와봐야지. 그런데 말이야, 이렇게 누워 있으니 다소곳한 게 확실히 참한 여성 맞네."

8월 28일 월요일은 오지영에게 두 번째 최악의 날로 기억될 것이다.

20여 년 전이었다. 그녀가 경위 임관을 하고 지구대로 발령받았을 때 당시 관할 서장이 환영식을 명목으로 간부들을 집합해 회식한 적이 있었다. 간부들은 오지영의 자리를 서장 옆에 마련했다. 당시에는 여성 간부가 한 명도 없었다. 서장은 그녀에게 폭탄주를 계속 따르면서 처음에는 어깨를 툭툭 치고, 다음에는 어깨를 감싸고, 나중에는 무릎 위를 툭툭 건드렸다. 사회 초년생인 그녀는 어떻게 방어해야 할지 생각조차 못했다. 서장의 음담패설은 전혀 기억나지 않았다. 몸을 툭툭 건드린 것만 생생할 뿐이다. 손이 거북 등 같았고 무거웠다. 그때 서장 앞에 앉아 장단을 맞추던 간부가 김인석이었다. 당시 김인석은 오지영이 '사실은 예쁜' 얼굴이라고 떠들어댔다.

오지영은 이후 서장의 술자리에 참석하지 않았다. 그때부터 지긋지긋한 대한민국 경찰의 남성주의 문화를 의도적으로 거부했고, 승진에 대한 기대도 포기했다. 경찰 문화를 개선하기 위해 노력하는 것보다는 범인 잡는 데 전력을 다하기로 결심했다. 저질들과 싸우기에는 시간이 너무 부족했다. 그래서 '사실은 예쁜' 얼굴에 색을 칠하지 않았다. 전남편은 이런 오지영을 이해하지 못했다.

"혹시 K대학 담장 안쪽에서는 나온 게 없습니까?"

이 질문이 서장을 데려온 최 팀장에게 할 수 있는 최소한의 복수였다. 위에서 내려다보던 최 팀장은 몸조리나 잘하라는 듯 무뚝뚝하고 가래 끓는 목소리로 대답했다.

"아무것도 나온 게 없어요."

서장이 최 팀장의 말이 끝나기 전에 그의 아담한 몸매처럼 작은 소리로, 하지만 웃음을 머금은 얼굴로 수다스럽게 떠들어대기 시작했다.

"지금 맹장이 터진 마당에 남의 집 마당 걱정하나? 쓸데없는 생각 하지 말고 완전히 회복해서 출근하라고. 그냥 펵치기야. 단 몇천 원 빼앗아가려고 망치나 쇠파이프로 뒤통수 박살내고 튀는 놈들 있잖아. 우리 때만 해도 벽돌 펵치기가 많았지. 이슬람 사원은 상관없어. 누굴 죽이려면 망치 들고 어정쩡하게 설치겠어? 안 그래, 최 팀장? 최 팀장이 알아서 하고 있으니까 푹 쉬다가 출근해."

서장은 10분 정도 더 떠들었다. 맹장과 장과 건강에 관한 이야기였다. 맹장이 터져 천장만 보고 누워 있는 소변 줄 찬 '사실은 예쁜' 얼굴의 여성 경관을 위에서 내려다보며 실컷 상관의 위세를 자랑했다. 서장이 돌아서고 뒤를 따르던 최 팀장은 특유의 냉소적인 말투에 걸걸한 목소리를 걸쳐서 툭 던졌다.

"푹 쉬소."

그들이 병실에서 나가자 젊은 여성 환자가 오지영 쪽으로 돌아누웠다. 오지영은 그녀가 불쾌한 장면을 감상한 소감을 피력하리라고 예상했다. 하지만 그녀는 재미있는 장면을 본 것처럼 미소 지으며 말했다.

"어머, 형사과장님이세요? 예쁘셔서 전혀 상상 못했어요. 경찰서장님이 참 재미있으시네요. 키 큰 분은 부하예요? 무섭게 생겼던데… 잘못하면 심장마비 걸리겠어요."

그녀는 부정맥 때문에 심장 수술을 받고 회복 중인 환자였다. 세 사람 사이의 짧은 대화로 경찰서 내부의 갈등 구조를 한 번에 파악한 것 같았다.

형사들은 최계호 팀장이 거울에 반사된 오지영 과장의 모습이라고 말했다. 160센티미터의 오지영보다는 머리 하나가 더 큰 키, 보통 체형의 오지영에 비해 지나치게 마른 체형, 어깨를 펴고 머리를 꼿꼿하게 드는 오지영과는 달리 구부정한 어깨에 30도 아래를 내려다보는 시선, 차갑고 투명한 오지영의 목소리를 뒤덮어버리는 가래 끓는 목소리, 40대 중반의 오지영은 열 살 젊어 보이고 50대 초반의 최계호는 열 살 더 들어 보이는 점 때문이었다. 공통점도 있었다. 두 사람은 모두 더운 여름에도 재킷을 걸쳤다. 다만 오지영은 밝은 색을, 최계호는 어두운 색을 선호했다. 두 사람 모두 형용사와 부사가 들어간 말을 거의 사용하지 않았다. 형사들은 두 사람이 같이 있는 장소에 함께 있기를 꺼렸다.

오지영은 나흘 후 배에 삽입한 관을 제거했다. 권윤정 교수의 입원실을 찾았지만 이미 퇴원한 뒤였다. 오지영은 주말에 퇴원했다. 하지만 오후에 다시 입원해야 했다. 열이 내리지 않아 병원에 갔더니 염증이 남아 있었다. 의사는 복막염의 위험이 있다면서 긴장했다. 일찍 퇴원시킨 것에 대해 미안해하는 눈치였다. 오지영은 일주일 더 휴가를 내야 했다.

김태경 형사가 매일 병문안을 왔다. 서장과 형사1팀장이 병문안을 올까 봐 자기가 앞서 오는 것이라고 했다.

김 형사는 이슬람 사원 골목 주민들을 상대로 탐문수사를 했다. 하지만 이렇다 할 단서를 얻지 못했다. 경찰서장의 주장대로 퍽치기라고 가정하고 동종 전과자를 조사해 봤지만, K대학 근처를 얼씬거릴 만한 전과자는 찾을 수 없었다. 최 팀장은 퍽치기라고 주장하지는 않았지만, 아예 사건에 별 관심이 없었다.

오지영은 결국 2주 동안 입원한 뒤 경찰서에 출근했다. 9월 초순에도 더위가 기승을 부렸고 태풍이 끊이지 않았다. 저지대 침수가 잇따르자, 서장은 인력 대부분을 교통과로 동원했다. 형사들은 서장이 개념 없는 사람이라고 불평하면서도 워낙 큰 수해가 나자 지구대로 분산해 태풍과 수해로 인한 사건 사고에 대비했다. 그러는 사이 이슬람 사원 앞 폭행 사건은 용의자 검거가 쉽지 않은 전형적인 퍽치기로 인식되고 있었다.

2

9월 23일 토요일 오후부터 강한 태풍이 불었다. 태풍은 많은 비를 몰고 왔다.

잠 못 이루는 밤이 계속되었고, 불면은 불안을 키웠다. 빗소리를 들으며 밤을 지새운 오지영은 창밖으로 하늘을 무겁게 짓누르던 짙은 구름이 새벽에 회색빛으로 옅어지는 것을 보면서 휴대폰을 받았다. 그녀는 김태경 형사의 평소와 다른 침울한 목소리를 듣는 순간 지난 한 달 동안 마음 한구석에 잠재되어 있던 불안의 실체를 깨달았다.

"K대학 대운동장으로 가고 있어요. 과장님도 얼른 나오셔야겠어요."

김 형사의 말에 오지영은 살인이냐고 묻지 않았다.

오지영이 오전 8시 대운동장에 도착했을 때 관중석에는 학생과 동네 주민들이 우산을 받쳐 들고 본부석 아래에서 감식 작업을 하는 경찰들을 바라보고 있었다. 운동장 입구에 설치된 폴리스라인 양쪽에는 지구대 순경 두 명이 비옷을 뒤집어쓴 채 눈만 껌벅이며 빗속에서 엄마를 기다리는 유치원생처럼 서 있었다. 오지영은 체구가 작은 순경에게 다가갔다.

"통제선을 쳤는데 사람들이 어떻게 운동장 안으로 들어

간 거야?"

"누구시죠?"

여순경이었다. 본서 형사과장을 알아보지 못하는 것을 보면 신참이다.

"형사과장인데."

순경 둘은 경례도 없이 눈만 껌벅였다. 오지영은 지구대 순경이 형사과장을 무시한다고 생각하지 않았다. 질문을 이해하지 못했을 뿐이다. 대운동장 관중석을 다시 바라보았다. 지금 서 있는 입구 외에도 관중석으로 들어가는 통로가 몇 개 보였다. 통로마다 폴리스라인을 쳤어야 했다. 오지영은 운동장 안으로 들어서려다가 체구가 큰 순경에게 물었다.

"여기 언제 도착했지?"

순경은 혹시 출동 시간을 트집 잡으려 하는 줄로 생각했는지 조금 전보다는 빠릿빠릿한 목소리로 대답했다.

"지령실로부터 연락받은 게 아침 6시 50분입니다. 저희는 10분 만에 도착해서 바로 폴리스라인 치고 운동장에 있던 사람들을 내보냈습니다. 대부분은 관중석으로 올라갔지만요."

"도착했을 때 주민이 몇 명 정도 있었나?"

"열 명이 넘었던 것 같습니다."

"지금은 100명 가까이 될 것 같은데?"

"관중석으로 들어가는 통로가 많아서 계속 모였습니다."

익숙한 목소리가 뒤에서 들렸다.

"과장님, 숨진 사람 신원 나왔습니까? 흉기에 찔렸다면서요?"

JBC 박우태 기자였다. 일요일 아침에 기자가 어떻게 알고 현장에 왔을까? 경찰이 정보를 흘렸거나 아니면 당직을 서다가 제보를 받고 나왔거나, 둘 중 하나다.

"조사 중입니다."

박 기자가 계속 질문을 했지만, 오지영은 무시하고 운동장 안으로 들어갔다. 뒤에서 언론을 무시하면 큰코다칠 거라는 박 기자의 협박이 들렸다.

본부석 아래 비를 가리는 대형 텐트가 설치되어 있었고, 과학수사팀 형사들이 피살자 주위에서 감식 작업을 하고 있었다. 최계호 형사1팀장과 김태경 형사는 피살자로부터 몇 걸음 떨어진 곳에서 딱히 조사할 것이 눈에 띄지 않는다는 듯 구부정한 자세로 주변만 내려다볼 뿐이었다. 오지영은 앉은 자세로 시체의 발목을 들여다보고 있는 한영덕 과학수사팀장에게 다가가서 조용히 말했다.

"팀장님, 관중석에 있는 사람들 사진을 찍어야겠어요."

과학수사팀장은 오지영을 올려다보며 무슨 말인지 알겠다는 듯 고개를 끄덕이고 카메라를 든 고경중 형사에게 같은 지시를 내렸다. 고 형사는 유니폼을 벗고 계단을 통해 본부석으로 올라갔다. 본부석에서 시작해 관중석을 돌며 사진을 찍으려는 것이다.

시체는 본부석 아래에 있는 두 개의 에어컨 실외기 사이에 엎어져 있었다. 투명한 비닐 우비 안에 가슴만 가린 하얀색 브라톱과 회색 레깅스 차림에 흰색 운동화를 신고 있었다. 긴 갈색 머리칼과 구겨진 우비 모자는 그녀의 목이 드러나도록 옆으로 젖혀져 있었다. 시체를 살펴보던 시경 검시관이 오지영 과장 쪽으로 왔다. 과학수사팀장과 형사1팀장, 김 형사도 오지영 쪽으로 모였다. 검시관은 여성이었다.

"목 옆 부분과 거기서 약간 앞쪽에 송곳 같은 뾰족한 흉기로 찔린 자창이 세 군데 있습니다. 오른쪽 팔꿈치 쪽에 찰과상이 있습니다. 끌려가면서 바닥에 긁혀 생긴 것 같습니다."

"사인은 뭡니까?"

"부검을 해봐야 알겠지만, 경동맥이 찔린 것 같습니다. 과다 출혈로 숨졌을 겁니다."

타오

"사망 시각은 추정할 수 있습니까?"

"비바람에 노출됐기 때문에 정확하게 추정하기는 쉽지 않을 것 같습니다."

과학수사팀장이 끼어들었다. 반쯤 벗어진 이마와 뿔테 안경에 말투까지 학교 선생 같은 모습이었다.

"폭행당한 시간은 나왔습니다. 운동장 밖 저쪽 도로 위에 CCTV 보이죠? 고경중 형사가 도착하자마자 저걸 보고 대학 본부에 가서 확인했거든요. 폭우 때문에 화면이 깨끗하지는 않지만, 어젯밤 10시에 우비를 입은 자가 트랙을 도는 피살자 뒤에서 접근해 오른손에 쥔 흉기로 목을 찔렀습니다. 쓰러진 피해자의 목을 왼쪽 팔로 감아 본부석 아래로 끌고 와서 두 번 더 찔렀습니다. 피를 많이 흘렸을 거고 숨이 끊어지는 데 1분도 안 걸렸을 겁니다. 끌려가는 동안 저항하지 않은 것을 보면 피해자는 처음 찔린 직후에 숨졌을 가능성도 있습니다. 범인은 남쪽 관중석으로 올라가서 뒤쪽 숲으로 달아났습니다. 폭우가 내려서 피는 거의 씻겼습니다."

피살자의 사인, 범행 시각과 방법, 도주 방향까지 분명하게 나왔다. 다른 때 같으면 대학 내 CCTV만 분석해도 용의자를 어렵지 않게 특정할 수 있을 것이다. 하지만 태풍이 지나갔고 폭우가 쏟아졌다. 오지영이 최계호 1팀장을 보며 물었다.

"피살자 신분증이 있던가요?"

최 팀장은 미간을 찡그리며 말했다.

"신분증은 없었소. 하지만 신고자가 피살자를 알고 있었소. 서른아홉 살 윤미라, 변호사이고 사회단체 활동가요."

최 팀장은 구급차 안에 시무룩한 표정으로 앉아 있는 신고자를 턱으로 가리켰다.

"심리학과 3학년 정은이라는 학생인데, 취미로 육상을 한답니다. 오늘 아침에도 트랙에 나와서 달리다가 변사자를 발견했어요."

오지영은 정은이라는 학생에게 다가갔다. 얼굴이 작고 귀여웠지만, 운동을 해서 그런지 호리호리하면서도 날렵한 인상을 주었다. 레깅스를 입어 날씬한 몸매가 드러났다. 반팔 티셔츠 밖으로 드러난 팔목은 가늘었지만 튼튼하게 보였다.

"윤미라 변호사님하고 잘 알아요?"

"우리를 많이 도와주신 분이에요."

"어떻게 발견했어요?"

"처음엔 무심코 지나쳤어요. 두 번째 바퀴를 돌 때 이상해서 가까이 가서 보니까 사람이었어요."

타오

"윤미라 변호사인지 어떻게 알았죠?"

"출동하신 경찰분이 쓰러진 몸을 옆으로 돌렸을 때 알아봤어요. 변호사님이 매일 밤 10시면 이곳에 나오셔서 트랙을 걸었기 때문에 발견했을 때 혹시나 했어요."

"매일 밤 여기서 운동한다는 건 어떻게 알았어요?"

"저도 운동을 하기 때문에 변호사님한테 어떻게 운동하는지 여쭤본 적이 있거든요."

"그렇군요. 변호사님이 무슨 도움을 주셨죠?"

"이슬람 사원 건립 때 주민들이 반대했잖아요? 그때 무슬림 유학생을 위해서 법률 자문을 해주셨어요."

오지영은 학생의 말에 머리를 한 대 맞은 것 같았다.

형사들은 서로 얼굴을 쳐다보며 예사 사건이 아님을 직감했다. 이슬람 사원은 후문 앞 골목에 있고, 후문은 대운동장에서 얼마 떨어져 있지 않다. 경찰이 살인 사건을 수사하는 시작점은 피살자의 죽음이다. 하지만 이 사건은 그게 아닐 수도 있다는 불길한 예감이 들었다.

오지영은 김태경 형사와 함께 본부석 위로 올라갔다. 대운동장과 관중석 전체를 조망하기 위해서였다. 본부석에서는 최우진 형사가 관람석 의자 앞뒤를 살펴보고 있었다. 고경중 형사가 관중석을 돌며 사진을 찍고 있는 것 말고는 특별히 눈에 들어오는 것은 없었다. 오지영은 대운동장 본부석 뒤로 넘어갔다. 야구장이다. 야구장은 사용하지 않는 것 같았다. 가운데 물웅덩이가 몇 군데 있고 여기저기 잡초가 자라고 있었다. 야구장 한가운데 텐트가 있었고 거구의 이지혁 형사가 연인으로 보이는 남녀 대학생과 이야기하고 있었다.

"저 학생들이 어젯밤 본 게 있는지 이 형사가 물어보는 거예요. 태풍 속에서 보이는 게 있었을지 모르겠지만요. 비바람이 부는데도 저기서 텐트 치고 야영을 하다니, 대학생은 다르네요."

그들의 자유분방한 모습은 형사들이 마주한 시무룩한 세상과는 전혀 다른 풍경 같았다.

"몸은 괜찮으세요? 이렇게 밖에서 보니까 사무실에서 뵈는 것과는 다르네요. 살이 많이 빠지셨어요. 퇴원하고 2주가 지났는데도 수척해 보이세요."

김태경 형사가 무표정한 얼굴의 오지영 과장에게 웃으면서 물었다.

"일부러 단식도 하는데."

"우리 서에서 과장님이 3주 동안 휴가 내신 건 기록이에요. 그동안 수해 예방 활동에 동원된 건 차라리 마음 편했던 것 같아요."

오지영은 김 형사가 자신이 휴가 낸 본래 이유를 알고 있는 건 아닌지 의문이 들었다. 아니면 그저 상사의 휴가와 수해 예방 활동을 빙자해 이슬람 사원 앞 폭행 사건에 소홀했던 것에 대한 변명일지도.

오지영 형사과장은 경찰서로 복귀하자마자 서장실로 향했다. 월요일 아침 출근하면 사건을 정리해 보고하려고 했지만, 김인석 서장은 사건 발생 소식을 듣자 경찰서로 출근했고 당직 형사에게 간략한 보고서와 CCTV 자료를 요구했다. 오지영 과장을 만나기 전에 사건의 윤곽을 파악하려 한 것이다.

오 과장은 노크도 하지 않고 무의식적으로 서장실 문을 열고 들어갔다. 서장이 당황하면서 자수를 놓는 비단 천과 실을 꿴 짧은 바늘, 형형색색의 실을 서랍 안에 넣었다. 마음을 안정시키는 데 도움이 된다며 서장이 애용하는 거였다. 오늘 서장의 표정은 어둡고 불안해 보였다.

"그러니까 8월 27일 밤 여자 교수 폭행 사건하고, 아니지 살인 미수라고 보는 게 합리적일 것 같군. 그리고 어젯밤 여자 변호사 살인 사건하고 동일범의 소행이라고 봐야겠지?"

서장은 퍽치기를 주장했었다. 그래서인지 그의 목소리가

더 침울하게 들렸다. 정년을 앞둔 경찰에게는 달갑지 않은 사건일 것이다.

"CCTV 분석한 걸 보면 두 사건의 범인 모두 검은색 비옷을 입었어. 대운동장에서도 검은색 마스크와 장갑을 낀 것으로 보이고. 걸음걸이나 움직임도 비슷했고 뛰는 모습도 그래. 거기다가 피해자 모두 이슬람 사원 건립에 힘을 보탰던 사람들 아닌가?"

"네."

"언론이 이 부분을 지적할 거야. 폭행 사건의 범인을 한 달이 다 되도록 검거하지 못하는 바람에 변호사 살인을 막지 못했다고."

"네."

"변호사 단체도 가만히 있지 않을 거야. 장래가 촉망되는 인재가 경찰의 늑장 수사 때문에 희생됐다고 비난할 거야. K대학도 문제를 제기할 거고. 경찰 전체가 매도당하겠지. 경찰청도 심하게 압박할 거야. 그런데 문제는 거기서 그치는 게 아니야."

오지영은 서장의 말을 조용히 듣기만 했다.

"무슬림 유학생과 그들 편에 선 사회단체, 이들과는 달리 이슬람 사원 건립을 반대한 주민 사이의 갈등이 다시 점화될지 몰라. 불꽃이 어디로 튈지 모르고. 이게 가장 두려운 부분 아니겠어? 다문화사회와 지역사회 사이에 발생한 갈등이 최악의 결과를 초래했다, 이렇게 기사를 써댈 거라고."

"경찰은 수사만 하면 됩니다."

"그렇지, 수사만 하면 되지. 유일한 대책은 용의자를 하루 빨리 잡는 거야. 형사과 전원을 이 사건에 투입해. 형사과는 수해 예방 활동에서 빼줄게. 필요하다면 다른 부서 인원도 지원해주겠어. 이슬람 사원 주변, 반대했던 주민들 상대로 탐문수사를 하고 빨리 성과를 내려면 한꺼번에 투입해야 할 거야. 피해자인 교수와 변호사 주변도 잘 살펴봐야 할 거고."

"감사합니다."

"처음엔 망치로 가격해 쓰러뜨린 뒤 마구 때리다가 피해자가 고함을 치자 흉기를 버리고 도주했어. 다음엔 고함치는 것을 막기 위해서 그랬는지 날카로운 흉기로 목을 찌르고 달아났어. 범인의 흉기가 진화하는 건 종종 있는 일이지. 처음에 폭행당한 권윤정 교수는 죽지 않았어. 만일 이슬람 사원 건립에 앙심을 품고 복수하려고 했다면 피해자 보호 조처도 해야 할 거야."

"알겠습니다."

"경동맥을 노렸나?"

45

"그런 거 같습니다."

"첫 번째 살인에 실패한 뒤 공부를 많이 해서 두 번째 살인을 저질렀군."

오지영은 이번이 두 번째인지는 알 수 없다고 생각했다. 그녀는 더 이상 눈을 맞추려고 하지 않는 서장에게 인사하고 밖으로 나왔다.

일요일 저녁 6시에 여는 수사 회의지만, 사건의 심각성 때문인지 불평은 없었다. 이슬람 사원 앞 폭행 사건을 담당했던 김태경 형사는 평소의 활달한 성격을 찾아볼 수 없을 정도로 눈을 내리깔고 있었다.

"우리 1팀은 이슬람 사원 골목과 K대학 외곽 주민을 상대로 탐문수사를 할까 합니다. 범행 동기는 이슬람 사원을 둘러싼 갈등에 초점을 맞추겠습니다."

최계호 1팀장은 어려운 사건에서는 주도권을 쥐려고 하지 않았다. 이번 사건이 오지영을 곤경에 빠뜨릴 수 있음을 본능적으로 감지한 모양이었다.

이어서 구자광 2팀장이 수사 계획을 말했다. 파마머리에 말쑥한 정장 차림이었고 구두는 반들거렸다. 영업사원처럼 보이지만 산전수전 다 겪은 50대 초반의 베테랑이었다.

"저희 팀은 권윤정 교수 주변을 다시 조사해보겠습니다. 1팀의 김태경 형사가 수사하고 있었으니까 정보를 주고받으면서 공조하겠습니다. 김 형사가 그동안 열심히 수사하기는 했지만…, 음, 윤미라 변호사의 주변 인물과 수임 의뢰자도 조사해야 할 것 같습니다. 재판 결과에 불만을 품은 사람이 있을 수 있으니까요. 얼마 전 재판에서…."

"구 팀장님, 윤미라 변호사는 어디에 거주합니까?"

오지영 과장이 말을 잘랐다.

"정문 앞 아파트에서 살았습니다. 집은 자가였습니다. 대운동장까지 걸어왔고요. 변호사 집에서는 단서가 될 만한 게 발견되지 않았습니다. 휴대폰은 과학수사팀에서 조사하고 있습니다."

"가족은 만나보셨습니까?"

"부모가 미국에 살고 있는데 지금 오고 있습니다."

최 팀장이 끼어들었다.

"권윤정 교수는 빌라 4층에서 살고 있었는데, 건물 전체가 권 교수 소유로 되어 있어요. 부모로부터 증여받았답니다."

오지영은 폭행 사건의 동기를 파악하는 데 참고할 수도 있다고 생각했다.

"이지혁 형사, 야구장에서 야영하던 대학생들 만나봤지?"

"네. 언론정보학과 1학년 남학생과 문예창작과 1학년 여학생인데요, 태풍이 가까워진 어제 오후부터 야구장에 텐트 치고 있었다고 합니다. 어젯밤 10시 전후에는 텐트 안에서 맥주 마시면서 휴대폰으로 영화를 감상했고요. 오늘 아침 경찰 사이렌 소리를 듣고 텐트 밖으로 나왔어요."

"학생들이 보거나 들은 건 없었나?"

"여학생이 화장실에 간다고 해서 둘이 함께 텐트에서 나와 가까운 건물로 가는데 이상한 소리를 들었다고 하더라고요."

이 형사의 말에 회의실에 긴장감이 돌았다.

"대운동장 쪽에서 '으아, 으아~' 하는 소리가 난 것 같다고 했어요. 처음엔 아무 소리도 못 들었다고 하다가 제가 잘 생각해보라고, 아무리 사소한 거라도 좋으니 보거나 들은 게 있다면 얘기해보라고 하니까 여학생이 으아~ 하는 소리를 어렴풋이 들었다고 했어요. 소프라노가 괴성을 지를 때 날 법한 소리요."

"그때가 몇 시였지?"

"자기들이 보려고 한 드라마가 시작하고 조금 지나서라 10시 20분쯤이었을 거라고 합니다."

한영덕 과학수사팀장이 이지혁 형사의 설명을 보충했다.

"범인은 대운동장에서 어젯밤 10시에 본부석 기둥 뒤에서

타오

나타나 계단으로 걸어 내려갔습니다. 그리고 윤미라 변호사를 한 바퀴 따라간 뒤 살해했습니다. 그러고 나서 숲속으로 뛰어가면서 괴성을 지른 겁니다. 학생들이 들었다는 소리가 바로 그거였지요. 기둥 뒤에 언제부터 숨어 있었는지는 CCTV 화면에 잡히지 않았습니다. 범인은 CCTV 위치를 알고 일부러 피해서 대운동장 본부석 기둥 뒤로 올라간 거죠."

한영덕 팀장은 몇 가지 사실을 추가로 설명했고, 형사들은 수첩에 메모했다.

회의를 끝낸 오지영은 신소식 3팀장에게 언론을 담당하라고 했다. 수사 내용을 속속들이 알 수 없는 3팀장이 기자들을 상대하는 게 더 객관적일 수 있다. 오지영은 형사들에게 인트라넷에 수사 정보를 올리라고 당부하고 사무실로 돌아왔다.

오지영은 과학수사팀장의 추가 설명을 곰곰이 생각했다. 범인은 권윤정 교수 폭행 하루 전에도 이슬람 사원 골목에 나타났다. 그러니까 8월 26일 밤 11시에 이슬람 사원 앞에 나타났고, 11시 15분에 현관 앞 공간으로 들어가 몸을 숨겼다. 11시 20분에 권 교수가 자기 앞을 지나갔지만, 아무 짓도 하지 않았다. 그날은 비가 오지 않았다. 그는 우비가 아닌 모자 달린 검은색 계통의 옷을 입고 있었다. 모자를 쓰고 마스크도 끼고 있어서 골목에서 걸어 나올 때 CCTV에 얼굴은 포착되지 않았다. 범인은 권 교수와 윤 변호사의 행동 패턴을 잘 알고 있었다. 그것은 피해자를 관찰했다는 뜻이고, 그렇다면 범행 전 관찰하는 모습이 다른 날 주변 CCTV 어딘가에 찍혔을 가능성이 있다. 오지영은 숨을 크게 들이마시고 마음을 안정시켰다. 두 사건에서 종합된 사실을 폴더에 메모했다. 사소해 보이는 것도 기록했다. 기억하는 것과 메모하는 것에는 큰 차이가 있다. 메모하다 보면 무엇을 놓쳤는지 알 수 있고, 자연스럽지 않은 부분을 발견할 수도 있다. 빈틈없이 그물을 치고 체계적인 수사를 한다면 뭔가를 얻을 수 있다. 단서를 얻지 못하는 경우는 수사에 빈틈이 생겼을 때다.

서장과 연결된 직통 전화가 울렸다.

"내일 아침에 공식 기자 브리핑을 해야겠어."

오지영은 내일 아침 출입 기자들에게 사건 내용을 설명하려고 했다.

"기자 브리핑을 왜 합니까?"

"왜 하기는? 언론에서 이번 사건에 관심이 많을 거야. 우리 경찰서에 관심이 집중될 거고. 그리고…."

타오

"그러니까 기자 브리핑을 왜 합니까?"

"언론에서 관심을 가지면 사회적인 파장이 적지 않을 거야. 그렇다면 언론이 제대로 보도할 수 있도록 우리가 아는 사실을 정직하게 알려주는 것이 국민의 알 권리를 위해서 필요할 거야."

"우리도 아는 게 별로 없습니다. 출입 기자에게만 사건 개요를 설명하면 됩니다."

"아는 게 많아야만 공식 기자 브리핑을 하는 게 아니야. 언론의 협조를 구할 필요성도 있지 않나. 경찰과 언론이 서로 주고받고 해야 하지 않겠어? 기본적인 사실을 알리면 기자들이 이상한 이야기를 쓰지 않을 거고, 우리 윗선에서 볼 때도 우리 경찰서가 뭔가를 열심히 하는…."

"저는 반대입니다."

"오 과장, 오늘 기자들 전화 받지 않았나?"

"일할 때는 기자 전화 안 받는 거 아시잖아요."

"기자 몇 명이 나에게 개인 전화를 했네. 내가 두 사건의 연결고리가 아직 확실하지 않다고 말했지만, 이 친구들, 믿는 눈치가 아니었다고. 이따가 뉴스를 보게. 그리고 지금까지 수집된 사실을 메모해서 내 폴더에 넣어놓게. 내가 알아서 뺄 건 뺄 테니까. 저녁 뉴스 보고 퇴근할 거야. 그전에 만들어줘. 그리고 너무 잘난 체하지 말게. 솔직히 말

해서 경찰이 잘한 건 없잖아. 오 과장이 휴가 좀 길게 갔
다 왔다고 책임에서 벗어나는 건 아니잖아."

서장의 마음을 바꾸기는 틀렸다. 그녀는 유튜브에 접속해
지상파 방송 뉴스가 시작되기를 기다리며 서장에게 줄 메
모를 작성했다.

보도 내용은 자극적이었다. 권윤정 교수 폭행 사건과 윤
미라 변호사 살인 사건이 동일범의 소행이라고 단정하면
서 경찰 수사를 비난했다. 경찰이 첫 번째 사건의 용의자
를 검거하지 못했기 때문에 두 번째 사건이 발생했는데도
잘못을 인정하기는커녕 발뺌만 하고 있다는 것이다. 서장
은 두 사건의 연관성을 특정할 만한 증거를 확보하지 못
했다고 말했을 뿐이지만, 기자는 서장과 통화한 내용을
마음대로 녹음하고 편집해서 목소리를 변조한 뒤 경찰 관
계자라는 자막과 함께 방송했다. 경찰이 권 교수 폭행 사
건을 방치했다고 주장하는 사회단체 관계자의 인터뷰도
얼굴을 가리고 목소리를 변조해 내보냈다. 게다가 수사
실무책임자가 교수 폭행 사건 직후에 2주씩이나 휴가를
갔다 오는 바람에 수사가 흐지부지됐고 결국 변호사 살
인 사건을 초래했다는 것이다. 오늘 아침 언론을 무시하

면 큰코다칠 거라고 협박하던 JBC 박우태 기자의 보도였
다.

김태경 형사가 사무실 문을 밀고 들어왔다. 회의 때보다
는 표정이 밝았다.

"뉴스 보셨어요?"

"봤어."

"죄송합니다. 권 교수 폭행 사건에 좀 더 집중했어야 했는
데…."

김 형사는 죄송하다면서 희소식을 전하는 것처럼 말했다.

"일부러 안 잡은 게 아니잖아."

"그렇게 말씀하시니 더 죄송하네요."

김 형사의 표정이 더욱 밝아졌다.

"내일 서장님이 공식 브리핑을 하신다는데 신경이 쓰여."

"정말요? 아까 목소리가 변조된 인터뷰, 서장님 맞죠?"

"아니야."

그때 김인석 서장으로부터 직통 전화가 또 울렸다.

"뉴스 봤나? 내일 브리핑 때 수사 방향을 솔직하게 얘기
하는 게 좋을 것 같아. 어떻게 생각해?"

"하신다면 간략하게 말씀하셨으면 합니다."

"내일 오전 10시에 한다고 기자들에게 알려주게. 메모는
지금 올려주고."

서장의 목소리에는 힘이 없었다. 반면 김 형사는 가벼운 발걸음으로 형사과로 돌아갔다.

오지영은 경찰이 탐문수사로 거북이걸음을 하는 동안 언론은 뛰어가면서 경찰을 두드려댈 거라고 예상했다. 종교 갈등 문제로 비화하기라도 하면 지금 염려하는 것보다 더 큰 풍파가 일어날지 모른다.

타오

3

오지영이 깨어보니 새벽 6시였다. 오히려 침대보다 의자 등받이에 기대서 잠을 충분히 잤다. 집에 들어가 옷을 갈아입고 나오려다가 기자 브리핑을 준비해야 한다는 생각에 화장실로 향했다. 혹시 옷에서 냄새가 나지 않을까, 습관적으로 셔츠의 겨드랑이 부분에 코를 대보았다. 셔츠를 벗어 겨드랑이 부분만 화장실 비누로 세탁했다. 화장실 문이 열리는 소리가 뒤에서 들렸다. 거울 속에서 방금 들어온 젊은 순경의 씩 웃는 눈과 마주쳤다. 안면은 있는데 어느 부서에서 일하는지 생각나지 않았다. 순경도 당직을 선 모양이다. 순경은 절도 있는 동작으로 경례하고 안으로 들어갔다. 곧이어 물 내리는 소리가 났다. 오지영은 티셔츠 겨드랑이 부분의 물을 짜고 다시 입었다. 그리고 팔을 벌린 채 사무실로 돌아왔다. 서랍에서 헤어드라이어를 꺼내서 옷을 말린 뒤에 머리를 빗질했다.

김인석 서장은 7시에 출근했다. 오지영의 눈에는 그가 하루 밤새 폭삭 늙어 보였다. 두 사람은 서장실에서 기자들의 예상 질문과 답변 내용을 준비했다. 오지영은 김 서장이 대책 없이 언론의 조명을 받고 싶어 한다는 점을 잘 알고 있었다. 하지만 브리핑 경험이 없어 질문에 순발력 있게 대응할 수 있을지 의문이었다.

브리핑 장소는 2층 회의실에 임시로 만들었는데 예상보다 많은 기자가 몰려드는 바람에 좌석이 부족했다. 기자들은 자리를 차지하기 위해 옥신각신했고 사회단체 회원 예닐곱 명이 좌석을 요구해 진행을 맡은 신소식 3팀장을 곤혹스럽게 했다. 다행히 기자들의 양보로 사회단체 회원들도 자리에 앉았다.

회의실 상황을 보고받은 오지영은 머리가 복잡해졌다. 방송과 신문뿐만 아니라 인터넷과 유튜브에 서장과 자기 얼굴이 도배될지도 모른다는 생각이 들었다. 좋은 내용은 아닐 것이다. 시경 홍보실장은 아침부터 사전 보고 없이 기자회견을 결정했다며 김 서장을 질타했다. 서장은 사건 개요를 브리핑하는 정도라고 했지만, 시경 홍보실장은 '당신이 하려고 하는 것이 기자회견'이라면서 뭘 하는지 개념도 잡지 못한다며 책망했다. 이왕 결정했으니 어쩔 수 없지만, '기자 몇 명과 간담회 하는 식으로 가볍게 여기면 심각한 상황이 발생할 것'이라며 신중하게 답변하라고 당부 겸 협박을 남겼다. 오지영은 브리핑이든 회견이든 불길한 예감이 드는 것은 마찬가지였다.

서장이 좋은 생각이 떠올랐다며 말했다.

"CCTV에 찍힌 범인의 모습을 언론에 배포하면 어떨까?"

오지영은 얼른 판단이 서지 않았다. 유익한 제보가 들어올 수도 있지만 쓸데없는 제보가 감당할 수 없을 만큼 쏟아질 수도 있다.

"대운동장에서 촬영된 화면은 너무 멀어서 거의 알아볼 수가 없습니다. 이슬람 사원 앞에서 촬영된 것 가운데 범인이 사원 현관으로 걸어가는 옆모습을 배포하겠습니다."

"그래, 그 사진이 좋겠군. 모든 언론이 이번 사건을 보도할 거고 용의자 사진도 내보낼 거야. 그럼 최소한 기자들이 경찰을 공격하는 데 초점을 맞추지는 않을 거야."

회의실에 들어선 오지영은 처음 마주친 광경에 당황했다. 경찰서 일선 사건기자만 모인 게 아니었다. 각 언론사의 시경 캡으로 보이는 늙수그레한 기자도 있었다. 자리가 없어 대부분 서 있었고, 대다수는 브리핑 모습을 촬영하려고 손에 휴대폰을 쥐고 있었다. 카메라 기자도 어림잡아 열 명이 넘었다. 일반인으로 보이는 사람도 있었다. 사회단체 회원일 것이다.

김 서장은 애써 태연한 척했지만, 입술이 미세하게 떨렸다. 서장은 먼저 자신을 소개하고 90도로 인사했다. 그리고 피해자와 피해자 가족, 주민들에게 지역 치안을 담당하는 경찰서장으로서 책임을 통감하고 있다며 다시 한번 고개를 숙였다. 서장은 간략하게 사건 개요를 설명하고 수사 방향을 이야기했다. 그는 두 사건의 범인이 동일인임을 전제하고 있다고 말했다. 그리고 질문을 받았다. 가장 먼저 질문한 사람은 40대 남자였는데 기자는 아니었다.

"골목에서 여 교수님이 주민 도움으로 목숨을 구했는데도 경찰은 사건의 심각성을 모른 것 같습니다. 폭행당한 교수님이 받은 충격은 상상할 수조차 없습니다. 경찰은 한 달 동안 뭘 했습니까? 그리고 어제는 장래가 촉망되는 변호사님이 살해당했습니다. 경찰은 대체 어떻게 책임질 겁니까? 피해자 가족에게는 뭐라고 하실 겁니까?"

사회를 맡은 신소식 팀장이 질문자의 소속을 밝히라고 말하기 위해 마이크를 드는 순간 서장이 제지하며 차분하게 말했다.

"선생님의 말씀을 겸허히 수용하겠습니다. 저희도 정말 유감으로 생각합니다."

"유감이라고 하셨습니까? 경찰이 무엇을 유감으로 생각한다는 말입니까? 국민이야말로 경찰에 유감이 많습니다."

"무슨 말씀인지 잘 알고 있습니다. 지금은 수사 초기이고 용의자를 조속히 검거하는 것이 피해자들의 억울함을 풀어드리는 최선의 길이라고 생각합니다. 조금만 지켜봐주시기를 바랍니다."

타오

JBC 박우태 기자가 앉은 자리에서 질문했다.

"지금 수사 초기라고 하셨는데 첫 사건이 8월 27일 밤에 발생했고 그저께인 9월 23일 밤에 두 번째 사건이 발생했습니다. 그런데도 수사 초기라고 말할 수 있습니까?"

서장은 목이 막히는지 헛기침을 해댔다.

"그러니까 제가 수사 초기라고 한 것은 두 사건의 용의자를 동일 인물로 추정한 뒤, 그러니까 두 사건의 상호 연관성을 인지하고 난 이후 거기에 맞춰서 새로운 방향으로 수사한다는 의미로 말씀드린 겁니다."

"두 사건의 용의자가 같은 사람이라는 점을 경찰도 인식한다는 얘긴데요, 결과적으로 첫 번째 사건을 제대로 수사하지 못해서 두 번째 피해자가 발생했다는 걸 인정하시는 거네요. 그렇습니까?"

서장이 당황했는지 해서는 안 될 말을 했다.

"이슬람 사원 앞 폭행 사건에 대해서는 많은 단서를 수집하고 있었습니다. 경찰이 태무심했던 것은 아닙니다. 대운동장 피살 사건으로 단서가 더 많이 수집될 것으로 보이기 때문에 최선을 다해서 용의자를 검거하겠습니다."

말이 끝나자마자 회의실은 아수라장으로 변했다. 두 번째 사건 발생으로 단서가 더 많아져서 좋다는 말이냐, 그럼 사람이 더 많이 죽어야 수사를 제대로 할 수 있다는 거

냐며 사회단체 회원들이 고함을 지르며 항의했다. 기자들은 질문할 생각을 하지 않고 그들이 항의하는 모습을 촬영하기에 바빴다. 서장의 얼굴은 잿빛으로 변했고, 사회를 맡은 신 팀장도 어떻게 해야 할지 몰라 버벅거리기만 했다.

그때 가운데 앉아 있던 한 여성이 일어섰다. 앉아 있을 때는 몰랐지만, 막상 자리에서 일어나자, 회의실은 물을 끼얹은 듯 조용해졌다. 하늘거리는 베이지색 히잡을 쓰고 이마 위로 곱슬머리가 드러나 있었다. 카메라와 휴대폰이 그녀를 향했다. 남아시아 태생으로 보이는 그녀가 유창한 한국어로 말했다.

"권윤정 교수님과 윤미라 변호사님은 한국 사회의 혐오와 차별 의식에 대해 경각심을 불러일으켰습니다. 사회가 성숙해지고 다른 문화를 포용하는 게 얼마나 아름다운 건지 보여줬습니다. 꼭 범인을 잡아서 신의 심판을 받게 해주세요."

그녀는 말하는 도중에 눈물을 글썽였다. 모든 카메라와 휴대폰이 그녀의 얼굴을 클로즈업했다.

서장의 얼굴이 더욱 어두워졌다. 오지영은 우려했던 일이 예상하지 못한 방식으로 터지고 있다고 생각했다. 서장이 그녀에게 머리를 좌우로 살짝 흔들며 브리핑을 끝내자는

타오

신호를 보냈다. 오지영은 신 팀장으로부터 마이크를 받아 말했다.

"오늘 기자회견은 이것으로 마치겠습니다."

그러자 기자 가운데 일부가 항의 표시로 손을 들며 질문하려고 했지만, 대부분은 남아시아 여성을 촬영하느라 여념이 없었다. 기자회견이 끝나면 그녀를 인터뷰하려고 달려갈 것이다.

"한 가지 알려드립니다. 용의자가 찍힌 사진을 메일로 보내겠습니다. 얼굴은 나오지 않았지만, 많은 제보를 기다리겠습니다."

오지영은 기자들이 남아시아 여성 주위로 몰려드는 것을 보면서 서장을 앞세워 회의실을 빠져나갔다.

오지영 형사과장은 사건의 성격에 대해서 감을 잡지 못한 상태임을 인정했다. 빈약한 단서는 감각적으로 수용한 관념의 파편 외에 아무것도 아니다. 사건의 성격을 알지 못하면 단서의 의미도 해석할 수 없다. 어디서 출발해야 할까? 믿을 수 있는 것은 오직 사실뿐이다. 오지영은 선입견과 추측을 배제하는 것을 수사의 기본 원칙으로 삼고 있었다. 타인이 설정한 수사 방향을 의심 없이 무조건 따르는 것 또한 사건의 진실에 접근하는 것을 방해할 수 있다.

오후 뉴스와 시사 토론 프로그램이 방송될 시간이었다. 용의자 사진을 어떻게 보도할지 궁금했다. 오지영은 휴대폰에서 JBC 라이브 뉴스를 클릭했다. 오늘 사건 브리핑이 톱뉴스로 나왔다. 화면을 보던 오지영은 어금니를 깨물었다. 이 시간에 뉴스를 진행했었나?

세련된 옷차림에 드라마 주연처럼 화려한 외모의 여성 앵커. 오지영이 지난 10년 동안 증오해온 여자였다. 여성 앵커가 기자 리포트의 도입 내용을 읽을 때 뒤쪽 배경 화면으로 오지영의 얼굴이 확대되어 나왔다. 잠을 못 잔 얼굴은 누렇게 떴고 머리카락은 아무렇게나 풀어 헤쳐져 있었다. 오지영은 자기 얼굴과 세련된 여성 앵커가 대비되자 분노가 치밀었다. 사건 뉴스를 전달하는데 왜 형사과장의 얼굴을 보여주는가. 그것도 저 여자와 함께.

JBC 박우태 기자의 리포트가 시작되자 의도가 명확해졌다. 박 기자는 늑장 수사가 종교 갈등을 다시 촉발할지 모른다는 우려를 제기하면서, 결국 무능한 수사 책임자 때문이라고 했다. 게다가 두 번째 사건이 발생함으로써 더 많은 단서를 확보할 수 있게 되었다고 한 경찰서장의 말을 현장음으로 들려주면서 황당한 인식이라고 비난했다. 그림은 리포트 내용에 따라서 오지영과 서장의 얼

타오

굴을 대문짝만하게 내보냈다. 사회단체 관계자의 항의성 발언과 남아시아 여성의 발언을 차례로 소개하면서 피해자가 존경받는 엘리트임을 강조했고, 경찰의 실수로 우리 사회가 인재를 잃었다고 비난했다. 기자는 리포트에서 경찰이 용의자 사진을 공개했지만, 비옷을 뒤집어쓴 모습이라 전혀 도움이 되지 않을 거라는 분석까지 했다. 오지영은 휴대폰을 던져버리고 싶었지만, 다음 시사평론에서도 이 사건을 다룬다는 예고가 나와 계속 시청할 수밖에 없었다.

시사평론은 더 가관이었다. 오지영의 푸석푸석한 얼굴을 더 크게 배경 화면으로 고정하고 여성 앵커와 전문가 두 명이 경찰의 늑장 수사와 종교 갈등 우려를 20분 넘게 떠들어댔다. 그나마 방송이라 오지영의 비에 젖어 구겨진 재킷에서 냄새가 안 나는 게 다행이라 생각될 정도였다.

오지영은 영혼이 탈탈 털린 느낌이었지만, 곧 냉정을 되찾았다. 사건을 보는 형사나 기자 모두 종교 갈등을 우려하고 있었다. 김태경 형사도 사원 건립 과정에서 드러났던 주민과 무슬림 간의 갈등은 무마되기 힘들 거라고 했다. 재개발이 좌절된 것은 누군가에게는 앙금으로 남아 있을 것이다.

그동안 이슬람 사원 건립 과정을 보도한 기사를 다시 검색했다. 사실을 구분하는 게 쉽지 않았다. 전에는 유심히 읽어보지 않았지만, 박우태 기자의 보도는 주목할 만했다. 시종일관 이슬람의 종교적·문화적 특성을 이해하지 못하는 주민의 편견을 키워드로 삼았다. 문화 차이를 차별의 기준점으로 삼아 이슬람에 대한 혐오 감정을 발전시켰다는 것이다. 재개발 사업으로 경제적 이득을 보려는 주민들의 속셈을 종교적·문화적 침략을 받은 피해자의 모습으로 감추려 했다는 논조였다.

권윤정 교수는 한 학기를 휴직하고 부모 아파트에서 지내고 있었다. 얼굴 상처는 치료됐지만, 빼어난 미모에 흉터가 남았다. 정신적으로는 여전히 불안한 상태였다. 하지만 허리를 곧게 편 반듯한 자세가 자신감 있게 보였고 아무렇게나 걸친 티셔츠와 반바지도 세련돼 보였다.

오지영은 거실 소파로 안내되었다. 탁자 위에는 성경책이 놓여 있었다. 권 교수의 어머니가 걱정스러운 표정으로 옆에 앉았다. 병원에서 처음 보았을 때처럼 품위 있으면서도 소박한 귀부인의 모습이었다. 오지영은 상대적으로 자신이 초라하다는 느낌이 들었다.

"권 교수님이 다음 학기에는 마음 놓고 학교에 나갈 수 있도록 최선을 다하겠습니다."

"권 교수가 얼른 마음을 추스르면 좋겠어요. 그래도 이만
한 게 다행이에요."

어머니의 말에 오지영은 더욱 미안한 마음이 들었다.

"그날 병원에서 다 말씀드렸는데, 들을 이야기가 더 있나
요?"

권 교수의 목소리는 크고 맑았다. 괴한의 피습으로 죽음
의 문턱까지 갔던 사람으로 보이지 않았다.

"건강을 회복하셨는지 궁금해서 왔어요."

"늑장 수사한다고 비판받으니까 오신 거군요. 조금 전에
뉴스를 봤어요. 기자회견 내용도 인터넷에서 자세하게 봤
고요. 사실 늑장 수사를 한다는 말은 틀렸습니다. 제 사
건에 대한 수사는 바로 시작했는데 단서를 찾지 못했다고
하는 게 맞겠죠."

오지영은 권 교수의 직설적이고 당찬 성격에 내심 놀랐다.
권 교수는 경찰 보호 프로그램도 거절했다.

"걱정해주시는 건 고맙지만, 경찰이 저를 따로 보호하실
필요 없습니다. 경호원을 붙여주지는 않을 거 아닙니까?
다음 학기 복직 전에 범인을 꼭 잡으시고 그 변호사님의
원한도 풀어주시면 좋겠습니다."

"혹시 그동안 미심쩍다고 생각한 사람은 없습니까? 범인

은 교수님이 시간표대로 움직인다는 걸 알고 있었습니다. 전부터 지켜봤다는 얘기죠."

"저는 느끼지 못했습니다."

"원한을 살 만한 사람이 없다고 하셨지만, 혹시 교수님이 미워한 사람은 없습니까?"

"미워한 사람은 없지만, 싫어한 사람은 많습니다."

"어떤 사람을 싫어하십니까?"

"사람에 대한 선호도 수사에 포함되나요?"

"참고 사항이 될 수 있습니다."

"태도가 분명하지 않거나 약속을 지키지 않는 사람이 싫습니다."

"혹시 그중에서 의심 가는 사람은 없습니까?"

"너무 많아서 일일이 열거할 수가 없습니다. 그런데 질문의 요지가 뭔지 잘 모르겠네요. 성격상 싫어하는 사람도 용의자가 되나요? 원한 관계가 있는 사람을 찾는 거 아닌가요?"

권 교수는 싫어하는 사람에게 표정을 감추지 못할 거라고 오지영은 생각했다. 그렇다면 상대도 알아차릴 것이고 사람에 따라서는 권 교수를 미워하거나 원한을 품을 수도 있다. 본인은 알아차리지 못해도 말이다.

"이슬람 사원 건립을 반대한 사람이 많지 않았습니까? 동네 주민이나 구청 공무원을 비롯한 사람들 말입니다."

"구청은 반대하지 않았어요. 주민이 강경하게 나오니까 눈치를 봤을 따름이죠. 저는 주민과 공무원을 미워한 적이 없습니다. 그들은 자기 생각대로 말하고 행동했을 뿐입니다."

"주민과 다투지는 않았습니까?"

"천만에요. 다툰 적 없어요. 회의하고 협상했을 뿐입니다."

오지영은 권 교수의 성격과 사고방식 속으로 한 걸음 더 들어가고 싶었다.

"주민들이 이슬람 사원 건립을 반대한 이유는 뭡니까? 교수님이 주장하시는 혐오와 차별 의식, 그겁니까?"

"그들은 이슬람이 뭔지도 모릅니다. 무슬림을 혐오하거나 차별하지 않았습니다."

"무슬림 앞에서 삼겹살 시위를 하고 돼지머리도 전시하지 않았습니까?"

"그거야 그럴 수 있죠. 무슬림이 돼지고기를 멀리한다는 걸 알기 때문에 몇 분이 그러신 겁니다. 혐오나 차별에서 나온 행동이기보다는 무슬림이 싫어하는 짓을 작전상 저질렀다고 보는 편이 맞겠죠. 전에 한 주민에게 물었습니다. 무슬림을 어떻게 생각하시냐고. 그러자 무슬림 유학생에게 세를 주었더니 전깃줄에 빨래를 널어서 놀랐다며 욕을 했습니다. 그저 잘 모르는 겁니다. 이슬람교에 대해서. 혐오와 차별은 언론이 만든 프레임입니다. 우리 사회에서 무슬림이 소수이고 그들을 위해 사회단체와 저 같은 사람이 활동하니까 언론이 저희 편을 들어주기 위해서 그런 프레임을 만든 겁니다. 소수는 무슬림이 아니라 주민이었습니다."

오지영은 권 교수의 주장이 신선하다고 생각했다.

"주민들이 재개발을 원해서 사원 건립을 반대했다는 주장도 어폐가 있어요. 대한민국에서 재개발을 반대하는 사람이 얼마나 있겠습니까? 애초에 무슬림이 관행을 모르고 무작정 사원을 만들려고 했어요. 주민들이 보기에 무슬림이 인사도 없이 법대로 하자고 하니까 반대했던 겁니다. 귀농하려고 해도 촌 어르신께 먼저 인사하는 게 관행 아닙니까?"

언론은 이슬람 사원 건립을 추진한 무슬림의 시각에서 기사를 쓰면서도 정작 그들을 대변한 권 교수의 생각은 반영하지 않았다. 권 교수의 주장은 자극적인 스토리를 제공하지 않았기 때문이다.

"저희는 바로 그 지점을 파악하고 주민들과 무슬림 유학생들이 서로 타협하고 사원 건립을 가로막는 오해를 없앤 겁니다."

타협은 주민과 무슬림 사이의 이해관계를 조정해서 얻은 게 아니었다.

"윤미라 변호사는 어떤 분이었습니까?"

"잘 몰라요. 만난 적 없어요."

"함께 활동하지 않으셨나요?"

"사원 건립을 위해 사회단체 임원으로서 앞장섰다는 정도는 압니다. 하지만 윤 변호사님과 직접 대면한 적은 없습니다."

같은 활동을 한다고 해서 서로 잘 알고 지낼 거라는 법은 없지만, 권 교수의 말은 뜻밖이었다.

"교수님을 직접 뵈니 조금은 안심이 됩니다. 사고를 잘 극복하신 것 같습니다."

"그렇게 말씀하시니 형사과장님이 제 은사님인 줄 혼동했습니다. 제가 폭행당한 건 사고도 아니고 극복 대상도 아닙니다."

권 교수의 말에는 가시가 많았다. 상대방이 상처받았을 가능성이 크다.

"혹시 심리 안정을 위해 전문가 상담을 받지는 않으십니까?"

"그럴 필요 없습니다. 제 뒤에는 하나님이 계십니다. 저는 늘 평온합니다."

'하나님'이라는 소리를 듣는 순간 오지영의 머릿속을 스쳐 지나가는 게 있었다. 하지만 그게 무엇인지는 구체적으로 잡히지 않았다. 그녀는 허리를 꼿꼿이 세운 자세로 배웅하는 권 교수와 인사하고 경찰서로 돌아왔다.

과학수사팀은 CCTV를 분석하는 데 많은 시간을 쏟았지만, 사건 당일 범인의 모습을 다른 장소에서 발견하지 못했다. 범인이 범행 직후 비옷을 벗었다면 아무 데나 버리지는 않았을 것이다. 과학수사팀은 접은 비옷과 비슷한 물건을 들었거나 작은 가방 또는 백을 든 사람, 우산을 쓰지 않은 사람 가운데 범인의 신체와 걸음걸이가 비슷한 남자를 CCTV 화면에서 탐색했다. 범위도 대학에서 대학 주변으로, 가까운 곳에서 먼 곳으로, 어제 촬영분에서 시작해 이틀 전, 사흘 전, 나흘 전으로 넓혀갔다.

오지영은 밤에도 사무실에 남았다. 집에 가서 푹 쉬고 싶었지만, JBC 여성 앵커 얼굴이 생각나 잠이 안 올 것 같았다. 그녀는 상념이 판단을 흐리게 할 때 늘 그랬던 것처럼 사건 현장을 둘러보기로 했다.

밤 10시에 K대학 대운동장 입구에 차를 대고, 대운동장 안으로 들어갔다. 시체가 발견된 본부석 아래에는 폴리스라인이 그대로 쳐져 있었지만, 살인 사건이 있었음을 알려주는 것은 눈에 띄지 않았다.

범인은 윤 변호사가 태풍이 불어도 대운동장에 나올 것을 알고 있었다. 전부터 비가 내리거나 바람이 부는 날에도 윤미라 변호사를 관찰했을 것이다. 이는 권윤정 교수에 대해서도 마찬가지다. 범인의 주거지는 대학 근처일 가능성이 크다고 오지영은 생각했다.

오지영은 윤 변호사처럼 운동장을 열 바퀴 돌고 밖으로 나와 후문 쪽으로 발걸음을 옮겼다. 교회 골목을 지나 이슬람 사원 골목으로 들어섰다. 시각은 11시 10분이었다. 폭행 사건이 발생한 비슷한 시각에 도착한 셈이다. 그녀는 이슬람 사원 현관 앞에서 정면을 봤다. 일반 주택과 크게 다르지 않았다. 불은 꺼져 있었다. 권 교수가 폭행당할 때 경찰에 신고한 이웃이 사는 2층도 불이 꺼져 있었다. 골목 오른쪽에 주차한 승용차 뒤로 들어갔다. 승용차와 담벼락 사이의 공간이 비좁았다. 범인이 권 교수를 효과적으로 공격하지 못한 이유는 공간이 너무 좁고 어두웠기 때문일 것이다. 유일한 가로등은 골목 입구 전봇대에 달려 있어 거리가 멀다. 가정집 창문에서 나오는 불빛들이 골목길을 희미하게 비추고 있었다.

오지영은 권 교수 빌라 쪽으로 주변을 살피며 천천히 걸었다. 범인이 달아난 방향이다. 앞을 가로막은 K대학 담장은 생각보다 높지 않았다. 그녀는 담 위쪽을 두 손으로 잡고 상체를 담 위로 들어올렸다. 오른쪽 다리를 먼저 넘긴 뒤 왼쪽 다리를 끌어당겨 대학 안으로 들어갔다. 담장을 넘으니 어두운 숲이다.

휴대폰 라이트로 앞을 비추며 나아갔다. 야구장이 나왔다. 운동장 가운데에는 텐트가 그대로 있었다. 야구장을 가로질러 대운동장 본부석 뒤로 올라갔다. 범인이 숨어 있던 본부석 기둥 뒤에 서 보았다. 조금 전 그녀가 걸었던 트랙을 아직도 많은 사람이 돌고 있었다. 운동장 밖 가로등이 그들의 윤곽을 희미하게나마 보여주었다. 범인이 트랙을 도는 윤 변호사의 모습을 세심하게 관찰하기 쉬웠을 것이다.

오지영은 다시 야구장을 가로지르고 숲을 지나 담을 넘어 이슬람 사원 골목 안으로 들어갔다. 골목길을 비추던 주택가 불빛은 몇 남지 않아 더욱 어두컴컴했다. 이슬람 사원을 지나 CCTV와 가로등이 있는 골목 입구로 나왔다. 그리고 다음 골목을 지나 대학 후문 쪽으로 향했다. 대운동장 앞에 세워둔 승용차로 가기 위해서였다. 후문 앞거리는 편의점이 불을 밝히고 있을 뿐 어둡고 적막

타오

했다. 교회 골목 입구를 지나 편의점 앞을 지나쳤다. 그때였다. 쨍– 하는 소리가 들렸다.

뒤를 돌아보았다. 방금 지나온 교회 골목 안쪽에서 희미한 불빛이 흘러나왔다. 불빛은 흔들리고 있었다. 본능적으로 화재임을 눈치챘다.

"불이야! 불이야!"

그녀는 빛을 따라 골목 입구로 달려가며 교회로 방향을 틀었다. 교회 현관에서 불이 번지고 있었다. 휘발유 냄새다. 바닥에는 깨진 병 조각으로 보이는 작은 물체들이 흩어져 빛을 반사했다. 누군가 화염병을 던진 것이다.

"불이야! 불이야!"

소리치며 주위를 둘러보았다. 교회 옆 어둠 속에 누군가가 웅크리고 있었다. 그가 어둠 속에서 튀어나오더니 그녀를 어깨로 밀치고 달아났다. 무방비로 있던 오지영은 본능적으로 왼팔로 낙법을 하면서 오른손으로 괴한의 발목을 잡으려 했다. 하지만 그는 한 걸음 앞서 골목 밖으로 뛰어갔다. 오지영은 일어나 그를 쫓으려다 불부터 꺼야 한다고 생각했다. 다시 소리쳤다.

"불이야!"

오른손으로 휴대폰을 꺼내 119를 눌렀다. 상황실 근무자에게 신분과 위치를 알려주었다. 주변을 둘러보았다. 불을 끌 만한 것이 보이지 않았다. 괴한이 뛰쳐나온 어둠 속에서 작은 물체가 빛에 반사됐다. 소화기였다.

오지영은 달려가 소화기를 잡기 위해 왼손을 뻗었다. 하지만 뼛속까지 고통스러워 비명을 질렀다. 아까 낙법을 쓸 때 왼팔을 다친 것이다. 오른손과 무릎을 이용해 소화기를 들었다. 핀을 뽑고 불이 붙은 현관 앞으로 가 분말을 뿌렸다. 불길이 작아졌다. 그녀는 현관 앞으로 더 전진했다. 소화기를 불꽃 한가운데에 들이댔다. 동네 주민이 불이라고 소리치며 뛰어왔다. 남자가 좀 더 가깝게 접근해서 소화기를 뿌려댔다. 불은 꺼졌다.

몇 분 후 사이렌 소리가 들리고 소방관들이 뛰어왔다. 그들은 불이 진화됐음을 확인하고 오지영 앞으로 왔다. 주민이 그녀가 불을 껐다고 큰 소리로 칭찬했다. 소방관 둘이 왼쪽 팔을 받치고 있는 오지영을 부축해 구급차에 태웠다.

휴대폰이 울렸다. 김태경 형사였다. 목소리가 청량하면서도 다급했다.

"과장님, 이제야 받으시네."

"무슨 일이야?"

"빨리 이곳으로 오셔야겠습니다. 팀장님도 나와 있습니다."

"어딘데?"

"K대학 기숙사 앞인데요, 인도네시아 여학생이 괴한에게
폭행당했습니다. 아침 기자회견 때 참석한 그 여학생 기억
나시죠? 크게 다치지는 않았는데 뭔가 심상치가 않아요.
119 불렀습니다."

차량 통행이 드문 한밤의 대학 구내이기 때문에 구급차
는 사이렌을 울리지 않았다. 후문에서 기숙사까지 2분 만
에 도착했다.

구급차에서 내리는 오지영을 보자 형사들은 입을 다물지
못했다. 최계호 팀장은 눈이 얼마나 커졌는지 미간 주름
이 이마로 올라갈 정도였다. 최우진, 이지혁, 박곤 형사도
보였다. 김태경 형사가 폭행당한 피해자로 보이는 인도네
시아 유학생의 어깨를 감싸고 있었다. 여학생의 부상 정도
는 심하지 않아 보였다. 옆에는 친구들이 모여 있었다.

오지영 또한 형사1팀 전원이 모여 있는 것을 보고 놀랐다.
자기 생각을 솔직하게 표현하는 데 누구에게도 뒤지지 않는
김태경 형사가 놀라면서도 의아하다는 표정으로 물었다.

"과장님이 왜 거기서 나와요?"

"후문 앞 교회에 방화가 있었어."

"방화? 다치셨어요? 팔이 왜 그래요?"

김 형사의 물음에 소방대원이 보고하듯이 대답했다.

"방화범과 격투하다가 왼쪽 팔이 부러진 것 같습니다. 불은 껐습니다."

김 형사는 눈만 동그랗게 뜬 채 말을 잇지 못했다.

형사들은 인도네시아 여학생 폭행과 교회 방화가 동시에 발생해 머릿속이 복잡해졌지만, 뭐든 단서를 찾아야 한다는 본능이 꿈틀거렸다. 최계호 팀장이 최우진, 이지혁 형사를 교회로 보냈다. 박곤 형사는 기숙사 관리자와 학생들을 만나 진술을 듣고 근처 CCTV 동영상을 확보하기로 했다. 김 형사는 대운동장 앞에 주차한 오지영 과장의 차를 K대학병원으로 운전해가기로 했다. 오지영과 최 팀장, 인도네시아 유학생과 한국인 친구가 구급차에 탔다. 구급차는 대학병원으로 향했다.

사건이 복잡해지고 있었다. 그럴수록 오지영은 냉정함을 잃지 않았고, 어려운 수학 문제를 푸는 학생처럼 핵심이 무엇인지 차분하게 생각했다.

구급차 침대에는 오 과장과 유학생이, 맞은편에는 최 팀장과 한국인 친구가 앉았다. 오 과장이 유학생에게 물었다.

"이름이 뭐예요?"

"데위 소라야."

"많이 다쳤어요?"

"참을 수 있어요."

"어떻게 된 거예요?"

"기숙사 들어가는 길에 갑자기 뒤에서 누가 머리를 때렸어요. 쓰러진 제 허리와 다리를 발로 찼어요. 얼굴은 못 봤어요."

"무슨 공부를 하죠?"

"컴퓨터공학 석사과정 중이에요."

"소라야 양을 폭행한 사람이 누구인지, 의심 가는 사람 있나요?"

"없어요."

오지영은 데위 소라야의 진술에 의문을 품었다. 너무 빨리 단정해서 대답했다. 이런 상황에서는 누구든 의심 가는 사람을 생각하기 마련이다.

"1팀 전원이 출동하셨네요."

최계호 팀장은 오 과장의 부상 때문인지 심하게 인상을 찌푸렸다.

"대학 주변에서 탐문수사하던 형사들과 근처에서 맥주 한 잔하고 있었소. 지령실에서 연락이 와서 바로 출동한 거요. 여기 있는 소라야 양의 친구가 신고했어요. 어떻게 된 거요?"

"현장 주변을 둘러보다가 교회 방화를 목격했어요. 운이 좋은 거죠. 교회가 불타는 것을 막았으니."

"운이 좋아 보이지는 않소. 방화범 얼굴은 봤어요?"

"얼굴을 가렸어요."

이슬람 사원 건립에 앞장선 교수가 폭행당하고 변호사가 살해당한 데 이어서 범인을 꼭 잡아달라고 요청한 무슬림 유학생이 폭행당했다. 이슬람 사원 옆 골목 기독교 교회에선 방화가 발생했다. 갈등의 본질이 무엇이든 언론은 좋은 먹잇감이 생겼다고 달려들 것이다.

병원 응급실 앞에는 김인석 서장이 사복 차림으로 나와 있었다. 그는 왼쪽 팔을 몸에 붙이고 구급차 안에서 조심스럽게 내리는 오 과장을 근심 가득한 눈으로 바라봤다.

데위 소라야는 머리에 혹이 생겼고 허리와 다리에 타박상과 멍이 들었다. 그녀는 치료를 받고 친구와 함께 기숙사로 돌아갔다. 그녀의 표정은 기자회견장에서처럼 당당하고 의연했다. 최계호 팀장과 김태경 형사도 열여덟 시간 만에 퇴근했다. 응급실에는 오지영 형사과장과 김인석 서장이 남았다.

"인도네시아 유학생을 폭행한 자가 권윤정 교수를 폭행

하고 윤미라 변호사를 살해한 범인일까?"

"학생을 때린 자는 망치나 송곳을 쓰지 않았고 폭력의 세기도 약합니다. 괴성을 지르지도 않았고요."

"왜 소라야 씨를 폭행했을까?"

지금은 그 누구도 대답할 수 없는 질문이다. 오지영은 김서장이 왜 이렇게 질문하는지 알아차렸다. 새벽의 대학병원 응급실에서 조용한 수다로 그녀의 생각을 떠보고 약점을 잡아 흔들어보려는 것이다. 습관적으로.

"데위 소라야 씨는 개인적으로 원한을 살 만한 사람이 없다고 했지만, 앙심을 품고 폭행했을 가능성은 있습니다. 단순 폭행이나 우발적인 폭행은 아닌 것 같습니다. 뒤를 쫓아왔다고 하니까요."

"기자회견 때 소라야 학생이 한 발언과 관계가 있을까?"

오지영은 '그야 모르죠'라고 대답하려다가 참았다.

"교회에서 방화 사건이 발생한 게 몇 시쯤이었지?"

"밤 11시 50분쯤이었습니다."

"소라야 학생 폭행은?"

"형사들이 추정하기로는 11시 반쯤입니다."

서장은 왼쪽 팔에 깁스하는 오지영을 지켜보면서 이삼 일집에서 푹 쉬라고 했다. 그녀는 빈말이라고 생각했다. 이런 상황에서 형사과장이 또 휴가를 낸다는 것은 상상할 수 없는 일이다. 서장은 세상 걱정을 혼자 짊어진 듯 깊은 시름에 잠긴 모습으로 귀가했다. 오지영은 자기 승용차에 올랐다. 평소 왼손으로만 운전하다가 오른손으로 운전하려니 불편했다. 새벽이라 차들이 쏜살같이 달려 겁이 났다. 다친 몸으로 혼자 남은 대도시의 새벽은 얼음장같이 냉혹하게 보였다.

새벽 3시에 집에 도착했다. 깁스를 잠시 풀고 몸도 씻었지만, 옷을 벗고 입기가 불편했다. 팔을 움직일 때마다 통증이 밀려왔다. 몸은 피곤했지만 침대에 누워서도 잠을 이루지 못했다.

아침 뉴스에 나올까? 기자들은 아직 모를 것이다. 하지만 내일 낮부터는 무슬림 유학생 폭행 사건과 교회 방화 사건을 다룰 것이다. JBC 뉴스와 여성 앵커에까지 생각이 미치자 잠자기를 포기했다. 더 이상 누워 있는 게 의미 없다고 생각해 침대에서 벌떡 일어났다. 왼쪽 팔에 심한 통증이 느껴졌다. 깁스는 침대 위에 던져버렸다.

배가 몹시 고팠다. 냉장고에 달걀 몇 개와 유통 기한이 지난 우유가 조금 남아 있었다. 달걀 세 개를 깨고 우유를 조금 넣어 섞은 뒤 스크램블을 만들었다. 커피를 내려 마신 뒤에 가장 비싸다고 기억하는 티셔츠와 재킷을 입고 경찰서로 출근했다. 방송기자와 인터뷰할 일이 생길지 모르기 때문이다. 새벽 6시 30분 사무실에 도착해 휴대폰으로 라이브 뉴스를 틀었다.

정치와 경제 뉴스가 끝나고 JBC 박우태 기자가 방화 사건이 발생한 교회 현관 앞에서 리포트를 시작했다. 이슬람 사원 골목과 K대학 대운동장에서 사원 건립에 앞장선 교수와 변호사가 변을 당하자, 이번에는 기독교 교회 건물에 누군가 불을 질렀다고 보도했다. 다행히 주민들의 신속한 대응으로 불은 꺼졌지만, 하마터면 주택가 밀집 지역에서 큰 화재가 발생할 뻔했다고 말했다. 그리고 방화 현장에 형사과장이 있었는데도 용의자를 눈앞에서 놓쳤다고 꼬집었다.

그는 교회 방화 사건 다음에 무슬림 유학생이 테러를 당했다고 하면서 이슬람과 기독교 신자 간 갈등이 더 큰 폭력 사태로 번지지 않을까, 주민이 걱정하고 있다고 전했다. 마치 폭력 사태로 사건이 발전하기를 바라는 것 같다고 오지영은 생각했다. 그녀는 박 기자를 테이저건으로 쏴버리고 싶었다.

몸을 사리지 않고 불이 번지는 걸 막았지만, 상처뿐인 영광이었다. 오전 9시에 시작한 형사과 회의 분위기는 역시

나 암울했다.

"교회 골목에서 펑 소리가 났을 때가 어젯밤 11시 50분쯤이었습니다. 김 형사 전화를 받고 기숙사로 가기 위해 구급차를 탔을 때가 11시 55분이었고요. 데위 소라야 학생이 폭행당한 시간은 어젯밤 11시 30분이었습니다. 근처 교내 CCTV에 폭행 장면이 찍히지는 않았지만, 뛰어가는 용의자의 뒷모습이 다른 도로에 있는 CCTV에 찍혔습니다. 뉴스 보도는 마치 교회 방화가 발생한 뒤 무슬림 여학생이 폭행당했다며 두 사건이 보복 행위의 결과라도 되는 것처럼 오해하도록 유도했습니다. 전후 인과관계가 없다는 점을 잘 알기 바랍니다."

신소식 형사3팀장이 말했다.

"인도네시아 유학생 폭행 사건과 교회 방화 사건 보도자료는 출입 기자들에게 메일로 보냈습니다. JBC 박우태 기자에게는 따로 연락해서 설명하겠습니다."

"따로 설명할 필요는 없습니다."

오지영은 자리를 고쳐 앉았다. 팔에 통증이 가라앉지 않아 거북했다. 몸을 움직이자 통증이 더 올라왔다.

"박곤 형사, 데위 소라야 씨 폭행 사건, 단서가 될 만한 게 있습니까?"

박곤 형사는 활달하고 신속하게 일을 처리하지만, 성격이

타오

조금 급한 편이다. 비슷한 나이의 상관이라서 그런지 늘 서먹서먹하게 대했다.

"용의자 뒷모습이 찍힌 걸 캡처해서 데위 소라야 학생 친구에게 보냈습니다. 어제 기숙사에서 만난 학생들에게도 보냈고요. 그 학생들이 사진을 다른 친구들에게도 전달하면 제보가 좀 들어올 것 같습니다."

"용의자가 얼굴을 가리지 않았나요?"

"뒷모습만 찍혔기 때문에 그건 알 수 없습니다."

김태경 형사가 끼어들었다.

"용의자가 교수를 폭행하고 변호사를 살해한 그자일 가능성은 없을까요?"

최계호 팀장이 김 형사를 한심하다는 투로 나무랐다.

"그걸 말이라고 하나? 데위 소라야 씨를 폭행한 놈이 둔기나 송곳을 사용했나? 괴성을 지른 것도 아니고. 생각 좀 하고 말해, 동네 아줌마처럼 떠들어대지 말고."

회의 분위기가 순식간에 냉랭해졌다. 김 형사가 발끈하려는 순간 오 과장이 아랑곳하지 않고 회의를 이어나갔다.

"최우진 형사와 이지혁 형사, 교회에서 발견한 단서는 없어요?"

"교회 골목에는 CCTV가 없습니다. 화염병은 소주병에 휘발유를 넣은 것입니다."

"소화기 위치는 원래 어디였습니까?"

"교회 입구 현관 옆 구석에 있는 박스 안에 둡니다. 그런데 어젯밤 용의자가 소화기를 치운 뒤 화염병을 던진 것 같습니다. 과장님 진술에 따르면 말이죠."

"나를 밀고 달아난 사람이 숨어 있던 교회 옆 어두운 공간, 그곳에 소화기가 있었어요. 그걸로 불을 껐고요. 하지만 뭔가 부자연스러운 점이 있어요."

"그게 뭔데요?"

김태경 형사가 물었다.

"왜 도망가지 않고 소화기가 있는 장소에 숨어 있었느냐는 거지. 내가 골목 밖에서부터 불이야 하고 소리 질러서 그랬을 수도 있지만."

이지혁 형사가 고개를 갸우뚱하며 말했다.

"교회 현관은 시멘트와 돌 장식으로 꾸몄거든요. 문은 나무로 만들었지만, 표면은 철판으로 덧대었습니다. 그래서 현관은 불이 붙더라도 크게 번지지 않았을 거란 생각이 들더라고요."

"그런가? 그건 몰랐군."

이 형사가 계속 말을 이었다.

"그리고 용의자는 문을 향해 화염병을 던지지 않았습니다. 화염병은 현관 바닥에 떨어져 깨졌고 교회 정문에는 휘발유가 묻지 않았습니다."

최우진 형사가 이어 말했다.

"어젯밤 교회 방화 사건 현장에 목사와 주민 몇 명이 나와서 분통을 터뜨렸습니다. 목사는 이슬람 신자 가운데 과격파가 화염병을 던졌다고 격분하더라고요. K대학에 유학하는 무슬림 학생들은 대부분 석사, 박사학위를 따러 왔다고 했더니, 목사가 흥분하더라고요. 무슬림이 석사, 박사학위 받는다고 기독교인처럼 이웃을 사랑하는 사람이 되겠느냐, 한 손에는 칼, 한 손에는 코란을 들고 천 년 전부터 포교한 무서운 이교도 아니냐고 하면서 말입니다. 저한테 무슬림 편들지 말라고 하더라고요."

구자광 2팀장이 그 말을 듣고 말했다.

"어쩌면 수사는 뒷전이고 데모 막으러 나가야 하는 거 아냐?"

4

휴대폰이 울렸다. 정보과장이다. 오지영은 무슨 일이 일어 났음을 직감했다. 정보과장은 순경에서부터 시작해 경정 까지 승진한 노련한 경찰관이었다.

"서장님한테는 보고했는데, 오 과장도 상황을 아셔야 할 것 같아서요."

오지영 과장은 이슬람 사원에서 집회나 소요가 발생한 게 아닐까 싶었다.

"전에 이슬람 사원 건립 때 주민이 공사 현장 앞에서 삼겹 살 먹으며 시위하고 돼지머리 전시도 했잖습니까? 조금 뒤 그걸 또 하려고 해요. 어젯밤 교회 방화 사건의 범인이 무슬림 학생이나 사회단체 회원이라고 항의하는 것 같네 요."

"그렇게 시위를 벌여 기정사실화 하려는 겁니다. 누가 주 도합니까?"

"교회 목사가 합니다. 기자들이 몰려들 거요. 이슬람 사 원이 문을 연 뒤에는 무슬림들이 수시로 드나들지 않습니 까? 그 앞에서 돼지머리 갖다 놓고 삼겹살 시위까지 하면 주민과 무슬림 사이에 충돌이 일어날지도 몰라요. 경비과 장이 인력을 모두 동원해서 무슬림 학생들이 방해받지 않

타오

고 사원에 드나들 수 있도록 안전 통로를 만들 겁니다."

통로 만드는 행위도 기자들에게는 좋은 그림이 될 것 같았다.

"내 생각으로는 혹시 오늘 모이는 군중 속에 그자도 오지 않을까 해서…."

오지영은 그제야 정보과장이 무슨 말을 하려고 하는지 깨달았다.

"그렇군요. 과장님, 감사합니다."

"정보과 형사들 모두 현장으로 갈 겁니다. 주민 쪽, 사회 단체 쪽 접촉하는 형사들은 벌써 가 있고요. 경비과도 출동합니다."

정보과장이 전화를 끊자, 오지영은 서장에게 전화해 형사과 계획을 보고하고, 형사들에게 이슬람 사원 골목으로 집결하라고 했다. 과학수사팀장은 경찰서 안에 있는 카메라를 모두 들고 나가 경찰과 기자를 제외한 모든 사람을 촬영하기로 했다. 오지영도 사무실을 나섰다. 경찰서 앞마당은 전투를 앞둔 병력처럼 경찰과 차량이 뒤엉켜 출동 준비를 하고 있었다.

낮 12시가 가까워지자, 이슬람 사원 골목에는 경찰과 기자들로 발 디딜 틈이 없었다. 주민 10여 명이 사원 현관 앞에 공간을 만들어 행사를 준비하고 있었다. 무슬림 유학생은 보이지 않았다. 경찰은 우발적인 충돌을 예방하기 위해서 안전 통로를 만들기에 앞서 무슬림 유학생에게 사원 출입을 자제해달라고 요청했다.

이슬람 사원 앞에 설치한 긴 테이블 위에는 돼지머리가 놓여 있었다. 옆에서 40대 남자가 프라이팬을 놓고 삼겹살을 굽기 시작했다. 그 모습을 카메라 기자들이 촬영했다. 주민들은 전보다 훨씬 많은 기자와 경찰이 모인 것을 보고 내심 당황했다. 공사 중 시위 때는 한두 명의 기자만 왔을 뿐이었다. 그때 사원 옆 주택 문이 열리더니 할머니가 나타났다.

"동네 시끄럽게 왜들 이래! 남의 집 앞을 막아놓고 말이야. 무식하게…."

할머니는 삼겹살 주위에 모인 주민들을 노려본 뒤 집으로 들어가 문을 쾅 닫았다. 행사에 참여한 주민은 극히 일부였다. 오지영은 그들이 언론의 시선에 주눅 들어 삼겹살만 먹고 그냥 집으로 돌아가면 좋겠다고 생각했다. 그래서 뭔가 자극적인 장면을 기다리는 기자들이 잔뜩 실망하는 모습을 보고 싶었다. 그러면 경찰도 조용히 철수해서 구내식당에 모여 모처럼 편안하게 오찬을 즐길 것이다.

카메라 기자들은 삼겹살이 노릇노릇하게 익자 주민들을 반원형으로 둘러싸고 촬영하기 시작했다. JBC 카메라 기자는 영상이 잘 나오게 하려고 주민이 서 있는 위치를 바꿔달라고 요청하기도 했다. 주민들은 무슬림 비난 행사를 기자들이 마치 먹방 프로그램처럼 연출하자 고기 먹기를 그만두었다. 오 과장 옆에 있던 정보과장이 그 장면을 보고 살짝 웃었다. 삼겹살 파티는 그렇게 끝날 것 같았다.

오지영은 주위를 살펴보았다. 그자가 현장에 왔을까? 과학수사팀 형사들은 주변 사람들이 알아차리지 못하게 촬영하고 있었다.

누군가가 오지영의 왼팔을 툭 치고 지나가 소스라치게 했다. 그는 그녀의 고통 따위는 관심 없다는 듯 씩씩하게 주민을 등지고 서더니 마이크를 들었다. 최계호 팀장이 찡그린 표정으로 오지영의 일그러진 얼굴에 대고 그가 목사라고 무뚝뚝하게 말했다. 카메라 수십 대가 목사의 얼굴을 향했고, 기자 한 명이 여러 개를 한데 묶은 무선마이크 뭉치를 앞에 가져다댔다.

"국민 여러분, 이곳 주민이 무슬림 교수와 변호사를 테러했다고 합니다. 이게 무슨 망발입니까? 그래서 그런 겁니까? 어젯밤 하나님의 성전이 불에 탔습니다. 대체 이게 무슨 일입니까? 복수한 겁니까? 교회가 이교도의 깃발 아

래 테러를 당했습니다. 전능하신 주 하나님, 저들을 용서
하여주십시오. 저들은 자신이 무슨 짓을 하고 있는지 모
릅니다."

목사의 말에 관심을 가질 기자는 없을 테고, 목사 자신도
그 점을 모르지 않을 것이다. 문제는 뉴스를 통해 목사의
말을 듣는 일부 시청자다.

"대한민국에는 종교의 자유가 있습니다. 이교도가 판을
쳐도 좋습니다. 괜찮습니다. 어쩌겠습니까? 제가 정말로
우려하는 것은 주민을 갈기갈기 찢어놓고 마음을 갈라놓
은 당국입니다. 이제 평화가 찾아왔나 싶은데 다시 전쟁
이 벌어졌습니다. 특히 경찰은 한 달 전 폭행 사건을 제대
로 조사하지 않아 결국 갈등을 키웠습니다. 두 번째 사건
을 예방하지 못해 사람이 죽었습니다. 이거 어떻게 책임질
겁니까? 급기야는 하나님의 성전이 불에 탔습니다. 오, 주
나의 하나님! 거룩하신 나의 하나님! 복수는 복수를 낳
고, 원수는 원수를 낳는다고 합니다. 앞으로 어떻게 하시
겠습니까? 당국은 어떻게 할 겁니까?"

오지영은 어디선가 많이 본 듯한 목사의 모습에 눈살을
찌푸렸다.

"앞으로 이교도의 사원에는 얼씬도 하지 못할 겁니다. 보
십시오. 이제 안 오지 않습니까? 만일 이 골목에 얼씬거리

타오

다가 테러라도 당하면 어떻게 할 겁니까? 누가 책임질 겁니까? 그래서 오지 않는 겁니다."

기자들은 재미없어하는 눈치였다. 목사의 말이 수준이 낮아서이거나 기대와는 달리 종교전쟁이 벌어지지 않아서일 것이다. 한 여성 기자가 목사에게 물었다.

"지금 말씀하시는 분은 누굽니까? 교회 현관문을 방화한 사람이 무슬림이나 사회단체 회원일 수 있다는 말씀인 것 같은데, 근거가 있습니까?"

질문한 기자는 발음이 분명한 전형적인 방송기자였다. 긴 머리에 화장기 없는 얼굴, 바늘로 찔러도 피 한 방울 안 날 것처럼 야무지게 생겼다. 오지영과 비슷한 체격이었는데 말하면서 목사 코앞까지 다가갔다. 그 옆에 있는 카메라 기자가 목사를 촬영하고 있었다. 목사가 기자에게 되물었다.

"지금 질문하시는 분은 누굽니까?"

"MKBC 정상원 기자입니다."

"하나님이 지켜보고 계십니다. 눈으로 보아야 믿습니까? 믿는 자, 서로를 알아볼 것이다, 아멘."

정상원 기자는 목사의 말을 무시했다.

"목사님 말씀은 잘 들었습니다. 이제 주민 대표님이 이렇게 하시는 이유가 무엇인지 설명 좀 해주세요. 이슬람 사원이 이미 준공돼서 지난 5월부터 신자들이 기도처로 이용하고 있는데, 문을 막은 이유는 뭡니까?"

기자의 질문에 주민들은 서로 눈치만 보았다. 목사가 다시 앞으로 나섰다.

"제가 주민 대표 이영태입니다."

"목사님은 대표가 아니잖아요. 누구든 이슬람 사원 앞에 돼지머리 갖다놓고 삼겹살 구워 먹는 이유를 말씀해주세요."

기자가 자신을 무시하자 목사가 흥분했다.

"그걸 몰라서 묻습니까? 이슬람을 도와준 조력자가 죽었다고 누군가 앙심을 품고 교회에 불을 지른 겁니다. 거룩하시고 위대하신 우리의 하나님, 아멘! 그리고 이렇게 갈등이 치닫게 된 건 저기 보이는 저 여자, 수사도 제대로 하지 않은 수사책임자, 여자 형사과장 때문입니다, 오, 주여!"

말이 끝나기도 전에 카메라 기자 한 명이 오지영을 알아보고 촬영하기 시작했다. 다른 기자들도 오지영 쪽으로 카메라를 돌렸다. 어떤 기자는 목사에서 오지영으로, 오지영에서 목사로 카메라를 돌리며 촬영했다. 누군가 오지영에게 물었다.

"오지영 형사과장님, 주민이 경찰을 비난하고 나섰습니

다. 하실 말씀 없습니까?"

기관장도 아니고 범인 잡는 수사 형사가 무슨 말을 한다는 건가? 기자의 요구대로 한 말씀 하면 진짜 사건이 될 것이다. 오지영은 자리에서 빠져나가려고 골목 입구 쪽으로 걸음을 옮겼다. 왼쪽 팔이 갑자기 흔들리자 가라앉았던 통증이 재발했다. 카메라 기자들이 뒤따라오며 촬영했다. 취재기자들이 주민의 비난에 대한 의견을 밝히라고 소리쳤다. 사람들이 골목에 가득했기 때문에 쉽게 빠져나오지 못했다. 형사들이 앞길을 트면서 오지영을 기자들로부터 떼어내 경찰차에 태웠다. 오지영은 경찰서로 가는 내내 얼굴이 화끈거렸다. 그러면서도 자신이 왜 도망치듯이 나왔는지 후회했다.

고통으로 일그러진 얼굴을 순간적으로 어떻게 포착했을까? 오지영은 인터넷 뉴스에 나오는 자기 얼굴을 보면서 카메라 기자를 죽이고 싶었다. 뉴스 내용은 더 가관이었다. 기자를 피해 달아나는 모습이 그녀가 보아도 불쌍하게 보였다. 뉴스로만 오지영을 보는 시청자는 그녀가 사회 갈등만 유발한 무능한 경찰관이라고 생각할 것이다. 뉴스 내용은 사건에 대한 언급은 없이 골목에 가득 찬 경찰과 취재진의 모습을 보여주면서 테이블 위에 놓인 돼지머리와 삼겹살 굽는 장면, 목사가 말하는 대목 가운데 일부를 편집한 것, 오지영이 도망치듯 빠져나가는 모습 등 시청자의 흥미를 유발할 만한 내용들로 구성되었다. MKBC 정상원 기자의 리포트는 갈등 재현 가능성이 우려된다고 하면서도 오늘은 무슬림 학생들이 사원 출입을 자제해 다행히 충돌이나 사고가 없었다고 보도했다. JBC 뉴스는 보지 않았다.

얼마 뒤 최계호 팀장은 상황이 모두 종료됐다고 전화했다. 정보과장도 오지영 과장에게 전화해 취재진의 반응에 신경 쓰지 말라고 위로했다. 전화가 끝나자 서장으로부터 전화가 왔다.

"오 과장, 팔도 아픈데 지금 집으로 들어가게. 깁스도 풀지 말고. 일단 푹 쉬고 내일 아침 출근하지. 명령일세."

그녀는 서장의 말을 이해할 수 없었다.

"저는 괜찮습니다. 저녁에 회의도 해야 합니다."

"내가 최계호 팀장에게 물어봤네. 골목 삼겹살 시위가 끝난 뒤 형사들이 자기가 맡은 구역에서 탐문수사를 시작했다고 하네. 특별한 일이 생기면 오 과장에게 연락하지 않겠나? 그러니까 약 먹고 쉬게."

서장의 배려 방법은 과장을 제쳐두고 아래 팀장에게 수사

지휘를 직접 하는 것이다. 그러니까 한마디로 형사과장을 물먹이는 것이다.

그녀는 사무실을 나와 집으로 갔다. 시원한 생수를 한숨에 들이켰다. 침대에 눕자마자 잠이 들었다. 꿈속에서도 목사가 왜 삼겹살 파티를 열었는지, 수수께끼 프로그램에 출연한 도전자처럼 열심히 해답을 찾으려 했다.

깨어보니 저녁 8시가 조금 지나 있었다. 형사로부터 온 전화나 문자는 없었다. 아마도 푹 쉬라고 배려한 것이리라. 하지만 오지영은 형사들로부터 동정을 받는 것 같아 마음이 편하지 않았다. 이 국면을 강력하게 돌파해야 한다고 마음을 다잡지만, 사건의 핵심에서 겉돌고 있었다.

점심을 건너뛰어서 그런지 뭘 좀 먹어야 할 것 같았다. 냉장고는 텅 비어 있었다. 서랍에서 라면을 꺼내 끓였다. 끓이다가 달걀도, 파도, 김치도 없다는 게 생각났다. 그녀는 라면 먹기를 그만두고 자리를 박차고 일어났다. 그녀가 불안한 자기 자신을 마주하게 될 때 유일하게 마음의 안정을 찾을 수 있는 곳은 결국 사건 현장이었다. 집에 혼자서 멍한 상태로 앉아 있다가는 잠 한숨 못 자고 또다시 날을 샐 것 같았다.

밤 10시 30분. 이슬람 사원에는 아직도 불이 켜져 있었다. 낮에 돼지머리를 올려놓고 현관을 가로막고 있던 테이블은 치워진 상태였다. 오지영 과장은 현관을 밀고 안으로 들어갔다. 주택을 개조한 곳이라 기도실 규모가 작았다. 기도실로 들어가기 전 오른쪽 공간에 손발을 씻는 곳이 있었고 왼쪽에도 작은 공간이 있었다. 그곳에 익숙한 얼굴들이 있었다. 인도네시아 유학생 데위 소라야, 심리학과 정은이 학생, 그리고 40대 중반으로 보이는 한국인 남성이었다. 기자회견 때 경찰 수사를 비난했던 사회단체 회원이었다. 그는 자신을 다문화교류연구원 사무국장 이진우라고 소개했다. 이진우는 속내를 가늠하기가 어려운 사람처럼 보였지만, 과묵하다는 인상은 주지 않았다.

"밤이 늦었는데 이곳에 계시니까 걱정이 되는군요."

오지영의 우려에 이진우가 대수롭지 않다는 듯이 말했다.

"무슬림을 옹호한 분들이 테러를 당했다고 해서 또 당하겠습니까?"

"왜 이영태 목사가 집회를 주도한 겁니까?"

"그 사람이 재개발추진위원장입니다."

"자기 교회도 있는데 재개발을 추진해요?"

"재개발은 곧 돈이니까요. 그 사람은 한국 기독교에서도 인정하지 않는 사람이에요."

"사이비 교단인가요?"

"아무도 모르는 교회입니다. 존재감이 없어서 공식적으로 이단이라고 규정되지도 않았습니다. 여락노자선교원이라고 들어보셨습니까?"

"아니요. 교리에 문제가 있나요?"

"노자의 무위자연의 도를 기독교에 접목했다고 하는데, 무슨 뜻인지는 아무도 모릅니다."

"교파가 큰가요?"

"여기 교회 한 곳뿐입니다."

이런 내용을 정보과 형사들은 왜 파악하지 못했을까? 형사들은 표면적인 갈등 관계에만 주목해왔다.

"이영태 목사는 교회 땅을 비싸게 팔기 위해서 재개발추진위원회 위원장을 맡았습니다. 그런데 이슬람 사원이 들어서게 되면 재개발에 방해가 된다고 본 겁니다. 무슬림들이 사원을 사수하기 위해 나가지 않을 거라고 본 거죠."

"결국엔 사원 건립을 용인했잖습니까?"

"부동산 경기가 가라앉고 건축비가 오르면서 시공사들이 공사를 기피하니까 주민들도 재개발은 물 건너갔다고 생각한 겁니다. 그래서 이슬람 사원 건립을 막지 않게 된 거죠. 하지만 이영태 목사는 추진위원장이니까 뭔가를 계속해야 하는 겁니다."

"왜 그렇죠?"

"그 사람은 추진위원회 위원 40명을 모집해서 100만 원씩 활동비를 걷었습니다. 정비업체로부터 지원도 받았고요. 그러니까 재개발을 계속 추진해야 하는 거죠."

데위 소라야가 고개를 끄덕이며 말했다.

"맞아요. 하지만 다른 주민은 나쁘지 않아요. 어떤 할머니는 얼마나 똑똑하기에 유학을 왔느냐면서 요구르트 한 박스를 주신 적도 있어요."

정은이도 그 말에 동의하는 것 같았다.

"재개발이 무산되자 주민들은 결과를 그대로 받아들이고 있는데, 목사가 자꾸만 뭔가를 꾸미는 것 같아요."

무슬림을 옹호한 학생들은 목사에 대한 인식이 좋지 않았다. 오지영은 학생들이 이번 폭행 사건과 살인 사건에 목사가 연루되었을 것으로 생각하는지 궁금해서 물었다.

"윤 변호사 피살사건에 대해서 의심 가는 사람이 있나요?"

"그건 모르겠어요. 사실 오늘도 대책을 논의하기 위해 모였거든요. 지금은 모두 돌아가고 우리만 남았지만. 하지만 사건에 대해서는 아는 바가 없어요."

"이 사원의 소유는 누구인가요?"

이진우 사무국장이 대답했다.

"토지 소유주는 따로 있습니다. 무슬림 단체가 토지만 임차한 겁니다. 학생과 사회단체로부터 기부를 받아서 사원을 짓고 토지 임차료를 냅니다."

"토지 주인은 임대료 수익을 올리고 재개발이 되면 토지 보상비를 받을 수 있겠군요."

"건물 부분에 대해서는 무슬림도 보상받아야겠죠."

오지영은 새로운 사실을 알게 됐고, 궁금한 점이 많아졌다. 하지만 밤이 늦어 그들을 따라 자리에서 일어날 수밖에 없었다.

이진우 사무국장이 재빠르게 방석을 집어 제자리에 갖다 놓았다. 군인처럼 방석들을 각을 맞춰 정리했다. 정은이 학생은 과자와 과일을 담은 종이 접시를 쓰레기통 안에 있는 비닐봉지에 넣었다. 이진우가 다시 쓰레기통 뚜껑을 열고 버려진 종이 접시로 쓰레기를 꾹 누른 뒤 봉지 끝을 둘둘 돌려 말고 뚜껑을 덮었다. 데위 소라야는 빗자루로 쓴 바닥을 세심하게 살폈다. 그들의 움직임은 마치 약속이나 한 듯이 규칙적이었다.

현관을 나온 이진우는 오지영 옆으로 다가와서 조용히 말했다.

"사실 이영태 목사도 자기 이익에 충실한 거죠. 이곳이 워낙 낙후돼 있다 보니까 주민들이 재개발을 추진했고 목사가 앞장선 겁니다. 만일 부동산 경기가 위축되지 않고 건축비도 오르지 않았다면 새 아파트 공사가 시작됐을지도 몰라요. 지금은 소강상태지만 몇 년 지나면 다시 재개발이 추진될 가능성도 있고요."

이진우 사무국장은 이영태 목사를 두둔하는 것처럼 말했다. 오지영은 이진우의 진짜 생각이 무엇인지 궁금했다.

"재개발이 다시 추진되면 무슬림과 다문화교류연구원은 어떻게 하실 겁니까?"

"주민들 모두가 재개발을 추진한다면 어쩔 수 없는 일 아니겠습니까? 그때는 사원을 이전할 수 있을 정도의 보상금을 받아야 하겠죠."

다문화교류연구원이 무슬림 유학생들에게 버팀목 역할을 하고 있었다. 이진우 사무국장도 지역사회에서 중요한 존재였다.

"다문화교류연구원은 대학에 소속된 연구기관인가요?"

"아닙니다. 대학과 관계없는 사회단체 법인입니다."

"중요한 일을 하시는군요. 어떻게 이 일을 하게 됐습니까?"

"사회단체 활동가들과 대학 교수님들이 단체를 맡아달라고 해서 하게 됐죠."

"권윤정 교수와 윤미라 변호사도 다문화교류연구원에서

활발하게 활동하셨죠?"

"권 교수님은 연구원 이사로 활동하시고, 윤 변호사님은 다문화 가족 관련 문제가 생기면 법률 자문을 해주셨습니다."

"두 분에게 원한을 가질 만한 사람은 없나요?"

"글쎄요, 사람은 누구나 다 원한을 사지 않겠습니까? 질투와 시기의 대상이 될 수도 있고요. 두 분은 봉사활동을 많이 하셔서 은혜를 입었다고 생각하는 사람도 있겠지만, 한편으로는 그분들 활동 때문에 손해를 보았다는 사람도 있을 겁니다."

이슬람 사원 건립을 위한 봉사활동은 주민들에게는 손해를 입히는 행위였다.

"조금 전에 기부금으로 사원을 건립했다고 말씀하셨는데, 기부자 명단과 액수를 제공해주실 수 있습니까?"

이진우는 주저하지 않고 그러겠다고 했다. 사실 회비와 기부금으로 운영하는 사회단체는 이사회 회의록도 회원에게 공개한다. 경비 집행 내용은 더더욱 그렇다. 영수증까지 보관해야 하고, 감사도 철저하게 받는 경우가 많다. 오지영은 그에게 이메일 주소가 적힌 명함을 건넸다. 이진우 사무국장은 명함을 받으면서 오지영에게만 들리게 작은 소리로 말했다.

"기자회견 때 경찰 수사를 비난했던 건 좀 이해해주셨으면 합니다. 제가 우리 회원을 대변하는 위치에 있다는 거 잘 아시지 않습니까."

무표정한 사람이 겸연쩍게 웃으려고 노력하는 것 같아 측은해 보였다. 폭행당한 권윤정 교수와 살해당한 윤미라 변호사를 생각한다면 적어도 학생들 앞에서는 경찰 수사를 계속 비난하는 게 더 노련한 처신일 것이다.

데위 소라야가 현관문 전자키를 잠그자, 네 사람은 골목에서 나왔다. 공기는 깨끗했고 날씨는 선선했다. 데위 소라야와 정은이는 쉴 새 없이 이야기했고 오지영 형사과장과 이진우 사무국장은 말없이 걷기만 했다.

세 사람은 후문을 통해 학교 안으로 들어갔다. 데위 소라야는 기숙사로 갔다. 하루 전 괴한에게 폭행당했는데도 겁 없이 걸어가는 모습이 무모해 보이기도 하고 자신만 아는 믿는 구석이 있는 것도 같았다. 오지영은 그들과 헤어진 뒤 교회 골목 안으로 들어갔다.

어둠 속 교회는 아무도 문을 두드리지 못할 만큼 차가워 보였다.

오지영은 휴대폰 라이트를 켜고 바닥을 비췄다. 시커멓게

탄 부분은 문에서 1미터 정도 떨어져 있었다. 휴대폰을 들어 정문 앞면과 현관 구석구석을 비췄다. 어디에도 '여락 노자선교원'이란 문구는 보이지 않았다. 그러고 보니 교회 이름도 없었다. 뒷걸음치며 거리를 두고 간판이 있을 만한 곳을 비춰 봤지만, 종파나 교회 이름을 찾지 못했다. 어젯밤 방화범이 숨었던 건물 옆면으로 돌아갔다. 그때 갑자기 교회 현관문이 열리는 소리가 들렸다. 그녀는 어둠 속에 몸을 숨겼다. 목사였다. 현관을 내려와 골목 밖으로 걸어 나간 목사는 오른쪽으로 돌아 학교 후문 쪽으로 걸어갔다.

오지영은 골목 안쪽으로 들어갔다. 교회 골목길은 왼쪽으로 굽어 있었다. 이슬람 사원 골목처럼 K대학 담장이 어깨높이로 가로막고 있었다. 담장 너머는 어둠에 잠긴 숲이었다. 담장을 따라 오른쪽으로 조금만 가면 이슬람 사원 골목의 막다른 길 담장과 만난다. 그녀는 이쪽 담장도 넘어가 보고 싶은 충동이 생겼지만, 왼쪽 팔이 아파서 포기했다. 발길을 돌려 교회를 지나 골목 밖으로 나왔다. 후문 앞에서 유일하게 밝은 불빛이 있는 편의점으로 들어갔다. 한눈에 봐도 에너지 넘치는 점원이 혼자 휴대폰을 보며 노랫말을 웅얼거리고 있었다.

오지영은 사발 라면과 작은 봉지에 든 김치도 하나 샀다.

삼각김밥은 전자레인지에 넣고 데웠다. 라면이 익는 동안 김밥부터 먹었다. 한 남학생이 편의점에 들어와 컵라면을 사서 뜨거운 물을 부은 뒤 오지영 옆에 앉았다. 그녀는 라면이 익기를 기다리며 창밖을 바라보았다. 교회 골목 입구가 오른쪽에 보였고, 거기서 오른쪽으로 더 가면 이슬람 사원 골목 입구였다.

조금 전 세 사람과 나눈 대화를 생각했다. 주민과 무슬림 사이에 전쟁이 벌어진 것은 아니다. 주민은 평범한 동네 사람일 뿐이고 무슬림 유학생은 공부하는 학생일 뿐이다. 재개발을 원하는 주민 편에서 종교 갈등을 부추기는 전략가가 있다면, 이영태 목사와 그를 추종하는 일부일 것이다. 반대편에서는 언론이 주민에게 차별주의자, 혐오주의자라는 프레임을 씌웠다. 혐오와 차별은 언론과 독자의 머릿속에 맹목적으로 자리 잡은 관념일 뿐 관념에 대응하는 실체는 존재하지 않는다. 종교 갈등이든 혐오와 차별이든 겉모습 안쪽 깊은 곳에 자리 잡은 이해관계만이 실재할 뿐이다. 종교적 갈등만으로 살인하는 행위는 종교의 자유가 보장된 한국 사회에서는 거의 상상할 수 없는 일이다.

옆에 앉은 학생이 라면을 먹기 위해서 뚜껑을 열었다. 오지영은 그에게 슬쩍 김치를 밀었다.

타오

"이거 새 김친데 혼자 먹기에 양이 많아서 그래요. 나누어 먹지 않을래요?"

학생은 거리낌 없이 김치 봉지를 자기 앞으로 가져갔다. 포장을 풀고 나무젓가락으로 김치를 듬뿍 덜어낸 뒤 오지영에게 밀었다. 그녀는 기분이 좋아졌다. 몇 학년이고 전공이 뭔지 물어보려다가 선을 넘는 것 같아서 그만두었다. 학생이 김치를 한 젓가락 집어 먹으면서 그녀에게 고맙다는 듯 끄덕였다.

컵라면을 다 먹은 학생이 밖으로 나갔다. 편의점에는 오지영과 점원만 남았다. 점원은 외모로 보아 학생일 것 같았다. 혼자 싱글거리며 휴대폰을 보고 있었다. 머리 위쪽에 편의점 내부를 비추는 CCTV가 있었다. 그녀는 계산대로 갔다.

"학생, 학생이라고 불러도 되죠? 혹시 어제 교회에서 불났을 때도 일했어요?"

"네."

점원은 밝은 표정에 경쾌한 목소리로 대답했다. 오지영은 적어도 오늘 밤은 일진이 좋다고 생각했다.

"형사님도 계셨잖아요. 불이야 하고 외치셨을 때 저도 달려갔거든요."

"아, 그렇군요."

"혹시 그때 누군가 보지 못했냐고 물어보실 거죠?"

"맞아요."

"제가 불이야 소릴 듣고 뛰쳐나갈 때 어떤 남자가 교회 골목에서 나와 후문으로 뛰어 들어갔어요. 어떻게 생겼는지 물어보고 싶으시죠?"

"네."

"얼굴은 전혀 보이지 않았어요. 그냥 어둠 속 그림자 같은 사람? 좀 더 자세히 볼 수도 있어요. 여기 위에 있는 CCTV 카메라에 조금 찍혔거든요. 창밖 그림이요."

"그래요? CCTV 화면 좀 볼 수 있어요?"

점원은 오지영에게 계산대 안으로 들어와 자기 옆에 서라고 했다. 어둠 속 그림자 같은 사람은 어떤 모습일까? 그녀는 표현력이 풍부한 그의 전공이 무엇인지 궁금해졌다. 계산대 안으로 들어가면서 그에게 물었다.

"혹시 전공이 뭔지 물어봐도 돼요?"

"그럼요, 물어보세요."

오지영은 자신의 대화법이 서투른 것이 아닌가 생각했다.

"그러면 물어볼게요. 전공이 뭐예요?"

"기계과예요."

학생은 컴퓨터에서 어제 촬영된 그림을 보여주었다. 교회 골목 입구는 화면 바깥에 있었다. 창밖에 한 남자가 교회 골목 쪽에서 후문 쪽으로 뛰어가는 게 보였다. 어제 오지영을 밀어 넘어뜨리고 달아난 자였다.

"이 사람이 맞아요?"

"제가 본 그 사람이에요."

학생이 표현한 대로 그는 어둠 속에서 움직이는 그림자 같았다. 그런데 그 모습은 젊은 남자가 전속력으로 달리는 모습은 아니었다. 권 교수를 때리고 윤 변호사를 죽인 뒤 전력 질주한 범인의 모습과도 달랐다. 방화범이 화면에서 사라지고 조금 뒤 동네 주민들이 화면에 등장했다. 곧 소방차와 구급차가 화면 안으로 들어왔다. 다음으로 구급차 한 대가 후문 안으로 들어가는 모습이 보였다. 데위 소라야가 폭행당했다는 김태경 형사의 전화를 받고 오지영이 타고 간 구급차였다.

"이거 복사해줄 수 있어요?"

"메일 주소 주세요. 바로 보내드릴게요."

오지영은 학생에게 메일 주소를 불러주었다. 조금 뒤 휴대폰에서 메일 알람이 울렸다. 오지영은 라면 먹은 자리로 돌아왔다.

그녀는 그동안 분석한 CCTV 화면들, 과학수사팀 고경중 형사가 찍은 관중석 사진, 오늘 낮 이슬람 사원 앞 삼겹살 시위 때 형사들이 촬영한 사진을 종합해서 분석해야겠다고 생각했다.

뜨거운 라면 국물이 들어가서 그런지 포만감을 느꼈고, 긴장감도 풀렸다. 두 눈이 스르르 감겼다. 꿈인가? 어둠 속 거리 모습이 망막에 맺혔다 사라지기를 반복했다. 조금 전 CCTV에서 본 어둠 속 그림자가 골목이 있는 오른쪽에서 대학 후문이 있는 왼쪽을 향해 뛰어가는 영상이 망막에 재현됐다.

'나의 시신경이 CCTV 화면을 모사하고 있는 거야.'

오지영은 꿈속에서 중얼거렸다. 그때 학생이 소리쳤다.

"저 사람이에요. 방금 학교로 뛰어간 사람!"

오지영은 기계적으로 일어나서 출입문 쪽으로 돌아섰다. 옆에 있는 의자에 걸려 넘어질 뻔했지만, 곧바로 중심을 잡았다. 편의점 출입문이 열렸다. 학생이 밖으로 뛰어나간 것이다. 그는 어둠 속 그림자를 쫓아 후문 쪽으로 달려 갔다. 학생을 불러 쫓아가지 말라고 하고 싶었지만, 그림자보다 훨씬 빠르게 달려갔다. 오지영도 민첩하게 움직였다. 하지만 문을 열고 나오다가 모서리에 왼쪽 팔을 부딪쳤다. 뼛속까지 고통이 차올랐지만 이를 악물었다. 어둠 속 그림자를 쫓아간 기계과 학생은 K대학 후문 안쪽으로 사라져 보이지 않았다.

'학생이 다치면 안 된다!'

오지영은 학생을 쫓아 전력으로 달렸다. 왼쪽 팔이 흔들리자 송곳으로 뼛속을 헤집는 것 같았다. 이를 악물고 뛰었다. 학생이 주저앉는 모습이 보였다. 속력을 더 냈다. 학생은 숨을 헐떡이며 그녀를 보고 웃었다.

"벌써 사라지고 없어요."

"학생, 다시는 쫓아가지 말아요, 우리가 잡을 테니까."

학생은 형사가 왜 그런 말을 하는지 이해했다.

"그냥 가까이 가서 어떻게 생겼는지 확인하려고 했어요."

"상대는 방화범이에요. 그를 잡는다고 해도 영원히 감옥에 있지 않아요. 복수하려고 할지도 몰라요."

학생은 알겠다는 듯 고개를 끄덕였다. 두 사람이 나란히 걸어서 후문을 나왔다. 마음이 진정되면서 숨 쉬는 것도 안정됐다. 오지영은 지금 달아난 그림자도 CCTV로 확인해야겠다고 생각했다. 그런데 그는 왜 다시 나타났을까? 왜 뛰어갔을까? 뭔가 예감이 좋지 않았다. 그때 누군가가 외치는 소리가 들렸다.

"불이야!"

이슬람 사원 골목이었다. 오지영은 사원에 불이 났음을 직감했다. 학생이 총알처럼 튀어 나가 편의점에서 소화기 두 개를 들고 오더니 이슬람 사원 골목을 향해 전속력으로 달려갔다. 오지영도 휴대폰으로 화재 신고를 하며 골

목으로 뛰었다. 최계호 팀장에게도 전화해 형사1팀 전원
을 현장에 보내라고 말했다.

그녀가 골목 안으로 들어섰을 때 이미 주민 여러 명이 불
을 끄고 있었다. 불꽃은 밖으로 번지지 않았다. 데위 소라
야가 문을 잠갔기 때문에 안에는 사람이 없을 것이다. 오
지영은 안심하면서도 불이 옆집으로 번지지 않을까 불안
했다.

사이렌 소리가 들렸다. 학생은 뒤로 물러나 손으로 얼굴
을 닦으며 오지영을 보고 웃었다. 강력한 물줄기가 학생
의 머리 위쪽으로 분사됐다. 불은 순식간에 꺼졌다. 소방
차에서 분사되는 라이트 빛이 물줄기를 분수처럼 비췄다.
오지영은 자신을 부르는 이지혁 형사의 목소리를 들으며
습관적으로 시계를 보았다. 9월 26일 화요일 밤 11시 55
분이었다.

화재 발생 한 시간도 지나지 않아 기자들이 몰려들었다.
방송사 카메라 기자들이 라이트로 사원 안쪽을 비추며
촬영했고, 신문사 기자들도 카메라 셔터를 눌러댔다. JBC
박우태 기자와 낮에 본 MKBC 정상원 기자는 편의점 학
생을 인터뷰했다. 일부 기자들은 소방관들을 붙들고 취재

했다.

오지영 과장과 김태경 형사는 이슬람 사원 현관 앞에서 상황을 지켜보고 있었다. 오지영은 두 번째 방화 사건으로 조금 전에 느꼈던 활력을 잃어버렸다. 왼쪽 팔의 통증도 마음을 심란하게 했다. 화재는 조기에 진화했지만, 만일 이슬람 사원이 전소되거나 불이 옆집으로 옮겨 붙었다면 어떻게 됐을지 생각만 해도 아찔했다. 이슬람 사원 현관 안을 노려보듯 응시하는 오지영을 보고 김 형사가 말했다.

"두 번째 방화라 의미 있는 단서가 나올지도 몰라요."

"기자들한테는 그런 얘기 하지 마."

"당연하죠. 오늘 집에서 쉰다고 하시지 않았어요? 왜 또 나오신 거예요?"

"밤마다 나와야 할 것 같아."

"내일은 나오지 마세요. 과장님이 나오실 때마다 방화가 발생하네요. 교회와 여기에 화염병을 던진 범인이 같은 놈이라는 거죠?"

"겉모습, 뛰는 모습, 화염병 종류, 모두 같아."

"뛰는 모습이나 화염병 종류로 용의자를 구별할 수 있어요? 저 학생들 뛰는 모습하고 다른 모양이죠?"

무슬림 유학생들이 뛰어오고 있었다. 그 가운데는 데위

소라야와 정은이도 있었다. 다문화교류연구원 이진우 사무국장의 무표정한 얼굴도 보였다. 그들은 사원 현관 앞에서 내부를 들여다보더니 경악을 금치 못했다. 한 무슬림 학생은 어두운 하늘을 올려다보고 두 손을 벌리며 마치 종말이라도 온 것처럼 무언가 중얼거렸다. 데위 소라야 일행이 그녀에게 다가왔다.

김 형사가 먼저 말을 꺼냈다.

"너무 걱정하지 마세요. 그나마 다행으로 기도실만 탔어요. 누군가가 현관문 전자키를 부수고 들어가서 기도실 한가운데에 화염병을 던졌어요. 다행히 옆집 주민이 현관문 부서지는 소리를 듣고 나와서 불이 났다고 외친 덕분에 주민들이 합심해서 불을 껐어요."

김 형사는 주민이 이슬람 사원 화재를 진압한 일등 공신이라고 강조했다.

"누가 그랬는데요?"

"방화 용의자는 후문을 통해 학교 안으로 달아났어요. 골목 입구 CCTV와 편의점 내부 CCTV에도 그자의 모습이 찍혔어요. 가능한 한 빨리 학생들에게 메일로 보낼게요."

"방화 용의자? 그게 뭐예요?"

"화염병을 던졌을 가능성이 높은 사람이에요."

"화염병?"

"소주병에 휘발유를 넣고 헝겊을 연결해 불을 붙이는 거예요."

상황을 이해하자 무슬림 학생들의 얼굴은 공포에 휩싸였다. 김 형사가 학생들을 안심시키려고 했지만, 남학생 한 명이 자신들이 진정 두려워하는 것이 무엇인지 말했다.

"신성한 사원에 불을 질렀다는 거, 너무 무서워요."

오지영 형사과장과 무슬림 학생들이 함께 있는 모습을 보고 기자들이 몰려들었다. JBC 박우태 기자가 물었다.

"과장님, 편의점 점원 말로는 과장님이 현장에 있었지만, 용의자를 또 놓쳤다고 그러던데요. 사실입니까?"

기계과 학생은 보고 들은 것만 얘기했을 것이다. 박 기자가 상황을 비튼 거다.

"용의자가 도주하는 모습을 본 건 사실입니다."

"그런데 왜 잡지 못한 겁니까?"

오지영은 할 말이 없었다.

"용의자가 후문으로 도주하는 모습을 뒤늦게 알아차렸기 때문에 편의점 점원이 대신 뛰어간 게 아닙니까?"

"저도 쫓아갔습니다."

카메라 셔터 누르는 소리가 동시에 울렸다.

"교회 방화 때도 그렇고 이곳 방화도 그렇고 형사과장이 현장에 있었으면서도 용의자를 놓친 건 사실이군요."

MKBC 정상원 기자가 물었다.

"교회 방화 용의자와 이슬람 사원 방화 용의자를 동일범으로 추정한다고 형사님이 그러던데, 두 건 모두 과장님이 목격자 아닙니까? 동일인으로 보는 이유를 말씀해주세요."

"추정입니다. CCTV 화면을 자세히 분석해봐야 할 것 같습니다."

"용의자 외모에 어떤 특징이 있습니까?"

"짙은 회색 계통의 티셔츠에 후드 모자를 뒤집어썼고 검은색 마스크와 검은색 장갑을 끼고 있었습니다. 바지와 신발도 모두 짙은 색이었습니다."

오지영이 지나가려 하자 정 기자가 가로막으며 다시 물었다.

"만일 용의자가 같은 사람이라면 교회 방화에 앙갚음하기 위해 이슬람 사원에 불을 질렀다는 가설은 성립하지 않을 것 같습니다만, 경찰은 어떻게 보십니까?"

"저희도 그렇게 보고 있습니다."

"그렇다면 용의자는 왜 교회와 이슬람 사원에 모두 방화한 것으로 보십니까?"

"그건 수사를 해봐야 알겠죠."

오지영은 새벽 2시가 넘어서 경찰서에 도착했다. 메일을 열고 편의점 학생이 보내준 CCTV 화면을 보았다. 처음 보았던 느낌 그대로였다. 용의자는 적어도 20대 젊은이는 아니었다. 몸무게도 많이 나갈 것으로 보였다. 쫓아가는 학생의 몸동작과는 너무 달랐다. 용의자는 최소 40대 이상이다. 학생은 다른 화면도 보냈다. CCTV가 한 대 더 있었던 모양이다. 화면은 편의점 내부를 비추고 있었다. 오지영이 대학생과 김치를 나누며 라면 먹는 모습이 고스란히 담겨 있었다.

오지영은 지금까지 확보한 단서를 정리했다. CCTV에 범행 현장이 모두 촬영됐고 직접 목격한 방화가 두 건 있는데도 사건이 어떻게 연결되는지 가설을 세울 수가 없었다. 그녀는 의자에 등을 기대고 생각에 잠겼다. 그러다가 잠이 들었다. 한기를 느껴 잠에서 깼을 때는 새벽 5시 반이었다. 화장실에서 세수하고 셔츠의 겨드랑이 부분을 세숫비누로 빨아 입은 뒤 팔을 벌리고 사무실로 돌아왔다.

JBC 박우태 기자는 두 차례의 방화 당시, 현장에 있던 오지영 형사과장이 유력한 용의자를 놓쳤다는 데 보도의 초점을 맞췄다. 시청자가 보면 마치 경찰이 방화를 예견하고 잠복근무하다가 실수한 것 같았다.

MKBC 정상원 기자는 주민의 빠른 대처로 이슬람 사원은 물론 인근 주택으로 불이 번지는 것을 막아냈다고 강조했다. 경찰은 교회와 이슬람 사원의 잇따른 방화가 주민과 무슬림 사이의 갈등에서 빚어졌을 가능성이 희박한 것으로 본다고 보도했다. 다만 정 기자는 주민 대다수와 다르게 생각하는 과격파가 있을 수 있다며 일부 주장을 인용했다.

다른 언론의 보도 방향은 박 기자와 정 기자처럼 둘로 나뉘었다. 하지만 모든 방송이 내보낸 화면이 있었다. 편의점 CCTV에 찍힌 방화 용의자가 뛰어가는 모습이었다. 이지혁 형사가 기자들에게 배포한 화면이었다. 문제는 편의점 점원과 오지영이 뛰어가는 장면 외에도 그녀가 라면 먹는 모습까지 배포했다는 점이다. 언론을 담당하는 신소식 3팀장이 건성으로 보고 편의점 CCTV 화면 전부를 보낸 모양이었다. 경찰이 방화범을 놓쳤다는 내용이 나올 때마다 오지영의 라면 먹는 장면이 편집돼 방송되었다.

JBC 뉴스 화면은 더 참혹했다. 오 과장이 편의점에서 졸다가 갑자기 일어설 때 의자에 걸려 넘어질 뻔한 장면까지 내보냈다.

5

한영덕 과학수사팀장은 윤 변호사의 목을 찌른 송곳날의 길이가 12센티미터라고 했다. 그는 지금까지 조사한 단서를 형사들이 숙지할 수 있도록 꼼꼼하게 설명했다.

"9월 25일 월요일 밤 11시 30분에 기숙사 앞에서 데위 소라야 학생 폭행 사건이 발생했잖습니까? 연관성이 있는지 모르겠습니다만, 같은 날 11시 50분에 발생한 교회 방화, 그리고 26일, 그러니까 어젯밤이죠, 11시 50분에 발생한 이슬람 사원 방화 사건을 보면 한 가지 주목할 게 있습니다. 교회에 던진 화염병은 현관 아래 바닥에서 깨졌는데, 이슬람 사원에 던진 화염병은 기도실 정면 벽에서 깨졌습니다. 방화범은 같은데 말이죠."

이지혁 형사가 바로 의문을 제기했다.

"무슨 차이가 있는데요?"

"교회 현관에는 던진 게 아니라 떨어뜨린 것 같습니다."

최우진 형사가 이지혁 형사를 보며 중얼거렸다.

"이슬람교보다는 기독교도가 덜 미웠던 모양이군."

누군가 웃었지만, 분위기가 썰렁해서 웃음이 기침으로 바뀌었다. 오지영은 한동안 생각에 잠겨 있다가 과학팀 고경중 형사를 보고 물었다.

"24일, 일요일 아침, 당시 대운동장 관중석에서 윤 변호사 피살 현장을 지켜본 사람들, 사진으로 찍었죠?"

"대부분이 대학생, 교직원, 동네 주민으로 보이는데요, 무슬림으로 보이는 학생도 좀 있었고요. 얼굴만 봐서는 특이점을 찾을 수 없었습니다. 그런데 잘 보니 그중 몇 명이 어제 삼겹살 시위 때도 온 것 같아 사진을 출력해서 비교해보니 세 명이었습니다. 윤 변호사 살인 사건 현장은 구경 나왔다고 해도 삼겹살 파티장은 일부러 찾아온 거 아니겠습니까?"

"누굽니까?"

"세 명 모두 평범한 대학생 같기도 하고, 어찌 보면 범인 같기도 하고⋯."

고 형사는 두 장소에서 촬영한 세 명의 사진을 오지영 과장에게 건넸다. 근접해서 찍은 사진으로 얼굴이 분명하게 보였다. 오지영은 사진을 유심히 살펴보고 최계호 팀장에게 넘겨주었다. 최 팀장은 사진을 한참 들여다보더니 말했다.

"평범한 얼굴도 용의자로 지목한 뒤 다시 보면 범인상으로 보이는 법이야. 내 눈에는 그저 애들처럼 보여."

최 팀장이 대수롭지 않게 이야기했다.

"그래도 만나볼 필요는 있을 것 같습니다."

오지영의 말에 최 팀장은 대답도 없이 사진을 이지혁 형사에게 건넸다. 이 형사가 사진을 들여다보자, 김태경 형사가 어깨너머로 보며 말했다.

"평범한 얼굴이 아닌데요. 한 명은 〈트와일라잇〉 주인공처럼 잘생겼네요."

오지영은 김 형사의 말을 흘려보내며 박곤 형사에게 말했다.

"박 형사, 데위 소라야 학생 폭행 용의자 CCTV 사진을 보고 제보한 사람 없어요?"

박곤 형사는 터프가이라는 별명과 성격이 급하다는 오명을 함께 달고 다니지만, 오지영 과장에게는 늘 고분고분했다.

"어떤 학생들은 CCTV에 찍힌 용의자 동영상을 보더니 옷차림과 뛰어가는 뒷모습이 자기가 아는 사람과 닮았다고 말했습니다."

"티셔츠와 바지를 입은 남자라는 사실 외에는 구별하기 쉽지 않을 텐데요. 그런데도 알아볼 정도면 신빙성이 있을 것 같네요. 누구라고 합니까?"

"학생들이 범인 같다고 말한 인물이 한 명이 아니고 일곱 명입니다. 제가 만나보겠습니다."

"일곱 명이나요? 혹시 장난으로 제보했을 가능성은 없을까요?"

오지영의 말에 김태경 형사가 다정다감한 목소리로 짓궂게 말했다.

"그야 모르죠. 박 형사님, 학생들 만나면 뛰어보라고 하세요. 선배님은 눈썰미가 좋아서 CCTV에 찍힌 사람과 뛰는 모습이 비슷한지 판별하실 수 있을 거예요."

다음은 피해자 주변 수사 상황이었다. 구자광 2팀장은 어제 미국에서 귀국한 윤미라 변호사 유족을 만났지만, 자세한 진술은 듣지 못했다고 보고했다. 오지영은 직접 유족을 만나보기로 했다.

"구 팀장님, 변호사 사무실에서는 단서가 될 만한 게 안 나왔습니까?"

"윤 변호사는 법조계에서 인권변호사로 통하고 이혼 전문 변호사로도 인정받는다고 하더라고요."

"두 가지가 이질적인 것 같네요."

"아닙니다. 아마도 여성 인권 분야의 전문가라는 말 같습니다."

"굳이 왜 그런 사람을 살해했을까요?"

구 팀장은 잘 입은 재킷의 옷깃을 만지고 넥타이 가운데를 바로잡으며 입을 열었다.

"제 말이 그 말입니다. 독재자나 권력자가 테러했다면 이해하겠는데 그건 옛날 이야기고 청부업자가 범행을 저질렀다고 하기엔 뭔가 어설프단 말이죠. 어쨌든 법무법인 동료들은 윤 변호사가 깐깐한 면이 있지만, 매사 분명하고 절도가 있어서 원한을 품을 만한 의뢰인은 없다고 단정하더라고요. 그래도 재판에 패소한 의뢰자가 누구이고 어떤 사건이었는지 알려달라고 요청했습니다만, 난색을 보이면서 내부 검토를 한 뒤 연락하겠다고 하더라고요. 그래서 제가 뭐라고 했냐면….”

“기다려야 하나요?”

“자료를 공식적으로 달라고 하면 받기가 쉽지 않을 것 같아서 사건을 찾아놓으면 그때 가서 보고 메모만 하겠다고 했습니다. 그 사람들 얼마나 절도가 있는지, 사무실 아가씨는 똑똑하고 야무져서 조금만 기다리면….”

지금까지 물적 단서는 없다. 해석하지 못했을 수도 있고.

오지영은 구 팀장의 얼굴을 보고 웃으면서 일어나서 형사과를 나왔다. 회의가 끝나면 와자지껄하며 동시에 일어나 봉지 커피를 타서 담배 피우러 나가거나, 아니면 수사를 위해 외출하는 것이 보통이다. 하지만 오늘은 오 과장이 사무실 문을 열고 나갈 때까지 아무도 일어서지 않았다.

오지영은 윤 변호사가 살던 방 두 개에 거실 하나짜리 아파트에서 유가족을 만났다. 윤 변호사의 어머니는 슬픔 속에서도 절도와 기품을 잃지 않았고, 아버지는 사려 깊은 노인이라는 인상을 주었다. 이들은 미국 시카고 근교에서 작은 사업을 하면서 성공한 이민자의 삶을 살고 있었다.

"경찰도 책임감을 무겁게 느끼고 있습니다. 뭐라고 위로의 말씀을 드려야 할지 모르겠습니다."

오지영은 고개를 숙이며 진심을 담아 말했다.

"하나님의 품에서 안식을 찾을 겁니다. 워낙 착하고 분명한 사람이었으니까요. 하나님이 주시고 하나님이 데려가셨으니 남아 있는 저희는 미라의 죽음을 잘 정리하고 천국에서 미라를 만나야죠."

'사람'이라는 표현에 오지영은 부모가 딸을 객관화해서 보고 있다고 생각했다. 자식을 보는 시선이 권윤정 교수의 부모와 비슷한 점이 있었다. 똑똑하고 독립적인 자식이라서 그럴 것이다. 하지만 이제부터는 자식을 잃은 고독한 존재로서 노년을 살아야 한다. 이들에게 무얼 물어보아야 할까? 오지영은 입이 떨어지지 않았지만, 냉정해야 한다고 생각했다.

"미국에서 고등학교를 졸업하고 한국에 들어와서 대학에

진학했더군요, 흔한 경우는 아닌 거 같습니다."

"미라는 특별했어요. 초등학교 때 미국으로 갔기 때문에 돌아와서 적응하는 게 어렵지 않았던 것 같아요."

"인권변호사로 알려져 있던데 사회문제에 관심이 많았나요?"

"학창 시절에 운동 좋아하고 공부도 잘했어요. 고등학교 때부터 여성과 약자에게 관심을 가져야 한다고 말하곤 했어요."

"윤 변호사는 무슬림 유학생을 위해서 법률 자문을 했습니다. 그 점도 알고 계시나요?"

"물론이죠. 미라는 약자를 도운 겁니다."

"성격은 어땠습니까?"

오지영의 물음에 아버지가 대답했다.

"엄마와 똑같았어요. 빈틈없고 사리가 분명하고 신앙심이 깊었어요."

"맞아요. 미라는 1분 1초도 어기지 않았어요. 학교에 지각한 적도, 빨리 간 적도 없어요."

"어떻게 그럴 수 있죠?"

"학교나 약속 장소에 갈 때 조금 일찍 나선 뒤 시계를 보며 시간을 맞췄어요. 차로 등교시켜줄 때도 시계를 보면서 빠르니까 조금 천천히 가라고 했어요. 늦다고 말한 적은 없지만요."

"미국에 있을 때 친구는 많았습니까?"

"많지는 않았어요. 사람을 가렸어요. 시간관념이 철저해
서 두 번 이상 약속에 늦은 친구와는 절교했어요. 음식을
먹을 때 흘리거나 돌출 행동을 하거나 해도 더 이상 만나
지 않았어요. 까다로운 성격이었죠. 하지만 분명하고 투
명했어요. 부탁하지도 않았고 받지도 않았어요. 공부할
때는 공부에 충실하고 운동할 때는 운동에 충실했어요."

"남자 친구를 사귀지는 않았습니까?"

"미국에서 말입니까? 많지는 않았지만, 남자 친구는 당
연히 있었어요. 모두 깔끔한 아이들이었어요. 한국에서도
비슷했을 겁니다. 형사님이 물으시는 게 결혼 상대 같은
거라면 그건 모르겠어요."

권 교수와 마찬가지로 윤 변호사의 휴대폰에는 남자 친
구로 보이는 사람과의 대화는 없었다.

"윤 변호사와는 계속 소식을 주고받으셨습니까?"

부부가 서로 얼굴을 보더니 아버지가 말했다.

"물론입니다. 한국 시각으로 토요일 오전 11시에 꼭 엄마
와 휴대폰으로 통화했어요. 엄마가 전화했죠. 메일도 주
고받았습니다. 여행 계획서나 아파트 매매 계약서 같은
거 말이죠."

"고민이 있다거나 문제가 있다는 말은 하지 않았습니까?"

"미라는 뭔가를 고민한 적이 없어요. 문제를 주도면밀하게 푼다고 할까요? 고민하지 않고 적극적으로 달려들어 해결했죠. 분명하고 단호했어요."

오지영은 윤미라 변호사가 어떤 성격의 인물인지 궁금해졌다. 깐깐하고 완벽주의자라는 표현이 맞을 것 같다. 그녀는 윤미라 변호사의 이미지가 권윤정 교수와 비슷한 면이 있다고 생각했다.

이지혁 형사의 계급은 경장으로 다른 과에 가면 20대 순경 한두 명 또는 서너 명을 후배로 둘 수 있었다. 하지만 형사과에서는 나이가 가장 어리다는 이유로 졸병 취급을 받고 있다. 특히 오지영 형사과장과 아저씨 팀장들은 그를 아이 대하듯이 다뤘다.

왜 하필 방화 사건이 발생한 시간에 형사과장이 있었을까. 만일 자기가 있었다면 용의자를 바로 때려눕혔을 것이다. 형사과에서도 완력으론 자신 있었다.

그는 이번 사건에서 선배들의 눈이 튀어나올 정도로 큰 공을 세우고 싶었다. 대학, 종교, 외국인 유학생, 뭔가 좋은 그림이 나올 것 같았다. 물론 선배들이 시키는 대로 임무를 수행하고 경험도 쌓으면서 형사로서 무난하게 살아가는 것도 나쁘지는 않다. 하지만 적어도 한 번은 자신의 존재감을 보여주고 싶었다.

이 형사는 K대학 본부 사무처 총무과를 찾아 키보드를 두드리는 여직원에게 다가갔다. 머리가 길고 옆모습이 세련되게 생겼다. 이 형사는 그녀의 아래위를 빠르게 탐색하면서 제 딴엔 점잖게 말했다.

"저는 이지혁 형사라고 하는데…."

"어머나!"

이 형사의 앳된 목소리를 들은 여직원이 깜짝 놀랐다. 그리고 그를 올려다보고 또 한 번 놀랐다.

"어머머!"

이 형사는 그녀의 반응에도 예의를 갖춰 정중하게 말했다.

"지난 토요일 대운동장에서 발생한 살인 사건과 관련해 협조를 구할 게 있어서 왔습니다."

여직원은 이 형사를 한참 올려다보더니 곧 안정을 찾았는지 차분하면서도 쌀쌀맞은 태도로 말했다.

"형사라고요? 무슨 협조요?"

"아, 그러니까요, 여기 이 세 학생이 누구인지 찾아주시면 좋을 것 같아서…."

"무슨 과 학생인데요?"

"그러니까 무슨 과 학생인지 알아봐달라는 건데….."

"어떻게요?"

"그건 학교에서 아실 텐데…."

"학교에서 왜 알아야 하죠?"

"경찰에서 공식적으로 학교에 요청하는 겁니다. 윗분들께 말씀드려보세요."

"공식적인 일이라면 정식 문서를 보내고 윗분들한테는 직접 말하세요."

"아니 아가씨, 공문을 주고받고 하면 시간이 너무 많이 걸리잖아요. 그리고 내가 윗분이 누군지 어떻게 알아요?"

"방금 뭐라고 했어요. 아가씨? 무슨 이런 개념 없는 아저씨, 아니, 사람이 다 있어? 무식하게."

"뭐, 뭐라고요? 무, 무식?"

이 형사는 고개를 들고 총무과 사무실을 둘러보았다. 직원들이 모두 그를 동물원 원숭이 구경하듯 쳐다보고 있었다. 총무과장 자리를 보았다. 비어 있었다. 여직원은 그를 째려보다가 컴퓨터로 눈을 돌렸다. 이 형사는 어이가 없었지만, 어떻게 해야 할지 알 수가 없었다.

"이 학생들 사진을 각 학과 사무실로 보내려면 어떻게 해야 합니까? 신원을 파악해서 물어볼 게 있어서 그렇습니다. 협조해주세요."

"협조를 원하시면 대외협력처에 가보세요."

이걸 그냥! 속이 부글부글 끓었지만, 어쩔 수 없이 총무과에서 나왔다. 대외협력처 분위기는 총무과와 달랐다. 좀 더 유연하고 자유로워 보였다. 문 앞에서 제일 가까운 여직원에게 다가갔다. 안경을 낀 화난 얼굴로 무서운 초등학교 선생님처럼 생겼다.

"저는…."

"어머, 깜짝이야, 누구세요?"

"저는 대운동장 살인 사건을 수사하고 있는 이지혁 형사라고 합니다."

"형사요?"

"네, 이 세 학생 사진을 각 학과 사무실로 보내서 신원을 확인했으면 합니다. 조사는 아니고 이 학생들에게 물어볼 게 있어서 그렇습니다."

여직원이 고개를 들었다.

"어디서 찍은 사진이죠? 이 학생들이 용의자라도 되나요? 학생들 맞나요?"

"네? 아, 용의자는 아니고요, 그냥 물어볼 게 있어서요. 대외협력처에서 경찰과의 협력을 위해 편의를 봐주시면 좋겠습니다. 필요하면 처장님께 설명하겠습니다."

"그냥 물어본다고요? 그냥 하는 일을 위해서 대학 시스템이 가동되어야 하나요? 이곳은 그런 협력을 하는 곳이 아닌데요."

이 형사는 대학 다닐 때 본부라고 하는 곳에 한 번도 가본 적이 없었다. 필요한 서류는 인터넷을 통해 발급받았다. 당연히 각 처나 과의 기능을 몰랐다. 얼굴이 빨개졌다. 그는 허리를 펴고 사무실을 둘러보았다. 그때 눈이 마주친 사람이 있었다.

"아니, 이게 누구야? 이지혁 형사 아냐?"

대뜸 반말을 하며 다가온 사람은 JBC 박우태 기자였다. 박 기자는 성큼성큼 다가와 이 형사가 들고 있는 사진을 가로챘다.

"이 친구들 누구야? 용의자야?"

"그냥 참고인인데요."

"참고인 누구, 어디서 찍은 사진인데?"

"그건 말할 수 없는데요, 개인적인 정보라서. 사진은 주세요."

"개인 정보? 따라와 봐."

박 기자는 막무가내로 앞장서서 문을 열고 나갔다. 상대는 경찰서를 잡아먹을 듯이 들들 볶아대는 메이저 방송 기자다. 들이받을까? 그랬다간 뒤끝을 감당하기 어려울 것이다. 이 형사는 일단 박 기자를 따라 복도로 나갔다. 어떤 여성이 이 형사를 따라 나왔다. 만만해 보이지 않는 얼굴이었다. 어디서 본 얼굴인데…. 이 형사는 그녀가 누구인지 생각해내려고 했지만, 기억이 가물가물했다.

박 기자는 학생과 사무실로 들어가 학생과장에게 바로 갔다. 학생과장은 일어나서 박 기자와 뒤따라온 여성에게 소파에 앉으라고 말했다. 이 형사는 어정쩡하게 그들 옆에 섰고 학생과장은 의아하다는 눈으로 그를 올려다보았다. 박 기자가 석 장의 사진을 들고 말했다.

"과장님, 사진 속의 세 명, 이 학교 학생이라고 하는데 누군지 찾아봐주시죠. 각 학과에 바로 확인해달라고 연통을 좍 뿌려주세요."

"누구입니까?"

"대운동장 변호사 살인 사건하고 교수 폭행 사건 용의자들입니다."

이 형사가 끼어들며 말했다.

"용의자가 아니라 참고인입니다. 신원을 공개하면 안 됩니다."

박 기자가 이 형사에게 눈을 부라렸다.

"공개하긴 누가 공개한다고 그래. 일단 누군지 알아보자는 거지."

박 기자가 들고 있던 사진을 학생과장에게 주려고 하자 옆에 있던 여성이 가로챘다. 그녀는 사진을 유심히 살펴보다가 한 장의 사진에 시선을 멈췄다. 그러더니 고개를 갸우뚱하며 말했다.

"이 사람 안면이 있는데…. 어디서 봤는지 생각이 안 나네."

여성은 사진을 학생과장에게 넘겼고, 학생과장은 직원을 불러 사진을 건넸다.

"각 학과, 도서관, 박물관, 연구소, 센터, 대학 내 기구와 사무실에 이런 학생이 있는지 연락해보겠습니다. 결과가 나오면 알려드리겠습니다. 박 기자님과 정 기자님께 알려드리면 되겠습니까?"

그제야 여자가 누군지 생각났다. MKBC 정상원 기자였다. 그녀가 TV에서 리포트를 하는 장면이 선명하게 떠올랐다.

"신원이 나오면 저한테 보내주셔야 합니다."

이 형사가 학생과장에게 말했다.

"누구신데요?"

"이지혁 형사입니다."

박 기자가 씩 웃으면서 학생과장에게 말했다.

"제가 사진을 드렸으니까 일단 저에게 보내주세요. 알아서 교통정리하겠습니다. 자, 이 형사 나갈까?"

이 형사는 뭔가 항의해야 한다고 생각했지만, 박 기자의 막무가내 행동에 속수무책이었다. 이 형사는 학생과장에게 명함을 주고 기자에게 떠밀려 밖으로 나왔다.

"내가 도와줬으니까 얘기해봐. 사진 속 세 사람, 누구야?"

"삼겹살 시위 때 구경 온 사람들입니다."

"구경꾼? 근데 왜 그들을 찾는 거야?"

"그냥 왜 구경하러 왔는지 물어보려고…."

"장난해? 그딴 걸 물어보려고 이 난리를 피우며 찾으러 다니는 거야? 구경꾼이 한둘이 아닐 텐데?"

"주민, 경찰, 기자 빼면 구경꾼은 별로 없었습니다. 그래서 왜 왔는지 물어보려고 하는 겁니다. 할 수 있는 건 다 해봐야 하니까요."

"구경꾼이 왜 와? 구경하러 왔지. 그러지 말고 솔직히 얘기해봐."

그때 정상원 기자가 물었다.

"혹시 다른 사건 현장에서도 구경하는 사람들 사진 찍었어요?"

박 기자가 정 기자의 말을 듣고 알겠다는 듯이 말했다.

"빙고! 그 친구들, 구경꾼이라고 하지만 어떤 이유로 주목받게 된 거야. 그런데 왜 이 세 명만 찾는 거지?"

"아니 다른 곳에선 사진 찍지 않았어요. 요즘 마음대로 사진을 찍을 수 있습니까? 삼겹살 시위 때 찍었을 뿐입니다. 정말이에요."

"좋아, 좋아. 그러면 신원이 나온 뒤 제대로 토론하지."

이 형사는 징글징글한 기자들과 헤어진 뒤 투덜거리면서 대학 본부에서 나왔다. 박 기자에게 사진을 빼앗겼다는 걸 최계호 팀장이 알면 미숙한 짓을 했다고 또 애 취급할 것이다. 젠장!

박곤 형사는 데위 소라야를 폭행하고 달아난 사람과 비슷하다는 일곱 명의 명단을 들여다보았다. 모두가 K대학에 다니는 한국인 남학생이었다. 제보자 모두 기숙사 생활을 하는 외국인 유학생이다. 인도네시아인 세 명, 중국인 두 명, 일본인 한 명, 베트남인 한 명이었다. 박 형사는 제보자들이 대학 내 CCTV에 찍힌 뒷모습을 보고 자기가 아는 사람과 비슷하다고 추정한 것이 과연 신빙성이 있을지 의문이 들었다. 어떤 이유에서건 한국인 남학생에게 불만을 품고 골탕 먹이려는 의도가 있지 않을까?

박 형사는 일곱 명을 한 명씩 만나 알리바이를 확인하는

것은 쓸데없이 시간만 낭비하는 일이라고 생각했다. 오지
영 형사과장은 효과적인 인력 투입보다는 모든 가능성을
꼼꼼하게 확인하는 성격이다. 성실하지만 지금의 형사과
인원으로 불가능한 수사 방식이기도 하다. 그는 툴툴거리
면서 먼저 제보자들을 만나러 K대학 기숙사 로비로 갔다.
인도네시아인 유학생 제보자 두 명이 데위 소라야의 양옆
에 앉아 있었다. 소라야는 기자회견장에서 보았던 베이지
색 히잡을 쓰고 있었고, 다른 한 명은 하늘색 히잡을 쓰고
있었다. 나머지 학생은 히잡을 쓰지 않은 채 윤기 흐르는
흑색 곱슬머리를 자랑스럽게 드러내고 있었다. 세 여성 모
두 피부가 까무잡잡했다. 셋 다 석사과정 중이고, 한 명은
수업을 들으러 갔다고 했다. 소프트웨어 관련 분야라고
하는데 들어도 이해할 수가 없었다.
"세 분은 서로 친한 모양이지요?"
히잡을 쓰지 않은 곱슬머리 여성이 유창한 한국말로 당
당하게 대답했다.
"전공 분야가 같아서 함께 공부해요."
"한국 생활하면서 서로 의논을 많이 하겠네요."
"우리는 서로를 잘 알아요."
"한국에 와서 만났나요?"
"인도네시아에서 같은 대학, 같은 학과에 다녔어요. 인도

네시아에서는 한번 친구가 되면 계속 친구 해요."

"그렇군요. 학생들이 제보한 남학생들 있잖아요? 어떤 점이 의심스러운지 말씀해주시면 참고가 될 것 같아요."

하늘색 히잡을 쓴 여학생이 대답했다.

"제보가 필요하다고 해서 보냈습니다. 아무래도 제보가 많으면 수사하는 데 도움이 될 것 같아서요. 그래서 한 명씩 선정해서 제보하기로 했어요."

박 형사는 웃음이 나오려는 것을 억지로 참다가 목이 막혔다. 오지영 과장의 얼굴을 생각하며 진정하고 냉정함을 되찾았다.

"그래서 어떤 사람을 선정했어요?"

"한 명은 소라야에게 데이트하자고 졸라댄 사람이에요. 지금 수업 들어간 친구가 제보했어요. 나머지 두 명은 각각 우리에게 데이트하자고 한 남학생이에요."

"데이트 신청한 게 잘못인가요?"

곱슬머리 여학생이 대답했다.

"이슬람 신자는 부모님이 배필을 찾아주는 게 일반적이에요. 요즘엔 꼭 그렇진 않지만요. 신자들끼리 만남 주선하는 앱도 있어요. 데이트하는 게 나쁜 건 아니죠. 그 사람들이 수상하다고 제보한 이유는 우리와 만날 때 늦게까지 같이 있자고 하고 이상한 짓도 하려고 했기 때문이에

135

요. 우리가 이슬람 신자라는 사실을 배려하지 않는 거예요. 나에겐 모텔에 잠깐 들어갔다가 나오자고 했어요."

박 형사는 학생들의 말을 듣고 당황했다. 자신이 생각하는 나쁜 놈을 한 명씩 선정해서 제보했던 것이다.

"히잡을 쓰고 있으면 이슬람 신자라는 것을 알 텐데…."

"한국인 친구에게 들은 이야기인데, 어떤 사람은 히잡 쓴 여성과 경험하고 싶다고 했다면서 조심하라고 했어요."

"그 나쁜 놈들 뒷모습이 CCTV에 찍힌 용의자 뒷모습하고 닮았나요?"

"그건 알아보기 어려워요. 화면이 분명하지 않았어요."

"데위 소라야 씨를 따라다닌 학생은 이 중에서 누구죠?"

소라야가 대답했다.

"친구가 제보했지만, 그 사람은 용의자가 아니에요."

"어떻게 알죠?"

"제가 직접 물어봤어요."

"뭐라고 하던가요?"

"그동안 쫓아다닌 거 잘못했다고 했어요. 나를 때리고 도망간 남자는 자기가 아니라고 했어요."

"그 말을 믿어요?"

"네, 자기는 집에서 부모님과 전화 통화했다고 했어요. 확인해보라고 했어요. 그래서 나한테 수상한 짓을 한 번만 더 하면 경찰에 신고하겠다고 했어요. 이번에 제보한 건 경고의 의미였고요."

박 형사는 인도네시아 여학생들이 사실과 가치를 혼동하고 있다고 생각했다.

"저를 쫓아다녔으니까요. 다시 만나자고 위협도 했거든요."

"그래서 진짜 때렸냐고 물어보니까 아니라고 대답했다는 거죠?"

"네."

"그래서 그…, 소라야 씨를 쫓아다닌 사람은 누군가요?"

"컴퓨터공학과 4학년, 이솔로몬이에요."

"이름이 여기 있네요. 솔로몬이라면 혹시 가톨릭 신자 아닌가요?"

"부모님이 가톨릭 신자라서 그렇게 이름을 지었대요. 지금은 성당에 나가지 않는데요."

"그렇군요. 어쨌든 제보하셨으니, 조사해볼게요. 알리바이를 증명할 수 있는지 말입니다. 소라야 학생에게 거짓말을 했을 수도 있고요."

데위 소라야는 친구들을 보면서 뭔가 말하려다가 고개를 끄덕였다. 박 형사는 이솔로몬 이름 옆에 체크 표시를 했다.

"실례지만, 혹시 이솔로몬 말고 만나는 남학생 있나요?"

"한 명도 없어요. 솔로몬도 안 만나니까요."

박 형사는 인도네시아 유학생들을 돌려보냈다. 학생들은 자기들끼리 인도네시아 말로 수다를 떨면서 방으로 올라갔다. 곱슬머리 여학생이 다시 내려와 마치 중요한 정보인 것처럼 조용히 말했다.

"이솔로몬, 정말 나쁜 사람이에요. 소라야 말고도 외국인 유학생을 여러 명 건드렸어요. 우리는 다 알아요. 중국, 베트남, 일본, 필리핀, 우크라이나, 라트비아…. 진짜 나쁜 사람이에요. 베트남 여학생하고는 친했는데 안 좋았다고 그래요."

곱슬머리 여학생은 화난 표정으로 방으로 올라갔다.

박곤 형사는 다음에 중국인 유학생 제보자 두 명에게 면담을 요청했다. 그중 한 명만 로비로 내려왔다. 이지적이고 차가운 인상의 학생이었다. 다른 한 명은 과제 준비 때문에 시간이 없다고 했다. 한국 고대사를 전공하는 박사 과정 학생이라고 했다. 한국말을 매우 잘했다. 로비에 나오지 않은 한 명은 고고인류학을 전공한다고 했다.

"제보하신 사람을 어떻게 아십니까?"

"CCTV 화면을 보고 비슷하다는 생각이 들어서 제보했어요. 어떻게 아는지 그것까지 알 필요는 없잖아요? 아무튼 제 신분이 노출되지 않는 거 확실하죠?"

타오

"물론입니다. 혹시 조선족인가요?"

"그것도 말해야 합니까?"

"아닙니다. 우리말을 너무 잘해서 물어본 겁니다."

"다른 질문은 없나요?"

"화면이 흐려서 누군지 알아보는 것은 쉽지 않습니다. 더구나 뒷모습을 말입니다. 혹시 CCTV 화면의 주인공이 용의자라고 특정할 만한 점이 있습니까?"

"용의자?"

"그러니까 의심이 가는 사람 말입니다."

중국인 유학생은 박 형사의 얼굴을 딱하다는 듯이 쳐다보기만 했다. 박 형사는 괜히 주눅이 들었다. 그녀가 어린 학생에게 설명하듯이 말했다.

"캡처한 사진을 배포하면서 비슷한 사람이 있으면 누구도 좋으니 제보하라고 했죠? 비슷하다는 느낌이 들어서 제보했어요. 만약에 특정할 수 있다면 바로 잡으라고 했겠죠."

학생이 일어섰다. 박 형사는 괜히 미안해져서 더 이상 잡기가 어려웠다. 그녀는 가볍게 목례를 하고 자기 방으로 올라갔다.

'한국 고대사는 왜 공부한다는 거야? 중국 고대사도 공부할 게 엄청 많을 텐데.'

일본인 유학생 제보자는 인문대 대학원 도서관에서 공부
하고 있다고 했다. 베트남 유학생 제보자는 지금 학교에
없다면서 저녁에 기숙사에서 만나자고 했다. 박 형사는 인
문대 대학원 도서관이 어디 있는지 학생들에게 물어가며
제보자를 만나러 갔다. 일본인 유학생은 제발 콧대가 높
지 않기를 바랐다.

데위 소라야 폭행 사건은 허술한 구석이 있었다. 권 교수
폭행과 윤 변호사 살인 사건과는 폭행 정도도 그렇고 시
간과 장소에서도 다른 부분이 있었다. 우발적으로 저지른
행위에 가깝다. 악하거나 독하다기보다는 야비했다.

일본인 제보자는 국문과에 재학 중인 3학년 학생이었다.
한류를 공부하고 싶다고 했다. 졸업 후에도 한국 문화를
일본에 소개하면서 한국에서 살겠다고 했다. 똑똑하다는
표시가 이마에 붙어 있었다.

"대학원생인 줄 알았어요."

"학부생도 인문대 대학원 도서관에서 공부할 수 있습니
다. 물어볼 선배가 많아서 좋습니다. 모두 친절합니다."

"한국 문화라면 공부할 게 많지 않아요?"

"여러 방면에서 다양하게 공부하고 있습니다. 현대문학,
대중문화, 공연예술, 스토리텔링, 공부하면 할수록 재밌
습니다."

타오

"공부 많이 해서 서로의 문화를 알리면 참 좋겠네요."

"지금도 많이 교류하고 있습니다. 한국 문화와 일본 문화를 더 많이 소개하는 프로그램을 개발하려고 합니다."

"학생이 제보한 용의자 있잖아요? 어떻게 아는 사람인가요? 보통 CCTV 화면만 보고 누구를 특정하는 게 쉽지 않을 텐데⋯. 물론 제보해달라고 말은 했지만, 학생이 보기에 누구라고 알아볼 수 있는 점이 있던가요?"

"추측했습니다. 비슷한 사람이 많습니다. 그중에서 한 명을 뽑았습니다. 확실하다는 말씀은 드리지 못합니다."

"역시 한 명을 뽑았군요. 어쨌든 제보해주셔서 감사합니다."

박 형사가 일어서려 하자 학생이 말했다.

"부탁이 있습니다. 용의자한테 제 신분을⋯."

"걱정하지 마세요. 학생 신분이 노출되지 않도록 철저하게 보안을 유지할 겁니다."

"그게 아니고, 용의자를 만나서 알리바이 물어보실 거죠?"

"맞아요. 똑똑하시네요."

"감사합니다. 그때 제가 제보했다고 꼭 말씀해주세요. 부탁드립니다."

학생은 고개를 숙이며 인사했다. 박 형사는 대체 무슨 말인지 의도를 알아차리지 못했다. 현관문을 열면서 돌아보았을 때 그녀가 계속 웃는 모습을 보고 비로소 의미를 알 것 같았다. 박 형사는 허탈하게 웃었다. 폭행 사건, 어쩌면 살인으로 연결될 수 있는 사건을 수사하는 형사가 사랑의 메신저 노릇까지 해야 한다니. 그는 베트남 유학생 제보자를 만날 때까지 카페에 가서 휴대폰이나 들여다보기로 했다.

김태경 형사는 이슬람 사원 근처로 갔다. 아직도 만나지 못한 주민이 많았다. 오지영 형사과장은 저인망식 탐문 수사를 하라고 지시했지만, 요즘 그렇게 수사하는 경찰은 없다. 옛날과는 상황이 많이 달라졌다. 사생활 보호 문제도 있지만, 마음 내키는 대로 아무나 붙잡고 조사할 수 있는 시대가 아니다. 게다가 직장 때문에 저녁이 되어야 만날 수 있는 사람이 대부분이다. 사실 살인 사건의 60퍼센트 정도가 형사들의 퇴근 시간 이후부터 출근 시간 이전에 발생한다. 그러니 범죄 수사 경찰관은 야근을 밥 먹듯이 하게 된다. 형사의 일과는 아침 9시부터 저녁 6시가 아니라 밤 9시부터 다음 날 새벽 6시까지가 더 적절하다고 김 형사는 생각했다.

타오

대학교에서 좀 떨어진 곳에 24시간 운영하는 낡은 모텔이 있었다. 어제 들렀을 때 모텔 주인은 대낮이나 저녁 이후에는 손님들이 드나들고 그만큼 보는 눈이 많으니 오늘 오후 6시쯤에 한 번 더 들르라고 했다. 이렇게 나오는 사람은 알찬 정보를 주는 경우가 많다.

모텔 주인은 현관 접수대 안쪽 방으로 들어오라고 했다. 60대 후반의 여성으로 김 형사처럼 얼굴이 통통했고 펑퍼짐하고 부드러운 블라우스와 치마를 입고 있었다. 염색 중인지 머리를 비닐로 감싸고 있었다. 방 안에 염색약 냄새가 진동했다. 눈썹까지 염색을 해서 만화 주인공 같았다. 주인은 말이 많은 스타일이었다.

"손님하고 얼굴을 마주치는 게 좋지 않잖아. 형사가 와서 이것저것 물어보면 혹시나 소문이 나서 단골이 떨어질지도 모르고. 그래서 이 시간에 다시 오라고 했어."

"학생들이 그런 걸 신경 쓸까요? 봐도 형사라고 생각하지는 않을 거예요. 그냥 누나 같은 젊은 새댁?"

"딱 보아도 형사야. 학생이라고 했어? 학생은 이런 곳에 오지 않아. 요즘 젊은 사람은 새로 지은 깨끗한 모텔에 간다고. 동네 사람도 절대 안 오고."

"그런가요? 어쨌든 지금은 한가한 시간인가 봐요."

"다들 집으로 갈 시간이니까. 퇴근하든 밥하러 가든."

"그런 것 같네요. 저한테 할 말이 있다고 하셨죠?"

김 형사는 모텔 여주인이 능글맞으면서도 눈썰미가 좋은 사람이라고 직감했다.

"그 CCTV 화면을 봤거든. 교회하고 이슬람 사원에 불났을 때. 그 여자 형사가 라면 먹는 모습도 보고."

"우리 형사과장님이에요."

"형사과장? 여성 형사에 여성 형사과장, 그 경찰서는 능력 있는 여성이 많은가 보네."

"어디든 능력 있는 사람의 절반은 여성이에요. 말씀해보세요. 화면에서 무얼 보셨는지?"

"뛰어가는 모습이…, 불 지르고 뛰어가는 모습 있잖아, 뉴스에 나온…. 그 양반 같더라고."

"누구요?"

"교회 목사."

"목사라면…, 이영태 목사 말입니까? 여락노자선교원이라는…."

"뭔 교회인지는 모르겠고, 이영태. 그 사이비 목사."

"확실해요?"

"확실하냐고 물어보면 좀 그렇지만, 그 사람 같아."

"어떻게 아세요?"

"우리 모텔에 가끔 오거든. 올 때마다 모자 쓰고, 마스크

타오

끼고. 그래도 나는 다 알지, 이영태 목사라는 걸 말이야. 뒤뚱거리면서 걷는 스타일인데 뛰어가는 걸 보니까 딱 그 사람이더라고. 전에 어떤 여자하고 나간 뒤 막 뛰어갔는데 그때 그 모습이었어. 내가 눈썰미가 보통이 아니거든. 왜 뛰어가나 보려고 나갔는데 학교 후문 쪽으로 달려갔거든. 뭔가 꼬집어서 말할 수는 없지만 이미지가 딱 그 사람이야."

"그때 목사가 왜 뛰어갔는데요?"

"여자 남편이 반대쪽에서 달려왔거든. 확실하냐고 물어보면 백 프로 확신은 못하겠지만, 그래도 한번 조사해보라고. 내가 수천 명을 상대해봤잖아. 그 목사, 좀 이상해. 자꾸 재개발만 하려고 하고. 우리 모텔도 재개발에 들어가야 한다고 하고."

"재개발되면 좋지 않나요?"

"보상금 받아봤자 다른 곳에 땅 사서 새 건물 짓기에는 턱없이 부족해. 그렇다고 내가 앙심을 품고 고자질하는 건 아냐. 그놈, 목사 말이야, 동네 아주머니 여러 명 해먹었어."

"네?"

"동네 아주머니들 천당 보내준다고 꼬시고, 재건축해서 돈 많이 벌게 해준다고 꼬시고…. 내가 했다는 말은 절대

145

하면 안 돼."

"아…! 감사합니다, 사장님. 잘 수사하겠습니다."

"아직 안 끝났어."

"뭔데요?"

"그 인간, 동네 아줌마뿐만 아니라 젊은 아가씨도 많이 데려왔다니까."

"젊은 여자가 늙은 목사를…. 왜요? 사이비 교주와 신자인가요?"

"그게 아니고 동남아에서 온 젊은 아가씨들이었어. 왜 그 있잖아. 우리나라에 돈 벌러 온 아가씨들 있잖아."

모텔 사장의 진술로 목사에 대한 의혹이 굳어졌다. 자기 교회에는 화염병을 떨어뜨리고 이슬람 사원에는 화염병을 던졌다. 교회 현관 앞을 방화했을 때는 어정쩡한 태도였고 바로 옆에 소화기가 있었다. 만일의 경우 직접 불을 끄려고 했을 수도 있었다. 이슬람 사원에서는 큰불을 내려고 했다. 재개발을 다시 추진하려고 했을까?

베트남 학생의 이름은 꾸잉이라고 했다. 수업이 없는 날이라 카페에서 일하고 왔다고 했다. 한국말이 약간 어눌했지만, 의사소통하는 데는 지장이 없었다. 박곤 형사는

타오

베트남에서 온 유학생 가운데 상당수가 공부보다는 취업이 목적이라는 것을 알고 있었다. 대학에 등록만 한 뒤 돈을 벌고, 졸업 후에는 소위 '도망' 간다는 것이다. K대학과 같이 공부를 많이 시키고 학점 관리를 까다롭게 하는 대학에는 베트남 유학생이 거의 없는 것으로 알고 있었다. 꾸잉이 K대학에 유학을 왔다면 취업이 목적은 아니라고 생각했다.

"저는 대학에서 석사, 박사까지 해요. 베트남 가면 대학교수 하려고 해요."

"열심히 공부하는 학생이군요. 전공이 뭐예요?"

"경영학 전공해요. 경제학, 통계학도 하고요."

"대단하시네요. 몇 학년인데요?"

"4하녀, 4학년 해요."

"몇 달 뒤면 학부를 졸업하겠네요. 일하면서 공부하는 게 힘들지 않나요?"

"스무 시간 일할 수 있어요. 토요일, 일요일 카페에서 알바해요. 평일에는 오늘 오후만 일해요. K대학 까다로워, 유학생 알바 법대로 해. 공부 열심히 해요."

"학교에 베트남 유학생 많아요?"

"다섯 명 있어요. K대학 도망갈 수 없어. 공부해요. 다른 대학은 입학하고 회사 가서 일해요. 어떤 회사는 버스 보

147

내 베트남 학생 데려가요. 졸업해, 비자 때문에 도망가요.
계속 일해요. 돈 벌어요."

"이 대학에 공부하러 온 유학생 다섯 명은 도망갈 생각 하지 않고 열심히 공부만 해요?"

"공부하려고 이 대학 들어왔어요. 돈 벌려면 다른 대학에 가. 하지만 한 명은…."

"한 명은? 돈 벌고 있어요?"

"애매한 베트남 유학생 있어요."

"어떤 학생이기에 애매하죠?"

"그냥 그런 학생이 있어요."

"남학생도 있어요?"

"남학생 두 명, 여학생 세 명 있어요. 남학생 석사 해요."

"꾸잉 학생은 박사 딸 때까지 공부 잘하길 바랄게요. 학생을 만나자고 한 건 데위 소라야 학생 폭행 용의자 때문이에요. 비슷한 남자라고 제보한 거 있잖아요?"

"용의자?"

"그러니까 꾸잉 학생이 사진과 비슷한 사람 안다고 나한테 문자 보냈잖아요?"

"똑같은 사람 같아서 말했어요."

"컴퓨터공학과 4학년 이소문이라고 했는데, 누구인가요?"

타오

"소라야 좋다고 따라다녔어요."

"이소문이 아니라 이솔로몬 아니에요?"

"맞아. 이소문."

"이, 소, 문이 아니라 이, 솔, 로, 몬."

"이솔몬?"

"이솔몬도 아니고 이, 솔로몬."

"이, 솔몬, 비슷해요. 둘이 만나는 거 봤어. 내가 알바하는 카페에서. 그 사람 외국인 여학생 많이 만난다고 소문 나빠요. 베트남 여학생도 사겼어."

꾸잉의 진술로 데위 소라야 학생 폭행 사건의 전모를 알 수 있을 것 같았다. 이솔로몬을 용의자로 특정할 수도 있을 것 같았다. 박 형사는 꾸잉에게 고맙다고 말하고 일어섰다.

그녀가 말한 베트남 유학생의 실태가 마음에 남았다. 유학 목적은 저마다 다르다. 공부해서 돈을 벌려는 학생, 지금 당장 돈을 벌려는 학생, 그들은 다시 부자와 가난한 자로 분류된다. 일부 대학은 학생 부족 현상으로 유학생들에게 등록금만 받고 방치하고 국가는 불법취업을 방관한다. 어떤 기업은 그들을 값싼 노동력으로 활용하고 때에 따라서는 약자의 신분을 악용해 이익을 가로챈다. 박 형사는 인트라넷에 보고서를 올리기 위해서 경찰서로 향했다.

오지영 형사과장 사무실에 최계호 팀장과 박곤, 김태경, 이지혁 형사가 들어왔다. 최 팀장이 먼저 말을 꺼냈다.

"대운동장 관중석과 삼겹살 시위 때 이슬람 사원 앞에서 찍힌 세 명이 누군지는 조만간 알 수 있을 것 같은데, 문제가 있어요. JBC 박우태 기자하고 MKBC 정상원 기자가 이지혁 형사한테서 이 정보를 뺏고서 직접 접근할 가능성이 있어요. 대학 본부에서 기자들을 만났는데 거기서 사진을 뺏겼다고 해요. 이 형사가 어리니까 기자들이 얕보고, 애는 기가 죽어서 그냥 달라는 대로 줘버렸어요."

최 팀장은 이지혁 형사를 손가락으로 가리키며 나무랐고, 이 형사는 교감 선생님에게 혼나는 고등학생처럼 주눅이 든 채 어쩔 줄 몰랐다.

"기자들이 세 명을 만난다면 어떤 문제가 있을까요?"

"그건 모르겠습니다."

"기다려보죠."

최 팀장은 오지영 과장이 대수롭지 않게 말하자 박 형사를 보며 직접 보고하라고 눈짓했다. 박 형사는 한 손으로 수첩을 펼치고 다른 손을 지휘자처럼 흔들며 교과서를 읽

듯 보고했다.

"컴퓨터공학과 4학년 이솔로몬이라는 학생이 데위 소라 야를 폭행한 용의자일 가능성이 있습니다. 이솔로몬은 데 위 소라야를 쫓아다닌 학생인데 꾸잉이라는 베트남 유학 생이 자기가 일하는 카페에서 두 사람이 함께 있는 모습 을 보았다고 합니다. CCTV에 찍힌 사진과 이미지가 비슷 하답니다."

오지영은 박곤 형사가 서두른다고 생각했다.

"그렇다고 용의자로 특정할 수 있을까요?"

"데위 소라야 학생 말로는 이솔로몬이 계속 자기를 따라 다녔고 위협도 했다고 하더라고요. 소라야 눈치를 보니 까 솔로몬이 아니라고 말은 했는데 둘 사이에 모종의 일 이 있는 것 같기도 하고…. 일단 이솔로몬을 만나서 이야 기해보면 뭔가 나올 것 같습니다."

"신중하게 접근하는 게 좋을 것 같군요. 꾸잉이라고 했나 요? K대학에도 베트남 유학생이 있습니까?"

"다섯 명이 있습니다. 취업 목적으로 들어온 유학생은 아 닌 듯했습니다. 학위를 따기 위해서 열심히 공부하는 것 같습니다."

박곤 형사의 보고가 끝나자, 김태경 형사가 말했다.

"이영태 목사 있잖아요. 완전히 난봉꾼이에요. 동네 아주

머니들에게 재개발을 빌미로 접근해서 모텔로 데려갔어
요."

오지영이 눈살을 찌푸렸다.

"그뿐만이 아닙니다. 동남아 출신 젊은 여성들을 모텔로
수시로 데려갔어요. 문제가 많은 사람 같아요."

"그렇군."

"목사가 편의점 CCTV에 찍힌 방화범이라고 동네 모텔
사장이 특정했습니다."

"뭘 보고?"

"움직이는 모습이 비슷하답니다. 목사에 대해서 좀 더 자
세히 조사하는 게 좋겠습니다. 우선 저녁에 미행하려고
요."

"목적은?"

"또 방화할지도 모르니까요."

"언제부터 언제까지?"

"퇴근해서 집에 갈 때까지요."

"목사 집이 어디지?"

"같은 동네 단독주택에서 살아요. 그 집도 재개발 대상
지역 안에 있습니다. 독신이고요."

"오늘 저녁부터?"

"네, 바로 시작하겠습니다. 과장님은 별로 내키지 않으시

타오

는 거 같네요."

"이지혁 형사하고?"

"아뇨, 이 형사는 눈에 잘 띄니까 혼자 미행하는 게 좋겠어요."

"어쨌든 짧은 거리를 미행해서 다행이군. 목사를 만나서 직접 물어봐야 하지 않을까? 교회와 이슬람 사원에서 불이 났을 때 어디서 뭐 했냐고."

"당연히 그래야죠. 일단 미행하면서 동태를 살펴보려고 합니다."

"혼자 하다가 마주치면?"

"걱정하지 마세요. 두드려 패거나 하지는 않을 테니까요."

형사들이 사무실에서 나갔다. 오지영은 의자에 등을 기대고 허공을 바라보았다. 이솔로몬 학생이나 이영태 목사가 권 교수 폭행과 윤 변호사 살해 사건과 관련이 있을까? 오지영은 의자를 좌우로 돌리며 멍한 상태로 있다가 저녁 7시에 퇴근했다.

9월 27일 수요일

밤 9시. 태풍이 지나간 뒤 나흘이 지났다. 내일도 비가 예
보되어 있다. 비가 오면 그녀의 마지막 모습이 생각난다.
담장 밖으로 첨탑이 보인다. 첨탑이 가리키는 곳은 의미
없는 곳이다. 탑은 오로지 십자가를 드러내 높이 솟아 있
음을 뽐낼 뿐이다. 신의 모습이다. 신은 자비롭지 않다.
삼라만상을 포용하지도 않는다. 처음 만든 인간을 에덴
동산에서 추방했다. 한 가족만 남겨놓고 인류를 몰살시켰
다. 탑도 무너뜨렸다. 인류를 분열시켰다. 드높은 곳에 군
림하는 그가 탑을 두려워한 것일까? 그뿐인가? 불기둥으
로 도시를 멸망시켰다. 그는 자기만 믿으라고 강요했다.
계약을 들이밀고 의심하는 자를 가혹하게 심판했다. 그가
이스라엘 백성을 벌한 모습은 아시리아가 이스라엘 왕국
을 짓밟은 모습과 닮았다. 바빌로니아에서 성서를 창작한
자들이 아시리아를 모델로 그를 그린 것이다.
그는 가여운 자를 구원하기 전에 재물을 바치라고 했다.
교회는 가난한 자보다 부자를 좋아한다. 교회가 부자를
올려다보는 얼굴은 가난한 자를 내려다보는 얼굴과 다르
다. 신을 두려운 존재로 포장하고 영업하는 작자가 교회
목사다. 의심하는 자는 지옥 간다고 협박하고, 믿는 자는

타오

천국 간다고 선전한다. 홍수와 불을 신의 심판이라 하고 심판의 깊은 뜻은 알 수 없다고 한다. 그들의 비열한 행위에 약자는 귀중한 사랑을 잃는다.

목사는 밤 9시 넘어서 퇴근한다.

나는 교회 첨탑을 바라보며 담장 앞으로 다가갔다. 주위에는 아무도 없다. 담장을 넘어 교회 골목 안으로 들어갔다. 막다른 골목 끝에서 오른쪽으로 타원형의 완만한 곡선 방향으로 비스듬히 돌아가면 교회가 나온다. 교회 정문이 보이는 위치까지 가려다가 깜짝 놀랐다. 불과 몇 미터 앞에서 한 여자가 교회 쪽을 감시하고 있었다. 그녀의 등을 보며 천천히 몇 발짝 뒤로 물러났다. 누구일까? 단발머리에 별 특징 없는 짙은 회색 투피스를 입고 발이 편한 신발을 신었다. 핸드백이 없었다. 경찰이 아닐까? 경찰이라면 방화 때문일까? 조용히 뒷걸음으로 물러나서 기다렸다.

여자가 움직이기 시작했다. 현관을 나온 목사가 앞서 걸어갔고, 여자가 뒤따랐다. 목사는 골목 밖 큰길로 나가 K대학 후문 반대편 큰 도로 쪽으로 방향을 틀었다. 목사를 따라가던 여자는 골목 입구에서 잠시 걸음을 멈추고 주위를 살핀 뒤 다시 목사를 뒤쫓기 시작했다. 그들을 따라간다면 큰길에 있는 CCTV를 피할 수 없다.

뒤로 돌아 골목 막다른 곳까지 간 뒤 담장을 넘어 대학 안으로 들어갔다. 거기서 담장에 등을 기대고 쪼그려 앉아 하늘을 올려다보았다. 둥근 달이 보인다. 그는 지금 어디로 가고 있을까? 어떻게 하려는 것일까?

타오

9월 28일, 목요일은 아침부터 흐렸다. 오지영 형사과장은 왼팔이 쑤시고 아파 마음까지 무거웠다.

이진우 사무국장이 어젯밤 보낸 메일을 열었다. 이슬람 사원 건립을 위한 기부자 명단과 금액을 정리한 파일이었다. 한 장에 서른 명씩, 모두 40쪽 분량이었다. 돈을 많이 낸 순서대로 이름이 적혀 있었는데, 앞쪽에는 대부분 무슬림으로 보이는 이름이었고 기부자의 대다수를 차지했다. 뒷부분에는 3만 원 이하의 소액 기부자 명단이 적혀 있었다. 오지영은 소액 기부자들은 대학생이 아닐까 짐작했다. 이진우 사무국장은 100만 원을 기부했다.

기부금 뒤에는 지난 3년 동안의 다문화교류연구원 운영을 위한 회비와 기부금 명세 파일이 첨부되어 있었다. 이 사장은 1년에 50만 원, 이사는 30만 원을 냈다. 권윤정 교수는 이사로서 30만 원을 냈다. 이진우 사무국장은 이사가 아니지만, 50만 원을 냈다. 일반 회원의 회비는 2만 원에서 30만 원까지 다양했다. 어떤 회사는 운영을 위한 기부금 명목으로 두세 달마다 50만 원씩을 냈다. 기업의 이름은 '유통'이라는 글자만 남기고 지워져 있었다.

오지영은 잠시 생각에 잠겼다. 파일을 다시 열고 사원 건립 지원 기부금 명세서를 천천히 보았다. 몇 번을 찾아보았지만, 권윤정 교수와 윤미라 변호사의 이름은 찾을 수 없었다. 다문화교류연구원의 회비 부분에만 권윤정 교수의 이름이 있었다.

오지영은 이진우 사무국장이 보낸 다른 메일을 열었다. 다문화교류연구원 운영비 지출 내용 가운데 회의비와 활동비 영수증을 스캔한 파일이었다. 몇 개의 행사와 이벤트 말고는 대부분 이슬람 사원 건립 관련 회의비와 활동비 명목의 카드 영수증이었다. 카드 사용자는 모두 권윤정 교수였다. 회의비 명목으로 발급한 카드 영수증 대부분은 식당에서 발행한 것이고 활동비 명목으로는 택시비와 차량 유류비, 우편요금, 인터넷 서점 영수증이었다. 지난 3년 동안 권윤정 교수의 카드로 쓴 운영비는 어림잡아 1500만 원 정도였다. 사후 정산하는 시스템이었다. 회의비와 활동비 뒤에는 변호사 자문료 영수증이 첨부되어 있었다. 연구원은 윤미라 변호사에게 매달 50만 원의 자문료를 부가세 별도로 지급하고 있었다.

김태경 형사가 사무실 문을 노크하지 않고 뛰어 들어왔다. 최계호 팀장도 마뜩잖은 표정으로 따라왔다.

"과장님, 이영태 목사 자택하고 교회를 압수수색해야겠어요. 화염병을 만든 흔적이라도 찾아야 할 것 같아요. 이 목사는 교회와 이슬람 사원 방화 때 집에 없었습니다."

오지영은 김 형사의 말을 얼른 이해하지 못했다.

"어제 9시가 조금 넘어 목사가 교회에서 나가더라고요. 골목을 나가서 왼쪽, 그러니까 편의점과 후문 쪽이 아닌 반대편으로 방향을 꺾어서 큰길까지 나갔어요. 그리고 큰길에서 다시 왼쪽으로 돌아서 집으로 걸어가다가 CCTV에 찍혔어요. 바로 이 지점이에요."

김 형사는 휴대폰으로 지도를 보여주었다.

"교회와 이슬람 사원 방화 직후인 다음 날 새벽 1시에 집으로 가는 모습이 찍힌 겁니다. 그러니까 밤 11시 50분에 불을 지르고 학교 안으로 들어간 뒤 숨어 있다가 다른 곳으로 나와 집으로 간 겁니다."

"불을 지르고 집으로 간 건지, 다른 곳에서 집에 간 건지, 아니면 모텔에서 집으로 간 건지 모르지 않나?"

"그날 모텔엔 가지 않았습니다. 모텔 주인에게 확인했습니다."

오지영은 목사 집이나 교회에서 소주병과 휘발유 통이 나온다고 해도 직접 증거는 되지 않지만, 방화범임을 확신할 수 있다고 생각했다. 목사는 재개발을 추진하고 있다. 재개발은 기존의 건물을 없애는 것이다.

"소주병하고 휘발유가 나오면 직접적인 물증이 없더라도

얼마든지 추궁할 수 있잖아요. 교회하고 집을 샅샅이 뒤지면 뭔가 나올 수도 있어요."

"목사를 만나서 알리바이를 조사하는 게 먼저인 것 같은데."

김 형사는 실망하는 표정이었다.

"김 형사, 이영태 목사 만나러 가자. 참, 팀장님, 이지혁 형사가 수사하는 건은 어떻게 됐습니까? 사진 속 인물, 오늘 확인할 수 있을까요?"

"이 형사로부터 조만간 연락이 올 것 같습니다."

오지영은 김 형사를 앞세우고 교회로 향했다.

두 형사는 교회 현관문을 밀고 들어갔다. 다른 교회와 달라 보이지 않았다. 목사는 오지영 과장을 보고 놀란 표정을 지었다.

"경찰이 이곳에 오시다니 뜻밖이군요."

김태경 형사가 웃으면서 말했다.

"사건이 발생하면 주변 분 진술을 다 듣거든요. 목사님께도 형식적으로 여쭈어볼 것이 있어서요."

"형식상? 형식적으로? 형식 논리상? 뭡니까, 물어보고 싶은 게?"

목사는 두 팔을 들고 피에로처럼 조롱하며 반문했다.

"예민하게 반응하시네요. 교회와 이슬람 사원을 방화한 용의자가 같은 놈이라서 그냥 물어보는 겁니다."

"…."

"놀라셨어요? 혹시 짚이는 거 없으세요?"

"그래서요?"

"'그래서요?'라고 대답하실 질문이 아닙니다. 혹시 의심 가는 놈이 없냐고요."

"그걸 내가 어떻게 알아요?"

"혹시 교회와 이슬람 사원에 불을 지를 만하다고 의심 가는 놈이 없느냐, 이 말입니다. 없습니까?"

피에로 흉내를 내던 목사는 갑자기 햄릿을 연기하는 배우처럼 신중해졌다.

"없습니다."

"월요일 밤 11시 50분쯤, 그리고 화요일 밤 11시 50분쯤에 동네를 배회하는 거동 수상자를 보신 적은 없습니까?"

"없습니다."

"그때 어디 계셨는데요?"

"어디에 있었느냐고요? 지금 나를 의심합니까?"

"목사님 말씀대로 형식 논리적인 거니까 그냥 말씀해주시면 좋겠습니다. 기분 나빠하실 필요는 없습니다."

"월요일 밤 11시 50분이면 우리 교회에 이슬람 시아파가 방화한 시간이고, 화요일 밤 11시 50분이면 이슬람 집단에 하나님이 불기둥을 내린 시간 아닙니까?"

"어떻게 아셨어요?"

"뭐라고요? 장난하는 겁니까? 그러니까 내가 내 교회에 불을 질렀을 수도 있다, 이 말이죠? 아니, 이 동네에서 사람이 다치고, 죽고, 교회에 불이 났는데 범인은 잡지 못하고 말이야, 내가 경찰 좀 비난했다고 화풀이하는 겁니까?"

피에로에서 햄릿으로 변신했던 목사는 적개심과 경계심을 동시에 드러내며 고함을 질렀다.

"다른 주민에게도 물어보는 내용이라니까요. 목사님은 교회에 불이 났을 때와 사원에 불이 났을 때 어디서 무엇을 하셨습니까?"

"아니, 이거야 정말이지, 이슬람 사원에서 불이 났을 때는 모르겠고 이 교회에서 불이 났을 때는 여기에 없었습니다."

목사는 자기 말에 놀란 것 같았다. 김 형사가 씩 웃으면서 다시 물었다.

"그래서 이 교회 현관에 불이 났을 때는 어디에 계셨는데요?"

"…"

"이슬람 사원에 불이 났을 때는 어디에 계셨습니까?"

"말하지 않겠습니다."

"혹시 우리 과장님 기억 안 나세요?"

"기억납니다. 그저께 이슬람 사원 집회 때 기자들을 피해 도망가더군요."

"교회에 불을 지른 치사한 놈이 우리 과장님 팔을 부러뜨리고 도망갔죠."

"그래서요, 형사 팔 부러진 걸 나한테 따지는 겁니까? 그런데 어디가 부러졌다는 겁니까? 겉으로 봐서는 멀쩡하네요."

세 사람 사이에 잠시 침묵이 흘렀다.

"죄책감을 느끼지 않으신다는 말같이 들리네요."

김 형사의 말에 목사가 화를 냈다.

"대체 무슨 말을 하는 거요? 기자들에게 형사들이 갑자기 들이닥쳤다고 말할 거요. 그만 나가주시오."

목사는 핏대를 올렸다. 오지영은 목사의 얼굴을 조용히 올려다보았다. 둥글고 흰 얼굴에 입술이 두꺼웠고 눈은 튀어나왔으며 머리가 조금 벗어져 있었다. 흰색 드레스셔츠에 검은색 재킷을 걸치고 있었다. 김 형사와 목사의 대화를 지켜보던 오 과장이 목사와 눈을 맞추고 낮은 목소리로 물었다.

"흥분하실 필요 없습니다. 그 시간에 어디서, 무엇을 하셨는지 말씀해주시면 아무 문제가 없습니다."

"프라이버시에 관계된 일이라 말할 수 없습니다."

김 형사가 목사의 말에 끼어들었다.

"프라이버시라고 하면 모텔에 가신 건가요?"

목사는 불같이 화내는 대신 감정을 억누르며 김 형사를 쏘아보았다. 오지영이 오른손을 들어 목사의 시선을 자신에게로 유도했다.

"여락노자선교원의 주된 교리가 무엇인지 설명해주시겠습니까?"

"설명해도 모를 겁니다."

"신자는 몇 명이나 됩니까?"

"그것까지 알아서 뭐 하게요?"

"신자가 별로 없다고 들었습니다."

"들었다면 됐네요. 교회에 나와야 신자가 되는 건 아닙니다. 더 이상 얘기하고 싶지 않군요. 무슨 목적인지는 몰라도 알리바이를 대라고 하고 종파에 관해 설명하라고 하고…."

목사는 거기서 두꺼운 입술을 닫았다. 오지영은 계속 그를 흔들고 싶었다.

타오

"재개발은 계속 추진하십니까? 요즘 부동산 경기가 좋지 않고 자재비랑 인건비가 많이 올라서 이익을 남기기가 쉽지 않다고 하던데요."

"부동산 상담까지 하실 줄은 몰랐습니다. 그거야 이곳 주민들 사정이죠. 재개발은 이윤을 남기기 위해서만 추진하는 게 아닙니다. 더 좋은 주거 환경에서 살고 싶은 욕망은 누구에게나 있어요. 이 동네 보세요. 너무 낙후되지 않았습니까? 재개발을 추진하는 게 잘못된 겁니까?"

"제 질문은 재개발에 대한 평가를 부탁한 게 아닙니다. 재개발을 계속 추진하느냐, 그겁니다."

"형사님들이 수사하러 오신 건지, 토론하러 오신 건지 종잡을 수가 없네요. 부동산 동향 설명도 범인 추궁하는 것처럼 하시고. 제가 할 말은 충분히 한 거 같습니다."

목사는 더 이상 대화할 마음이 없는 것 같았다. 오 과장과 김 형사는 뒤로 돌아서서 문 쪽으로 걸어갔다. 그때 목사가 물었다.

"권윤정 교수 폭행과 윤미라 변호사 살인 사건 때는 어디서 무얼 했는지 왜 안 물어보시죠?"

두 형사는 뒤를 돌아보았다. 목사가 야릇한 미소를 짓고 있었다. 오지영은 뛰어가는 목사의 모습이 권 교수 폭행 용의자와 다르다고 말하려다가 그만두었다. 두 형사는 목사를 뒤로하고 교회 밖으로 나왔다. 김 형사가 오 과장을 보고 능청스럽게 웃었다.

"저 작자, 입술 썰면 한 접시 나오겠어요."

"두 방화 사건 당시 후문 쪽으로 뛰어가는 CCTV 화면, 새벽 1시쯤 집 부근 CCTV에 촬영된 귀가 모습, 그와 충돌한 내 진술을 모아서 압수수색 영장 신청해. 목사는 알리바이를 속 시원하게 대지 못했어. 지금부터 머리를 굴릴 거야. 어디에 있었다고 대답하기 위해서. 새벽에 귀가한 사실을 우리가 알고 있다는 점은 감지한 것 같군."

"제가 너무 공격적으로 질문하니까 바로 알아챈 것 같아요."

"잘했어."

박우태 기자는 정상원 기자에게 명단이 적힌 수첩을 자랑스럽게 들어 보이며 말했다.

"어제 이지혁 형사가 들고 온 사진의 주인공들이야. 현고영 사회학과 박사과정 1학년, 최철원 물리학과 석사과정 2학년, 이근식 사학과 석사과정 졸업, 어떻게 할까?"

"이 형사에게 전달하고 조사 결과 나오면 알려달라고 하죠."

"조사 결과를 알려달라고 하면 알려주겠어? 직접 취재해 보면 어떨까?"

"참고인인데 그렇게까지 할 필요가 있겠어요? 용의자라면 경찰에 맡기는 게 맞고요."

"선입견을 가지면 안 돼. 취재해보면 뭐가 나올지 모르는 거야."

"뭘 취재하는데요?"

"왜 삼겹살 시위에 갔는지 물어보는 거지."

"그들 가운데 살인 사건과 연루된 사람이 있다고 치죠. 자신이 용의자라고 말하겠어요?"

"왜 이래. 무슨 말을 하든지 냄새가 날 수 있잖아? 기자 하루 이틀 해? 하기야 정 기자는 기자 생활 몇 년 안 됐지. 요즘 제보도 안 들어오고, 찾아와서 억울한 거 얘기하는 사람도 없잖아. MKBC 뉴스에서 정 기자 기사도 통 안 보이던데? 여하튼 취재하다 보면 뭔가 나올 수도 있는 거야. 그건 아무도 예상할 수 없는 일이야. 기삿거리 하나 건질 수도 있어."

"저는 내일 리포트할 거 있어요."

"알았어, 알았다고. 그러면 내가 최철원하고 현고영을 맡을 테니까 정 기자는 이근식만 취재해."

박 기자가 대학 본부 기자실에서 나가더니, 곧바로 다시 들어왔다.

"미안! 내가 최철원을 맡을 테니까 정 기자가 현고영하고 이근식 좀 취재해. 사회학과하고 사학과는 같은 건물에 있으니까."

박 기자는 정 기자가 대답하기도 전에 사라졌다. 정상원은 무시할까, 하다가 수첩만 들고 일어섰다. 그녀는 K대학에서 발생한 폭행과 살인 사건을 종교 간 갈등으로 몰고 가는 박 기자가 못마땅했다. 그래서 그와 공조해서 사건을 취재하기 싫었다. 하지만 기자 선배인 데다 경찰과 대학 내부 취재원을 여러 명 관리하는 그를 무시했다가는 나중에 물먹을 수도 있어 어쩔 수 없이 따르기로 했다.

사회학과 사무실은 인문사회연구원 건물 3층에, 사학과 사무실은 4층에 있었다. 한 건물에 사회계열과 인문계열 학과가 무질서하게 섞여 있었다. 정 기자는 사회학과 사무실부터 갔다. 조교가 현고영이 2층에 있는 사회갈등통합연구소에서 일한다고 알려주었다. 조교는 공부만 할 것처럼 보이는 안경 낀 여학생이었는데 생글생글 웃으면서 뚫어지게 올려다보았다. 정 기자가 고맙다는 인사를 하고 돌아설 때 조교가 뉴스에서 많이 보았다며 통통 튀는 목소리로 말했다.

"저는 기자가 싫어요. 정확히 취재해서 공정하고 신뢰받

타오

는 뉴스를 전해주세요."

정 기자는 갑자기 뒤통수를 얻어맞은 것 같아 걸음을 멈추고 돌아섰다. 조교는 종종걸음으로 학과 사무실로 들어갔다. 한마디 해주고 싶지만, 무엇을 어떻게 말해야 할지 생각이 나지 않았다.

사회갈등통합연구소에 들어서니 여성 연구원 두 명과 남성 한 명이 보였다. 남자는 사진에서 본 현고영이었다. 그는 머리칼이 어깨까지 내려올 정도로 길었고 입술만 빼고는 얼굴선이 굵었다. 얇은 검은색 티셔츠를 입고 있었고 상체를 전혀 움직이지 않을 것 같은 인상을 주었다.

"MKBC 정상원 기자인데요, 잠깐 시간 좀 내주실 수 있을까요?"

현고영이 굵고 낮은 목소리로 되물었다.

"무슨 일로 그러시죠?"

중년의 여성 연구원이 그들 사이에 끼어들었다.

"어머, 뉴스에서 많이 봤어요. 실물이 훨씬 더 낫네요. 이쪽으로 오셔서 편히 앉으세요. 현 선생, 이쪽으로 모셔. 현 선생이 연구하는 게 지역문화와 다문화 간의 통합 가능성이에요. 이슬람 사원 문제 때문에 오신 거죠? 권윤정 선생님 폭행 사건 때 얼마나 놀랐는지 몰라요. 그런데 방송 기자는 어떻게 해서 하게 됐어요? 우리 딸도 커서 방송사에서 일하고 싶다고 하는데."

정 기자는 현고영이 이슬람 사원 삼겹살 시위 현장에 간 이유는 자신의 연구 분야와 관계가 있어서일 것으로 짐작했다. 그렇다고 그냥 갈 수도 없어서 현고영에게 물었다.

"그저께 이슬람 사원 앞에서 삼겹살 시위할 때 현장에 가신 이유를 알고 싶어서요."

현고영은 왜 그런 걸 묻느냐는 듯이 정 기자를 물끄러미 바라보았다.

"다문화교류연구원 회원 몇 명은 가봐야 할 것 같았습니다. 사실 많은 회원이 가려고 했지만, 목사 측과 충돌이 생길 수도 있다는 우려 때문에 사무국장님하고 저, 다른 두 명, 이렇게 네 명만 갔습니다. 거기서 기자님을 봤어요. 그런데 연구원 회원이 간 게 무슨 문제라도…?"

정 기자는 대답을 듣자마자 괜히 시간만 낭비했다는 생각이 들었다. 그래서 대화의 방향을 슬쩍 돌렸다.

"그저께 밤에 사원 방화 사건이 발생했잖아요. 혹시 여기에 대해서 사회단체 차원의 움직임이 있는지, 무슬림 유학생과 사태 해결을 위해서 어떤 계획을 갖고 있는지 궁금하네요. 삼겹살 시위 때 아무런 대응도 하지 않으셨는데, 이슬람 사원 방화 사건에 대해서는 어떻게 대응하실지…?"

정 기자는 질문을 하면서도 스타일 완전히 구겼다고 생각

타오

했다. 자기가 생각해도 말도 안 되는 질문이었다. 박우태 기자, 그 작자가 선무당처럼 굴더니 자신까지 삼류 기자가 된 기분이었다.

"무슨 말씀인지 이해가 안 됩니다. 그런 내용을 물어보시려면 다문화교류연구원을 찾아가시는 게 맞지 않을까요? 대응 방법이라는 말도 조금 불편합니다. 마치 대응해야 할 상대를 상정하는 것 같아서요. 우리는 주민에게 악감정이 없습니다. 이영태 목사 말고는요. 방화 사건이 발생했으면 범인을 잡아 책임을 묻고, 저희는 저희대로 이슬람 사원을 복구하고 서로 위로하고 격려해야겠지요."

정 기자는 현고영이 갑자기 선생처럼 말하자 자존심이 상했다. 조교는 훈계하고 연구원은 꼰대처럼 가르치다니, 일진이 좋지 않다고 생각했다.

"그래야겠죠. 그저께 함께 간 다문화교류연구원 회원은 누군가요?"

"그걸 일일이 알아서 뭐 하시게요?"

"알아서 뭐 할지는 우리가 판단합니다."

정 기자의 목소리가 높아지자, 커피를 들고 오던 중년의 연구원이 놀랐다. 현고영도 예상하지 못했던 모양이다.

"다문화교류연구원의 이진우 사무국장님하고 이근식 씨, 최철원 씨, 그리고 저, 그렇습니다."

"네? 사학과에서 석사학위 받은 이근식 씨, 물리학과 석사과정 2학년 최철원 씨 말입니까?"

정 기자는 괜히 놀란 척했다. 쓸데없는 것을 취재해서 미안합니다, 하며 나가고 싶지는 않았다.

"그 사람들을 아십니까? 혹시 그들에게 무슨 일이라도…?"

"아닙니다. 뭔가 생각나서요."

정 기자는 의미심장한 내용을 알게 된 것처럼 심각한 얼굴로 연구소에서 나왔다. 현고영과 중년 연구원이 불안한 표정으로 문까지 따라오려고 했지만 완곡하게 거절했다. 그녀는 한심한 취재를 덮기 위해서 의혹을 잔뜩 던져주고 나온 것이다. 그녀는 이근식에게 전화하려다가 포기하고 기자실로 돌아갔다. 박우태 기자가 먼저 와 있었다.

두 사람은 각자 취재한 내용을 공유하지 않았다. 취재 결과를 알기 때문에 굳이 나눌 이야기도 없었다. 정 기자는 노트북을 들여다보다가 박 기자가 신경 쓰여서 자리에서 일어섰다.

"잠깐만. 이지혁 형사한테 잠깐 오라고 했어."

"뭐 하시게요?"

"뭐라도 하게."

"제가 함께 있을 필요가 있어요?"

"있어. 잠깐만 기다려봐. 내가 점심 살게."

마침 이지혁 형사가 기자실로 들어왔다.

"이 형사, 어서 와. 좋은 정보가 준비되어 있어."

"명단 받았습니까?"

"지금 문자로 보낼게."

이 형사가 박 기자를 떨떠름한 표정으로 보다가 휴대폰으로 문자를 확인했다. 그리고 아무 말 없이 기자실에서 나가려고 했다. 박 기자가 그를 잡았다.

"잠깐, 잠깐만. 어디 가는데? 그 사람들 조사하려고 그러지? 우리가 다 조사했어. 내가 다 설명해줄게."

이 형사는 잠시 주저하다가 의자에 앉았다.

"중요한 취재 결과를 알려줄 테니까 하나만 말해줘. 가는 게 있으면 오는 것도 있어야 하잖아."

"지금 조사 중입니다."

"뭘 조사하는데?"

"기본적인 수사입니다."

박 기자가 또 수작을 부리고 있었다. 정 기자가 참지 못하고 말했다.

"세 사람 모두 다문화교류연구원 회원들이에요. 이진우 사무국장이 같이 가보자고 해서 갔답니다. 그분들이 용의자인지 모르겠지만 참고하세요. 만일 도움이 된다면 나중에 용의자 잡을 때 알려주세요."

박 기자가 정 기자를 화난 눈초리로 쳐다봤다.

"그걸 다 말해주면 어떡해?"

"경찰도 시간 낭비할 필요 없잖아요."

정 기자는 가방을 꾸리고 일어섰다. 이지혁 형사가 정 기자에게 물었다.

"세 사람 다 만나보셨습니까?"

"이근식 씨만 빼고요. 전화하려다가 같은 대답이 나올 것 같아 그만뒀어요."

정 기자가 기자실을 나가자, 이 형사도 뒤를 따랐다. 박 기자만 남아 닫힌 출입문을 보며 입맛을 다셨다.

이지혁 형사의 보고를 들은 형사과장은 삼겹살 시위 현장에 나타난 세 사람과 사무국장까지 모두 만나보라는 지시를 내렸다.

현고영은 짜증이 가득한 얼굴로 이진우 사무국장으로부터 윤 변호사 피살 소식을 듣고 근처에 있는 집에서 대운동장까지 뛰어갔다고 진술했다. 이진우에게 피살 소식을 처음 알린 사람은 최초 발견자인 정은이 학생이었다. 그렇다면 이근식과 최철원도 사무국장의 연락을 받고 대운동장에 갔을 것이다. 이 형사는 이근식과 최철원을 만나볼 필요가 있을지 회의가 들었지만, 당장 해야 할 다른 일도 없었다.

사학과 조교는 이근식이 석사학위를 받고 지난 2월에 졸업한 뒤 내년도 박사과정 시험을 준비하고 있어서, 사학과 도서관에 가끔 나온다고 알려줬다. 도서관은 같은 층 복도 끝에 있었다. 이 형사는 도서관 문을 소리 나지 않게 조용히 열고 들어갔다. 실내가 넓었고 적어도 스무 명 이상이 공부하고 있었다. 이 형사는 문에서 가장 가까운 책상에 있는 여학생에게 다가갔다. 어제 대학 본부 직원에게 무시당한 것을 떠올리며 질문을 마음속으로 몇 번 연습하고는 몸을 굽혀 속삭이며 물었다.

"죄송합니다만, 여쭤볼 게 있는데요. 혹시 이근식 씨라고 아십니까?"

학생이 깜짝 놀라며 불쾌한 표정을 지었다.

"깜짝이야, 아니 왜 얼굴을 들이대고 그래요!"

"저는 대운동장 살인 사건을 수사하는 경찰입니다."

"근식이는 왜 찾죠?"

"참고인 진술을 듣고 싶어서입니다."

도서관 안에 있는 학생들이 아이 같은 목소리에 놀라 모두 고개를 들고 이 형사를 쳐다보았다. 여학생이 안쪽을 향해 소리쳤다.

"이근식, 이근식, 누구 이근식 씨 봤어요?"

"이근식이 나오는지 안 나오는지 모릅니다."

남자 목소리가 대답하자, 학생은 이 형사를 쳐다보지도 않고 고개를 숙인 뒤 다시 한문으로 가득한 책으로 돌아갔다. 박사과정 이상 학생, 아니 선생님인 것 같았다. 이 형사는 알겠다며 고개를 끄덕이고 조용히 사학과 도서관을 나왔다. 뒤에서 자기들끼리 하는 말이 들렸다.

"근식이는 공부 그만두지 않았나?"

"그 친구에 대해서는 아무도 관심이 없어요."

이근식이 왕따일까? 이근식에게 전화를 했지만 받지 않았다. 이 형사는 자기 신분을 밝히고 전화 받으라는 문자 메시지를 보냈다. 다시 전화했다. 이번에는 전화를 받았다. 맑고 청명하면서도 어딘가 날카로운 목소리였다.

"무슨 일인데요?"

"물어볼 게 있어서 그런데 만나볼 수 있을까요?"

이지혁 형사의 목소리를 들은 상대가 주춤했다.

"저를요? 바쁜데요. 전화로 말씀하시면 안 될까요?"

"직접 만나서 물어봐야 합니다. 잠깐이면 됩니다. 학교 근처에 사십니까? 제가 집으로 갈까요?"

이근식은 잠시 생각하더니 한 시간 뒤에 인문사회연구원

로비로 가겠다고 말했다.

이 형사는 이근식을 기다리는 동안 최철원을 만나보기 위해서 물리학과가 있는 자연대로 갔다. 석사과정 2학년인 최철원은 학과 사무실 조교였다. 군복 같은 상의를 입고 있었고 시커먼 얼굴에 머리를 짧게 깎았다. 대학 조교가 아니라 군인 같았다. 두꺼운 뿔테 안경 속 눈매가 강렬했다. 그는 이 형사를 올려다보면서 마치 선생님이 어린 학생을 대하듯이 말했다.

"아까 기자 아저씨는 삼겹살 갖고서 뭐라 하더니 형사 아저씨는 또 대운동장 사건 갖고 뭐라 얘기하네요."

이 형사는 최철원의 건방진 태도에 불쾌감이 들었다.

"그날 이진우 사무국장님이 연락해서 대운동장으로 바로 뛰어간 겁니다. 저는 정문 근처에 살거든요. 무슨 말인지 아시겠습니까? 학교 근처에 사는 회원들부터 뛰어간 거라고요. 다른 회원들은 우리보다 늦게 도착했죠. 이해하시겠습니까? 충격이었습니다. 윤미라 변호사님이 그런 일을 당하실 줄은 상상도 하지 못했습니다. 이슬람 사원 앞 주민 집회 때는 다문화교류연구원 차원에서 상황을 지켜봐야겠다는 취지로 네 명이 간 겁니다. 아시겠죠?"

"대운동장에서 현고영 씨와 이근식 씨를 봤습니까?"

"관중석에서 만났습니다."

"이진우 사무국장님도 그날 대운동장에 나오셨나요?"

"우리보다 조금 늦게 오셨습니다."

"알겠습니다. 이건 형식적인 질문입니다. 사건이 생기면 주변 분들한테 다 물어보는 겁니다."

"윤미라 변호사님 피살됐을 때 어디에 있었냐고요?"

"네."

"아무리 그래도 그런 질문은 어느 정도 조사를 진행한 뒤에 묻는 거 아닙니까? 학교 아니면 집에 있지 않았겠습니까? 토요일 밤늦게 일어난 사건이니까…, 그렇다면 집에 있었을 겁니다."

이 형사는 최철원의 불쾌한 얼굴에 겸연쩍게 인사한 뒤 물리학과 사무실에서 나와 인문사회연구원 로비로 향했다.

로비에 도착했을 때 이근식은 벌써 와 있었다. 호리호리한 몸매였다. 사진에서 본 것보다 잘생긴, 대리석처럼 차가운 미남이었다. 이 형사는 얼음장 같은 녀석을 상대할 생각을 하니 짜증부터 났다.

"나오게 해서 미안합니다."

"무슨 일이신데요?"

전화할 때처럼 청량한 목소리였다.

이 형사는 용건을 빨리 끝내고 경찰서로 돌아가기 위해서 곧바로 질문했다. 스트레스를 계속 받아서 그런지 자기도 모르게 질문 순서를 바꿨다.

"권윤정 교수님이 폭행당할 때, 그리고 윤미라 변호사님이 살해당할 때 어디에 있었나요?"

순간 이근식의 얼굴이 새빨개지면서 입술이 떨렸다.

"제가요? 그, 그건 잘 모르겠는데요. 그런데 왜 저, 저한테…."

냉정하게 보이는 녀석이 당황하다니 의외였다.

"아, 미안합니다. 잘못 물어봤네요. 그저께 이슬람 사원 앞 주민 집회와 일요일 아침 대운동장 윤 변호사 피살 현장에 왜 나갔죠?"

"그건 다, 다문화교류연구원에서 가보자고 해서 갔고요, 대운동장은 이진우 사무국장님이 빨리 나가보라고 저, 전화하셔서 나갔어요."

"형식적으로 물어본 거니까 기분 나쁘게 생각하지 마세요. 그런데 사무국장님이 연구원에서 중추적인 역할인가요? 교통정리를 다 하시는가 보죠?"

"연구를 많이 하신 분이에요. 영국에서 학위도 받으셨고요. 어려운 사람을 많이 도우세요, 저 같은 사람도요. 그래서 따르는 학생이 많아요."

"이근식 씨 같은 사람도요?"

"그냥, 저는 앞으로 어떻게 공부해야 할지 잘 모르니

까…."

이 형사에게는 배부른 소리였다. 살인범 잡으려고 종일 뛰어다니는 경찰도 있는데 말이다.

"이근식 씨는 석사 졸업하고 바로 박사과정에 들어가지 않았네요. 지금 쉬고 있는 겁니까?"

"사정이 좀 있어서. 그런데 그건 또 왜?"

"그냥 물어본 거예요. 잘 알았습니다."

이 형사는 이근식에게 질문에 응해줘서 고맙다고 인사하고 돌아서서 출입문으로 갔다. 잠시 돌아보니 이근식은 큰 시험을 치른 학생처럼 시뻘건 얼굴로 이 형사를 보고 있었다. 이 형사는 문을 열며 혼자서 중얼거렸다.

"새끼, 황당해하긴. 뭘 저렇게 놀란 표정으로 있어, 미안하게…."

이 형사는 현고영, 최철원, 이근식 세 사람이 이진우 사무국장의 지시에 따라 현장에 나간 것이라고 김태경 형사에게 전화로 보고했다. 열심히 조사했다는 점을 강조하기 위해서였다. 그러면 김 형사가 최 팀장에게 보고하고 형사과 인트라넷에 메모도 하면서 김태경, 이지혁 조가 열심히 일하고 있음을 약간 과장해서 표를 낼 것이다. 수다스러운 김태경 형사는 오지영 과장에게도 이지혁이 오늘 열심히 과제를 수행했다고 말할 것이다. 이것으로 임무 끝, 이

타오

형사는 한숨을 내쉬었다.

오지영 형사과장은 최계호, 구자광 팀장과 함께 이영태
목사의 집과 교회를 어떤 방식으로 압수수색할지 의논했
다. 교회는 목사가 출근하자마자 바로 수색하고, 동시에
집도 수색하기로 했다. 화염병 만드는 데 사용한 도구가
있는지 세심하게 살펴보기 위해서 과학수사팀 형사도 압
수수색에 참여시키기로 했다.

오지영은 이지혁 형사가 인트라넷에 올린 보고서를 꼼꼼
히 읽었다. 이 형사는 자신의 실수로 보이는 사실까지 숨
기지 않고 세세히 기록했다. 그러다 보니 헷갈리는 부분
이 있었다. 오지영은 컴퓨터를 끄고 경찰서를 나왔다.

집으로 가는 길에 마트에 들러 라면과 김치, 반찬 몇 가지
와 햇반을 담았다. 어두워진 하늘이 잔뜩 찌푸리고 있었
다. 한바탕 비가 쏟아질 모양이다.

배가 고파서 눈을 떴다. 어느새 9시 20분이었다. 잠시 침
대에 누웠는데 잠이 들었던 모양이다. 라면을 끓이려다가
햇반을 데웠다. 김치와 나물과 김을 한 접시에 덜어 식탁에
놓았다. 오른손을 주로 쓰면서 왼손을 조금씩 움직였다.

부엌 베란다에서 갑자기 시원한 바람이 들어왔다. 창문이

살짝 열려 있었다. 창문을 더 열기 위해서 베란다로 나갔다. 비가 열린 창문 틈으로 들이쳤다. 창문을 활짝 열었다. 밖에는 장대비가 쏟아지고 있었다. 빗방울이 굵고 빗소리가 우렁찼다. 빗물이 안으로 들이쳤다. 오지영은 뻥 뚫린 검은 하늘을 바라보다가 창문을 닫고 식탁으로 돌아와 앉았다. 밥을 먹기 시작했다. 배는 고팠지만, 입맛이 없었다. 번개가 쳤다. 천둥이 울렸다. 엄청나게 많은 비가 줄기차게 쏟아졌다. 번개가 한 번 더 쳤다. 그때였다. 그녀의 머릿속에서도 뭔가 번쩍했다.

아, 이런!

그녀는 식탁을 박차고 일어섰다. 머리에 전류가 흐르는 것 같았다. 휴대폰이 울렸다. 김태경 형사의 전화였다. 심장이 얼어붙는 것 같았다. 불안감이 밀려왔다.

김 형사가 정신 나간 사람처럼 말했다.

"과장님, 이영태 목사가 송곳에 찔려 죽었어요."

7

오지영 형사과장은 교회 골목에 10시 20분이 되어서 도착했다. 폭우 때문에 길이 막혔다. 비옷을 입은 기자들이 폴리스라인 밖에서 라이트를 켜고 골목 안쪽을 촬영하고 있었다. 오지영은 폴리스라인 옆을 지나 골목 안으로 들어갔다. 뒷모습을 보고 오지영 형사과장임을 알아차린 박우태 기자가 사건 경위에 대해 질문했지만, 돌아보지 않았다. 비옷을 입은 김인석 서장이 우산을 받쳐 든 그녀의 모습을 말없이 보고 있었다. 조금 떨어진 곳에 시경 검시관과 한영덕 과학수사팀장, 최계호 팀장이 이야기를 나누고 있었다. 그들과 교회 현관 사이에 이영태 목사의 시체가 임시로 설치한 라이트 불빛을 받으며 앞으로 쓰러져 있었다. 재킷과 바지, 구두는 오늘 아침 김 형사와 함께 만났을 때와 같았다. 과학수사팀 고경중 형사가 터뜨리는 카메라 플래시 불빛에 목사의 모습이 순간적으로 살아나는 것 같았다. 오지영은 죽은 사람을 수도 없이 보았지만, 지금 보는 시체처럼 살았을 때 모습과 대조적인 경우는 없었다. 오지영은 들고 간 우산으로 서장 머리 위를 가렸다. 검시관이 그들에게 와서 말했다.

"목뒤와 목 옆쪽에 송곳 같은 흉기로 찔린 자국이 다섯 개 있습니다. 뒤쪽 구멍 두 개가 옆쪽 구멍보다 큽니다. 옆쪽으로 먼저 찌른 뒤 피살자가 엎어지자, 목뒤를 찌르고 비튼 거 같습니다. 다른 상처가 있는지는 부검해봐야 압니다."

한영덕 과학수사팀장이 말했다.

"범인은 이번에도 비 오는 날을 골랐네요. 모든 게 씻겨 내려가고 있어요."

한 팀장의 말대로 시체 주변에 물이 고이고 있었다. 비가 계속 내리면 시체는 물에 젖을 것이다. 오지영은 골목 안 주택을 올려다보았다. 굳게 닫힌 창문이 폭우 때문에, 두려움 때문에 더 단단히 닫혔다. 폴리스라인 뒤에는 기자가 더 늘어났고, 박우태와 정상원 기자도 골목 안쪽을 바라보고 있었다. 편의점에서 일하는 기계과 학생도 보였다. 그들과 조금 떨어진 곳에 동네 주민들이 있었다. 우산을 함께 쓴 정은이와 데위 소라야, 이진우 사무국장의 무표정한 얼굴이 어렴풋이 보였다.

교회 안에서 나온 김태경 형사가 오지영 과장 쪽으로 다가와서 말했다.

"교회 내부는 오늘 아침과 다른 점이 없어요, 과장님, 서장님."

김 서장은 검시관에게 말했다.

"시체가 물에 잠길 것 같은데 옮기는 게 좋지 않겠어요? 부검도 해야 하니까."

과학수사팀원들이 시체 옮기는 작업을 시작했다.

서장은 잠시 골똘히 생각하더니 오지영을 보며 말했다.

"아무래도 내일 아침에 기자 브리핑을 한 번 더 해야겠어."

"안 됩니다."

"뭐라고? 기자들에게 사건을 정리해줘야 하지 않겠나?"

"기자들이 알아서 할 겁니다."

폭우 때문에 서장의 목소리가 커졌다. 서장은 부하들 앞에서 체면을 차리고 싶었는지 고집을 부렸다.

"현장에 늦게 나와서 뭐라고 하는 거야?"

"연락받고 바로 왔습니다. 내용은 잘 알고 있습니다."

"언론과 협조하는 것도 중요하다는 거, 내가 한두 번 강조하나? 사건이 너무 복잡하잖아. 제대로 보도할 수 있도록 방향을 알려줘야지. 내일 오전 브리핑 준비하게."

"우리도 사건의 성격을 파악하지 못하고 있습니다."

"자랑인가? 그럼 어떻게 하겠다는 건가?"

"수사해야죠."

"언론의 뭇매를 맞을까 봐 겁나나? 분명히 기자 브리핑을 준비하라고 말했네. 오 과장이 빠지면 팀장들과 하겠네."

"그것도 안 됩니다."

오지영은 보지 않아도 서장의 따가운 눈초리가 느껴졌다. 형사들은 서장과 형사과장 사이에서 눈치싸움 중이었다. 서장은 간다는 말도 없이 첨벙거리며 현장을 벗어났다. 약간 굽은 서장의 어깨가 왜소해 보였다. 기자들이 서장에게 몰려들었지만, 그는 맥 빠지고 정신 나간 사람처럼 무관심하게 기자들 사이를 지나갔다. 오지영은 그가 집으로 갈 것 같지는 않았다. 어쩌면 사무실에서 자수를 놓으며 마음을 진정시킬 것이다. 오지영이 검시관에게 물었다.

"사망 시각은 언제인가요?"

"비가 내리고 온도가 내려가서 정확히는…."

김 형사가 검시관의 얘기가 끝나기 전에 말했다.

"9시 5분쯤입니다."

"어떻게 알아?"

"주민 얘깁니다. 그 시각에 괴성이 들렸다고 합니다. 괴성은 교회에서 골목 안쪽 막다른 담장이 있는 곳으로 이어졌답니다."

"신고도 주민이 했나?"

"주민 한 분이 괴성을 듣고 바로 112에 신고했고, 지구대 경찰과 저희가 같은 시각에 도착했습니다. 9시 15분쯤 됐을 겁니다."

타오

"왜 나한테는 연락하지 않았어?"

"경찰서 상황실에서 연락받고 당직 형사가 제일 먼저 과장님께 전화했어요. 저도 전화했고요."

휴대폰을 열었다. 부재중 전화가 여덟 통 와 있었다. 한숨이 나왔다.

"교회 내부와 목사 집에서 형사들이 단서를 찾고 있습니다."

오지영은 김 형사와 교회 안으로 들어갔다. 이영태 목사의 사무실은 입구를 들어서면 오른쪽에 있었다. 사무실에는 책상과 의자, 교인과 대화를 나누기 위한 소파가 있었다. 오지영은 목사의 책상 앞에 앉았다. 책상 위에는 작은 탁상달력과 성경책, 두꺼운 수첩과 볼펜들, 손목시계, 이빨 자국이 있는 사과, 그리고 자질구레한 물건들이 어지럽게 깔려 있었다.

수첩을 펼쳤다. 볼펜으로 눌러쓴 메모가 있었다. 날짜와 시간, 이름이 적혀 있었다. 이름 옆에는 에어컨 수리 기사, 전기 기사 같은 직업 명칭과 전화번호가 적혀 있었다. 재개발 정비업체로 추측되는 기업의 이름과 대표, 실장, 부장의 이름, 아파트 설계업체로 보이는 회사 대표와 간부의 이름도 있었다. 전화번호는 적혀 있지 않았다. 수첩을 계속 넘겼다. '재개발추진위원회'라는 제목 아래 이름이

적혀 있었다. 모두 마흔 명이었다. 이진우 사무국장의 말
대로 이들이 100만 원씩 낸 사람들이 아닐까. 다음 장에
는 연도와 날짜 등이 적혀 있었다.

몇 장을 더 넘겼다. '다문화교류연구원'이라는 제목 아래
여러 명의 이름이 적혀 있었다. 이진우, 현고영, 이근식, 최
철원의 이름도 있었다. 이슬람 사원 건립을 도우며 이영
태 목사와 대척점에 있던 사람들이다. 다음 장에는 아흐
마드, 라이샤, 누르, 나빌라, 자흐라, 소라야, 아체네, 메
이사, 타오라는 이름이 있었다. 오지영은 '소라야' 이름을
보고 이들이 무슬림 유학생일 것으로 생각했다. 다음 장
에는 권윤정 교수, 윤미라 변호사의 이름과 전화번호가
적혀 있었다.

몇 장을 더 넘기자, 페이지마다 월이 적혀 있고 아래에 한
두 명의 이름이 있었다. '1월' 아래에는 '우언'과 '호앙'의
이름이 있었고, '2월'이라고 적힌 페이지에는 '응옥'이, '3
월' 아래에는 무슬림 유학생 가운데 있었던 '타오'라는 이
름이 적혀 있었다. '4월'에는 '쩌우', 그리고 '구청장', '건축
과장'이라는 메모가 있었고, '5월'에는 '아잉', 밑에 '건축
과장'이라는 메모가 있었다. 다음 장에는 구청과 건축회
사 관련 직책이 나왔다. '6월'은 '미', '7월'은 '코이', '8월'
은 '린'이라고 적혀 있었다. 9월부터 12월까지는 알파벳

대문자가 서너 개씩 적혀 있었다. 다음 장에는 다시 1월부터 8월까지 역시 알파벳 대문자들이 페이지마다 한두 개, 또는 서너 개씩 있었다.

오늘은 9월 28일 목요일이다. 수첩은 지난해부터 기록한 모양이었다. 목사가 면담한 사람들의 이름을 메모한 것일까? 모두가 여자일까? 이들 가운데 모텔에 데려간 여성은 누구일까? 죽음으로 대가를 치른 것일까? 오지영은 수첩을 빠르게 넘긴 뒤 책상 위에 던져놓고 사무실 밖으로 나갔다.

밖에는 폭우가 쏟아지고 있었지만, 교회 안은 평화로웠다. 형사들이 구석구석에서 단서가 될 만한 것이 있는지 찾고 있었다. 그녀는 뒷좌석에 앉아 정면에 있는 예수를 올려다보았다. 머릿속이 복잡했다. 최계호 팀장이 휴대폰을 손에 쥐고 다가왔다. 박곤 형사와 김태경 형사, 이지혁 형사가 뒤를 따랐다. 김 형사가 기쁜 소식이라도 전하는 것처럼 말했다.

"과장님, 구 팀장님이 목사 집을 조사했는데 아무것도 나온 게 없답니다."

김 형사의 표정과 말하는 내용이 엇박자를 이루었다.

"화염병 만드는 데 쓰는 소주병, 하다못해 음료수병도 발견하지 못했대요. 휘발유도, 헝겊도, 연장도, 모자, 마스크, 신발 등 단서가 될 만한 것은 하나도 없답니다. 그런데 컴퓨터를 뒤지다가 숨겨진 폴더에서 이런 메모가 나왔대요. 구 팀장님이 찍어서 최 팀장님께 보냈어요."

김 형사가 머뭇거리는 최 팀장의 휴대폰을 빼앗다시피 해서 오 과장 눈앞에 들이밀었다. 처음에는 전체를, 다음에는 확대해서. 사진 속 메모의 의미를 깨달은 오지영은 미궁 속에서 작은 실타래를 잡은 느낌이 들었다. 김 형사가 큰 소리로 메모를 읽었다.

"소주병 또는 사이다병, 신나와 석유 5 대 5, 화력 증강 6 대 4, 페인트."

오지영은 지금까지의 상황을 기록으로 정리하다가 시간을 확인했다. 벌써 새벽 2시다. 아니 이제 새벽 2시다. 시간이 빨리 지나가는지, 느리게 지나가는지 느낌이 없다. 시간의 흐름에 얹혀 있을 뿐이다. 오직 빗소리만이 자기 존재감을 드러내고 있다.

서장은 사무실에 있다. 그도 사건에 대해 생각하고 있을까, 아니면 지쳐 잠들었을까? 오지영은 서장실로 올라갔다.

김인석 서장은 젖은 옷차림 그대로 의자에 앉아 있었다.

타오

책상 위 자수를 놓는 비단 천과 바늘을 감추려고 하지도 않았다. 오지영은 의자에 앉았다.

"이영태 목사 집에 있는 컴퓨터에서 화염병 제조법을 메모한 폴더가 발견됐습니다."

"봤네."

"교회와 이슬람 사원 방화 용의자는 목사로 보입니다."

"동감이야."

"권윤정 교수 폭행, 윤미라 변호사 살해, 이영태 목사 살해, 세 명의 피해자에게서 공통점을 찾는 것이 중요할 것 같습니다."

"그럴 수밖에 없겠지."

오지영은 서장의 말이 거슬렸다. 다른 수사 방법이 없다는 것을 알고 있다며 야유하는 것 같았다.

"동기는 피해자 주변인과의 관계에서 봐야겠지만, 이슬람 사원과 일부 주민 간 갈등이 원인을 제공했을 가능성도 배제할 수 없습니다. 수사는 여전히 두 방향으로 진행해야 할 것 같습니다."

"결국 하나 아닐까? 종교 갈등이든, 재개발 싸움이든, 피해자와 가해자 사이의 원한 관계 말이야. 우발적인 살인은 아니니까."

"네."

"권윤정 교수를 보호할 방안도 세우는 게 좋겠어."

오지영은 알겠다며 자리에서 일어섰다. 서장은 앞만 바라
보며 무언가 골똘히 생각하고 있었다.

"들어가셔서 옷이라도 갈아입고 나오시죠."

"자네 걱정이나 하지."

오지영은 서장실에서 나와 사무실이 있는 1층으로 내려갔
다. 형사들이 한두 명씩 복귀하고 있었다.

아침 뉴스는 끔찍했다. JBC 박우태 기자는 대학가 주변
에서 복수에 복수가 꼬리를 무는 종교전쟁이 벌어진 것처
럼 보도했다. 그러면서도 자기 논조가 아닌 것으로 보이
기 위해 모든 문장을 피동형으로 구성했다. 다른 언론사
기자들은 이영태 목사의 피살 사건을 보도하면서 앞선 사
건을 뒤에 붙였다. 논조가 거칠지 않았을 뿐 내용만 보면
JBC와 마찬가지였다. 목사 살인 사건 뒤에 다른 사건 사
고 소식이 이어졌다. 굴지의 대기업이 작업 중 사망한 근
로자에 대해 책임을 회피하자 이를 조사해 처벌해달라는
대통령실 민원이 10만 건을 넘었다는 뉴스였다. 그리고
오늘은 맑은 날씨가 예상된다는 일기예보가 나왔다.

오지영은 연쇄살인범이 무동기 살인자는 아니라고 생각했

타오

다. 증거를 지우기 위해서 비가 오는 밤을 선택했고 대학 인근에서 범행을 저질렀다. 범인은 대학 주변에 사는 남자이고, 모종의 일과 관계된 사람을 계획적으로 살해했을 가능성이 높다. 사건을 관통하는 일관된 이유가 있을 것이다. 앞으로 피해자가 더 나온다면 같은 이유일 것이다.

권 교수와 윤 변호사, 이 목사는 이슬람 사원 문제로 연결되어 있다. 존재는 알지만 직접 만나지 못했을 수도 있다. 하지만 범인은 이들 세 사람을 모두 만났을 가능성이 높다. 학교나 법정, 변호사 사무실, 또는 이슬람 사원이나 교회에서. 피해자들의 공통점이 무엇인지, 그들이 만난 동일인이 누구인지 알아내는 것이 핵심이다.

오지영은 휴대폰을 열어 날씨를 확인했다. 다음 비는 일주일 뒤로 예보되어 있었다. 다음 목표는 누구일까? 장소는? 이슬람 사원, 운동장, 교회, 이슬람 사원, 운동장, 교회…. 그녀는 생각에 생각을 거듭했다. 그러다가 섣불리 단정한 점이 있다는 것을 깨달았다. 새로운 방향으로 조사할 필요가 있었다.

최계호 팀장은 최근 한밤중에 출동하는 일이 빈번해 지쳐 있었다. 위암 치료를 위해 1년 동안 휴직을 했다가 복직

했을 때 전과를 요청했지만, 서장은 들어주지 않았다. 마땅한 보직이 없었다. 서장은 본래 하던 일 하면서 무리하지 않는 게 최선이라고 다독였다. 하지만 그게 말처럼 쉽지 않았다. 나이 오십 줄을 넘기고 중병까지 경험한 만큼 큰 공을 세우거나 승진에 목숨을 걸 생각은 없었다. 정신적으로도, 육체적으로도 경쟁은 무리였다. 그럭저럭 버티다 퇴직하는 게 목표였다. 하지만 그런 소박한 꿈도 젊은 여성 형사과장이 부임하면서 금이 갔다. 오지영 과장은 빈틈없고 철두철미한 성격이어서 슬렁슬렁 일하는 것은 불가능했다. 회의도 잦았다. 게다가 요즘 젊은 후배들은 자기주장이 강해 앉아서 부릴 수가 없었다. 최 팀장은 최근 연쇄살인 사건의 스트레스로 가뜩이나 제 기능을 못하는 소화기관이 멈춰버리지 않을까 불안했다.

최 팀장은 노크하고 서장실로 들어섰다. 소파에 앉아 있던 서장이 옆에 와서 앉으라고 손짓했다. 새벽에 겪은 일로 심기가 좋지 않을 것 같았다. 비서가 커피를 두 잔 놓고 나갔다. 그는 위암 수술 이후 커피를 입에 대지 않았다. 서장은 맹장 수술을 받고 금식 중이던 오지영을 병문안할 때도 음료수를 들고 갔다.

"고생이 많지? 몸은 좀 어떤가?"

"괜찮습니다."

"몸도 성치 않은데 선배로서 챙겨주지도 못해서 미안하다."

"별말씀을 다 하십니다. 생각해주시는 것만으로도 감사합니다."

서장이 이런 식으로 말하면 뭔가를 나무라거나 부탁하기 위한 것이다. 말려들면 안 된다.

"뉴스 봤나?"

"아침 뉴스는 아직 못 봤습니다."

"기자들이 엄청나게 두드려 패더군. 기자회견을 매일 해야 했는데 하지 않으니까, 앙심을 품고 작정하고 두드려패는 것 같아, 안 그래?"

"아, 예."

"새벽에 말이야 기자회견을 해야 한다고 지시했는데, 오과장이 말을 듣지 않더군. 알고 있나?"

"그런 일이 있었습니까?"

서장과 오 과장이 기자회견 문제로 다툴 때 최 팀장은 옆에 있었다. 서장은 최 과장의 거짓말을 알고 있을 것이다.

"자네는 어떻게 생각하나, 기자회견?"

"서장님 지시대로 기자회견을 하는 게 나쁘지는 않다고 생각합니다."

"그렇지? 그런데 왜 오지영은 그 모양인 거야?"

"…"

"보자보자 하니까 서장을 무시하는 거 같아. 너무 건방지지 않냐 말이야."

"저도, 조금은, 그런…."

"아무래도 오지영 직무를 정지해야 할 것 같아."

"예, 예?"

"왜? 문제가 있나?"

서장이 이렇게까지 뒤끝이 있는지 몰랐다. 절대로 무리하지 않는 사람이라고 생각하고 있었다.

"직무 정지를 하려면 경찰청에도 보고해야 하고, 충분한 이유가…."

서장이 눈을 치켜떴다.

"누가 그렇게 해? 이번 연쇄살인 사건 수사에서 배제하겠다는 거야. 팔도 아프니까 좀 쉬라고 하는 거지, 비공식적으로. 사건이 계속 발생하는데 아무런 단서도 못 찾고 있잖아. 이게 이유가 안 된다는 건가?"

서장은 그저 오지영 과장에게 망신을 주려는 것이다. 하지만 범인을 잡지 못하면 서장은 물론 경찰 전체가 비난받는다.

"그러면 사건 수사는 어떻게 하실 겁니까?"

"자네가 해야지."

"제가요?"

"왜! 못하겠나?"

"…."

"왜 말이 없어. 자신 없나?"

"저는 몸이 좀 그래서 구자광 2팀장에게 맡기는 게 좋지 않겠습니까?"

"구자광이는 덜렁거려서 안 돼."

"그러면 신소식 3팀장에게…."

"서무계한테 돌격시키는 군대 봤나? 자네 왜 그래? 경찰 밥은 자네가 오지영보다 훨씬 많이 먹었잖아!"

"그게 아니라… 오 과장 남편이 MKBC 사회부장인데 뒤에서 무슨 일을 벌일지 모르고… 서장님은 내일모레 정년이고 배경도 없으신데…."

"말조심해라, 새끼야! 자신 없으면 없다고 해. 오지영 남편은 JBC 아나운서하고 바람피워서 이혼당했어. 그게 아니라도 오 과장이 남편에게 도움을 청하거나 그럴 사람은 아니잖아. 정면에서 대들면 대들었지. 그러니까 네가 나서란 말이야."

최 팀장은 속이 쓰리고 거북해졌다.

"서장님, 연쇄살인범은 잡아야 하지 않겠습니까? 그러려면 오지영 과장이 수사를 해야 합니다. 사실 저는 위암 수술을 한 뒤 일이 힘에 부칩니다. 서장님 입장에서도 하루 빨리 범인을 잡는 게 낫지 않으십니까?"

"그래서?"

"그냥 오 과장이 하는 대로 가만히 놓아두는 게 상책일 거 같습니다."

서장이 최 팀장을 노려보았다. 서장이 경멸해도 상관없다. 자신이 사건 수사의 전면에 나서는 것은 자살행위였다. 범인을 체포해서 승진한다는 보장도 없고 못 잡으면 소화불량으로 죽을 것이다. 오 과장이 수사를 지휘해도 1팀이 주축이라 나쁘지 않을 것이고, 장기화하면 오 과장과 서장이 책임지면 되는 거다. 어차피 서장은 곧 공로 연수든 뭐든 구실을 찾아내 경찰서를 떠날 사람이다.

"선배님, 죄송합니다. 오지영 과장이라면 범인을 꼭 잡을 겁니다. 독한 사람이잖습니까. 그냥 내버려두시죠. 기자들이 비난해도 오 과장한테 하는 거 아닙니까. 서장님이 앞장서서 기자회견 하면 오히려 서장님한테 화살이 집중될 수도 있습니다."

최 팀장은 일어서서 직각으로 굽혀 인사한 뒤 이글거리는 서장의 시선을 뒤로하고 조용히 밖으로 나왔다. 무슨 일이 있어도 무리하지 않고 건강을 유지하며 월급쟁이 생활을 마쳐야 한다.

아침이 오자 경찰서도 활력을 찾았다. 오지영 형사과장은 팀장들을 불러 자기 생각을 설명했다. 팀장들은 생각에 잠겼고, 최계호 팀장이 미간의 주름을 찡그리며 조심스럽게 이야기를 꺼냈다.

"뒤를 돌아보자는 거네요. 초범이 아닐 수도 있다는 가정에서 말이죠."

"범인은 권 교수를 살해하는 데 실패했지만, 윤 변호사와 이 목사를 살해하는 데는 빈틈이 없었습니다. 수법이 진화한 거죠. 하지만 사람을 죽이는 일은 한 번에 능숙해지는 것이 아닙니다. 애초에 권 교수 폭행 수법도 허술한 건 아니었고요. 범행을 치밀하게 계획했고, 증거를 남기지 않았어요."

"어떻게 하자는 거요?"

"범인이 권 교수 폭행 이전에 다른 사람을 죽였을 가능성이 있다고 가정해보는 겁니다. 용의자가 검거되지 않은 다른 지역의 살인 사건을 찾아보자는 겁니다. 모든 사건을 조사할 필요는 없을 겁니다. 제주도에서 발생한 사건이라든가 시비로 사람을 죽이고 도주한 사건 같은 것은 배제하죠."

"그러니까 전에 발생한 살인 사건 가운데 유사한 사건이 있는지 찾아보자는 거죠? 그런 거라면 유사성의 범위를 좀 넓게 봐야 할 것 같은데…."

용의자를 검거하지 못한 살인 사건 조사는 최 팀장이 맡기로 했다.

다음으론 피해자 주변 인물을 상대로 원한을 가질 만한 사람을 찾는 일이다. 구자광 팀장이 고개를 끄덕이고 넥타이를 만지며 자기 차례임을 알렸다.

"권 교수나 윤 변호사 주변 사람 말을 들어보면 두 사람 모두 단점이 별로 없고 깔끔한 원칙주의자라는 평이 많은데, 거꾸로 해석하면 냉정하고 차가운 면이 있다는 얘기거든요. 원칙주의자라는 말은 융통성이나 인정이 없다는 거 아닙니까? 공감 능력이 떨어진다고 해야 하나? 하여튼 권 교수나 윤 변호사가 원칙적으로는 잘못을 저지르거나 누구에게 원한 살 일은 없어도 그들이 상대한 사람들 가운데는 상처받은 약자가 있을 수도 있는 거죠."

최계호 팀장이 구 팀장에게 한마디 했다.

"이영태 목사는 적이 많잖아."

"어쨌든 이 세 사람의 원한 관계를 조사하는 게 핵심이라는 거죠."

팀장들은 CCTV 영상을 분석한 과학수사팀이 뭔가를 내놓아야 한다며 한영덕 과학수사팀장을 압박했다. 한 팀장은 고개를 설레설레 흔들었다.

타오

"어떤 사람이 살인을 준비하는 사람인데? 말 참 쉽게들 하시네. 그러니까 그냥 배회하는 사람을 찾아보라는 거 아니요? 누군가를 죽이기 위해서 대학 주변을 어슬렁거리는 사람, 눈 씻고 찾아봐도 그런 놈은 안 보여요. 범인이 CCTV 위치를 알고 움직이는 놈이라는 걸 모르십니까, 우리 형님들은?"

최 팀장이 한 팀장을 책망했다.

"목적지 가는 길에 멀리서 찍힐 수도 있지. 한두 번은 실수하는 게 사람이니까. 그걸 족집게 집듯이 찍으라는 얘기지. 하루 종일 모니터만 들여다보면 감이 안 오나?"

한 팀장은 투덜거리면서 자리에서 일어섰다. 다른 팀장들도 그를 따라 일어섰다. 오지영은 사무실에서 나와 권윤정 교수 집으로 향했다.

권윤정 교수는 이번에도 오지영을 거실 소파로 안내했다. 티셔츠와 반바지 차림도 그대로였다. 역시 맵시가 있었다. 허리와 어깨를 편 당당한 모습은 여전했다. 어머니는 집에 없었다.

"기자들로부터 공격을 많이 받으시더군요."

"늘 있는 일입니다."

권 교수는 오 과장이 용건을 말할 때까지 기다렸다. 시선
은 탁자 위에 있는 성경책에 모아져 있었다.

"보호를 위해 경찰관 두 명을 대기시킬 겁니다. 나가실 때
마다 경호해드리겠습니다."

"그럴 필요 없습니다. 당분간 휴직했다고 말씀드리지 않
았습니까. 집에만 있어요. 나름 경비가 철저하니까 아파
트 안으로는 들어오지 못할 거예요."

"가끔 밖에서 용무를 보실 일도 있지 않습니까?"

"어머니가 다 해주세요. 밖에 나갈 일이 있으면 낮에 처리
할 거고요. 불안하시다면 나갈 때 제가 방문하는 곳을 미
리 알리겠습니다. 그때만 경호해주시죠."

"알겠습니다. 서에 들어가서 다시 의논해보겠습니다. 그
리고… 원한을 살 만한 사람, 생각해보셨나요?"

"생각나지 않아요. 어렸을 때부터 지금까지 누구에게 원
한을 샀는지 생각해봤습니다만, 제가 누구를 나쁘게 대한
적은 없는 것 같아요."

"교수님은 원칙주의자지만 누군가는 그 원칙 때문에 피해
를 보았다고 생각할 수도 있습니다. 동료 교수, 학교 행
정 직원, 학생, 아니면 사회단체 회원 중에서 말이죠."

"학생이 저에게 원한을 가질 일은 없어요. 저는 석박사 학
위 논문 지도를 한 적도 없습니다. 조교에게 심부름 한 번

타오

시킨 적도 없고요. 사회단체는 자문을 해줄 뿐입니다."

"혹시 교수들 간 파벌 싸움은 없습니까?"

"마음이 맞거나 맞지 않는 교수는 어느 학과나 있게 마련이죠. 의심 가는 본부 직원도 생각나지 않습니다. 이슬람 사원 문제로 대학 본부와 이견은 있었지만, 그렇다고 저를 죽이려고 할 만큼 미워할 만한 사람은 없어요."

권 교수는 대인관계에서도 허점이나 오점이 없음을 강조하고 싶어 했다.

"그래도 뭐든 생각해보십시오."

"자꾸 생각해내라고 하니까 좀 불편하네요."

오지영은 권 교수 아파트에서 나왔다. 고급스러운 아파트라는 선입견 때문일까. 이곳에서 교수의 일상을 관찰하는 건 어려울 것 같았다. 이슬람 사원 골목과는 분위기가 달랐다.

박곤 형사는 이솔로몬을 보자마자 데위 소라야를 폭행하고 달아난 범인이라고 확신했다. 평소의 정의감이 확신을 더욱 굳건하게 했다. 이솔로몬은 부잣집 외동아들처럼 잘생기고 키가 컸다. 하지만 박 형사의 눈에는 순진한 척 꾸미는 야비한 녀석으로 보였다. 그는 영문을 모르겠다는 듯이 박 형사를 내려다보았다.

"데위 소라야 학생, 알죠?"

"네, 조금."

"용건만 물어볼게요. 9월 25일, 지난 월요일 밤 11시 30분에 어디 있었어요?"

"소라야가 저에게 맞았다고 하던가요?"

"때렸어요?"

"아뇨, 그런데 왜요?"

"묻는 말에나 대답해요."

"그날 이 길 저 길을 걸으며 공대 주변을 왔다 갔다 했는데요. 그 시간에 자주 산책하거든요."

박 형사는 주변을 둘러보았다. CCTV가 보이지 않았다.

"산책하는 모습을 본 사람이 있습니까?"

"지나가는 사람이 많이 있었으니까, 그 사람들이 저를 봤겠죠."

"아는 사람은 만나지 않았습니까?"

"아니요."

"산책한 뒤에는 어디로 갔죠?"

"집으로 갔는데요."

"집이 어딘데요?"

"지금 저를 심문하는 겁니까?"

타오

"묻는 말에나 대답해요. 조사하면 다 나와요."

"그럼 조사하세요."

"뭐야? 집이 어디야?"

"정문 앞 빌라에서 자취하는데요."

"집에 몇 시에 들어갔어?"

"새벽 0시쯤에요."

"집에 들어가는 모습, 본 사람 있어?"

"모르겠는데요. 정문 앞에 큰 CCTV가 있으니까 그거나 찾아보시죠."

"CCTV 위치를 잘 아네."

"그냥, 보이니까요."

"이솔로몬 씨, 데위 소라야 학생을 따라다녔다며? 이상한 짓도 하고."

"따라다니긴 누가 따라다녀요? 이상한 짓을 하다니, 어떻게 하는 게 이상한 건데요? 소라야가 그렇게 말했습니까?"

"그렇다면?"

"따라다닌 건 소라야라고요. 내가 무슬림 여자애를 왜 따라다녀요?"

"증명할 수 있어?"

"아니, 내가 소라야를 따라다녔다면 그건 증명할 수 있어요?"

박 형사는 접근 방법을 잘못 택했다는 생각이 들었다. 게다가 소라야가 한 말을 알려준 셈이 됐다.

"외국 여학생 킬러라는 소문 있는 거 알아?"

"소문이요? 사람을 킬한 적 없는데요."

"앞으로 조심하는 게 좋을 거야."

"왜요? 경찰이 다짜고짜 윽박지르고 감시라도 할 것처럼 조심하라고 하고, 이상하네요."

박 형사는 화가 머리끝까지 치밀었다. 뺀질뺀질한 녀석의 면상이 꼴 보기 싫었다.

"자신만만한 거 같은데 납작 엎드리는 게 좋을 거야."

"소라야 때린 진짜 범인을 만나도 조심하라고 할 겁니까?"

이솔로몬이 이죽거렸다.

"그만 가보시지."

"만나자고 할 땐 언제고…."

이솔로몬은 돌아서 공과대학 쪽으로 걸어갔다.

"시발, 어디서 반말이야!"

거친 숨소리와 함께 욕설을 내뱉더니 박 형사에게 다가왔다. 그리고 시뻘게진 눈을 크게 뜬 채 고래고래 소리 질렀다. 지나가던 학생들이 걸음을 멈추고 그를 바라보았다.

타오

"아저씨! 인도네시아든 베트남이든, 우리나라에 자기 발로 찾아왔잖아요. 그런 애들하고 만나서 즐기는 게 잘못이에요? 걔들은 우리하고 안 즐겨요? 히잡을 벗기고 안이 어떻게 생겼는지 보고 싶은 게 잘못이에요? 다리 길다고 동남아 애들하고 노는 친구들 많아요. 외국인 여학생 기숙사 앞에 가봐요. 근처 카페 아무 데나 가봐요. 외국인 유학생과 사귀는 애들이 얼마나 많은데요. 아니, 우리나라 애들이 미국에 가면 미국 애들하고 안 사귀나요? 그런데 대체 왜?"

"그래서?"

"유학 온 애 중에 단물 다 빼먹고 헤어지자고 하는 것들도 많아요. 화 안 나요? 소라야가 제보했어요, 내가 때렸다고? 걔는 그런 말 하지 못할 텐데…."

박 형사는 씩씩거리며 걸어가는 이솔로몬의 뒷모습을 바라볼 수밖에 없었지만, 그가 소라야를 폭행했다는 것을 확신했다. 언제든 걸리면 갈비뼈를 부러뜨려줄 테다.

최계호 팀장은 수첩을 넘기면서 오지영에게 말했다.

"일단 수도권을 중심으로 권 교수 폭행이 있었던 8월 27일 이전 사건을 조사했는데…, 용의자가 검거된 사건은 빼고, 용의자가 검거되지 않았어도 술집에서 시비가 붙어서 주인을 살해하고 달아난 일처럼 성격이 다른 사건이나 피살자가 노인인 것도 제외했소. 그러고 나서 둔기나 예리한 흉기로 피해자를 살해한 걸로 추정하는 사건만 뽑은 거요."

오지영은 범위를 너무 좁힌 게 아닌가 하는 생각이 들었다. 하지만 국내 강력 사건 발생률을 생각하면 무작정 넓힐 수는 없었다.

"결국 세 건의 살인 사건이 남았는데…. 지난 7월 15일 밤 11시쯤 충북 K군 지역에서 한 남자가 자전거 타고 가는 50대 여성을 뒤에서 둔기로 머리를 때려 쓰러뜨린 뒤 달아난 사건이 있는데, 여성은 의식을 잃고 일주일 만에 숨졌소. 달아난 사람의 뒷모습이 CCTV에 찍혔소. 움직임이 둔한 것으로 봐서 50대로 추정하고 있소. 경찰은 용의자를 특정했지만, 결정적인 물증을 찾지 못해 체포하지 못하고 있소."

"용의자가 누구라고 하던가요?"

"그건 물어보지도 않았소. 걔네가 묻는다고 알려주겠습니까."

"피해자 직업은?"

"남편과 함께 소를 키우고 있다고 합니다. 담당 형사 말

타오

로는 살해 동기가 재산 문제라고 추정한답니다. 피해 여성은 전남편 소생의 아들에게만 재산을 증여하기로 했던 모양이요. 그러니까 알려주지 않아도 남편이 용의자일 거요."

"용의자가 이곳까지 와서 권 교수를 폭행하고 윤 변호사와 이 목사를 살해했을 것 같지는 않군요."

최 팀장은 수첩을 보며 말을 이었다.

"또 다른 사건은 경기도 G군 읍내에서 발생한 살인 사건이오. 지난 8월 2일 밤 10시쯤 학원 강사인 30대 여성이 수업을 마친 뒤 자신의 승용차에 타기 위해서 건물 뒤 주차장으로 갔고 그곳에서 미리 숨어 있던 괴한의 칼에 찔려 숨졌소. 이 사건도 용의자로 의심하는 자가 있답니다. 치정에 의한 살인 사건으로 보고 있는데, 결정적인 물증이 없어서 용의자를 검거하지 못하고 있다고 하더라고요."

"팀장님은 어떻게 보세요?"

"뭐라고 판단하기에는 정보가 너무 적어서…. 직접 알아볼 거 아닙니까?"

최 팀장의 말투에 짜증이 섞였다.

"다른 사건은 뭔가요? 우리 사건과 유사한가요?"

"그런 건 아니지만, 배제하기도 뭐해서 그쪽에 물어봤소. 지난 6월 10일 경기도 Y시에서 시체가 발견된 사건이오.

아직 용의자 윤곽은 고사하고 피해자 신원, 사건의 성격
조차 파악하지 못하고 있소."

"이곳과 가까운 곳이네요. 관할 경찰서는 어딘가요?"

"Y시 남부경찰서요. 직접 가실 거면 김태경 형사하고 가시
죠."

오지영은 남부경찰서라는 말에 내키지 않았다. Y시 남부
경찰서 서장을 만나는 게 여간 껄끄럽지 않았다.

8

토요일 오전 10시, Y시 남부경찰서 1층 형사과에는 구석 책상에 앉아서 졸고 있는 당직 형사만 한 명 있었다. 오지영 형사과장과 김태경 형사는 2층 서장실로 올라갔다. 비서는 휴일이라서 출근하지 않았고, 이종일 서장 혼자서 일행을 기다리고 있었다. 어젯밤 전화하면서 당직 형사를 만나보고 협조를 구하겠다고 말했지만, 이 서장은 자신이 직접 오 과장과 김 형사를 만나겠다고 했다. 오지영을 본 이 서장은 희색이 만연한 얼굴로 두 팔을 벌려 살짝 안았다. 그리고 뒤따라오는 김 형사가 경례하려고 올리는 손을 잡아 흔들었다. 훤칠한 키에 마른 체형이었고 이마가 조금 벗어졌다.

"경황이 없어서 승진 축하 전화도 못했어."

"동기끼리 뭘…."

"휴일인데 출근할 필요 없었잖아. 당직 형사만 만나고 간다니까."

"오지영이 온다는데 직접 얼굴을 봐야지. 백 기자는 잘 있어? 지금 부장 아닌가? 전에 시사 프로그램에서 봤는데, 안부 좀 전해줘."

"어? 그래."

이종일 서장은 봉지 커피를 종이컵에 타서 가져왔다. 이 서장은 예전 그대로였다. 친절하고 싹싹하다. 늘 상대를 배려하는 마음 때문에 윗사람의 신임을 받고 있다. 승진도 동료들 가운데 제일 빠르다. 능력이 뛰어나지는 않지만, 무난하게 일을 처리하는 건 장점이었다. 다만, 뒤에서 남을 비난하는 일에도 능통했다. 동료들은 그가 처세술의 달인이라며 평가절하하는 경우가 많지만, 그때 그는 이미 영전해서 떠난 다음이었다.

"여기 형사들은 경험이 부족한 것 같아. 변사체를 발견하고 110일이 넘었는데 아직도 피해자 신원을 알아내지 못했어. 오 과장이 왔으니 코치 좀 잘해주고 가. 형사과장에게 잠시 나와서 협조해주라고 부탁했어. 사람이 살해당했는데 공휴일이라고 놀면 언제 범인을 잡겠다는 거야."

다른 경찰서에서 온 형사과장에게 부하 욕을 하다니. 관내에서 발생한 사건을 해결해야 할 최종 책임자는 서장이다.

"내가 무슨 코치를 해. 이곳 사정도 잘 모르는데. 형사과장님한테 궁금한 거 몇 가지만 물어보고 갈게."

"같이 점심 먹고 가. 기다릴 테니까."

오지영은 이 서장에게 사건에 대해서 몇 가지 물어보려다가 어차피 모를 것 같아 형사과로 내려갔다.

타오

서장과 만나는 동안 박종구 형사과장이 출근했고 당직 형사는 아직도 졸고 있었다. 아무리 휴일이라도 오전부터 과장 앞에서 대놓고 졸 수 있다는 것은 형사과장과 허물이 없다는 뜻이다. 오지영 과장 팀에서는 쉽게 볼 수 없는 모습이었다.

박종구 형사과장은 휴일에 불려 나와서 그런지 완전히 우거지상이었지만, 더 보기 싫은 것은 실내에서 담배를 피워 대는 모습이었다. 훌러덩 벗어진 머리와 불룩한 아랫배는 심술이 많아 보였다.

"저는 오지영 형사과장이고, 이쪽은 김태경 형사입니다."

오지영은 악수를 청하려다가 그의 오른손 검지와 중지 사이에 담배가 끼워진 것을 보고 그만두었다. 담뱃불은 거의 꺼졌지만, 한 줄기 마른 연기가 계속 올라오고 있어서 오 과장과 김 형사를 괴롭혔다. 박 과장은 담배를 바닥에 버린 뒤 시커먼 때가 낀 흰 운동화로 비벼 껐다. 김 형사가 인상을 쓰며 고개를 돌렸다.

"박종구요. 이종일 서장과 경찰대 동기라면서요?"

은근히 오 과장이 이종일 서장보다 승진이 늦다는 것을 돌려 말하는 것 같다.

"저는 간부후보생 출신입니다. 그저 같이 임관했다고 해서 동기라고 그러는 겁니다. 휴일에 나오시게 해서 죄송합니다."

"별수 있겠소. 서장이 나오라고 하면 나와야지. 뭘 도와
드리면 되겠소?"

불도그처럼 으르렁거리는 목소리에 짜증이 가득 배어 있
었다.

"담당 형사한테서 간단한 개요를 듣고 싶습니다."

"서장이 나보고 설명하라고 했소."

"그러시다면 일단 개요부터 말씀해주시죠."

"6월 10일 토요일 오전 11시에 여성 변사체가 발견됐소.
이곳 강가에 가면 제방이 있고 그 위에 습지와 새를 관찰
하라고 나무로 만들어놓은 덱이 있소. 탐조대라고 부르
는데 ㄴ자 모양으로 되어 있소. 강 쪽으로 세운 벽에 새
를 조망할 수 있도록 구멍을 뚫어놓았는데, 바로 바닥 밑
에서 시체가 발견된 거요. 산책하던 사람이 심한 냄새가
나서 여기저기 살펴보다가 덱 밑을 보았더니 사람 머리털
같은 것이 보인 거요."

김 형사가 궁금증을 참지 못하고 물었다.

"범인이 시체를 덱 밑으로 밀어 넣은 겁니까?"

"덱 밑에 구멍을 파서 묻으려고 했던 것 같은데 일부가 노
출되어 있었소."

오지영은 박 과장의 설명이 생각보다 조리가 있어 내심 놀

랐다. 짜증이 덕지덕지 붙은 말투와 담배 냄새만 아니라면 조금 더 후한 점수를 줄 수도 있었다.

"부검 결과는 어땠습니까?"

"그때 장맛비가 왔소. 엄청나게 쏟아졌지. 게다가 변사체는 옷이 벗겨진 상태였기 때문에 부패가 매우 심했소. 다만 바람이 잘 통하고 배수가 좋아 그나마 형체라도 알아볼 수 있었던 거요. 산속이었다면 짐승에게 다 뜯어 먹혔을 거요. 물론 곤충에게 많이 훼손됐지만 말이요."

오 과장과 김 형사는 서로 얼굴을 보고 한동안 말을 잇지 못했다. 그 모습을 본 박 과장은 대수로울 게 없다는 듯 말했다.

"여자를 죽이고 옷을 벗긴 뒤 시체를 유기하는 거야 드문 일은 아니잖소."

박 과장의 짐작과는 달리 두 형사는 많은 비가 왔다는 말에 놀라고 있었다.

"사인은 뭡니까?"

오지영이 물었다.

"부패가 심해서 정확하게는 모른답디다. 다만 독극물, 화재, 익사는 분명히 아니고, 목이 졸려 죽었을 가능성이 있다고 했소."

"둔기로 맞거나 예리한 흉기에 찔렸을 가능성은 없습니

까?"

"부검 결과 골절된 부분은 없다고 했소. 부패가 심해 칼이나 도끼, 송곳, 드라이버 같은 예리한 도구에 의해 생긴 상처는 확인할 수는 없다고 했소. 그런데…."

오지영은 말없이 뒷말을 재촉했다.

"피살자는 체구가 작았소. 누군가가 죽이려고 했다면 굳이 흉기를 사용하지 않아도, 목을 조르기만 해도 간단했을 거요."

"사망 추정 시각은 언제입니까?"

"발견되기 6일에서 8일 정도 전이라고 합디다. 법의곤충학이라나 뭐라나, 그런 걸로 해서 그렇게 추정할 수밖에 없답니다. 그러니까 6월 2일이나 3일에 죽었을 가능성이 있소. 1일이나 4일일 수도 있고."

"연령대는요?"

"20대에서 40대 사이로 봤소."

듣고 있던 김태경 형사가 물었다.

"타살로 보시는 거죠?"

"그걸 질문이라고 하는 거요? 혼자서 벌거벗고 그 밑으로 들어가서 스스로 목 졸라 자살하는 사람도 있소? 아까 말했잖소. 누군가 파묻으려 했었다고."

김 형사는 입술을 삐죽거렸다. 오지영은 어쩌면 불도그가

216   타오

지능이 높을지도 모른다고 생각했다.

"신원은 밝혀지지 않았다면서요?"

박 과장은 바로 대답하지 않고 턱을 쓰다듬으면서 뜸을 들였다.

"특이한 점이 있었소. 열 개 손가락 마디가 모두 잘려나갔소."

오지영 형사과장과 김 형사가 멈칫했다.

"그래서 신원을 알 수 없었던 건가요?"

"당연하지요. 지문을 찍을 수가 없으니 어떻게 알겠소. 유류품도 없고. 주민등록증이나 운전면허증도 없었소. 틀림없이 범인은 신원 파악을 못하게 하려고 손가락을 자른 겁니다."

"실종자 신고는 들어왔습니까?"

"수도 없이 들어왔소, 자기 딸이 행방불명됐다고. 희생자와 유전자를 대조해봤지만 가족으로 확인된 사람은 없었소. 부패해서 문드러진 얼굴 사진을 가족 찾는다며 돌릴 수도 없고."

"성폭행 흔적은 없었습니까?"

"검사 불가라고 했소. 부드러운 부분은 곤충에 의해서 많이 훼손됐기 때문에 정자가 거기에 들어갔다고 하더라도 검출되지는 않을 거라고. 날짜도 많이 지났고. 어쨌든 질

내부로 보이는 곳에 체액인지 빗물인지 액체가 있기는 있었던 모양인데 양성 반응은 없었다고 합디다. 표면에 있는 액체는 채취해도 별 의미가 없었고."

"탐문수사에서 나온 단서는 없습니까?"

"탐문수사라기보다는 저인망으로 다 훑었소. 여러 사람을 데려다 족쳐봤는데 전부 알리바이를 댔소."

"알리바이를 다 확인해보셨나요?"

"지금 누굴 부하로 아는 거요?"

"…."

"평소 공원에서 커피나 떡볶이 팔던 아줌마들 소지품하고 휴대폰까지 다 조사했소. 공원 관리인, 공원 옆에 있는 밭에서 작물, 포도 말고, 그 뭐냐, 블루베리 재배하는 아저씨, 그걸 파는 아줌마, 모두 조사했소. 주차장에서 데이트하는 수상한 연놈들, 아니지 이런 놈들은 찾을 수 없어 조사 못했고, 어쨌든 100명도 넘게 조사했을 거요. 폭행이나 강간 전과가 있는 놈들, 다 조사했소. 용의자로 특정할 만한 놈이 없더라고. 공원 주차장에 수상한 여자가 있어서 잡고 보니 40대 직장인 남자였소. 밤마다 여자 옷을 입고 돌아다니더라고. 그도 폭우가 내릴 때는 자기 마누라하고 집에 있었소. 낮에는 직장에 나갔고."

"부인에게 알리바이 확인하셨습니까?"

"아내는 교대 근무를 하는 간호사인데 폭우가 내린 열흘 동안에는 대체로 주간 근무라 저녁에는 남편과 같이 있었다고 진술했소. 집 안을 뒤져보니까 부인이 모르는 여성 옷이 무더기로 나왔소, 속옷까지. 혐의는 벗었지만, 부부 사이는 끝장났지."

박 과장이 담배를 꺼내 물었다. 김 형사가 얼굴을 찡그렸지만, 아랑곳하지 않았다.

"목격자는 없습니까?"

"사건 당일에도 비가 많이 왔다고 보고 있소. 시체가 발견되기 열흘 전부터 엄청나게 많은 비가 내렸다고 하지 않았소. 그래서인지 목격자가 없어요. 거기가 강변 습지와 공원이 있어서 낮에 사람들이 많이 놀러 오고, 밤에는 연인들이 주차장에 차를 대곤 하는데 공원 쪽 CCTV에는 사람이 아예 없었소."

"CCTV에 주차장이 잡히지는 않습니까?"

"공원 방향 CCTV는 공원 한가운데만 비추고 있어서 주차장까지 커버하지 못해요. 그래서 어떤 차가 들어왔다 나가는지 알 수 없소. 촬영했다고 해도 멀어서 번호판을 식별하기는 어려울 거요. 게다가 CCTV가 공원 방향이라 피살 장소인 강둑과는 전혀 달라요."

"주차된 차들 가운데 블랙박스는 없었습니까?"

"당시 공원 주차장에 주차했던 차량을 찾을 수가 없다고 말했잖소. 비 오는 날 주차장에 차 대놓고 그짓을 한 사람이 나설 리가 있겠소?"

박 과장이 말할 때면 침이 튀었다. 김 형사는 의자를 뒤로 물리고 상체를 젖히고 있었다.

"주차장으로 들어가는 도로에 CCTV는 없습니까?"

"여기는 서울과 달라요. 주차장으로 들어가거나 거기서 나오는 차를 볼 수 있는 CCTV는 근처에 없어요. 좀 떨어진 지방도에 있소."

오 과장이 보기에도 수사가 쉽지 않았을 것 같았다.

"현장을 보고 싶은데… 그전에 발견 당시 찍은 사진을 보여주시겠습니까?"

박 과장은 머리를 끄덕이며 소리쳤다.

"윤 형사, 어이 윤 형사, 일어나. 아까 말한 사진 좀 가져와."

당직 형사가 손등으로 입 주위를 닦으며 일어나더니 팀장 자리로 가서 서랍에서 사진 뭉치를 꺼내왔다. 보고서 뭉치나 컴퓨터 파일이 아니라 인화한 사진이라 오히려 보기 편했다. 한 장 한 장 넘기며 발견 당시 사체의 모습을 천천히 살펴보았다. 박 과장의 말대로 훼손 상태가 심했다. 손가락 마디가 잘린 채 부패한 두 손은 섬뜩하면서도 슬

퍼 보였다. 한 손은 무엇인가를 잡으려는 모양 같았다.

"잘 봤습니다. 현장으로 안내해주시죠."

"어이, 윤 형사, 차 갖고 현관으로 와."

그새 구석에 가서 다시 졸고 있던 윤 형사가 부스스 일어나서 밖으로 나갔다. 군기가 빠진 것 같기도 하고 자유로우면서 여유가 있는 것 같기도 했다.

"박 과장님, 서장님이 점심 식사하자고 하는데⋯."

"10분이면 가니까 얼른 갔다 옵시다."

곰돌이 같은 몸매의 박종구 형사과장이 안짱걸음으로 앞장섰다.

그들은 공원 주차장을 지나 강둑 위에 차를 세웠다. 강둑 윗길은 시멘트로 포장되어 있었고 폭은 두 대의 승용차가 간신히 교행할 수 있을 정도로 좁았다. 강둑 너머는 습지라 자칫 실수하면 차가 강둑 경사면으로 굴러 떨어져 수장될 수도 있었다,

강둑 위 나무 덱에 서서 구멍으로 밖을 보면 울창한 나무 외에는 아무것도 보이지 않았다. 아이들이 볼 수 있도록 낮은 위치에도 작은 구멍이 있었다. 오지영은 몸을 굽혀 구멍을 들여다보았다. 새 둥지가 정면에 보였는데 어미

새가 날갯짓하고 있었다. 둥지에 새끼가 있을까? 어른이라면 덱을 벗어나 시야를 돌리는 것이 습지 전체를 조망하고 새를 관찰하기 쉬웠다. 왜 탐조대라는 이름으로 돈을 들여 쓸데없이 시야를 가렸는지 이해할 수 없었다. 새를 놀라게 하지 않으려는 것인가.

탐조대에서 10여 미터 떨어진 곳에 습지로 내려가는 좁은 폭의 시멘트 계단이 있었다. 계단 중간에 서서 탐조대 밑을 보았다. 철골 구조의 받침대가 일렬로 설치되어 덱을 받쳐주고 있었다. 변사체는 강둑 경사면으로 흘러내리지 않도록 첫 번째 받침대에 끼워져 반쯤 묻혀 있었다. 덱 밑으로 몸을 숙이고 들어가거나 나오기가 쉽지 않아 보였다. 비탈이라 흙을 파기도 쉽지 않았을 것이다. 그래서 절반만 묻었을까.

공원 가로등 불빛이 닿기에는 주차장이 너무 멀리 떨어져 있었다. 계단 주위에 담배꽁초가 몇 개 보였다.

"이곳에 담배꽁초가 몇 개 있네요."

습지를 바라보던 박 과장이 귀찮은 듯이 마지못해 대답했다.

"예."

"다른 건 없었습니까?"

"뭐, 빈 소주병, 맥주 캔, 빵 봉지, 콘돔도 몇 개 있었소.

인간들이 주차장에 차를 대놓고 일을 벌이고 콘돔은 여기 강둑까지 올라와서 버린 거 같소."

"수거한 거 있습니까?"

"서장이 눈에 보이는 건 모조리 수거해서 국과수에 검사 의뢰하라고 했소."

오지영은 수사상 문제가 아니라 그들이 어떤 형사들인지 궁금해서 물었다.

"몇 점이나 국과수에 의뢰하셨습니까?"

"병, 캔, 이런 건 몇 개 안 됐고 담배꽁초와 콘돔은 100개도 넘었소."

박종구 과장은 참지 못하겠다는 듯이 담배를 하나 꺼내 물었다.

"국과수 검사 결과를 받으셨습니까?"

"욕만 바가지로 얻어먹었소."

김 형사가 키득 웃다가 박 과장과 눈이 마주치자 웃음을 멈췄다.

일행은 공원으로 걸음을 옮겼다. 축구장 하나 크기의 아름다운 잔디공원이다. 그들은 CCTV 위치를 확인할 겸 공원을 천천히 한 바퀴 돌았다. 젊은 부부들이 아이들을 데리고 와서 함께 뛰놀고 있었다. 아이들 소리가 공원을 생동감 있게 만들었다. 강둑 너머 습지에서 새소리가 들려왔다. 아이들의 웃음소리가 그치지 않는 공원, 수많은 새가 지저귀는 습지, 둘을 가르는 강둑 공간에서 폭우가 내리던 날 누군가가 한 여자를 죽이고 열 손가락 마디를 자른 뒤 옷을 벗겨 넥을 받쳐주는 기둥에 끼운 형태로 일부를 묻은 뒤 사라졌다. 가장 생동감 있는 두 공간 사이에 죽음의 공간을 만들었다.

뛰어다니는 아이들 사이를 걸어 주차장으로 갔다. 윤 형사가 차를 주차장으로 몰고 내려왔다. 김 형사가 멀리 보이는 강둑을 바라보며 오지영에게 말했다.

"왜 손가락을 모두 잘랐을까요? 유전자 검사를 하면 결국 가족을 찾을 수 있을 텐데요. 피해자 신원을 감추려 했다면 차라리 땅속에 묻는 게 낫지 않았을까요?"

"범인이 미처 계획하지 못했을지도 모르고 시간이 부족하거나 능력이 안 됐을 수도 있지. 시체를 묻을 만한 곳이 쉽게 눈에 들어오지도 않잖아."

아장아장 걸어가는 아이를 무심히 보던 박 과장이 중얼거리듯 말했다.

"살해당한 여자는 죽기 얼마 전에 아기를 낳은 흔적이 있다고 국과수 보고서에 기록되어 있었소."

타오

오 과장과 김 형사는 이종일 서장과 마주 보고 앉았다. 박종구 형사과장은 식사 자리를 피해 퇴근했다. 노인들이 운영하는 한식집이었다. 서장이 말을 꺼냈다.

"김 형사, 여기까지 오셨으니, 이것도 인연이라고 생각하세요. 전혀 형사 같지 않아 보이는데 조사받는 자가 누구든 무장해제시킬 수 있겠어요. 혹시 이 근처를 지나는 길이 있으면 꼭 연락해줘요."

김 형사는 씩 한 번 웃고는 무표정한 얼굴로 돌아갔다. 이 서장이 오지영을 보며 다정하게 물었다.

"도움이 되겠어?"

질문 속에 이미 도움을 베풀었다는 뜻이 담겨 있었다.

"아직은 잘 모르겠어."

"기자들이 많이 괴롭히지? 백 기자가 좀 도와주면 좋을 텐데."

"우리는 수사할 뿐이야. 기자는 기사를 쓸 뿐이고."

"언론도 신경 쓰라고. 무리 없이 승진하려면 걸리는 게 없어야 해."

"내가 걸릴 게 뭐 있어?"

"그래 맞아, 그렇게 마음 편히 살아도 되지. 오지영 수사 능력이야 아는 사람은 다 아니까. 곧 용의자가 나오겠지?"

"아직이야."

"이곳 살인 사건과 관계가 있다고 보는 거야?"

"이곳 사건도 내용 파악이 쉽지 않아."

"파악이 잘 안 되지? 내가 형사과장에게 공원 근처에 사는 사람, 장사하는 사람, 다녀간 사람, 모조리 파악해서 조사하라고 했거든. 살인범은 그곳에 처음 간 놈이 아닐 거라고. 분명 차로 여자와 함께 가서 죽이고 혼자 달아난 데이트족이야. 그래서 근처에 있는 콘돔하고 담배꽁초를 모조리 주워서 DNA 검사해놓으라고 지시한 거지. 근데 하지 않은 거야. 어떻게 일일이 다 조사하느냐고. 그걸 왜 못해? 촌구석이라 변변한 CCTV 하나 없고 말이야. 이런데도 범죄 없는 마을을 만들라는 거야. 나 참 환장하겠어."

"국과수도 일이 밀리니까 다 검사할 수는 없을 거야."

"그래도 해보는 데까지 해야 하는 거 아니야? 도대체 형사들이 수사할 생각을 안 해. 창의성도 없고. 형사과장은 낼모레 정년이니까 시간만 죽이고 있고. 형사들은 수사 인력이 부족하다고 불평불만이나 하고."

"운도 좀 따라야 해."

"오 과장이 보기에 번쩍하는 거 없어? 촉이 있잖아."

김 형사가 끼어들었다.

"우리 과장님이 점쟁이도 아니고…."

"그렇죠? 우리가 점쟁이는 아니잖아요? 위에서는 범인 빨리 잡으라고 난리를 치지. 용의자는 어느 구석에 처박혀 있는지 알 수 없지. 할 수 없이 동네 용하다는 점쟁이는 다 찾아갔잖아. 김인석 서장님도 점집에 얼마나 많이 가셨는데. 근데 말이야, 점쟁이들이 뭐라고 하는지 도통 알 수 없는 소리만 지껄이고, 힌트를 얻지 못하겠더라고. 정말 답답해."

이종일은 진심으로 답답해하며 모든 잘못을 형사들에게 돌렸다. 그가 개입하지만 않았어도 형사들이 제대로 수사에 집중할 수 있었을 것이다. 오지영은 밥이 입으로 들어가는지 코로 들어가는지 알 수 없었다.

"그래서 말인데 수사하다가 우리 쪽 사건과 연관성이 나오거나 용의자라도 잡으면 알려줘. 우리도 최대한 수사 지원할게."

"당연하지."

"우리끼리 하는 말이지만, 결과가 나오면 나도 좀 끼워줘. 오 과장은 이번에도 보란 듯이 범인을 잡을 거야. 보고서 쓸 때 우리 얘기도 한 마디 넣어달라고."

"보고서 서식에 그런 걸 쓸 수 있는지 모르겠지만, 우리가 범인을 잡는다면 Y남부경찰서와 공조했다고 명시할 테니

걱정하지 마."

이 서장은 K대학과 Y시 사건이 서로 연관이 있길 바라는
눈치였다. 오지영은 계속 정보를 교환하자는 말을 남기고
불편한 식사 자리를 마쳤다.

운전하던 김 형사가 오 과장에게 물었다.

"이종일 서장님이 왜 동기라고 하는 거예요? 경찰대 출신
이면 간부후보생으로 들어간 과장님보다 어리잖아요?"

"나이가 같아."

"매우 사회적인 사람이네요. 그분 수사 경험 많아요? 여
러 부서 돌면서 경력을 많이 쌓았다고 하는데…."

"몰라도 돼."

"과장님은 형사과에만 계셨잖아요."

"앞에나 잘 봐."

"저분은 경찰청장이 꿈인 모양이죠?"

잠시 오지영의 얼굴을 돌아보던 김 형사가 말을 이었다.

"한 가지 여쭤봐도 돼요?"

"…."

"과장님은 대학 다닐 때 전공을 뭐 하셨어요?"

"… 윤리교육."

"네에? 대박! 행정학이나 법학도 아니고, 와, 우리 과장
님, 선생님 하셨으면 애들 잘 때려잡으셨겠네요."

"…"

"이상한 점이 있어요. 공원 주변 사람들 모두 조사했다고 했잖아요? 살인 사건이 발생한 시간도 모르면서 주변 사람들 알리바이를 어떻게 조사했다는 걸까요? 대충 일주일 전쯤에 어디서 무엇을 했느냐, 이렇게 물어봤다는 얘기 아녜요? 마치 대구 개구리 소년 사건에서 용의자 알리바이를 조사한다는 것과 같은 식이잖아요."

"제대로 하지 않은 거지."

"맞죠! 여자를 죽이고 담배꽁초나 콘돔을 그곳에 버리는 놈이 있겠어요? 그러니 국과수로부터 욕을 먹어도 싸죠. 수사의 기본도 모르는 사람들 같아요. 쓸데없는 걸 수사하는 데 시간만 낭비한 꼴이에요. 서장이라는 아저씨는 범인이 잡히면 자기네 사건과 연관이 있어서 숟가락이나 얹을 생각이나 하고. 제가 미쳤다고 치근거리는 아저씨한테 연락하겠어요?"

오지영이 무표정한 얼굴로 말했다.

"누군가 차로 여자를 데리고 공원 주차장까지 갔어. 차에서 내려 강둑 위 덱으로 갔고. 그곳에서 여자를 죽이고 덱 아래 경사면에 강에 빠지지 않도록 유기한 거야."

"맞아요."

"여자를 다른 곳에서 죽이고 강둑으로 운반한 건 아니야.

229

주차장에는 데이트족이 몇 있었으니까 누군가 시체를 옮기거나 가방에 넣어 끌고 가면 수상하게 생각했겠지. 범인은 여자와 함께 둑으로 걸어간 뒤 나올 때는 혼자였던 거야."

"그런데 권윤정 교수를 폭행한 범인은 뭔가 허술하잖아요? 강둑 살인자가 권 교수를 폭행했을 가능성이 있을까요? 권 교수 폭행 때보다 훨씬 치밀한 것 같지 않아요? 물론 권 교수를 폭행한 범인은 점차 실력이 나아졌지만요."

"아무도 없는 습지와 주택이 밀집해 있는 골목은 조건이 다르지 않을까?"

오지영은 강둑 살인범이 공원과 습지를 가본 적이 있었을 것이라고 생각했다.

타오

9

오지영 일행이 G군 형사과에 도착한 것은 예정보다 늦은
오후 4시가 넘어서였다. 토요일 오후라 강원도 방면 도
로가 정체되었다. 형사과에는 당직 형사만 근무하고 있
었다. 그는 자신을 서 형사라고 소개했다. 40대 초반으로
야무지고 당차게 보였다.

"기다리고 있었습니다. 최계호 팀장님 전화를 받고 간단
하게 설명해드렸습니다만, 궁금하신 게 있으면 뭐든지 물
어보십시오. 제가 그 사건을 담당하고 있습니다."

"대강의 이야기는 들었습니다. 피해자인 학원 강사가 지
난 8월 2일 밤 10시에 퇴근할 때 주차장에 숨어 있던 괴한
의 칼에 찔렸다고 하더군요."

"피해 여성은 서른일곱 살 김옥연인데 중학생을 가르치는
영어 학원 강사이자 원장입니다. 매일 밤 9시 50분에 수업
을 마치고 10시에 퇴근합니다. 수학 강사와 국어 강사인
동료 선생님들은 학원 문을 잠그고 5분 뒤에 퇴근하고요.
이분들도 주차장에 자기 승용차가 있습니다. 두 사람이
주차장에 갔을 때 앞서 나간 김옥연 씨가 쓰러져 있는 것
을 발견했습니다."

"동료들이 용의자를 목격했나요?"

"봤습니다. 쓰러진 김옥연 씨를 일으키려는 데 목에서 피를 흘리고 있었다고 합니다. 두 사람이 비명을 지르자, 차량 반대쪽 어두운 곳에 숨어 있던 용의자가 갑자기 튀어나와 주차장 밖으로 뛰어가더랍니다. 그 후 한 분이 경찰에 신고한 거죠."

"동료 강사들은 여성입니까?"

"네, 두 사람 모두 여성이고, 용의자는 남성입니다. 바지는 무슨 색인지 모르겠고 군대 야전상의 같은 것을 입었답니다. 한여름인데 말이죠. 야구모자에 마스크와 장갑을 끼고 있었다고 진술했습니다. 경황이 없는 데다 주차장이 건물 뒤편 어두운 곳에 있어서 제대로 못 본 거죠."

"흉기는?"

"칼입니다. 군대에서 쓰는 대검보다는 작지만, 형태는 비슷한 종류로 보입니다."

"어느 부위를 찔렸습니까?"

"오른쪽 어깨 뒷부분하고 오른쪽 목을 찔렸는데 뒤에서 오른손으로 칼을 잡고 찌른 거 같습니다. 대검 같은 칼이라서 상처가 크고 깊어 출혈이 많았습니다. 김옥연 씨는 과다출혈로 그 자리에서 숨졌습니다."

"지문이나 다른 단서는 없었습니까?"

"핏자국은 많았지만, 범인이 장갑을 끼고 있었는지 지문은 나오지 않았습니다. 다른 단서는 없습니다."

"살해할 목적으로 흉기를 준비한 범인이 주차장에서 기다리고 있다가 김옥연 씨를 찌른 뒤에 차량 반대편 구석에 숨었고, 동료들이 피해자에게 시선이 쏠려 있을 때 밖으로 달아난 거군요."

"범인은 김옥연 씨의 퇴근 시간과 동선을 파악하고 있었고 동료들이 5분 뒤에 나온다는 것도 알고 있었습니다. 아마도 그들 모두를 관찰하지 않았을까 추정하고 있습니다."

"강탈한 건 없나요?"

김태경 형사가 물었다.

"핸드백을 가져갔습니다."

"그러면 강도가 목적이었을 수도 있지 않을까요?"

"강도 목적의 살인이 아니라, 살인이 목적이었고 강도는 흉내만 낸 겁니다. 강도가 목적이라면 5분 안에 김옥연 씨를 죽이고 귀중품을 빼앗아 가려는 계획을 세우지 않을 겁니다. 좀 더 여유 있게 범행을 저지를 수 있는 시간과 장소를 찾았을 겁니다. 핸드백을 가져간 건 강도로 위장하기 위해서입니다."

"카드를 사용하지 않았나요?"

"핸드백 안에는 지갑과 카드가 들어 있었지만, 사용한 흔적은 없습니다. 쓰지도 못할 핸드백만 빼앗아 가고 차고 있던 목걸이와 반지는 그대로 뒀습니다."

"김옥연 씨 가족이 있나요?"

"미혼이고, 부모님과 함께 살고 있었습니다. 학원을 운영하면서 근면하게 일하던 사람이죠."

"용의자가 있다고 들었습니다."

"전 남자 친구인데 헤어진 지 얼마 되지 않았습니다. 최근 새 남자 친구가 생겼습니다."

"치정 사건으로 보시는 건가요?"

"네. 전 남친과는 대학 때부터 커플이었습니다. 가까운 곳에서 큰 식당을 운영하고 있는데 초창기 사업자금을 김옥연 씨가 대주었답니다. 그러다 최근 새 남친이 생기면서 자금을 회수하려고 한 거죠."

"자금을 안 내주고 버티는 방법도 있을 텐데 죽일 필요까지 있었을까요?"

"식당 명의가 김옥연 씨로 되어 있거든요. 그녀가 식당을 새 남친에게 팔기로 한 겁니다. 진짜 팔기로 했는지, 아니면 판다고 하면서 전 남친을 떼어버린 뒤 새 애인에게 운영을 맡기려고 했는지는 모르겠습니다. 부모님 말로는 식당을 판다고 했고, 결혼할 생각인지 주변을 정리하고 있었답니다."

"용의자로 특정할 다른 단서는 없나요?"

타오

"주차장에서 동료 두 분이 달아나는 용의자를 보았다고 했잖습니까. 처음에는 누군지 알아볼 수 없다고 했다가, 며칠 지나 저를 찾아와서 목격한 용의자가 아무래도 김옥연 씨의 전 남자 친구 같다고 진술한 겁니다. 동작이나 뛰는 모습이 비슷하다고."

"전 남친에게 알리바이가 있나요?"

"있습니다."

"알리바이가 있는데 용의자로 볼 수 있나요?"

"그게 문제입니다. 현장에서 2킬로미터 떨어진 강변에서 혼자 산책하고 맥주를 마셨다고 진술했는데, 같은 날 밤 10시 20분에 강변 CCTV에 찍혀 있었습니다. 나중에 생각해보니까 일부러 찍힌 거 같더라고요."

"옷차림은 어땠습니까?"

"모자, 마스크, 야전상의 차림은 아니었습니다."

"주차장에서 강변으로 뛰어가는 장면이 다른 CCTV에 찍히지는 않았습니까?"

"없습니다."

"핸드백과 흉기는 찾았나요?"

"못 찾았습니다."

"사건 현장에서 강변까지 이르는 길을 수색해보셨습니까?"

"거의 모든 인력을 동원해서 학원에서 강변까지 연결되는 도로를 죄다 뒤졌습니다. 주택 골목길 쓰레기 더미, 헌 옷 수거함, 노출된 하수도 구멍 – 두 개뿐이었습니다만 – 아파트 쓰레기 수거통까지 살펴봤습니다. 학원에서 강변까지 가는 길에 아파트 단지가 셋밖에 없어서 다행이었죠. 건물마다 현관 안에 있는 소방호스 함도 뒤졌습니다."

"쓰레기는 다음 날 다 수거해가지 않았을까요?"

"지자체에 협조를 구해서 매립지에 도착한 쓰레기를 다 뒤졌습니다만, 핸드백이나 야전상의는 없었습니다. 백 퍼센트는 아니지만, 그래도 최대한 수색했습니다."

"그래도 강변에는 버릴 곳이 많지 않을까요?"

"그건 그렇습니다. 용의자는 핸드백과 범행 당시 입었던 옷을 어딘가에 숨기고 옷을 갈아입은 뒤 강변 CCTV에 일부러 찍히는 방식으로 알리바이를 조작한 겁니다."

"용의자를 감시하고 있습니까?"

"감시하지 않아도 식당에 있다는 것을 알기 때문에 움직임을 파악하고 있습니다."

김 형사가 물었다.

"8월 2일 김옥연 씨가 피살된 그날 밤, 혹시 이곳에 비가 내렸나요?"

"비는 내리지 않았습니다."

타오

"어떻게 확신하시죠?"

"내렸다면 기억할 겁니다. 피가 흘러가버렸을 테니까요. 옷이 젖은 기억은 나지 않습니다."

오 과장과 김 형사는 서 형사에게 고맙다고 말하고 일어섰다. 서 형사는 진행 상황을 계속 알려주기로 했다. 물론 비밀 유지 당부와 직접 수사는 용납할 수 없다는 말도 덧붙였다. 형사과에서 나온 두 사람은 사건 현장인 학원으로 차를 몰았다.

현장은 서 형사의 설명대로 단순했지만, 오지영은 한 가지 의문이 생겼다. 나중에 서 형사에게 물어보기로 했다.

용의자가 범행을 저지르고 20분 후 2킬로미터 떨어진 강변에 나타나는 것은 가능하다. 하지만 CCTV가 없는 길이 많아 가설을 증명하지 못하고 있다. 범인이 사전 준비를 철저히 했다면 CCTV를 피해 강변까지 뛰어가는 것은 어렵지 않았을 것이다.

오지영과 김 형사는 강변까지 걸어갔다. 보통 속도의 걸음으로 15분 만에 CCTV가 보이는 강변에 도착했다. 뛰어갔다면 7, 8분이면 충분했을 것이고 핸드백과 흉기, 모자, 마스크, 장갑, 야전상의 등도 처리할 수 있었을 것이다. 문제는 어떻게 처리했느냐다.

늦은 오후의 강가에는 많은 사람이 가을 문턱의 선선한 공기를 만끽하고 있었다. 불과 얼마 전 겪었던 끔찍한 무더위는 잊은 듯 아이들과 함께 잘 조성된 수변공원을 거닐고 있었다.

"김옥연 씨 살해 방법과 살인 후 움직임은 권 교수 폭행 때와는 성격이 다르지 않습니까? 비도 오지 않았고요."

"그건 그렇지만, 이곳 역시 이슬람 사원 골목과는 조건이 달라. 게다가 이 사건은 훨씬 전에 일어났고. 동일범이라면 패턴이 변했다고 볼 수도 있겠지."

"서 형사가 생각하는 용의자가 범인이 맞다면, 그자가 K대학까지 와서 연속으로 범죄를 저질렀을 것 같지는 않은데요."

"전 남친이 범인이 아닐 수도 있어. 우리가 모르는 동기가 있고 범인이 다른 사람이라면 이야기는 달라지지."

오지영은 김 형사의 이론에 반론을 제기했지만, 내심 동의하고 있었다. 사실 K대학 범인이 폭행 사건 전에 또 다른 범죄를 저질렀는지도 확실하지 않다. 그럴지도 모른다고 가정하고 덤벼든 것이다.

타오

날이 어두워지고 있었다. 김 형사는 말없이 운전했다. Y시와 G군의 살인 사건 모두 범인이 사전에 계획한 사건이었다. 살인 사건이 보통 하루에 두 건 정도 발생하지만, 계획 살인은 상대적으로 드물다. 대부분 우발적인 요소가 많고, 계획했다고 해도 허술한 구석이 많다. 하지만 두 사건의 범인은 치밀한 면이 있었다. 오지영은 범인이 어떤 자일까 궁금했다. 결국은 알게 될 것이다.

오지영은 문득 의문점이 떠올라 서 형사에게 전화했다.

"서 형사님, 그날 비가 오지 않았고, 피해자가 피를 많이 흘렸다고 하셨죠?"

"온통 피범벅이었습니다."

"피 묻은 신발 자국은 없었나요?"

"신발 자국이라고요? 음… 없었어요."

"없었나요? 아니면 감식을 하지 않으신 겁니까?"

"음… 감식하지 않았는데 그 이유는 신발 자국이 없어서…."

"그 생각이 나서 전화했습니다. 있어야 할 것이 없다면 그것도 단서가 될 수 있으니까요."

"아! 그러고 보니까… 감사합니다, 과장님."

오 과장의 통화가 끝나자 김 형사가 끊어졌던 대화가 생각났는지 명랑하게 물었다. 피곤하지도 않은 모양이었다.

"과장님은 왜 경찰이 되셨어요? 왜 형사과만 돌고 계세요?"

오지영은 동료와 사적인 이야기를 하고 싶지 않았다. 공적인 사이로만 남고 싶었다.

"앞에나 잘 봐."

"잘 보고 있어요. 왜 경찰이 되셨어요?"

"그냥."

"윤리교육과 나오셨다면서요? 학교 선생님이 더 낫지 않아요?"

"…."

"그러면 제가 왜 경찰이 됐는지, 왜 형사과에 오게 됐는지 말씀드릴게요."

"안 해도 돼."

"과장님이 말씀하시지 않으니 저라도 할게요."

"…."

"남자 친구가 형사과 형사였어요. 오빠였죠."

과거형이다. 해피엔딩이 아닐 것 같은 예감이 들었다. 오지영은 그녀가 울지나 않을까, 불안했다.

"제가 간호대학 다닐 때 만났어요. 오빠는 이미 경찰이었고요. 저보다 나이가 좀 많았어요. 병원 실습할 때 오빠가 피해자 진술을 듣기 위해 응급실에 온 거예요. 잘생겼어요."

점점 더 불안해졌다. 혹시 자기를 버리고 떠난 녀석에게 복수하려고 박봉에 시달리는 경찰이 된 건가.

"지금은 형사과에 근무하지 않아?"

"네. 여성 추행범을 쫓아가다가 차에 치였어요."

"…."

"그 녀석이 길을 건너 도망치는 걸 쫓다가 트럭에 치인 거예요. 넓은 도로라 차들이 빨리 달렸죠. 추행범은 어린애였어요. 아마 고딩이나 중딩이었을 거예요. 지하철역 계단을 올라가고 있었어요. 그놈이 제 치마 밑을 휴대폰으로 찍은 거예요. 그때 좀 짧은 치마를 입고 있었거든요. 위에서 기다리던 오빠가 그 모습을 본 거죠. 그놈은 나를 보고 씩 웃더니 윙크까지 하고 차도로 뛰어들었죠. 나는 저 새끼 잡으라고 오빠에게 소리 쳤어요."

"…."

"저는 형사들이 위험한 상황에 뛰어드는 걸 막으려고 순경 시험을 쳤어요."

오지영은 아무런 말도 할 수 없었다.

그녀는 자신이 학교에서 윤리를 가르친다는 게 불가능하다고 생각했다. 보편타당한 윤리 법칙이라는 게 있기는 할까? 아이들에게 윤리를 가르친다는 것이 사회에 잘 순응하는 법을 주입하는 것 같아 도저히 자신이 없었다. 대신 불행해진 사람을 주목했다. 사람을 불행하게 만든 사건에 몰두했다. 어떤 사건이든 피해자를 따라가다 보면 결국 여성이 많았다. 연쇄살인범의 대상은 거의 여성이었다. 분쟁의 피해자도 여성이었고, 전쟁의 진정한 피해자 또한 여성이었다. 경찰이 되고 살인 사건을 수사하게 되면서 더욱 그렇게 느꼈다. 아니 확인했다. 죽어서도 여성의 시체는 더 많은 호기심과 상상력의 대상이 되었다.

오지영은 보편타당한 윤리 법칙이 존재하지 않는다고 확신했다. 가해자에 의한 피해자, 지배자에 의한 피지배자의 구조만 있을 뿐이다. 사람들은 구조의 내용을 남녀를 구분하는 방식으로도 채우려 해왔다, 지금까지도.

김 형사가 침묵을 깼다. 역시 명랑한 목소리다.

"과장님, 우리 형사과에 여성 경관을 좀 더 영입해야 하지 않을까요?"

"말도 안 되는 소리."

"왜요?"

"성을 구분하려는 생각부터 버려."

김 형사가 고개를 끄덕였다.

"오늘 두 사건은 살인범이 너무 똑똑한 놈들 같지 않아요? 학원 선생 살인범은 핸드백과 자기 옷, 흉기를 어디에 버렸을까요? 전 남친이 범인이 아니라고 해도 말이에요. 누가 범인이든 어딘가에서 처리했을 거 아닙니까?"

"맞아."

"Y시 강둑 살인범도 비슷해요. 시신에서 벗긴 옷과 자른 손가락은 어디에 버렸을까요? 아니면 숨겼을까요? 손가락을 잘랐다면 흉기도 있었을 텐데요."

"맞아."

"맞다고만 하지 말고 말씀 좀 해보세요. 과장님은 어떻게 생각하세요?"

"강물 속으로 가라앉혔겠지."

"그게 가장 쉬우면서도 일반적인 방법 같네요."

"한 가지 더 있어."

박종구 형사과장의 이야기 가운데 오 과장의 머릿속에서 떠나지 않는 것이 있었다.

"강둑에서 살해당한 여자, 아기를 낳은 흔적이 있다고 했잖아?"

"그랬죠."

"그녀가 낳은 아기, 어떻게 됐을까?"

새벽이다. 오지영은 벽을 보고 누워 있었다. 오늘도 잠을 이루지 못했다. 침실 문이 조용히 열렸다. 오랜만에 그의 기척이 느껴졌다. 오지영은 움직이지 않았다. 그가 옷을 벗었다. 벗은 옷을 침대 옆 의자에 걸쳐놓는 것 같았다. 늘 그랬으니까. 그가 침대 안으로 들어왔다. 새벽까지 일하기를 밥 먹듯이 하는 생활, 그가 늦은 날이다. 이불 안으로 찬바람이 들어왔고 그의 몸에서 비누 냄새가 났다. 그가 똑바로 누웠다. 그는 그녀가 잠들지 않았음을 알 것이고, 자기도 잠들지 못할 것이다. 그의 숨소리가 크게 들렸다. 그가 그녀를 향해 돌아누워 잠옷 속으로 손을 집어넣었다. 가슴이 뛰고 분노가 일었다. 오지영은 그의 손목을 잡아 비틀며 일어났다. 그녀를 올려다보는 그의 눈동자가 새의 눈처럼 작아졌다. 그녀는 베개 아래 숨겨놓았던 절단 가위를 들어 그의 새끼손가락을 잘랐다. 그는 비명조차 지르지 못했다. 그의 엄지손가락도 잘랐다. 아래에 깔린 그가 경련을 일으켰다. 그녀는 엄지와 새끼손가락이 잘린 손을 보란 듯이 그의 눈앞으로 가져갔다. 복수하는 거라고, 더러운 손의 지문을 없애버리는 거라고 외쳤다. 천천히 나머지 세 개의 손가락도 잘랐다. 그가 비명을 지르려 했지만, 소리가 나오지 않았다. 손을 빼지도 못했다. 그녀는 그를 올라타고 앉아 다른 쪽 손가락 다섯 개도 모두 잘라버렸다. 그가 소리 없이 울부짖었다. 그녀와 눈을 맞추지 못했다. 그녀는 그의 턱을 고정하고 한 손으로 입을 막았다. 그의 시선이 그녀의 눈에 맞춰졌다. 그의 눈동자 안에 있는 존재가 보였다. 그것은 그의 눈동자 안에서 점점 커지며 밖으로 나왔다. 뼈만 남은 앙상한 얼굴이다. 눈동자가 없었다. 그것이 손을 들어 눈동자를 훔치려고 그녀의 눈을 후벼 팠다. 그녀는 비명을 질렀다. 비명에 놀라 눈을 떴다. 새벽이었다.

오지영은 남편에게 여자가 생겼음을 직감했을 때부터 자기 몸에 새겨졌을 그의 지문을 지우고 싶었다. 다른 여자의 몸에 지문을 남겼을 그의 손가락을 모조리 잘라버리고 싶었다. 남편이 이혼 서류에 지장을 찍었을 때 그녀는 그의 지문을 유심히 바라보았다.

다시 잠이 들었는지 벨소리에 잠이 깼다. 왼손으로 탁자 위 휴대폰을 잡으려다가 팔이 아파 비명을 질렀다. 생각보다 깊이 잠들었던 건지 깨어나는 순간 팔을 다친 사실을 잊었다. 몸을 돌려 오른손으로 휴대폰을 들었다. 10월 1일, 윤미라 변호사가 피살돼 수사를 시작한 뒤 다시 맞은 일요일, 오전 11시 8분이었다. 모르는 번호였다. 그냥 끊으려다가 보이스피싱도 일요일은 쉴 거라는 생각이 들어 귀에 댔다. 어디서 듣던 목소리다.

"오지영 과장, 어제 하려다가 까먹은 말이 하나 생각났소.

지금 해도 괜찮소? 혹시 교회나 성당 아니오?"

Y시 남부경찰서 박종구 형사과장이었다.

"괜찮습니다."

"손가락 자른 거 말이오. 손가락을 자르고 시체가 썩으면 절대 신원을 알아낼 수 없는 사람이 있소."

"주민등록증이 없는 미성년자 아닙니까?"

"맞소. 피살자는 아이를 낳기는 했어도 미성년자일 가능성이 있소. 하지만 또 다른 경우가 있소."

"외국인요?"

"그렇소. 외국인이라면 손가락만 제거하면 누군지 모르지. 입국할 때 출입국관리소에서 지문을 찍기 때문에 지문만 없애면 신원을 밝히는 게 힘들어요. 가족이 외국에 있으니, DNA를 대조해볼 사람도 없고. 설사 한국에서 소식이 끊겼다고 외국인 가족이 실종 신고를 한다고 해도 경찰이 쉽게 찾을 수 있겠소? 잠적하는 불법 체류자가 좀 많소? 범인은 그 점에 착안해서 손가락을 잘랐을지 모른다는 거요."

"시체를 묻어버리면 영원히 모르겠죠."

"그야 그렇지. 하지만 연장을 준비하지 못했거나 파묻지 못할 이유가 있을 수 있지 않겠소?"

미성년자 아니면 외국인일지 모른다는 박 과장의 가설이

타오

그럴듯했다. 농촌 다문화가정을 상대로 연고자를 찾아야 할까?

"사실은 국과수 연구원이 개인적으로 해준 이야긴데, 피살자의 신체 구조가 키는 작지만, 하체의 비율이 한국 여성보다 길다고 했소."

"어느 나라인지도 말했나요?"

"콕 짚어 말할 수는 없지만 동남아시아나 중국? 중국 남쪽? 요즘 우리나라 젊은 여성도 하체가 길어졌지만, 한국이나 일본 여성은 아닐 가능성이 높다고 했소."

첫인상과는 달리 박 과장은 노련한 수사관이었다.

"근처에 동남아시아 출신 며느리가 좀 있어서 다문화가정을 상대로 탐문수사를 하고는 있는데, 며느리나 아내가 실종되었다는 신고는 아직 없소. 물론 남편이 범인이라면 신고 따윈 하지 않겠지만 말이요. 어쩌면 다른 지역에서 온 외국인일 가능성도 있다는 생각이 들었소."

"그럴 수도 있겠네요."

"내 말을 참고해서 수사해보시오. K대학과 Y시는 그리 멀지 않소. K대학에 외국인 유학생이 많다니 수사해볼 가치는 있을 것 같소."

오지영은 휴대폰을 놓고 침대에 누워 천장을 바라보았다. 박 과장의 말대로 수사해볼 가치는 충분했다. 하지만

K대학 안팎에서 발생한 일련의 사건은 Y시 강둑 살인 사건과 뭔가 성격이 달라 보였다. 무엇보다 유학생이 실종됐다면 벌써 학교나 친구들, 고국의 부모가 신고했을 것이다. 유학생보다는 다문화가정의 아내가 실종됐을 가능성이 더 높지 않을까? 박종구 과장의 말이 머릿속에서 계속 새로운 가설을 만들어내고 있었다.

타오

구자광 팀장이 K대학에서 가까운 곳에 위치한 윤미라 변호사 사무실에 도착한 것은 오전 10시가 조금 넘어서였다. 법무법인에는 모두 열두 명의 소속 변호사가 있는데, 윤 변호사가 일하던 곳은 세 명의 변호사가 따로 나와 운영하는 일종의 지점이었다. 윤 변호사의 부재로 지금은 두 명이 운영하고 있었다. 노동단체나 사회단체 자문 역할은 모두 이 사무실에서 맡고 있었다.

안내된 회의실에서 기다리자 민 팀장이라는 변호사가 들어왔다.

"윤 변호사 수임 사건을 다 조사해봤습니다. 자문까지 포함해서요. 전에 말씀드린 사건을 통틀어 원한 살 만한 사건은 없었습니다. 큰돈이 걸려 있는 사건도 없었고 형사사건을 맡은 적도 없어요. 이혼 사건이 여럿인데 윤 변이 원한을 살 만한 점은 찾을 수 없었어요."

구 팀장은 살인범이 뭔가를 의뢰했다면 어떤 사건일까, 곰곰이 생각해봤지만 딱히 떠오르는 게 없었다.

"경찰은 윤 변호사가 연쇄살인범에게 피살된 걸로 보는 거죠? 그렇다면 살인범은 교수와 목사에게도 원한을 갖고 있다는 전제 아래 남자 의뢰인을 찾아봤습니다. 그런데 조금이라도 의심할 만한 사람은 없었습니다."

구 팀장 역시 변호사의 말에 수긍하며 자리에서 일어섰다.

"형사님, 윤 변호사를 그렇게 만든 범인을 잡는 일이라면 무엇이든 돕겠습니다. 저도 생각해볼 테니까 저희가 도울 일 있으면 언제든 연락 주십시오."

구 팀장은 사무실에서 나와 로비로 내려갔다. 윤 변호사가 자문하는 사회단체에 가볼 생각이었다. 현관을 나서다 걸음을 멈췄다. 미처 생각하지 못한 것이 있었다.

변호사 사무실로 다시 들어가자, 여직원이 웃으며 물었다.

"뭐 잊으셨어요?"

"사건을 수임하진 않고 상담만 한 내용도 기록하나요?"

"공식적으로는 기록하지 않는데요. 변호사님들이 개별적으로 기록하시죠."

"상담자 목록은요?"

"그것도 따로 기록하지는 않습니다. 아, 잠깐만요. 메모는 있을 수 있겠네요. 방문 약속을 하고 오시는 분들은 방문 시간을 메모하니까요."

"그것 좀 볼 수 있을까요?"

"변호사님 허락을 받으셔야."

여직원은 민 팀장 방에 들어갔다 나온 뒤 모니터에 미팅

스케줄 메모를 불러냈다. 윤 변호사 미팅 달력 폴더를 클릭했다.

"우선 올해 자료만 뽑아주시면 감사하겠습니다."

여직원은 1월부터 윤 변호사가 사망한 9월까지 미팅 날짜와 시간, 내방자 이름을 하나의 파일로 출력했다.

"소송 의뢰한 분들은 빼고 상담만 한 방문자 리스트입니다. 소송까지 간 분들은 따로 체크가 되거든요. 모두 스물세 건이네요."

"정말 친절하시네요, 감사합니다. 상담만 한 내용은 윤 변호사님이 따로 메모하셨겠군요. 그 메모는 어디에 있을까요?"

"PC에 저장해놓으셨을 거예요."

"그러면 민 팀장님께 한 번만 더 갔다 오실래요?"

여직원은 웃으면서 민 팀장 방으로 갔고 나올 때는 민 팀장과 함께였다. 세 사람은 윤 변호사가 쓰던 방으로 들어가 컴퓨터 전원을 켰다. 여직원이 윤 변호사가 상담 내용을 메모한 폴더를 찾아냈다. 구 팀장은 자리에 앉아 스물세 건의 상담 가운데 다섯 건의 상담 내용과 상담자 인적사항, 상담 일자를 수첩에 적었다.

구 팀장은 가벼운 마음으로 경찰서로 복귀했다. 그는 바깥보다는 영양이 골고루 갖춰진 구내식당 밥을 더 좋아했다. 용돈도 절약할 수 있었다.

오지영 형사과장은 사무실에서 구 팀장의 보고서를 읽고
있었다. '윤 변호사 상담자'라는 제목 아래 적힌 다섯 명의
이름 옆에는 상담 일시와 내용이 요약되어 있었다. 둘째
칸에 적힌 외국인 이름 하나가 가장 먼저 눈에 들어왔다.
타오.
어디서 본 이름이었다. '타오 외 1인' 옆에 '3월 9일 목요
일 오전 11시, 임금 체불'이라는 메모가 적혀 있었다. 아래
괄호 안에는 '구체적인 내용 없음, 수임하지 않음'이라는
메모가 있었다. 나머지 네 건의 상담자는 한국인이었다.
오지영은 구 팀장에게 전화했다.
"구 팀장님, 타오 외 다른 사람이 누구인지는 알 수 없습
니까?"
"변호사 사무실 여직원이 남자라고 하던데, 얼굴은 기억
나지 않는답니다. 상담 내용은 죽은 윤 변호사 말고는 아
는 사람이 없고요."
오지영은 의자에 머리를 기대고 천장을 보며 크게 숨을
쉬었다. '타오', 두 글자를 생각했다. 수사가 난관에 부딪
힐 때마다 빛이 되어 나타나는 작은 실마리, '타오'라는

이름이 그런 느낌이었다. 오지영은 사무실에서 나와 그 이름을 처음 봤던 곳으로 향했다.

K대학을 가로질러 후문 밖으로 나가 교회 골목 입구에 차를 세웠다. 교회 현관에는 폴리스라인이 그대로 있었다. 교회 안 이영태 목사 사무실로 들어갔다. 책상 위에는 목사가 피살된 날 보았던 수첩이 그대로 있었다. 수첩을 넘기며 다문화교류연구원이라는 제목이 적혀 있는 페이지를 찾았다. 다음 장으로 넘어갔다.

'아흐마드, 라이샤, 누르, 나빌라, 자흐라, 소라야, 아체네, 메이사, 타오'라는 이름이 있었다. 다시 몇 장을 넘겼다. 3월이라는 글자 아래 '타오'라는 이름이 적혀 있었다. 메모의 3월은 지난해였다.

타오는 누구일까?

이영태 목사는 왜 자기 수첩에 타오라는 이름을 적었을까? 타오는 윤미라 변호사뿐만 아니라 이영태 목사도 만났을 가능성이 있었다. 윤미라 변호사는 노동문제 전문가로 어려움에 빠진 노동자를 만나 상담하고 의뢰를 받아 소송을 진행했다. 목사도 어려운 사람을 돕는다는 이미지가 있다. 이영태 목사는 이단으로 몰리고 재개발에 관심을 쏟았더라도 표면상으로는 길 잃은 양을 돕는 자이다. 그들 모두 살해당했고, 권윤정 교수도 살해하려고 했다. 권 교수가 누군가를 상담한다면 대상은 누구일까?

오지영은 수첩을 들고 교회에서 나와 권윤정 교수를 만나기 위해 차를 몰았다.

"자주 오시네요. 오늘은 무엇을 도와드릴까요?"

사흘 만에 다시 만나는 그녀의 모습은 여전히 흐트러짐이 없었다.

"한 가지 물어볼 게 있어서 왔습니다. 제자 가운데 면담을 요구하는 학생들이 있습니까?"

"물론 있죠. 수강 신청부터 학점, 장학금, 진로 문제 등 다양합니다. 학생도 있고 학부모도 있습니다."

"학부모라면…?"

"학과 사무실에 대학생 자녀 대신 와서 수강 신청 변경을 요청한다거나 자녀가 수업을 잘 듣기 위해서 어떤 과외를 해야 하느냐고 묻는 분들이 있습니다. 조교와 대화가 잘 안 되면 교수한테도 옵니다."

"요즘엔 그런 경우도 있나 보군요. 진로 문제란 무엇입니까?"

"과를 바꾸거나 수능시험을 다시 치기 위한 휴학 문제로 종종 찾아옵니다. 취직하는 데 추천서를 써달라고 하는 학생도 있고요. 졸업을 위해 학점을 요청하는 학생도 있습니다."

"학점이요?"

"학점을 날리지 말아달라고 부탁하는 학생이 종종 있습니다."

"웬만하면 다 주지 않나요?"

"저는 그런 거 없습니다. 출석도 안 하고 시험도 치지 않았는데 성적도 수준 이하이면 구제하지 않습니다."

출석을 못해도 리포트로 대체하거나 다른 과제를 제출하게 하는 방식으로 학점을 주지 않을까 생각했지만, 권 교수는 그게 아닌 모양이었다.

"서너 번 정도면 몰라도 강의 대부분을 결석하면 저도 어떻게 할 수 없거든요."

"그렇군요. 혹시 타오라는 학생을 아십니까?"

"타오라고요? '팜티타오' 말입니까?"

"어느 나라 학생입니까?"

"베트남 유학생이에요. 타오 때문에 오셨군요."

"그 학생과 면담하신 적이 있습니까?"

"네. 지난해 1, 2학기 모두 제 수업을 들었는데 출석은 거의 하지 않았어요. 1학기 때는 학점을 구제해주었죠. 2학기에는 수강 신청만 하고 한 번도 나오지 않았어요. 시험도 치지 않고요. 몇 차례 연락해도 전화를 받지 않더군요. 그러더니 학기 말에 한 번 찾아와서 1학기 때처럼 학점을 달라고 했어요. 저는 안 된다고 했죠. 결국 학점을 주지 않았어요."

"왜 수업에 빠졌는지 이유를 말하던가요?"

"알바를 한다고 했어요. 아침부터 저녁까지 어느 회사에 가서 일한다고. 다른 대학에 가라고 했어요. K대학은 그런 식으로 다닐 수 없다고 했죠. 우리 대학 유학생들은 대부분 그 사실을 알고 입학하니까요."

"다른 학교로 간다면 편입하라는 말인가요?"

"그거야 내가 알 바 아니죠."

"타오는 어떻게 됐습니까? 계속 학교에 나옵니까?"

"올해 학교에 나오는지는 모르겠습니다."

"학점을 날리면 어떤 일이 생깁니까?"

"다음 학기에 따야죠."

"몇 학점인가요?"

"3학점요."

"타오는 몇 학년이었습니까?"

"지난해 4학년이었습니다."

"졸업하지 못했을 수도 있겠네요."

"우리 학교는 유급하는 학생이 많습니다. 유학생이라고

봐주지 않아요. 타오는 베트남 유학생을 많이 받아주는 대학에 다녔어야 했어요. K대학을 선택한 건 잘못한 겁니다. 그리고 요즘은 졸업을 늦추려고 일부러 휴학하는 학생도 많습니다."

한참 설명하던 권 교수가 잠시 멈췄다.

"타오에 대해서는 왜 물으시는 거죠?"

"타오가 윤미라 변호사와 이영태 목사에게 도움을 요청하기 위해 찾아갔던 것 같습니다."

"무슨 의미죠? 이번 사건과 관련이 있나요?"

"관련 여부는 확실하지 않습니다. 피해자 세 분의 공통점을 찾다가 알게 된 겁니다."

오지영은 일어서다가 생각나는 것이 있어 물었다.

"아까 부모들이 자녀 대신 학교에 찾아와서 수강 신청하는 경우가 있다고 하셨잖습니까? 타오의 경우 보호자나 후견인은 없습니까?"

"유학생이기 때문에 없겠죠. 대부분의 대학생은 혼자서 알아서 해요."

"타오가 장학금을 신청한 적이 있습니까?"

"그건 모르겠습니다. 요즘 학생들은 장학금 신청하라고 해도 잘 안 합니다. 어떤 교수님이 학생을 불러 대신 서류를 써주고 장학금에 생활비까지 지원받게 한 경우도 있습니다. 그런데 타오에게 무슨 일이 있나요?"

"그건 모르겠습니다, 저도요."

권윤정 교수는 더 이야기하고 싶어 하는 눈치였으나, 오지영은 추측을 말하고 싶지 않았다. 아파트를 나오면서 이지혁 형사에게 전화해 사회학과 팜티타오에 대해 알아보라고 말했다. 이어 박곤 형사에게 전화했다.

박곤은 오지영 형사과장이 거북했다. 과장이 연배가 더 많기는 해도 그렇게 큰 차이는 아니다. 계급은 차이가 크지만. 그래도 어딘지 서먹서먹했고 얼굴을 똑바로 본 적도 없었다. 박곤 형사는 오지영이 자신을 미덥지 않아 하는 것을 잘 알고 있었다. 그래서인지 굳이 함께 꾸잉을 만나자고 하는 것이 불편했다.

"꾸잉은 아직 오지 않았어요?"

오 과장이 물었다.

"현관에서 만나기로 했습니다. 올라가시죠."

두 사람은 경영대학 계단을 올라갔다. 꾸잉이 현관 앞에서 박 형사를 보고 손을 들어 보였다. 그러면서 박곤 형사옆에 있는 오 과장을 의아한 눈으로 보았다.

"20분 뒤 강의 들어가야 해요."

오지영이 웃으면서 말했다.

"안녕하세요, 꾸잉 씨. 나는 박곤 형사님 동료예요. 급히 보자고 해서 미안해요. 한 가지만 물어볼게요."

꾸잉이 인사로 허락을 대신했다.

"그때 애매한 친구가 한 명 있다고 했죠? 베트남에서 왔는데 공부하는지 돈을 버는지 잘 모르는 친구가 있다고 했잖아요. 그 학생 이름이 뭐죠?"

"타오, 팜티타오. 사회학과."

"그 학생은 지금 어디 있어요?"

"학교 안 다녀요. 작년에 졸업하지 못했어. 올해 학교 안 나왔어요."

"왜죠?"

"모르겠어. 올해 초 기숙사에서 나갔어요. 어디 있는지 몰라요."

"작년 2학기 때에도 전혀 학교에 나오지 않았다고 하던데 맞아요?"

"회사 갔어요. 기숙사엔 있었어요. 수업은 못 갔어요."

"작년에는 일 나가면서도 잠은 기숙사에서 잤어요?"

"네."

"지금 어디 있는지 짐작할 만한 곳 있어요?"

꾸잉이 고개를 저었다.

"팜티타오는 어떤 학생이었어요?"

"한국에서 학위 따서 베트남 돌아가려고 했어요. 공부 열심히 했어요. 갈수록 어려웠어요. 졸업하고 취직해야 하는데 졸업 못했어요. 한 학기 더 등록해야 하는데 학교 나갔어요."

박곤 형사가 갑자기 끼어들어 물었다.

"이솔로몬, 그 녀석이 베트남 여학생 사귀었다고 했잖아요? 타오 맞아요?"

"맞아요. 타오 사귀었고 이슬람 여학생 소라야 사귀었어요."

"이솔로몬과 얼마나 오래 사귀었어요?"

"잘 모르겠어요."

꾸잉은 생각을 제대로 표현하지 못하는 것 같았다.

"타오 학생 연락처 알아요?"

"전에 몇 번 전화했어요. 안 됐어요."

꾸잉은 타오의 전화번호를 불러주었고 박 형사가 수첩에 받아 적었다.

"타오는 왜 회사 갔어요?"

"잘 몰라요."

꾸잉은 시계를 보더니 수업 들으러 가야 한다고 말했다. 오지영이 다시 연락하겠다고 하자, 말이 끝나기도 전에 강의실로 뛰어갔다.

"그러니까 과장님은 타오라는 베트남 유학생이 교수에게
는 학점을, 변호사에게는 체불 임금 받을 방안을, 목사에
게도 무언가 도움을 요청했는데, 이게 잘 안 돼서 세 사람
을 죽였을 가능성이 있다는 거죠? 동기가 너무 약하지 않
나요? 얼핏 들어도 타오가 살인마처럼 보이지 않는데요."
김태경 형사가 고개를 갸우뚱하며 말했다.
"지금까지 나온 단서로는 세 사람의 유일한 공통점은 타
오야."
형사과장 사무실은 팀장들과 형사 몇 명이 들어왔을 뿐인
데도 비좁고 갑갑했다. 오지영은 창문을 열었다.
"과장님, 범인은 남자고 범행 수법이 조금씩 진화했어요.
세 건 모두 비가 올 때를 노렸고요. 그런데 어떻게 타오와
연결된다는 거예요?"
김 형사가 재차 물었다.
"그걸 알아내기 위해 타오를 조사할 필요가 있어."
박곤 형사가 오 과장의 말을 이었다.
"저는 이솔로몬을 주목해야 한다고 생각합니다. 녀석이
데위 소라야, 타오와 사귀었거든요. 다른 유학생들도 건

261

드렸고, 소라야를 폭행한 정황도 있습니다. 수상한 구석이 많은 녀석입니다."

"그래서요? 사건과 관련된 증거가 있나요?"

"아직은 그냥 감입니다. 그래도 항상 이런 녀석이 일을 저지르지 않습니까?"

최계호 팀장이 박곤 형사를 나무라듯 인상을 찡그렸다.

"추측은 도움이 안 돼."

"그건 그런데요, 주시할 필요는 있습니다."

이지혁 형사가 문을 열고 들어왔다. 그는 의자에 앉을 생각도 없이 수첩을 보며 말했다.

"과장님 지시대로 타오를 조사했습니다."

모두가 이 형사를 주목했다.

"팜티타오는 호찌민시 남쪽 지역 출신인데, 지난해 학점 미달로 졸업하지 못했습니다. 4학년이던 지난해 출석 상황이 좋지 않았습니다. 다른 과목은 교수에게 부탁해서 최하 학점은 딴 거 같은데 권윤정 교수한테서만 학점을 따지 못했습니다. 올해 1학기 때는 등록도 안 했습니다. 유학생 기숙사에서는 2월 초에 입주 자격 미달로 쫓겨났습니다. 그리고 증발했습니다."

"혹시 베트남으로 돌아갔을 수도 있지 않을까?"

"출입국관리사무소에 알아보니까 출국한 기록이 없습니

다. 한국에 있는 게 분명한데 생활한 흔적이 없습니다."

"무슨 말이야?"

"타오의 휴대폰 기록을 추적해보니 6월 3일까지 사용한 흔적이 있습니다. 그리고 거기서 사라졌습니다."

"어디?"

오 과장이 물었다.

"Y시요."

11

오지영은 전화벨 소리에 잠이 깼다. 10월 3일 화요일 새벽 0시 10분이었다.

"나요, 박종구. 오 과장 말 듣고 베트남에 있는 타오 어머니에게 연락했는데 방금 답이 왔소. 호찌민 공항에서 0시 15분 비행기를 탄다고 했소. 내일, 아니지 오늘 아침 7시 30분쯤 인천공항에 도착할 예정이오. 내가 직접 픽업하러 나갈 거요. 한 팀은 공항에서 DNA 채취하는 대로 국과수로 바로 가고, 다른 팀은 타오 어머니를 우리 경찰서로 모셔올 계획이오. 오 과장이 이쪽으로 오면 좋을 듯한데…. 듣고 있소?"

박종구 과장의 목소리가 들떠 있었다.

"혹시 어머니에게 자초지종을 말했습니까?"

"확인할 게 있다고만 하고, 자세한 건 만나서 이야기하기로 했소. 어머니는 타오와 연락이 끊어진 지 여러 달이 지났다며 서두르는 눈치였소."

간혹 불행한 결과로 이어질 것이라는 확신이 들 때가 있다. 오지영의 머릿속에서는 덱 아래에서 발견된 변사체의 잘린 손가락들이 마치 부서진 유리 액자의 파편으로 만든 앨범처럼 계속 넘어가고 있었다.

오지영 형사과장이 Y시 남부경찰서 형사과에 들어서자,
김태경 형사가 거칠고 무뚝뚝하게 생긴 형사들 사이에서
다소곳하게 앉아 있었다. 당직 근무하던 윤 형사가 박종
구 과장이 인천공항에서 오고 있다며 두 형사에게 서장실
로 가보라고 했다.

"어서들 오세요. 박 과장은 20분 뒤에 도착할 거야. 다른
팀한테는 타액, 혈액, 가능한 한 모든 종류의 세포를 다량
으로 채취해서 연구소로 가라고 했어."

이종일 서장이 반색하며 맞이했다.

"타액으로 충분할 거야."

"그런가? 어쨌든 연구소 유전자 분석 과장에게 전화해서
최대한 빨리 검사해달라고 특별 부탁했어. 그분을 조금
알거든. 아마도 저녁 이전에 어머니와 피살자가 모녀 관계
인지 알 수 있을 거야."

"하루 만에 유전자 검사 결과가 나오나?"

"행정적으로는 불가능하지. 하지만 기술적으로는 가능
해. 요즘 기술이 워낙 발전해서…. 김 형사, 아침에 여기까
지 오신다고 수고 많았어요."

"과장님이 같이 가자고 하셔서…."

"잘 오셨어요. 그런데 타오라는 사람은 누구야?"

"K대학 베트남 유학생인데, 피살된 사람들과 관계가 있는

265

것 같아."

"피살자가 타오로 확인되면 어떻게 되는 거야?"

"살인범을 찾아야겠지."

"용의자는 우리와 함께 찾아야 할 것 같군."

인터폰이 울렸다.

"벌써 도착했다고 하네. 내려갈까."

"이 서장도 내려가게?"

"옆에서 구경만 할게."

"우리만 내려가는 게 좋겠어. 나중에 박종구 과장님에게
서 보고받으면 되잖아."

오지영이 정색하자 이 서장은 눈치가 보였는지 마지못해
사무실에 남았다.

1층으로 내려갔을 때 박종구 형사과장과 타오의 어머니
가 현관으로 들어서고 있었다. 다른 형사 한 명과 통역으
로 보이는 베트남 여자 한 명이 뒤를 따랐다.

타오 어머니의 모습은 인상적이었다. 작고 예쁜 얼굴에
다리가 길어서 늘씬해 보였다. 아마 타오가 저런 모습이
었을 거라고 오지영은 생각했다. 하지만 그녀는 불안한
표정이었다. 대조적으로 느긋한 모습의 박 과장이 자기
사무실로 안내하더니, 어머니와 통역만 남겨두고 나왔다.

"잠시 마음을 진정시키게 시간을 주는 게 좋을 것 같소."

박 과장은 오 과장과 김 형사를 다시 형사과로 안내했다.

"오면서 물어보니까 지난해부터 타오에게 한 푼도 보내지 못했다는군. 처음 3년은 학비와 생활비를 보냈는데 작년부터는 장사가 잘 안 됐다고 했소. 보낸 돈도 일부는 빚을 져서 보낸 거라고. 아버지는 타오가 어렸을 때 사고로 죽었고, 동생도 두 명이나 있소."

"언제부터 연락이 끊겼다고 하던가요?"

"5월까지는 가끔 전화가 왔는데 6월 이후 뚝 끊겼다고 했소."

"혹시 타오가 기숙사에서 나간 뒤 어디서 살았는지, 어느 업체에서 일했는지, 누구와 사귀었는지 물어보셨습니까?"

"그건 이따가 오 과장이 물어보시오. 타오는 어머니와 똑같이 생겼다고 하더라고. 여동생 둘도 예쁘게 생겼고 언니처럼 공부도 잘한다고 합디다. 타오는 어릴 때부터 총명해서 독학으로 배운 한국어로 드라마도 보고 관광객 통역도 했다는 거요. 한국으로 유학 보내고 집안에서 기대를 많이 했던 모양이오. 타오 어머니는 한국인 상대로 기념품을 파는데 관광 루트가 바뀌면서 손님이 끊겼다는 거요. 윤 형사, 서장 비서에게 말해서 차 좀 준비해줘."

그들이 들어서자 타오 어머니가 불안하게 쳐다봤다. 오지영은 그녀가 차를 한 모금 마실 때까지 기다렸다. 어느 정도 진정이 된 그녀는 침착하고 담담하게 질문에 답했다.

타오 어머니는 딸이 졸업한 줄 알고 있었다. 기숙사에서 나와 작은 방을 구하고 직장에 다니고 있다고 생각했다. 어느 직장인지는 말해주지 않아 알지 못했다. 임금은 많지 않았지만, 타오 혼자 생활하는 데는 불편하지 않을 정도였고, 베트남 집으로 여윳돈을 보내기까지 했다. 하지만 6월이 되면서 소식이 끊겼다. 딸에게 남자 친구가 있는지 어머니는 알지 못했다.

어머니는 여전히 희망을 품고 있었다. 그래서 한국 경찰이 왜 오라고 했는지 구체적으로 듣지 못했음에도 묻지 않았다. 오지영은 왜 그녀를 불렀는지, 왜 딸에 관해 묻는지 설명할 수 없었다. 모든 질문을 마친 오지영은 타오의 어머니를 박종구 과장에게 맡기고 경찰서로 돌아왔다.

일이 손에 잡히지 않았다. 점심도 거르고 멍한 상태로 몇 시간을 보냈다. 오후 4시 반을 지날 때 기다리던 전화가 왔다. 박종구 형사과장의 흥분된 목소리를 듣자마자 검사 결과를 짐작할 수 있었다.

"엄마와 딸이오. 강둑 덱 아래 시체는 팜티타오요."

박곤 형사는 Y시에서 발견된 시체의 신원이 타오로 확인되자 이솔로몬에게 전화했다. 그는 이솔로몬을 타오 살해 용의자로 특정할 수 있다고 확신했다. 박 형사는 이솔로몬을 족쳐서 자백을 받아내고 싶었다. 이솔로몬은 자기를 만나고 싶으면 인문사회연구원 로비로 찾아오라고 했다. 쉬는 시간이라 로비에 학생이 많았다. 누가 뒤에서 어깨를 툭 쳤다. 이솔로몬이었다. 키가 크고 잘생긴, 귀공자 같은 모습에 긴 가방끈을 오른쪽 어깨 위로 걸쳤다.

"소라야 얘기는 다 끝난 걸로 아는데요. 저는 수업 들어가야 합니다. 용건만 간단하게 말씀해주시죠."

"컴퓨터공학과 4학년이 인문사회과학 수업도 듣는 모양이지?"

"제 마음이죠."

"여기 여자 유학생이 많군. 또 누굴 사귀나?"

"남이야 사귀든 말든 무슨 상관입니까?"

"팜티타오, 베트남 유학생 알지?"

"…."

"모른다고 하진 않는군. 지금 어디 있지?"

"걔가 어디 사는지 내가 어떻게 알아요?"

"지금 어디 있는지 물어봤는데 어디 사는지 모른다고 대답하는군."

"그게 그거 아닙니까? 왜요?"

"타오와 애인 사이였나?"

"요즘 아저씨들이 생각하는 애인 개념을 몰라서…."

"그러면 연애했나?"

"그 역시 개념이 달라서."

"같이 잤냐고."

"그렇다면 뭐가 문제죠?"

"문제가 크지. 타오, 죽었잖아."

"…"

"몰랐어? 모른 척하는 거야? 6월 3일 어디 있었어?"

"…"

"어디서 뭘 했지?"

이솔로몬은 대답하지 못했다. 당황하는 기색이 역력했다.
박 형사는 더 몰아쳤다.

"기억나게 해줄까? Y시에 갔잖아. 생각 안 나? 타오하고
강둑에 갔잖아. 엄청 비가 오는 날 말이야. 거기서 목 졸
라 죽였잖아. 발가벗기고 손가락 다 잘라낸 뒤 강둑 덱 밑
에 숨겼잖아. 자, 말해봐. 정말 생각 안 나? 왜 말이 없어,
이 새끼야!"

녀석의 얼굴이 석고상처럼 굳어졌다.

"휴대폰 달력이라도 보고 얘기하는 게 좋지 않을까?"

이솔로몬의 눈이 이글거렸다. 박 형사는 녀석이 이성을 잃고 고래고래 소리를 지를지 모른다고 생각했다. 그러면 되받아치면서 범죄 사실을 실토하게 유도할 작정이었다.

"내가 왜 그래야 하죠?"

"왜? 중요한 거라도 적어놓았나? 휴대폰에 있는 거 다 복구할 수 있다는 거, 컴퓨터공학 전공자니까 더 잘 알지? 그렇다고 훼손하면 의심받을 거고. 사실대로 말해봐. 6월 3일 Y시에 있는 강둑에 가서 타오를 목 졸라 죽이고 덱 밑에 묻었다고 말이야. 타오가 매달리기라도 했나? 단물 다 빨아먹고 나니까 거추장스러웠어? 다른 유학생도 건드리고 수틀리면 죽이려고 했나?"

이솔로몬은 폭발하기 직전처럼 보이면서도 용케 참고 있었다. 또박또박 힘을 주어 말했다.

"다음에 오실 때는 영장 갖고 오세요. 휴대폰 드릴 테니."

"그래? 6월 3일에도 공대 앞 캠퍼스를 산책했나? 밤 11시 반에 말이야."

이솔로몬은 상기된 표정으로 돌아서서 계단을 올라갔다. 박곤 형사는 다른 학생이 들으라는 듯 큰 소리로 말했다.

"이솔로몬! 타오가 어디서 어떻게 죽었는지, 이미 잘 알고 있었던 모양이지? 왜 아무런 반박도 없지?"

계단을 올라가던 이솔로몬이 돌아서서 박 형사의 눈을 뚫어지게 내려다보더니 마침내 자제력을 잃고 불같이 화를 내며 큰 소리로 고함을 질렀다.

"야, 이 개새끼야! 타오를 건드린 사람이 나 하나야? 형사 나부랭이 새끼가 어디서 지랄이야!"

박 형사는 현관 CCTV를 보았다. 소리는 녹음되지 않지만, 명예훼손죄 처벌 증거로 쓸 수 있도록 영상을 확보해야겠다고 생각했다.

최계호 팀장은 조용히 말했지만, 미간에 일그러진 주름 모양만 봐도 그가 얼마나 화를 내고 있는지 알 수 있었다. 박곤 형사는 멋쩍은 듯 부동자세로 서 있었다. 최 팀장이 왜 화를 내는지 알기 때문에 형사과 사무실은 찬물을 끼얹은 듯 조용했다.

"혐의가 있으면 나에게 보고하고 검증해야 할 거 아니야? 왜 멋대로 혼자 가서 경찰이 의심하고 있다고 떠벌린 거야? 수사의 기본을 몰라? 솔로몬 그 친구 지금부터 열심히 증거 인멸하면 어떻게 할 거야?"

"증거 인멸을 시도하면 그것 때문에 발목잡힐 겁니다."

"어떻게 잡을 거야? 24시간 감시할 건가?"

"Y시에 갔다면 어딘가 CCTV에 찍히거나 목격됐을 겁니다."

"어디에 찍혔고, 누가 목격했는데?"

"아직 그건…, 그래도 수사하면 나오지 않겠습니까?"

"증거도 없는데 뭘 인멸했는지 어떻게 알아? 뭐라도 있어야 증거 인멸을 유도하든가 말든가 할 거 아니야?"

"그건 제가 좀 성급했던 것 같습니다."

"어떤 점이 의심스럽다는 거야?"

"타오를 데리고 놀다가 찬 거 같습니다."

"왜 죽였다는 거지?"

"그야 모르죠. 타오가 이솔로몬에게 뭔가를….."

"뭔가를?"

박 형사는 입을 다물었다.

"지금 우리가 수사하는 사건은 살인 사건이야. 이솔로몬이 의심스러우면 먼저 단서를 찾아봐야지, 만나서 협박하지 말고."

최 팀장은 난감했다. 박 형사가 오 과장에게 질책당하는 건 둘째치고, 자기가 젊은 상관에게 면이 안 서게 생겼다. 최 팀장은 인상을 찡그리며 형사과장 사무실로 갔다. 오지영은 보고를 듣고 잠시 생각에 잠기더니 물었다.

"박곤 형사에게 이솔로몬을 감시하라고 하실 겁니까?"

"그건 효과가 없을 것 같소. 실제 증거 인멸을 한다 해도 알 수 없는 일이라. 휴대폰이나 노트북의 뭔가를 지우는 현장을 잡을 수도 없고, 그렇다고 압수수색 영장이 나올 것 같지도 않고요. 생각 좀 해봐야 할 것 같소."

"타오에 대해서는 아직 모르는 게 많습니다. 권 교수를 찾아간 이유 말고는 윤 변호사와 이 목사를 찾아간 정확한 목적을 모릅니다. 타오가 일했던 사업장이 어디고, 기숙사에서 나와 어디서 살았는지 알아볼 필요가 있습니다. 당분간 비 소식이 없으니, 형사들에게 탐문을 맡기시죠."

최 팀장이 사무실을 나올 때 오지영은 박종구 형사과장에게 전화를 걸고 있었다.

박종구 형사과장은 경찰서 현관에서 기다리고 있었다.

"타오 어머니와 통역을 사무실로 불러놓았는데 대화가 제대로 안 될 거요. 그래도 오 과장은 여자고 나처럼 무뚝뚝하지는 않으니 말이 통할지도 모르겠소."

오지영은 자신보다는 박 과장이 훨씬 인간적일 거라고 말하고 싶었다.

타오 어머니와 통역이 소파에 앉아 있었다. 박 과장은 자기 의자에, 오지영은 타오 어머니 앞에 의자를 놓고 앉았다. 어머니는 말없이 오 과장을 바라봤다. 다시 보아도 아름다운 얼굴이었다. 딸의 변사 소식을 접한 어머니라기엔 너무 침착했다. 폭풍의 격랑에서 잠시 벗어난 상태일 것이다. 하지만 울지 않아도 온몸에서 슬픔이 묻어났다.

"진심으로 애도합니다. 저도 매우 슬픕니다."

통역의 말을 듣고 어머니가 고개를 끄덕였다.

"범인을 잡기 위해서 타오 양에 관해 물어볼 것이 있습니다. 아침에 말씀해주셨지만, 타오 양의 행적에 대해 더 생각나는 건 없습니까?"

통역이 두 사람 사이를 오가며 대신 질문하고 대답했다.

"기숙사에 있었다고만 알고 있습니다. 어디에서 무엇을 했는지는 모르겠습니다."

"베트남에 있을 때 잘 가던 곳이라든가, 잘하던 일은 없었나요?"

"집과 학교가 전부였고, 나머지 시간에는 집안일 돕고 동생들 공부 가르쳤어요. 정말 착하고 예쁘고 똑똑했어요."

어머니의 말에 잠시 목이 막혔다.

"취미는 무엇이었습니까?"

"책 읽고 한국 드라마 보는 거였어요. 간혹 동네 어른들에게도 한국말 가르쳤어요. 지금은 아니지만 한때 한국인 관광객이 많이 왔거든요. 아이들에게도 한국말을 가르쳤고요."

"한국에 오기 전에 한국어 쓰는 곳에서 알바도 했나요?"

"시간 나면 기념품과 액세서리를 파는 저를 도와줬어요. 한국인 관광객들이 한국말을 잘한다고 칭찬했어요. 다른 알바는 안 했어요. 그리고 한국에 가게 됐어요. 베트남으로 돌아오면 돈 많이 벌 거라고 자신감이 넘쳤어요."

"꾸잉이라는 이름을 들어보신 적이 있나요? K대학 유학생입니다."

"없어요."

"솔로몬이라는 이름은요?"

"솔로몬은 좋아했어요."

오지영은 귀가 번쩍 뜨였다.

"정말인가요? 솔로몬에 대해서 뭐라고 하던가요?"

"솔로몬은 가장 지혜로운 왕이라고 했어요. 향락을 찾는 것이 결국 무익했음을 스스로 깨달았다고 했어요. 타오는 어른스러웠어요."

오지영은 잠시 착각했음을 깨달았다.

"타오가 교회에 나갔나요?"

"가족 모두가 가톨릭 신자라 주말마다 성당에 나갔어요. 한 번도 빠지지 않았어요. 타오는 성가대도 지휘했어요."

"한국에서도 성당에 다녔습니까?"

"다닌다고 했어요."

타오

박종구 과장이 물었다.

"관광객이 왔을 때 혹시 한국에 오라거나 명함을 주고 간 사람은 없었습니까?"

"많은 관광객이 그랬어요. 하지만 연락하지는 않았어요. 그랬다면 나한테도 말했을 겁니다."

오지영은 타오에게 직접 물어보고 싶은, 하지만 이미 죽은 젊은이에게는 할 수 없는 질문을 어머니에게 했다.

"타오는 꿈이 뭐였나요?"

어머니는 바로 대답하지 않았다. 박종구 과장을 한 번 보고, 희미하게 보이는 저녁 노을빛을 보았다. 그리고 오지영을 보았다. 그녀는 한 문장을 말하고 숨을 쉬었고, 통역도 그렇게 했다.

"타오는 베트남 사회를 솔직하게 보고 싶다고 했어요. 바깥에서 베트남을 바라보고 싶다고."

"하지만 타오는 한국에 가서 공부하려고 그런 이야기를 둘러댄 거예요."

"한국을 택한 건 화려한 불빛, 좋아하는 스타가 많아서였어요."

"타오의 진짜 꿈은 한국을 알고 싶고, 한국 사람을 사랑하고 싶어서였답니다."

오지영은 통역이 조금 잘못된 것 같았다.

"사랑해서가 아니라 사랑하고 싶어서였다고요?"

"네."

이해할 수 없어도 타오 어머니에게 더 캐묻기가 어려웠다. 오지영은 타오 어머니와 통역에게 정중히 인사하고 박 과장과 함께 사무실을 나왔다. 박 과장이 그녀의 눈치를 보며 말했다.

"통역하는 분이 그랬소. 타오 할아버지는 전쟁 때 돌아가시고, 아버지는 막내가 태어나고 얼마 후 죽었다고. 어쨌든 가족사가 좀 복잡한 거 같았소."

둘 사이에 침묵이 흘렀다. 오지영은 그가 무슨 말을 하려는지 어렴풋이 이해할 수 있었다. 그녀는 개인이나 가정사보다는 사건과 직접적으로 연관된 사실만을 추구해왔다. 하지만 수많은 죽음을 보면서 사실이 전부는 아닐지도 모른다는 생각이 들었다.

"혹시 타오 어머니가 딸이 어떻게 죽었는지 물어보던가요?"

오지영은 그가 어떻게 대답할지 조마조마했다. 아무리 그라도 처참하게 썩어 문드러진 딸의 상태를 솔직하게 말하진 않았을 거다.

"사실대로 말했소. 전부 다."

오지영은 그와 눈도 마주치지 않고 빠른 걸음으로 주차

장으로 걸어갔다.

'눈치도 생각도 없는 중늙은이!'

K대학을 졸업했어도 정문 앞 성당은 지나다니면서 보았을 뿐이라 성당 규모가 이렇게 클 줄 몰랐다. 본당이 2층에 있고 1층에는 성물의 집과 사무실, 신자들이 드나드는 카페와 식당이 있었다. 밤 8시가 넘었지만, 1층 카페에는 신자들이 삼삼오오 모여 앉아서 이야기를 나누고 있었다. 성당 옆에는 수녀회 건물이 있었고, 옆에는 신협이 있었다. 본당으로 올라가는 계단 옆에는 벽을 가득 채운 그림이 걸려 있었다. 우리나라 어촌 마을인데 작은 뱃머리에 흰옷 입은 예수가 앉아서 설교하고 있고 많은 주민이 경청하고 있다. 노인과 아이, 어부와 해녀들. 예수 뒤에는 넓은 바다가 펼쳐져 있고 구름도 몇 점 떠 있다. 오지영은 그림이 너무 평화로워 이곳에 온 목적을 잊을 뻔했다.

현관 앞에는 오지영과 비슷한 키와 넓이를 가진 돌덩이가 서 있었다. 화강암으로 보였는데 가운데에는 손바닥 크기의 구멍이 뚫려 있었다. 돌덩이를 받치고 있는 기단에는 '가톨릭 순교자들을 처형하던 돌형구'라는 안내문이 붙어 있었다. 천주교 신자를 소리 없이 죽이라는 대원군의 명에 따라 만든 처형 도구로, 목을 감은 올가미 줄을 돌구멍으로 통과시킨 다음 뒤에서 줄을 잡아당겨 죽였다.

"타오는 성당에 올 때마다 이 돌형구 앞에서 기도했어요."

한 여자가 사무실 미닫이 유리문을 열고 나오면서 오지영에게 말했다. 전화 통화했던 사무장일 것이다. 얼굴이 둥글고 순하게 생겼고 30대 후반으로 보였다.

"이런 식으로 가톨릭 신자를 죽였는지 몰랐습니다. 무심코 보면 모르겠어요. 이 돌덩이 앞에서 얼마나 많은 사람이 죽었는지."

"설명문에 순교한 성인들의 이름이 있어요. 모두 열세 분이에요. 타오도 주일 성경학교에서 설명을 듣고 선생님께 질문도 많이 하고 토론도 했어요. 전화하신 오지영 형사 과장님이죠?"

"네. 저 때문에 퇴근도 못하셨네요."

"아니에요. 사무실은 저녁 미사 때까지 열어놓고 있어요."

사무실은 깨끗하고 검소했다. 파일과 서류, 책들이 책장을 가득 채우고 있었다. 잔혹한 세상과는 동떨어진 곳이었다. 사무실로 안내한 사무장이 자리에 앉자마자 울음을 터뜨렸다. 오지영은 당황하면서도 잠시 울게 놔두었다. 그녀는 안경을 벗고 손으로 눈물을 닦으며 말했다.

"타오 얘기를 듣고 너무 놀랐어요. 어떻게 그런….."

오지영에겐 사무장의 눈물보다는 드디어 사건의 실마리를 잡을지 모른다는 희망이 더 컸다.

"타오는 예쁘고 똑똑하고 야무지고 당찬 면도 있었어요. 한국말도 너무 잘해서 할머니 할아버지들께 독서 지도를 했어요. 그런데 지난 2월인가 3월부터 성당에 나오지 않았어요. 기숙사에서 나와 다른 곳으로 갔다고는 들었는데, 왜 인사도 없이 갔는지 늘 궁금했어요."

"짐작 가는 데는 없습니까?"

"무슨…?"

"타오를 그렇게 만들 만한 사람 말입니다."

"전혀요. 누가 타오를 미워할 수 있겠어요. 불량배 짓 아닐까요?"

오지영이 해보지 않은 생각이었다.

"성당에 같이 오거나 친한 사람은 없었습니까?"

"모두가 타오를 좋아했지만, 특별히 누구와 친했는지는 모르겠어요. 주일마다 혼자 성당에 와서 종일 봉사활동을 하다가 저녁에 혼자 돌아갔던 것 같아요. 주중에는 저녁 미사가 있는 날 시간이 되면 수시로 나왔고요."

"봉사활동은 어떤 일을 했습니까?"

"어르신들과 함께 책 읽기를 했어요. 점심 저녁 식사 시간

에는 식당 일을 도왔고요. 쉬는 시간에는 카페에서 책을
읽거나 성경 공부를 했어요. 메모까지 하면서 열심히 하니
까 복지관 실장님이 카페에 전용 자리도 마련해주셨죠."
"남자 친구는 없었습니까?"
"그건 모르겠어요. 혼자 다녔으니까요. 게다가 우리 성당
에는 젊은 사람이 거의 없어요."
"혹시 솔로몬이라는 사람을 아시나요?"
"솔로몬을 모르는 사람이 있을까요?"
"솔로몬 왕이 아니라 이솔로몬이라고 대학생입니다."
"그런 이름은… 못 들어봤어요."
사무장은 다시 눈물을 흘렸다. 문이 열리고 50대 신부가
들어왔다. 편안하면서 품위 있는 모습이었지만 사무장의
연락을 받고 오는 길인지 상기된 표정이었다. 본당 신부
인 모양이었다. 그는 빈자리에 앉아 한동안 말이 없었다.
"뭐라고 위로의 말씀을 드려야 할지 모르겠습니다."
신부가 맞절하는 상주처럼 고개를 숙였다.
오지영은 신부가 뭔가 상실이나 분노에 찬 말을 토해낼
것이라고 막연히 생각했다. 하지만 신부는 눈물을 흘리기
만 했다. 그녀에게는 신부와 사무장이 타오의 가족처럼
보였다. 신부가 떨리는 입술을 열어 간신히 첫 마디를 뱉
었다.

"타오의 어머니가 Y시로 오셨다고요? 내일 거기 갈 겁니다."

신부와 사무장은 오지영이 살아가는 세상과는 동떨어진 문법의 언어를 쓰고 있었다.

"제가 잘 몰라서 그러는데 가톨릭 신자는 신부님께 고해성사라는 걸 하잖습니까? 타오도 했습니까?"

신부는 머리를 끄덕였다.

"고해성사 때 무슨 말을 했는지 기억나는 게 있으면 말씀해주실 수 있습니까? 비밀인 걸로 알고 있긴 합니다만."

"성경 읽을 때 의심스러운 부분이 있다고 했고, 믿음이 약하다는 고민이었어요."

"신부님은 뭐라고 답해주셨습니까?"

"그냥 믿으라고 했어요."

오지영은 점점 더 타오가 어떤 사람인지 궁금해졌다. 그들에게 생각나는 것이 있으면 무엇이든 좋으니 연락해달라고 명함을 주며 부탁했다. 사무실을 나서면서 사무장에게 물었다.

"타오가 어르신들과 어떤 책을 읽었는지 아십니까?"

"신약성서였어요. 구약의 시편과 잠언, 전도서도 함께 읽었어요."

솔로몬 왕을 좋아한다는 타오 어머니의 말이 생각났다.

오지영은 승용차에 올라 손을 흔드는 사무장과 눈물을 훔치는 신부에게 인사하며 성당을 떠났다. 그리고 20분 뒤 사무장의 전화를 받고 다시 성당으로 돌아갔다. 사무장과 신부가 마당에 나와 있었고, 옆에는 앞치마를 두른 중년 여자가 서 있었다. 여자는 작은 종이 상자를 들고 있었다.

"복지관 실장님이 드릴 게 있다고 하셔서 전화했어요. 타오가 카페에서 공부할 때 책꽂이 한쪽에 두었던 책들이에요. 타오가 돌아오면 주려고 실장님이 보관하고 있었어요."

복지관 실장도 눈물을 흘리고 있었다. 상자를 건네는 손마디가 두꺼웠다. 오지영은 상자를 건네받아 조수석에 올려놓았다. 실장이 울음을 참으며 말했다.

"어떡해요. 타오, 정말 착했는데…."

이럴 때 무슨 말을 해야 할지 떠오르지 않았다. 오지영은 감정을 주고받는 게 익숙하지 않았다. 친구와 깊은 이야기를 해본 적도, 동네 아주머니와 수다를 떨어본 적도 없었다. 누구와 같이 웃거나 울어본 적이 없었다. 책을 읽거나 영화를 보면서 울어본 적도 없었다. 그저 자기에게도 영혼 없이 들리는 말을 뱉을 뿐이었다.

"꼭 범인을 잡겠습니다."

타오

오지영은 집에 도착하자마자 상자부터 열었다. 검은색 가죽 표지로 감싼 성경책과 두꺼운 성서 주석서, 성서 공부를 위한 인쇄 자료들, 성당 행사 사진을 모아 만든 30쪽 분량의 얇은 책, 만화로 된 한국사 두 권, 두꺼운 노트 한 권이 들어 있었다.

성경책과 주석서, 공부 자료집은 낙서 하나 없이 깨끗했다. 오지영은 학교 다닐 때 전교 1등 하던 친구가 교과서에 메모 하나 없이 공부했던 게 생각났다. 사진첩은 2년 전 찍은 성당 행사 사진을 모은 것인데 다양한 연령층이 여러 장소에서 촬영한 것이었다. 모든 신자가 한 명도 빠짐없이 촬영하지 않았을까 생각될 만큼 많았다. 오지영은 타오를 찾아보려다 그만두었다. 사진 속 인물이 너무 많기도 하고 단체 사진이라 얼굴이 너무 작았다. 만화 한국사는 하도 많이 봐서 그런지 두 권 모두 너덜너덜했다.

노트 표지에는 두 해 전 연도가 적혀 있었다. 어느 계절에 썼는지 날짜는 적혀 있지 않았지만, 타오의 문장은 외국인이 썼다고는 믿어지지 않을 정도로 완성도가 높았고 필체도 정갈했다. 성서를 공부하면서 정리한 메모가 이어져 있었다. 성경의 어느 부분을 읽고 적은 감상인지 알 수 없었지만, 문장이 생기발랄했다. 글은 노트 중간 부분까지 이어졌다. 마지막 문장은 개인적인 메모가 아니라, 성경의

한 부분을 인용한 것 같았다.

두 사람이 함께 누우면 따뜻하거니와 한 사람이면 어찌
따뜻하랴.

문장이 적힌 페이지에는 돌형구 모양의 금빛 책갈피가 끼
워져 있었다. 노트 표지에 적힌 연도로 미루어보면 2년 전
부터 시작해 성당에 발길을 끊은 지난 2월이나 3월 이전
까지 쓴 글이었다. 타오가 남자 친구를 생각하며 쓴 글이
아닐까. 오지영은 문장을 검색어에 그대로 넣어보았다.
전도서 4장 11절의 글이었다. 솔로몬 왕의 지혜가 담긴
말이라는 설명이 붙어 있었다. 오지영은 소파에 등을 기대
고 생각했다. 솔로몬은 대체 어떤 사람이었을까.
눈이 감길 찰나 휴대폰이 울렸다. 이지혁 형사였다. 전화
를 연결하며 창밖을 봤다. 비는 내리지 않았다. 아이처럼
다급한 목소리가 저편에서 울렸다.
"과장님, 이솔로몬이 송곳으로 난자당해 죽었어요. 공대
건물 앞입니다."

타오

이솔로몬은 공대 앞 도로와 테니스코트 사이에 있는 숲 속에 옆으로 쓰러져 있었다. 경찰이 설치한 라이트 불빛이 얼굴을 은빛으로 반사했고 목덜미를 덮은 피는 모든 빛을 흡수해 검게 보였다. 오지영 과장은 박곤 형사가 설명했던 이솔로몬의 생전 이미지를 전혀 상상할 수 없었다. 시체는 감정 없는 무생물일 뿐 생전의 도덕적 판단은 무의미했다.

오지영 형사과장은 새벽 1시에 도착했고, 곧 김인석 서장도 나왔다. 먼저 출동한 박곤 형사가 변사체가 이솔로몬임을 알아봤다.

K대학 교내를 자전거로 순찰하던 경비원이 시체를 발견해 경찰에 신고했다. 경비원은 밤 11시 50분쯤 인문대 부근을 순찰하다 공대 쪽에서 괴성이 들리자 곧바로 달려왔지만, 아무것도 발견하지 못했다. 그는 농대 쪽으로 방향을 바꾸었다가 미심쩍은 생각이 들어 다시 공대 앞으로 돌아와 라이트로 숲속을 비추었다. 거기서 누운 채 움직이지 않는 남자를 발견했다. 경비원은 남자가 죽었다는 것을 바로 알았다. 목에 검붉은 피가 엉겨 있었고 눈은 치뜨고 있었기 때문이다.

오지영은 주위를 둘러보았다. 캠퍼스는 고요한 어둠 속에 잠겨 있었다. 시체를 살펴보는 오 과장에게 한영덕 과학 수사팀장이 설명했다.

"목에 송곳으로 찔린 자국이 열 군데가 넘습니다. 등과 허리도 여러 군데 찔렸습니다. 수십 군데를 찔렀어요."

원한으로 인한 살인임을 극명하게 보여주고 있었다. 피를 얼마나 많이 흘렸는지 죽은 이솔로몬의 피부는 투명하게 보였다.

"오른쪽 손을 보세요. 엄지와 검지, 장지 손톱에 이물질이 끼어 있어요. 혈흔이 비치는 것 같은데 피해자 피일 수도 있고 가해자의 혈흔일 수도 있습니다. DNA 검사를 할 겁니다."

오지영은 고개를 끄덕였다.

중년의 부부가 뛰어왔다. 지구대 경찰이 그들을 안내하기 위해서인지, 아니면 저지하기 위해서인지 함께 뛰어왔다. 이솔로몬의 부모였다. 아버지는 눈물만 아니었으면 누가 보아도 호탕한 성격의 중년으로 보였을 것이다. 체격이 컸고 운동복을 입고 있었다.

"박곤 형사가 누구죠? 우리 아들이 죽었다면서요?"

박곤 형사가 또 사고를 친 모양이었다. 직접 집으로 찾아가서 애도를 표하고 경찰서로 나오도록 안내해야 했다.

오지영은 시신 앞으로 뛰어오는 부모를 가로막고 지구대 경찰에게 순찰차 쪽으로 모셔가라고 지시했다. 하지만 부모의 의지를 막기에는 역부족이었다. 간신히 어머니만 모셔갔을 뿐이었다. 이솔로몬의 아버지는 아들의 시신 옆에 꿇어앉아 얼굴을 들여다보았다. 그러더니 돌처럼 굳었다. 한동안 아무도 움직이지 못했고 소리도 내지 못했다. 지구대 경찰이 안고 있던 어머니의 울부짖음이 적막한 캠퍼스 공간을 뒤흔들었다. 아버지가 조용히 일어섰다. 그는 아내에게 가서 자신의 반밖에 안 되는 그녀를 꼭 안았다. 지구대 경찰이 그들을 순찰차에 태웠다. 과학수사팀의 감식 작업이 다시 진행되었다.

이솔로몬의 어머니는 울음을 그치지 못했다. 얼마의 시간이 흐르고 어머니가 순찰차에서 내렸다. 그녀 또한 눈물만 아니었으면 똑 부러지고 다부지다는 인상을 주었을 것이다. 호인형의 남편과는 반대 이미지였다. 오지영은 그녀에게 다가가 더 이상의 접근을 막았다. 울음을 멈춘 어머니는 눈을 부릅뜨고 있었다.

"타오, 그년 짓이에요. 그년이 우리 아들을 죽였어요. 앙심을 품은 거예요."

이솔로몬의 어머니는 평상심을 잃었다. 오지영이 부드럽게 물었다.

"앙심을 품을 만한 이유가 있었나요?"

"우리 애를 만나지 말라고 해도 말을 듣지 않았어요. 그 래서 쫓아냈어요."

"타오를 데리고 계셨나요?"

"우리 회사에 있었는데 아들과 눈이 맞았어요."

어머니는 다시 울기 시작했다. 남편이 곁으로 다가와 어깨 를 감쌌다.

"타오가 임신했었나요?"

오지영이 아버지에게 조심스럽게 물었다.

"네, 그년이 임신했죠."

"아드님 아이였나요?"

"우리 손녀라고 했는데 거짓말이었어요."

"아드님은 뭐라고 했나요?"

아버지는 제대로 말을 잇지 못했다. 오지영은 차분히 기 다렸다.

"아들은 자기 아이가 아니라고 했어요. 그래서 애 엄마가 타오에게 친자 검사를 할 테니까 아기를 낳은 뒤에 데려 오라고 했어요. 타오는 아기를 데려오지 않았어요. 우리 애 아이가 아니었던 거죠. 그래서 다시는 우리 아들을 만 나지 말라고 했어요."

어머니는 온몸을 부들부들 떨며 울고 있었다. 오지영은

지구대 경찰에게 부모를 순찰차 안으로 다시 모셔가도록 했다.

최계호 팀장과 이지혁 형사가 대학 정문 앞에 있는 이솔로몬의 자취방을 조사하고 돌아왔다. 그들과 함께 여러 명의 기자가 오 과장 주위로 몰렸다. JBC 박우태 기자와 MKBC 정상원 기자도 보였다. 지구대 경찰과 형사 몇 명이 기자들의 접근을 막았다. 기자들 뒤편에는 데위 소라야가 놀란 표정으로 입을 다물지 못한 채 서 있었고 옆에는 다문화교류연구원 이진우 사무국장과 정은이 학생이 이솔로몬의 시신을 바라보고 있었다.

최 팀장이 이솔로몬 쪽을 보면서 말했다.

"피해자 노트북을 보니까 사진 폴더에 데위 소라야, 타오로 보이는 여성, 그리고 다른 여성과 찍은 사진 수십 장이 들어 있었소. 저장 시기는 데위 소라야가 가장 최근, 그전이 타오였소. 타오 전에는 외국인과 한국인 여성 사진이 저장되어 있었는데 타오와 찍은 사진이 가장 많았소."

기자들은 폴리스라인 밖에서 현장을 촬영하고 있었다. MKBC 정상원 기자만 오지영 과장과 최 팀장 근처를 어슬렁거리고 있었다. 잠시 뒤 그녀도 기자들 무리로 돌아가 카메라 기자와 함께 피살 현장, 감식 장면, 경찰 차량을 촬영했다.

김인석 서장이 오지영에게 조용히 말했다.

"대체 무슨 일이 벌어지고 있는 거야?"

오지영은 대답하지 않고 깊은 생각에 잠겼다. 그동안 머릿속에 저장한 사실을 하나의 줄기로 엮으면서 연쇄살인 사건을 재구성했다.

"타오의 도움을 거절했거나 타오를 불행에 빠트린 네 명이 표적이었다고 봐야 할 거 같습니다. 교수와 변호사, 목사는 타오의 도움 요청을 거절한 것으로 보이고, 이솔로몬은 타오를 버린 것 같습니다. 시간 순서대로 배열하면 좀 더 분명하게 줄거리를 파악할 수 있을 겁니다."

오지영은 단서를 종합하고 배열할 때 늘 시간을 중시했다.

"타오는 베트남 집에서 보내주던 학비가 끊기자, 솔로몬 부모의 회사에 취직해 돈을 벌었습니다. 솔로몬은 아버지 회사에서 근무하는 타오와 사귀었는데, 어쩌면 취직하기 전부터 연인이었을 수도 있습니다. 솔로몬이 취직시켜줬을 수도 있겠죠. 어쨌든 타오는 돈을 벌어야 했기 때문에 학점을 못 따 졸업을 못했습니다."

"그래서 권 교수를?"

서장이 질문하자 오지영은 다시 생각에 잠겼다.

"권윤정 교수는 학점을 달라는 타오의 요청을 거절했습니다. 그에 더해서 타오는 솔로몬과 그의 부모로부터 버림받았고 임금도 제대로 받지 못한 것 같습니다. 그래서 윤미라 변호사에게 도움을 청했는데 거기서도 외면당했습니다. 그즈음 이영태 목사에게도 뭔가 도움을 청한 것 같은데, 역시 도움을 받지 못했습니다. 대체로 이런 가설이 가능할 것 같습니다."

서장과 최 팀장이 고개를 끄덕거렸다.

"그리고 아기가 남았습니다. 아기가 어디에 있는지…."

오지영은 말꼬리를 흐렸다.

"그렇다면 그들을 죽인 사람이 타오라야 맞잖아. 하지만 그녀는 6월에 이미 살해당했어."

"그 수수께끼를 푸는 게 마지막 퍼즐 조각일 거 같습니다."

"연쇄살인 사건의 피해자 가운데 타오를 죽인 사람이 있는 거 아닐까? 박곤 형사 말대로 솔로몬이 타오를 죽인 게 아닐까? 누군가 타오를 대신해 복수한 거고."

서장의 말도 일리가 있었다. 그렇다면 범인은 이솔로몬이 타오를 죽인 사실도 알고 있었다는 거다.

오지영이 새롭게 인식한 또 하나의 중요한 단서는 범인이 범행 장소를 오갈 때 요구되는 시간이다. 이것은 범인의 행위를 이해하는 열쇠이면서 미래 행위를 예측하는 단서를 제공해줄 수 있다.

타오가 피살된 날이 6월 3일 밤이라고 가정하자. 그녀의 휴대폰 위치가 그때 멈췄다.

8월 27일 밤 11시 20분에 K대학 후문 앞 이슬람 사원 골목에서 권윤정 교수가 피살될 뻔했다. 9월 23일 밤 10시에 대운동장에서 윤미라 변호사가 피살됐다. 9월 28일 밤 9시 5분에 후문 앞 교회에서 이영태 목사가 살해당했다. 그리고 10월 3일, 그러니까 어젯밤 11시 50분에 공대 앞에서 이솔로몬이 피살됐다. 시간과 공간이 뒤죽박죽 혼란스럽게 느껴진다. 하지만 시간을 중심으로 공간을 다시 배열한다면 나름의 질서를 포착할 수 있다. 사건이 발생한 날짜에 주목하지 않고 범인의 움직임을 시간 순서에 따라 배열할 때 말이다.

그렇다면 밤 9시 후문 앞 교회에서 살인, 밤 10시 대운동장에서 살인, 밤 11시 20분 이슬람 사원 앞에서 폭행, 그리고 밤 11시 50분 공대 앞에서 살인, 시간에 따라 범인이 움직인 선이다. 범인은 범행을 저지르기 전 대상자들의 행동 패턴을 파악하고 폭우가 오는 날을 선택해 살인했다. 그렇다면 범인은 한동안 9시에는 교회로, 10시에는 대운동장으로, 11시 20분에는 이슬람 사원 골목으로 뛰어다녔을 것이다. 하룻밤에 세 곳을 순서대로 이동해 대상을 관찰하는 것은 얼마든지 가능하다. 오지영도 직접 실험해

보았다. 살해 순서만 다를 뿐이다.

한 가지 자연스럽지 못한 것은 밤 11시 50분에 공대 앞에서 이솔로몬을 살해한 방식이다. 이는 그전의 패턴과 들어맞지 않는다. 살해 방법이 훨씬 더 잔인했다. 무엇보다 폭우가 내리지 않았다.

타오의 피살과 아기의 행방은 별개의 인과관계이거나 범인의 시간과 공간 속에 하나의 인과관계로 포함되어 있거나, 이다. 하지만 타오의 피살은 K대학 연쇄살인 사건과 패턴이 다르고 동기도 다를 가능성이 높았다.

또 하나의 단서가 있다. G군 학원 주차장 살인 사건처럼 마땅히 있어야 할 것이 없다는 점이다. 피범벅이 된 주차장 현장에 피 묻은 신발 자국이 없다면 의문이 아닐 수 없다. 없다는 것이 중요한 단서다. K대학 연쇄살인 사건도 비슷한 면이 있다. 꼼꼼한 과학수사팀 형사들이 며칠 동안 주변 CCTV를 분석해봐도 용의자로 보이는 자를 발견하지 못했다. 용케 CCTV를 피해 달아났을 수도 있지만, 아예 대학 인근 CCTV가 있는 곳까지 이동하지 않았을 가능성도 있다. 범행 후 대학 안에 피신해 있거나 대학과 인접해 있는 집으로 피신한 거다. 시간과 거리의 방정식이 연쇄살인 밑에 깔려 있다. 오지영은 수사 방향을 좀 더 명확하게 정할 수 있겠다고 생각했다.

그녀는 어둠에 잠긴 공대 뒤편 숲속을 바라보았다. 현장을 환하게 비추는 조명 빛이 넓게 퍼졌지만, 빛이 도달하지 못하는 대학 캠퍼스는 무슨 일이든 벌어질 수 있는 암흑의 공간처럼 보였다.

소리 없는 광란이었다. 이솔로몬에 대한 증오의 감정은 누그러지지 않았다. 폭발하고 싶었다. 온몸을 수백 개 조각으로 분해하고 싶었다. 그는 달려갔다. 하나님을 찬양하며 하늘을 향해 소리쳤다.

정신을 차렸을 때 그는 공대 건물 뒤 숲속에 있는 자기 자신을 발견했다. 그곳에 누워 호흡을 가라앉혔다. 한동안 그렇게 있었다. 마음이 조금 진정됐다. 일어서서 잃어버린 게 있는지 살폈다. 없었다. 흘릴 만한 것은 아예 들고 오지 않았다. 그는 검은색 비닐 옷 주머니에서 종량제 쓰레기봉투를 꺼냈다. 봉투 안에서 물휴지를 꺼냈다. 비옷을 벗고 마스크와 장갑을 벗었다. 꼼꼼하게 말아 쓰레기봉투에 넣었다. 물휴지로 송곳을 닦았다. 얼굴과 손을 닦고 물휴지도 봉투 안에 넣었다. 쓰레기봉투는 꼭 묶고 송곳은 바지 주머니에 넣었다.

그는 숲속에서 마음의 위안을 얻었다. 혼자였기 때문이

　　　　　　　　　　　　　　　　　　　타오

다. 천천히 걸었다. 담장이 없는 곳으로 나와 20미터 정도 걸었다. 그리고 어두운 동네 골목으로 스며들었다. 몇 개의 쓰레기봉투가 모여 있는 곳에 들고 있던 종량제 봉투를 버렸다. 계단을 올라가 자기 방으로 들어갔다. 냉장고에서 생수를 꺼내서 마시고 책상에 앉았다. 타오와 함께 찍은 사진이 앞에 있었다. 그녀는 웃고 있었다. 얼마의 시간이 흘렀을까, 정신을 차리고 MKBC 뉴스를 꼼꼼하게 검색했다.

이솔로몬 피살 사건을 보도하면서 JBC 박우태 기자는 상상력을 마음껏 발휘했다. 그는 이슬람 세력을 옹호하던 교수와 변호사가 폭행당하거나 살해당하자 느닷없이 교회 목사가 살해당하고 솔로몬이라는 이름의 기독교 신자가 복수의 제물이 되었을 가능성이 있다고 보도했다. K대학에서 발생하고 있는 연쇄살인 사건은 이슬람 세계와 기독교 세계, 다문화 세계와 토착 주민 간 갈등이 근본 원인이라며, 현장에 나온 다문화교류연구원 이진우 사무국장을 섭외해 인터뷰했다. 데위 소라야, 정은이 학생과 함께 카메라 앞에 선 이진우는 극단주의자들의 광신이 종교 간 갈등을 야기하고 복수심을 키운다면서 적대적인 당사

자들의 소통이 필요하며 대학과 지자체가 이를 위해 앞장
서야 한다고 말했다.

언론이 경찰의 무능함을 강조할 때, MKBC 정상원 기자
는 경찰서 관계자의 말을 인용해 일련의 연쇄살인 사건이
원한에 의한 범죄일 가능성이 높다고 보도했다. 오지영
은 정 기자의 보도에 관심이 갔다. 원한에 의한 살인 사건
이라고 정 기자에게 말한 경찰은 없다고 확신했기 때문이
다. 그렇다면 그녀는 왜 원한에 의한 살인 사건이라고 생
각했을까? 사건 현장에서 오 과장과 김 서장, 최 팀장이
이야기하는 것을 단편적으로 듣고 추론했을 수 있다. 아
니면 남다른 촉이 있거나. 오지영은 정 기자에게 왜 원한
에 의한 살인 사건으로 생각하는지 물어보고 싶었다.

살인 사건 뉴스 뒤에는 굴지의 대기업이 작업 중 사망한
근로자에 대해 책임을 회피하자 이를 조사해서 처벌해달
라고 대통령실에 요구한 청원이 15만 건이 넘었다는 보도
가 스트레이트 뉴스로 나왔다. 몇 차례 보도된 뉴스였지
만, 거기까지 관심을 가질 여유는 없었다.

10월 들어 넷째 날이 밝았다. 창밖으로 보이는 하늘은 청
명하지만, 모레 오후에는 비가 예보되어 있었다. 맑던 하

타오

늘이 순식간에 어두워지고 여름날의 폭우처럼 비가 내릴 때가 많았다. 모레에도 그럴지 모른다. 불길한 예감은 늘 현실이 되고 행운은 예상하지 못한 데서 온다고 형사들은 말했다. 범인이 다음 폭우를 기다리고 있다면 범행을 저지하는 데 주어진 시간은 이틀이다.

오지영은 오전 9시가 되자 형사과로 갔다. 형사들에게 수사 방향을 이해시킬 필요가 있었다. 그녀가 제시한 가설에 팀장들은 대부분 수긍했다. 특히 과학수사팀장은 전적으로 동의했다.

"과장님 말씀대로라면 우리 팀이 CCTV 분석하는 데 그렇게 많은 시간을 들였지만, 아직도 용의자를 발견하지 못한 것도 이해가 갑니다. 그렇다면 범인의 은신처가 대학 담장 바로 옆이나 앞, 왼쪽이나 오른쪽이라고 보고 탐문 수사를 강화하는 게 좋을 것 같습니다."

최계호 팀장이 범인의 행적에 대해서 자신의 가설인 양 설명했다.

"범인은 9시에 교회 목사를 관찰한다. 그리고 골목길 막다른 곳에서 대학 담장을 넘어 대운동장으로 10시까지 가서 변호사를 지켜본다. 다시 후문을 통해 이슬람 사원 골목으로 11시까지 들어가서 교수를 관찰한다. 이때 후문으로 나와서 골목으로 간 이유는 사원 골목 쪽을 비추는 CCTV 뒤로 접근하기 위해서일 수 있고. 대학 담장을 넘어 사원 골목으로 들어가면 CCTV에 찍히니까 말이야. 범인은 사전 조사를 통해서 적당한 범행 시간과 장소를 선택했고 여러 날 동안 관찰하고 머릿속으로 시뮬레이션까지 했다. 그리고 교수, 변호사, 목사 순으로 살인을 시도하거나 살인을 저질렀고. 대체로 이렇게 정리할 수 있군요."

최 팀장은 여기까지 말하고 오지영 과장을 보며 자기가 생각해낸 문제점인 것처럼 말을 이었다.

"여기까지는 좋은데, 그러면 이솔로몬 살해를 어떻게 봐야 하는가, 이게 문제 아닌가요? 11시 20분까지 교수를 관찰한 뒤 공대 앞으로 이동해서 이솔로몬을 관찰했다고 보기에는 시간이 너무 촉박하지 않을까요?"

"그건 자연스럽지 않다고 저도 보고 있습니다. 이솔로몬이 매일 규칙적으로 행동했는지 알 수도 없고요. 한 가지 가설은 범인이 이솔로몬의 행동 양식을 전부터 알고 있는 사람이 아닐까, 하는 겁니다. 친구나 가까운 사람, 혹은 원수라도 그에 대해서 아는 사람 말입니다."

박곤 형사가 최 팀장의 눈치를 보며 말했다.

"과장님 생각이 제 생각입니다. 범인은 이솔로몬을 서둘러 죽였어요. 그전 살인하고는 패턴이 다릅니다. 비도 오지 않았고요. 난도질해놓은 거 보면 복수심도 강하고 분명히 어떤 계기가 생겨서 바로 죽인 거예요."

김태경 형사가 오지영이 예상했던 점을 질문했다.

"밤 9시, 10시, 11시 20분의 관찰 활동이 있었다면 혹시 밤 8시나 새벽 1시쯤의 감시 활동은 없었을까요?"

"처음에는 죽이려는 대상을 오후부터 새벽까지 모두 관찰했을 겁니다. 그런 다음 대상자마다 접근하기 쉬운 특정 시간을 정해 시간표대로 집중 관찰했겠죠. 서로 중복되지 않도록 순서대로 말입니다. 김 형사 말대로 8시 이전이나 새벽 12시 이후에 감시한 대상이 있을 수 있습니다. 범인이 그 시간에 누구를 관찰하고 있는지를 알아내는 것이 다음 살인을 막을 수 있는 유일한 방법입니다. 타오를 곤경에 빠트렸거나 도움 요청을 거부한 사람이 또 있는지 찾아야 하고, 그 사람이 오후 7시나 8시, 또는 새벽 1시나 2시에 일정한 행동 패턴을 보이는지 알아내야 합니다."

형사들의 얼굴에서 쉽지 않을 것 같다는 내심이 보였다.

오지영은 가능성이 높을 것으로 보이는 생각을 말했다.

"용의자는 공간적으로는 K대학에서 멀리 떨어진 곳이 아니라 대학 안, 또는 인근 동네에서 거주하고 있을 가능성에 무게를 두어야 합니다."

오지영은 팔짱을 끼고 형사들을 보면서 강한 어조로 말

했다.

"아시겠죠? 살해당한 피해자들, 또 타오와 조금이라도 관련이 있는 사람들 가운데 주변 인물부터 조사해야 합니다. 이솔로몬의 손톱에서 뭔가 나왔는데 DNA 검사를 의뢰했습니다. 대조군이 생긴 겁니다. 주변 인물들의 DNA를 채취해야겠어요. 피해자에게 원한이 있는 사람, 타오의 복수를 대신해줄 만한 사람을 대상으로 말입니다."

10월 4일 수요일이다. 올해는 수요일과 금요일 강의 모두 저녁 6시에 시작했다. 정상원 기자는 지난해 K대학 경제학과 석사과정에 입학해 네 번째 학기를 맞고 있었다. 오후 5시 40분에 대학 본부 건물에 있는 기자실에서 나왔다. 지도교수는 직장인을 위해서라며 수업을 오후 6시로 잡았다. 휴식 없이 두 시간 강의하고 8시에 끝냈다. 보도국에서 6시 정각에 퇴근하는 것도 눈치가 보이는데, 그렇게 출발해도 학교에 도착하면 30, 40분 뒤였다. 그래서 부장과 시경 캡에게 사정을 이야기하고 수요일에는 출입처에서 바로 퇴근하게 해달라고 요청했다. 대신 두 가지 조건을 지켜야 했다. 하나는 수요일 낮에 단신 기사를 꼭 챙겨서 송고할 것, 또 하나는 수요일에 리포트를 하지 않는 대신 다른 요일에 리포트를 할 것. 그래서 정 기자는 단신 기사를 송고할 때 리포트로 채택될 만한 기사는 아예 보내지 않았다. 큰 사건이 발생하면 할 수 없지만 말이다. 어쨌든 올해 들어 지금까지 정 기자 출입처에서 수요일에 큰 사건이 발생한 경우는 없었다. 단신 기사를 내보낸 뒤에는 대학원 수업이 시작될 때까지 대학 본부 기자실에서 공부했다.

금요일은 사정이 조금 달랐다. MKBC가 금요일 저녁 종합뉴스 시간을 대폭 줄인 이후 오후 4시쯤 되면 특별한 일이 없는 기자는 대부분 퇴근했다. 정 기자도 퇴근해 K대학 기자실로 가서 수업 준비를 했다. 그녀는 1학기에 이어 2학기에도 수요일과 금요일 저녁 6시 강의에 빠진 적이 없었다.

본부 건물에서 나와 왼쪽으로 돌아가면 계단이 나오고 계단을 올라 숲속 오솔길로 걸어가면 10분 안에 경영대학 입구에 도착한다. 승용차를 몰고 본부에서 경영대학으로 간 적이 있었는데, 그때 마주친 다른 대학원생들의 따가운 눈총을 느꼈다. 직장인인 정 기자 한 사람 때문에 학생들이 저녁 러시아워에 대중교통을 이용해 학교에 나와야 했다. 그래서 비난이 더 커지기 전에 승용차를 본부 앞에 주차해놓고 오솔길로 걸어가는 것이다.

경영대학 건물 2층 경제학과 지도교수 방에서 석사와 박사 통합 과정 강의가 있다. 정 기자가 수강하는 과목은 미국 경제사이지만, 실제로는 헨리 조지의 책 《진보와 빈곤》을 읽고 분석해서 학생들이 차례로 요약 발표하는 식으로 진행되었다. 발표와 토론 뒤 지도교수가 한 마디 평하면 끝이었다. 박사과정 학생 한 명과 정상원 기자만 발표에서 빠졌다. 박사과정 학생은 너무 앞서가서, 정상원 기자는 너무 뒤처져서 교수가 발표에서 제외한 것이다. 이 또한 다른 대학원생에게 미움받을 일이었다.

경제학 공부를 해서 얻는 것은 많았다. 한국 사회의 양극화 문제에 대해 다양한 시각으로 기사를 작성할 수 있었다. 《진보와 빈곤》에 나타난 헨리 조지의 견해만 해도 우리나라 부동산 정책을 비판하는 데 좀 더 본질적인 시각을 제공해주었다. 경제부에 소속되진 않았지만, 사회의 어두운 현상을 경제적인 시각에서, 또는 전문가가 발표한 책과 논문을 소개하면서 흥미 있는 주제의 기사를 작성했다. 그러다 보니까 사회단체 관계자들이 정상원이 있는 기자실로 찾아와서 자신들이 포착한 부조리 현상을 제보하거나 작성한 분석 통계 자료를 기사로 다루어달라고 요청하기 시작했다. 또 억울한 피해를 보았다는 약자, 자기 활동 공간에서 소외된 장애인도 도와달라며 그녀를 찾

타오

았다.

정 기자는 이솔로몬 피살 현장에서 오지영과 형사들의 대화 가운데 나온 타오라는 이름을 듣자 바로 그녀를 기억해낼 수 있었다. 지난 3월 어느 수요일 오후 기자실로 타오가 찾아왔었다. 베트남 여자였고, 대화 내내 수척한 얼굴로 계속 눈물을 흘렸다. 곁에는 비슷한 또래의 남자가 있었는데 마스크를 낀 채 한 마디도 하지 않았다. 정 기자는 그녀의 부탁을 들어주지 못했다. 대학원 수업을 앞두고 토론 준비를 하고 있었고, 경영대학으로 가기 위해 서둘러야 했기 때문이다.

타오는 만 1년 정도 식자재 가공 회사에서 일했음에도 회사의 일방 통보로 쫓겨났고, 임금은 본래 약속한 액수의 절반 정도밖에 받지 못했다고 했다. 100퍼센트를 받아도 최저임금 수준이라 나머지 절반을 꼭 받아야 하고, 게다가 아이까지 낳아 사정이 더욱 어렵다고 말했다.

정 기자는 타오의 말을 듣자, 상황을 쉽게 이해할 수 있었다. 타오의 약점은 유학 비자로 들어와서 불법으로 취업했다는 것이다. 만일 문제가 생기면 법적 보호는커녕 강제 출국을 당할 수도 있었다. 정 기자는 타오에게 변호사를 찾아가서 상의하라고 조언했다. 그녀는 이미 변호사와 상담했지만, 태도가 너무나 차가웠다고 말했다. 변호사는 타오의 취업 자체가 위법이라 임금을 받아내기 위한 소송도 할 수 없으며 만일 소송을 한다 해도 돈이 많이 든다고 말했다. 게다가 불법 행위자를 변호하기 싫다며 책망까지 한 모양이었다. 그래도 임금을 받고 싶다면 정식으로 계약하고 방법을 생각해보자고 했다는데, 타오에게 수임료는 적지 않은 액수였다.

정 기자는 사회단체의 도움을 받아보라고 했다. 타오는 이미 사회단체뿐만 아니라 취업을 알선했던 교회까지 찾아가서 사정을 호소했었다. 그러나 불법취업이라는 약점 때문에 아무도 도와주지 않았다. 그래서 최후의 수단으로 방송사 기자를 찾아왔다고 말했다. 도움을 호소하는 사람 가운데는 갈 데까지 간 뒤 마지막 수단으로 언론을 찾는 경우가 있었다. 심지어는 대법원이 판결한 사건도 판결의 부당성을 지적해 기사로 써달라고 요청하는 사람도 있었다.

그녀는 타오와 같은 처지의 외국인 유학생을 적지 않게 보아왔다. 기자가 도와줄 수 있는 일도 아니었고, 구제할 수 있는 문제는 더더욱 아니었다. 타오의 사정이 딱하기는 했지만 방법이 떠오르지 않았다. 타오의 노동력을 이용하고 쫓아낸 회사를 심층 취재해 고발할까도 생각했지만, 그날은 수요일 저녁이어서 대학원 수업에 늦지 않아야 했다. 다음에 한 번 더 오라고 말하려다가 그래도 답이 없을 것 같아 울고 있는 타오를 두고 기자실을 나왔다. 사실 타오는 다음 날 혼자서 기자실을 찾아왔다. 정상원 기자는 인상을 찡그리고 외면했다. 다른 기자들도 몇 명 있었지만 마찬가지였다. 타오가 눈물부터 쏟아내자, 박우태 기자가 홍보실 직원을 불러 밖으로 쫓아내라고 고함쳤다. 그러면서 기자실에 아무나 출입시키지 말라고 홍보실 직원을 나무라기까지 했다.

그녀는 본관 뒤 오솔길을 걸으면서 타오를 생각했다. 타오는 1년 동안 이솔로몬의 부모 회사에서 일했지만, 임금을 제대로 받지 못하고 회사에서 쫓겨난 것이다. 그런데 이솔로몬이 살해당했다. 방법은 이전의 연쇄살인 사건과 유사하다. 그렇다면 연쇄살인범의 목적은 복수일까? 갑자기 소름 끼쳤다. 평소 아무렇지 않았던 인적 없는 오솔길이 무서워졌다. 다행스럽게 반대쪽에서 마스크를 낀 남자가 걸어오는 것이 보였다. 안심이 되었다. 마스크 남자는 그녀가 지나갈 수 있도록 오솔길 옆 돌 조각 작품에 기댄 채 기다렸다. '달을 따다'라는 조각으로 허리 높이의 흰 접시 모양이었다. 가운데 손바닥만 한 구멍이 뚫려 있어서 작품을 지나칠 때마다 구멍이 숲속에 가라앉은 달 같다고 생각했다. 남자에게 고맙다는 미소를 보이며 빠른 걸음으로 지나쳤다. 몇 걸음 더 가서 뒤를 돌아보았다. 그가 그녀를 계속 쳐다보고 있었다. 한 번 더 그를 향해 웃어주고 경영대학으로 향했다.

두 시간 뒤 수업이 끝나자 정 기자는 경영대학 건물에서 나와 승용차가 있는 본부로 가기 위해 다시 오솔길에 들어섰다. 강의 전에 꺼두었던 휴대폰 전원을 켜고 라이트를 앞으로 비췄다. 휴대폰 시계는 8시 20분을 가리켰다.

책을 충분히 읽고 나름대로 잘 정리했기 때문인지 적절한 시간에 토론에 끼어들 수 있었고, 교수로부터 예리한 시각이라며 칭찬까지 받았다. 흡족했다. 가을의 문턱을 넘어서고 있음을 알려주는 선선한 바람이 숲 전체를 흔들며 나뭇가지 사이를 부드럽게 통과했다. 하늘에 떠 있는 달은 나뭇가지에 가려 보이지 않았지만, 숲속에 가라앉은 '달을 따다'는 친숙한 모습으로 그녀를 반기는 듯했다. 그녀는 가을밤에 부는 바람을 온몸으로 느꼈다. 오솔길을 나온 정 기자는 대학 본부 앞에 세워둔 자신의 승용차에 올랐다.

그는 숲속에 웅크리고 앉아 정상원 기자가 시야에서 사라질 때까지 그녀의 모든 움직임을 주시했다. 지난 6월부터 수요일과 금요일 저녁, 오솔길 숲속에서 그녀를 세밀하게 관찰했다. 그녀는 자신을 먹잇감처럼 노리는 그의 존재를 전혀 알아차리지 못했다. 조금 전 오솔길에서 마주쳤을 때도 그를 기억하지 못하는 것 같았다. 수업이 없는 날이나 방학 때 멀리 떨어진 곳에서 점심 식사를 위해 기자실에서 나오는 모습을 관찰하기도 했다. 그는 MKBC 뉴스를 틈이 날 때마다 시청했다.

정상원 기자는 나름대로 객관적인 사실을 보도하는 것으로 보였다. 하지만 그것은 흙탕물에 발을 담글 생각도 없이 대학에서 내주는 보도 자료를 조금 각색한 것에 지나지 않았다. 고통도, 슬픔도, 막다른 벽을 마주한 막막함도 공감하지 못했다. 정상원 기자의 객관성이란 강 건너 불구경하는 관람객의 시각과 다르지 않았다. 타오에게 따뜻한 말 한마디만 했다면, 조금의 희망이라도 남겨놓았다면 그녀는 버텼을지도 모른다. 그는 그렇게 믿었다.

타오는 나락으로 떨어졌다. 가엾은 인생이 너무나도 허무하게 끝났다. 그런데 정상원 기자는 늘 밝고 명랑했다. 부유한 가정에서 성장해 앞으로도 큰 걱정 없이 살아갈 것이다. 아름답고 머리 좋은 타오가 그녀보다 부족한 게 대체 뭘까? 하나님은 정상원 기자와 타오를 세상에 보내실 때 차이를 두었을까?

교만한 자가 가련한 자를 심하게 핍박하니 창을 뽑아 나를 구원해주신다.

타오가 불행하게 생을 마감한 것은 정상원 기자 때문이다.
'창을 빼 타오를 쫓아낸 자의 길을 막을 것이다.'
그는 하나님을 찬양하고 싶었다. 하늘을 향해 환희의 노래를 부르고 싶었다.
그는 모레 비 소식을 기다리며 어둠에 덮인 오솔길을 걸어 밖으로 나왔다. 멀리서 정상원 기자가 승용차 문을 열고 운전석에 앉는 것이 보였다. 그는 그녀의 움직임을 냉정하게 지켜봤다.

13

10월의 닷새째 날이 밝았다. 다음 날 예보된 비 소식은 오
지영에게 강박관념으로 다가왔다.

이솔로몬의 노트북에는 소라야와 타오, 그리고 다른 여
성들의 사진이 있었다. 타오의 사진은 지난해 저장했는데,
그녀는 올해 초 학교 기숙사에서도, 회사에서도 쫓겨났
다. 솔로몬으로부터 버림받았고 아기를 출산했다. 그리
고 살해당했다. 솔로몬과 헤어진 뒤 아기를 낳고 살해되
기 전까지 혼자서 지냈을까? 누구와 함께 지냈을까? 함
께 지낸 사람이 있다면 그는 누구일까? 그를 밝혀내기 위
해서는 타오의 흔적을 찾아야 한다.

타오가 다닌 회사는 솔로몬식자재유통이었다. 간판만 봐
도 아들에 대한 부모의 기대가 얼마나 컸을지 짐작이 갔
다. 오지영은 정문 밖 편의점 앞에 차를 세웠다. 회사 안
마당에는 농산물을 가득 실은 화물차들이 있어서 주차
공간을 찾기 어려웠다. 편의점에서 작업복 차림의 젊은 남
아시아 여성 두 명이 나와 회사 안으로 뛰어 들어갔다. 손
에는 컵라면 여러 개가 든 봉지를 들고 있었다. 한 여성은
정문을 통과하면서 위에 설치된 CCTV를 힐긋 올려보았
다. 회사 주위에는 대단지 아파트가 들어서 있었다. 솔로

몬의 부모는 이미 부동산으로 상당한 부를 쌓고 있었다.

오지영은 사무실에서 경영관리부장과 마주 앉았다. 뿔테 안경에 각진 얼굴이었는데 수첩을 들고 있는 모습이 누가 봐도 재무 회계를 관리하는 깐깐한 간부 같았다. 큰 창문 너머로 보이는 작업장에서는 40여 명의 직원들이 각종 채소를 가공하고 있었다. 모자와 마스크를 쓰고 있어서 얼굴을 알아볼 수 없었지만, 대부분이 여성이었다. 밖에서는 외국인 남자 직원들이 지게차나 어깨로 화물차에서 농산물을 내리고 있었다. 대부분 남아시아나 서아시아, 중앙아시아에서 온 외국인으로 보였다.

"밖에는 외국인이 대부분이네요. 실내에서 작업하는 사람들도 외국인입니까?"

"아닙니다. 실내에는 한국인이 대부분이고 외국인은 몇 명 안 됩니다. 모두 숙련자들이고 대부분 중년 여성입니다."

"타오처럼 젊은 외국인 여성은 드문 모양이죠?"

"많이 있습니다. 주로 다른 작업장에서 포장하는 일을 하고 있습니다."

"사장님과 사모님에게 직접 물어보는 게 어려운 상황이라서 부장님을 뵙자고 했습니다."

"사장님과 부사장님은 항상 오전 8시에 출근해서 오후 6

시에 퇴근하십니다. 1년 365일, 한결같은 분들이죠. 법정 공휴일만 빼고요. 하지만 아시다시피 한동안 회사 일을 못 보실 것 같습니다. 대신 제가 범인을 잡는 데 최대한 협조하겠습니다."

"사모님이 부사장님이군요."

"그렇습니다. 두 분이 젊었을 때부터 회사를 손수 일구셨습니다. 사실 저도 초창기부터 함께 일했고요."

경영관리부장이 재무와 회계뿐만 아니라 구매, 판매, 인사까지 총괄하는 모양이었다. 다른 부서는 없었다.

"타오는 언제 회사에 들어왔습니까?"

"지난해 3월에 입사해서 올해 1월 초에 쫓겨날 때까지 일했습니다."

"둘이 어떤 관계였습니까?"

"타오가 회사에 들어온 뒤에 사귄 겁니다. 같은 대학 출신이란 걸 알고…. 일방적으로 타오가 솔로몬을 좋아했죠. 회사를 물려받을 외동아들이니 꽉 물려고 한 겁니다. 타오가 솔로몬을 유혹한 거예요. 임신까지 해서 집 안에 들어앉으려고 했어요. 부사장님이 누굽니까? 산전수전 다 겪은 분인데 그걸 용인하시겠어요? 베트남 아가씨가 이회사를 먹도록 가만두겠습니까?"

"그래서 유전자 검사까지 하려고 하셨군요."

"당연하죠. 그런 아가씨가 어디서 놀다 왔는지 어떻게 알 겠습니까? 사실 대학 입학만 하고 돈만 벌면 된다는 거 아닙니까? 그런데 유전자 검사한다니까 제 발로 나간 겁 니다. 부사장님이 한 방에 쫓아낸 거죠."

"솔로몬의 아이가 아니라는 걸 확인하신 건 아니죠?"

"보나마나죠. 유전자 검사한다니까 도망갔잖습니까?"

"타오는 어떻게 들어온 겁니까? 솔로몬이 소개했습니 까?"

"아니요."

"그러면 어떻게 이 회사에 들어왔죠?"

"음… 그 목사 있잖아요? K대학 후문 앞 교회 목사, 죽 은 사람, 그 양반이 알선해줬어요."

"이영태 목사가요?"

"네. 무슨 불법 고용, 뭐 그런 거 조사하는 건 아니죠?"

"살인 사건 수사로 타오에 대해서 알아보는 겁니다. 이영 태 목사는 어떻게 외국인 학생을 구해 취업을 알선한 건 가요? K대학에도 베트남이나 동남아에서 온 유학생이 많 지만, 대부분 공부가 목적이잖습니까?"

"K대학 유학생만 알선한 게 아니고 다른 대학 유학생도 소개했어요. 사실 그런 대학 많잖아요."

"어떻게 말입니까?"

"우리 부사장님이 이영태 목사를 잘 압니다. K대학 후문 근처에 우리 회사 땅이 조금 있어서 재개발 때문에 만난 거죠. 사실 우리는 재개발 안 해도 상관없거든요. 개발되면 팔고 나오면 되고. 부사장님이 목사와 비즈니스 관계로 만나기 시작했는데 때마침 외국인 노동자 얘기가 나와서…, 그러니까 작년, 아니 그 전해부터 목사를 통해서 외국인 일손을 구했죠. 대학생들은 말귀도 밝고 일도 잘해요."

"목사는 외국인 학생을 어디서 어떻게 구했나요?"

"다문화교류…, 뭐 그런 단체가 있어요. 외국에서 온 어려운 사람을 돕고 취직도 알선하고, 일을 잘하고 있는지 살펴보고 하는 곳이죠. 임금을 떼어먹히지는 않는지 감시도 하고요. 사실 우리 회사는 그래도 잘 대우해주는 편이에요. 아시죠? 그 이슬람 사원도 보호하는 단체…."

오지영은 머릿속으로 상황을 정리했다.

"목사와 부사장님이 사이가 좋으니까 다문화교류연구원이 목사를 통해서 베트남 유학생을 우리 회사에 취직시켰죠. 연구원도 좋고, 교회도 좋고, 우리 회사도 좋고, 유학생도 좋고. 어차피 돈 벌러 한국에 들어왔으니까요."

"솔로몬유통이 다문화교류연구원과 이영태 목사에게 대가를 제공했습니까?"

"무슨 말씀을요? 큰일 나게요."

"솔직하게 말씀해주시죠. 부장님 선에서 얘기를 끝내는 게 좋을 것 같군요."

경영관리부장은 오지영의 말이 무슨 뜻인지 금세 이해한 눈치였다. 지금 오지영의 궁금증을 해결해주지 못하고 돌려보내면 다음에는 세무조사관이나 근로감독관이 들이닥칠 수도 있었다.

"사실 다 아는 얘기 아닙니까? 우리가 교회와 사회단체에 기부금을 보냈죠. 그들도 좋고 회사는 세금 혜택을 보고…."

오지영은 이진우 사무국장이 보내준 다문화교류연구원 운영 회비와 기부금 파일이 생각났다. 한 유통 회사로부터 두세 달마다 50만 원씩 받고 있었다.

"솔로몬은 타오가 나간 뒤 더 이상 만나지 않았나요?"

"그건 모르겠습니다. 젊은이들 일이라. 제 생각에는 만나지 않았을 겁니다. 솔로몬이나 부사장님 성격이 좀 세거든요. 모자가 비슷해요. 사실 솔로몬이 타오를 만날 이유도 없어졌죠."

"타오는 여기서 나간 뒤 어디로 갔나요?"

"잘 모르겠습니다."

오지영은 자리에서 일어섰다. 사무실을 나서려다가 놓친

타오

질문이 떠올랐다.

"아까 K대학 후문 쪽에 회사 땅이 있다고 하셨잖습니까? 어디에 있습니까?"

"아, 그거요? 그게 그러니까…, 뭐 아셔도 안 되겠습니까, 조사하면 금방 나올 텐데…. 이슬람 사원 있잖습니까? 사실 거기가 우리 회사 땅입니다. 물류창고로 쓰다가 너무 작고 위치 변경도 필요해서 동네 주민한테 살림집 전세로 주었다가 다시 무슬림에게 빌려준 겁니다. 그래서 재개발 이슈가 터지니까 목사하고 부사장님이 가끔 만나셨던 거고요."

오지영은 미소 짓는 관리부장의 얼굴을 뒤로하고 밖으로 나왔다.

돈 버는 사람의 감각은 확실히 남달랐다. 솔로몬유통은 재개발 가능성이 높은 지역에 종교 시설로 신종 알박기를 한 셈이다. 이영태와 이진우는 이슬람 사원 건립 찬반 문제로 치열하게 싸우면서도, 목사는 재개발추진위원회 위원들로부터 활동비를 받고 재개발 참여 정비업체로부터는 지원금을 확보했으며, 다문화교류연구원은 지자체와 이슬람 신자, 사회운동가로부터 지원금을 확보했다. 다문화 유학생을 솔로몬유통에 노동자로 공급하는 일은 이영태 목사와 이진우 사무국장의 이해관계가 맞아떨어졌다.

가장 이익을 보는 쪽은 결국 돈 있는 자다. 솔로몬유통은 값싼 인력을 제공받고, 임대료도 받다가 동네가 재개발되면 보상금을 챙긴다. 다문화교류연구원은 약간의 콩고물을 챙겼고, 이영태 목사는 재주부리는 곰에 불과했다.

이솔로몬이 자취했던 원룸은 어수선했다. 배달 음식물 쓰레기를 치우지 않거나, 갖고 놀던 레고 부속품들이 여기저기 널려 있거나, 벗어놓은 옷이 떨어져 있거나, 전자제품 부속물이 깔려 있거나, 전공 서적이든 관심 서적이든 읽다가 팽개친 책이 바닥에 널브러져 있거나, 아무리 방을 어지럽게 해도 나름대로 개성이 있을 것이다. 하지만 이솔로몬의 방에는 그 모든 것이 다 있었다. 보고, 듣고, 먹고, 만지며 놀다가 버린 쓰레기가 싱크대와 책상, 침대, 의자, 바닥에 다양한 모습으로 흩어져 있었다. 가장 눈에 띄는 것은 책상 위에 놓인 파인애플 모양의 어항 두 개였다. 어항에는 물고기가 두 마리씩 있었는데 모두 죽어 있었고, 옆에는 포장을 뜯지 않은 먹이 상자가 있었다.

오지영은 이솔로몬이 쓰레기 더미 가운데 어디 앉았을지 궁금했다. 타오도 이 방에 데리고 들어왔을까? 오지영은 의자 위에 있는 옷과 양말을 쓸어내리고 그 위에 앉아 방

타오

안을 천천히 둘러보며 숲에서 바늘을 찾듯 타오의 흔적을 찾았다. 하지만 눈에 띄는 것은 없었다.

책상 위에 무질서하게 놓여 있는 스포츠카들과 건담 시리즈 로봇들을 하나씩 들어보았다. 책꽂이 위에 있는 음악 CD와 컴퓨터공학 서적들을 하나씩 꺼내 살펴보고, 아무렇게나 펼쳐져 있는 A4 용지 인쇄물도 한 장씩 읽어보았다. 필기 노트는 보이지 않았다.

오지영은 바닥으로 내려왔다. 기어다니며 널브러진 옷가지, 배달 음식 폐기물, 거기에 붙은 영수증, 레고 부품들, 용도를 알 수 없는 전자기기들, 모기 잡는 도구, 플라스틱 컵, 헤어드라이어, 과자 부스러기, 화장품을 꼼꼼하게 봤다. 접힌 모기장도 펴서 살펴보았다. 침대 위에 있는 속옷들, 옷장에 걸린 옷들도 들춰보고 서랍을 죄다 열어보았다. 싱크대 위의 설거지하지 않은 그릇들, 냉장고 안의 먹지 않은 반찬통들도 하나씩 꺼내 보았다. 베란다에도 나가서 아마도 몇 년 동안 치우지 않았을 쓰레기를 하나씩 들춰보고 다양한 모양의 신발로 가득한 신발장도 열어보았다. 하지만 타오의 흔적을 느낄 수 있는 어떤 것도 발견할 수 없었다.

타오는 어항 속 물고기를 굶어 죽게 할 사람이 아니다. 타오는 솔로몬을 좋아하거나 사랑하지 않았을 것이다.

두 사람은 서로 다른 행성의 생물처럼 근본적으로 달랐다. 그녀가 솔로몬과 사귀었다면 단 한 가지 이유, 생활고 때문이었을 것이다. 타오는 솔로몬의 아이를 가지지 않았을 것이다.

모텔 여주인은 김태경 형사를 반갑게 맞이했다. 김 형사는 이번에도 접수대 방 안으로 들어갔다. 여주인이 냉장고에서 음료수 한 병을 꺼내면서 물었다.

"목사는 왜 죽었대? 얼마나 놀랐는지. 형사님이 이곳에 오고 나서 바로 죽었잖아. 괜히 미안한 생각이 들더라고. 연쇄살인범이 그랬지? 계속 사람이 죽었잖아. 대학생도 죽고."

"동일범 소행으로 보고 있어요."

"아유, 너무 끔찍해. 동네가 난리야. 재개발추진위원회 위원들이 돈을 냈잖아. 저기 저, 시행회사도 사업비 지원했다고 하고. 그 돈을 목사 혼자 관리했는데 그게 붕 떴다는 거야."

"개인이 돈 관리를 했어요? 추진위원회 재무 담당도 있을 텐데…."

"그런데도 목사 혼자 다 했대. 오늘은 무슨 일로 왔어?"

"혹시 이 여자 본 적 있으세요?"

김 형사는 휴대폰으로 타오 사진을 보여주었다. 모텔 주인은 즉각 반응했다.

"그 베트남 아가씨군. 한 번 왔는데 너무 예뻐서 기억하지."

"이영태 목사가 데려왔군요."

"그래."

"언제 왔습니까?"

"자세한 기억은 없는데 아마도 지난해 봄인가, 그쯤에 왔어, 처음에는."

"여러 번 왔습니까?"

"아니, 한 번 더 왔을 뿐이야. 처음 온 뒤 일주일 아니면 2주쯤 뒤에."

"자세히 기억 안 난다고 하더니 기억력이 대단하시네요."

"날짜는 기억하지 못해도 사람은 기억하지. 이 아가씨가 제일 어리고 예뻤으니까. 맨날 아줌마하고 오다가 이런 예쁜 아가씨를 데려왔으니 당연히 기억하지. 우리 모텔에 온 여자 가운데, 아니지 이 부근에서 가장 예쁠 거야. 목사가 무슨 수로 이런 아가씨를 데려왔나 싶었지. 무슨 잡지 모델 같잖아."

"어떻게 왔나요?"

"어떻게 오다니? 걸어서 왔지."

"그게 아니고…. 그러니까 억지로 왔습니까? 뭐 그런 거 있잖아요?"

"원조교제?"

"네. 자연스럽지 않은, 팔려온 것 같은…."

"중년의 목사가 예쁘고 어린 외국인 아가씨랑 왔다면 그게 어떨 것 같아. 안 봐도 알 수 있잖아? 정말로 끌려온 강아지 같았어."

"혹시 무슨 말을 했는지도 기억나세요?"

"그거야 방 하나 달라고 했지."

"목사 말고요. 목사와 베트남 아가씨 둘 사이에 말입니다."

"그것까지 어떻게 기억해?"

"옷차림은 어땠습니까?"

"그것도 기억나지 않아."

"얼마나 있었나요?"

"길어봐야 한두 시간? 목사는 항상 그랬어."

"몇 시쯤 왔습니까?"

"저녁에 왔다 갔지."

"혹시 이 아가씨가 다른 남자와 온 적은 없습니까?"

"없어. 다른 남자와 왔다면 기억했을 거야."

타오

김 형사는 모텔 주인에게 고맙다고 말하고 밖으로 나왔다. 그리고 뭔가 생각났는지 다시 들어갔다.

"사장님, 혹시 목사하고 베트남 아가씨, 콘돔 사용했나요?"

"우리 건 안 썼어. 다른 여자하고 왔을 때도 그랬어. 목사가 갖고 다닌 것 같아. 아니면 아예 쓰지 않았을 수도 있고."

"그 아가씨와 다른 곳에선 만나지 않았을까요?"

"그걸 내가 어떻게 알아? 그래도 안 만났겠어? 그렇게 예쁜 아가씨를."

김 형사는 속이 부글부글 끓었다. 타오가 낳은 아이의 아버지가 어쩌면 이영태 목사일지도 모른다는 생각이 들었다.

김태경과 이지혁 형사는 교회에 자신들을 불러 모은 오지영의 생각이 무엇인지 감을 잡지 못했다. 다만 잠재적 용의자들을 참고인 조사 목적으로 부를 때 경찰서보다는 목사 사무실이 조금은 편안할 것 같았다. 학교에서 생활하는 사람들이라 후문 근처 교회로 부르면 오기도 편할 것이다.

오지영 과장이 목사가 앉았던 의자에 앉았고 책상 건너에 빈 의자를 놓았다. 김 형사는 타액을 채취하는 키트와 비타민 음료, 콜라, 캔 커피, 유리잔을 준비했다. 교회 정문 앞에서 지구대 순경 두 명이 방문자들을 사무실로 안내하기로 했다.

김태경 형사가 경쾌하고 맑은 목소리로 물었다.

"과장님, 대체 누굴 찾는 거예요? 타오를 죽인 사람? 아니면 변호사, 목사, 솔로몬을 죽인 사람인가요?"

"타오를 사랑한 사람."

젊은 형사들은 서로 마주 보며 고개를 갸우뚱했다.

먼저 교회에 와서 면담을 준비한 이지혁 형사가 사전 설명을 했다.

"최철원, 이 친구는 물리학과 석사과정 2년 차로 학과 조교인데 성격이 좀 독특합니다. 꼭 군인 같습니다."

이 형사의 말이 끝나기 무섭게 최철원이 사무실 문을 활짝 열고 들어왔다. 그는 처음엔 놀란 모습이었다가 이내 화난 표정으로 바뀌었다. 시커먼 얼굴에 짧은 머리, 여전히 군복 같은 상의를 입었고, 뿔테 안경 속 눈매가 강렬했다. 말투는 어린 학생을 나무라는 짜증 난 선생님 같았다.

"국정원 안가도 아니고 왜 이런 곳으로 오라고 했습니까? 이렇게 오라 가라 해도 되는 겁니까?"

발끈하려는 이지혁 형사를 오지영이 눈짓으로 제지했다. 이 형사가 최철원을 의자에 앉히면서 말했다.

"협조해주셔서 고맙습니다. 다문화교류연구원 회원들이 유학생이나 다문화가족을 위해서 좋은 일을 많이 하시기 때문에 잠시 오시라고 했습니다. 물어볼 게 있어서요."

"뭔데요?"

"우선 음료수 한잔 하시죠. 뭐 드릴까요?"

"캔 커피 주세요. 아니 따를 필요 없습니다. 그냥 마셔도 되는데."

김 형사가 커피를 유리잔에 따라주자 최철원이 한입에 마셔버렸다. 김 형사가 캔에 남아 있는 커피를 마저 따랐다. 그것도 한입에 마시고 잔을 내려놓자 김 형사가 잔을 치웠다. 이 형사가 그 모습을 보면서 질문했다.

"혹시 타오라는 베트남 유학생을 아십니까?"

"타오라고요? 타오? 어디서 많이 들어본 이름인데… 모릅니다. 알아야 합니까?"

"그건 아닙니다. 타오는 지난 6월에 살해당했어요."

"살해당해요? 그걸 왜 저한테 말하는 겁니까?"

오지영 과장이 나서서 설명했다.

"살해당하기 전 타오의 행적을 조사하고 있어요. 다문화교류연구원 회원들과 교류한 적은 없는지 알아보는 거예요."

"아! 살인 사건 현장에 몇 번 나갔다고 저를 의심하는 거
군요. 타오는 어디서 죽었는데요? 그 현장에는 가본 적이
없는데요."

최철원의 눈빛이 더 강렬해졌다.

"타오는 Y시에서 살해당했어요. 최철원 씨를 부른 건 타
오를 알고 있는지 물어보기 위해서입니다. 잘 생각해보세
요."

"들어본 이름이긴 한데, 기억이 안 나요. 아무튼 개인적으
로는 모르는 사람입니다."

"타오라는 이름을 어디서 들었나요?"

"글쎄요. 타오, 타오. 혹시 사회학과 킹카 아닌가요? 아
니, 킹카가 아니라 그린 카, 타오라고 소문났던 학생 같은
데요. 아니 그린우드라고 했던가? 정글에서 온 그린우드,
푸른 숲, 초목, 잘 모르겠네요. 전에 후배들이 사회학과에
장래의 영화배우가 들어왔다고 했는데, 아마 타오였을 겁
니다. 하지만 죽기 전에 어디서, 어떻게 지냈는지는 모릅
니다. 최근에는 들어본 적이 없습니다."

"물리학과 학생들이 어떻게 사회학과 여학생을 알고 있었
죠? 타오가 유명했나요?"

"누가 물리학과 학생들이라고 했습니까? 다문화교류연

구원 후배들이 한 말이에요.”

최철원은 말을 끝맺기도 전에 바로 일어섰다. 형사들은 그를 잡지 않았다. 그가 투덜거리며 사무실에서 나가자, 이지혁 형사가 한 마디 했다.

“저 친구는 타오를 사랑했을 거 같지 않네요.”

오지영은 무표정한 얼굴로 사무실 문만 바라보았다.

다음은 이근식이었다. 그는 최철원이 나가고 나서 20분쯤 후에 나타났다. 이지혁 형사가 참고인들이 서로 마주치지 않도록 면담 시간을 조율했다. 이 형사는 이근식의 호리호리한 몸매와 호감형 얼굴을 보자 그가 당황하면서 말을 더듬었던 게 기억났다. 이근식은 이지혁 형사에게 몸을 숙이며 인사했다.

“또 불러내서 미안해요.”

“괜찮습니다.”

이근식은 최철원과 반응이 달랐다. 이 형사 눈에는 불러낸 것에 대해 불만이 없는 것처럼 보였다. 음료수로 뭘 마시겠느냐고 묻자, 이근식은 콜라를 달라고 했다. 김 형사가 유리잔에 콜라를 절반 정도 따랐다. 이근식은 입술만 축였다.

"역사학과 석사학위 받은 뒤 박사과정 준비하고 있다고 했죠?"

"그런 말을 한 적은 없는데요."

"그런가요? 혹시 팜티타오라고 아세요? 베트남 유학생인데."

"타, 타오라고요? 드, 들어본 이름인데 얼굴은 잘 안 떠오르네요."

옆에서 듣고 있던 오지영 과장이 고개를 갸우뚱했다. 이 형사가 휴대폰으로 타오의 사진을 보여주었다. 이근식은 반응이 없었다.

"다문화교류연구원에서 본 적 없습니까?"

"봤을 수도 있겠죠. 들어본 이름인데 기억이 잘 안 나네요. 그런데 왜 타오를…?"

"지난 6월에 살해당했어요. Y시에 있는 강둑에서요."

이근식은 담담한 표정이었다.

"살해당했다고요?"

"그래서 과거 행적을 조사하고 있어요. 다문화교류연구원 회원들이 평소 유학생들에게 도움을 많이 주기 때문에 물어보는 겁니다."

"저는 잘 모르겠어요. 그런데 타오는 어떻게 살해당했죠?"

"목이 졸렸고 옷이 벗겨졌어요. 그리고 신체 일부가 훼손 됐어요."

"어떻게…?"

"자세하게 말할 수는 없지만, 범인이 신원을 알 수 없게 했어요."

"그렇군요."

"연구원에서 타오가 꽤 유명했던 것 같은데요?"

"들어본 이름이라니까요. 하지만 자세히 생각나지는 않습 니다."

이 형사는 이근식을 오래 잡아둘 필요가 없다고 판단했 다.

"남자 회원들이 타오를 킹카, 아니 그린우드라고 했다고 하는데, 잘 모른다니 이상하네요."

이근식은 불쾌한 듯 유리잔을 들어 콜라를 벌컥벌컥 마셨 다. 이 형사가 가도 좋다고 말했다. 그는 바로 사무실을 나갔다.

김 형사가 이근식이 나간 문을 바라보며 말했다.

"사진에서 봤을 때부터 느낀 거지만, 〈트와일라잇〉에 나 오는 주인공이랑 정말 똑같네요. 너무 잘생겼어요."

오 과장이 두 형사를 보며 말했다.

"최철원, 이근식 둘 다 타오를 잘 아는 것 같아. 타오라는

이름을 발음할 때 그런 느낌이 들던데. 이 형사, 김 형사
는 어때?"

두 형사는 서로 얼굴만 쳐다볼 뿐 아무 말도 없었다.

한참 뒤 사무실 문이 다시 열리고 이진우 사무국장이 들
어왔다. 그 뒤를 최철원이 따라 들어왔다. 최철원이 다짜
고짜 이지혁 형사에게 소리쳤다.

"사무국장님은 왜 부르셨습니까?"

"타오를 아는지 물어보기 위해서라는 거 알잖아요. 흥분
할 필요 없어요."

최철원은 전혀 다른 사람이 된 것처럼 씩씩거렸다.

"이진우 선생님한테는 이상한 거 물어보지 마세요."

마치 이진우를 극진히 모시는 제자 같았다. 최철원의 목
소리가 높아지자, 이진우가 제지하며 말했다. 전에 만났
을 때나 뉴스 인터뷰할 때보다 훨씬 더 권위적인 모습이
었다.

"흥분할 필요 없어. 간단히 몇 가지 묻는다는데 뭐가 어때
서? 일 다 봤으면 가보게."

이진우의 말에 최철원이 언제 그랬냐는 듯이 급속도로 마
음의 안정을 되찾았다.

타오

"그러면 먼저 가보겠습니다."

최철원은 이진우에게 공손하게 인사하고 문을 열고 나갔다. 오지영은 최철원의 성격이 정상적인 것 같지 않다고 생각했다. 이진우가 선 채로 김 형사가 준 비타민 음료를 병째 마신 뒤 책상 위에 내려놓았다. 김 형사가 음료수 병을 치웠다.

"철원이가 조금 다혈질입니다. 감정 기복이 심한 편이죠. 신경 쓰실 필요 없습니다. 오면서 철원이를 만나 대충 이야기를 들었습니다. 사건 현장에 나왔던 다문화교류연구원 회원들을 불러서 조사하신다고 그러더군요."

오지영이 앉기를 권하며 고개를 끄덕였다. 이진우 사무국장은 특유의 무표정한 얼굴로 오지영의 맞은편에 앉았다.

"타오라는 유학생을 아십니까?"

"알고 있습니다만 자세히는 모릅니다. 연구원에는 적지 않은 외국인이 상담하러 옵니다. K대학 유학생보다는 다른 대학 학생이 더 많습니다. 그래서 개인적으로는 잘 모릅니다."

"솔로몬식자재유통, 알고 계시죠?"

"다문화 구성원을 여러 명 고용해준 기업입니다. 이미 알고 계시겠지만, 이솔로몬 부모님의 회사입니다."

이미 알고 있을 거라는 말이 오지영의 귀에 각인됐다.

"이영태 목사와 솔로몬유통과의 관계도 알고 있었나요?"

"네. 이영태 목사가 이슬람 사원 건립에 반대했습니다만, 동남아 출신 학생들의 취업 알선에는 앞장섰습니다. 그 점은 이영태 목사에게 고맙게 생각합니다."

"타오가 취업을 위해 연구원을 찾아간 적 없습니까?"

"왔을 겁니다. 아마 취업하려는 유학생이 다 그렇듯 사정이 딱해서 목사를 통해 솔로몬유통에 취업시켰을 겁니다."

"그런데 자세히는 알지 못하십니까?"

"이름 알고, 얼굴 한 번 보고, 취업 알선하고 그게 전부니까요."

"이영태 목사가 타오를 모텔로 데리고 갔다는 사실은 어떻게 생각하십니까?"

오지영의 물음에도 이진우의 표정은 달라지지 않았다.

"그런 일은 잘 모릅니다. 저는 이영태 목사에게 취업을 부탁했을 뿐입니다."

"목사는 타오만이 아니라 다른 여성도 모텔로 데려갔어요. 목사가 먼저 면접을 본 뒤 솔로몬유통에 보낸 겁니까?"

"그런 일은 모른다니까요. 취업 희망자를 먼저 자기에게 보내라고 얘기는 했습니다. 면접 준비를 위해서요. 그래서 보낸 거죠."

"타오는 살해당했습니다. 시체가 Y시에 있는 강둑에서 발견됐습니다."

"네?"

이진우는 매우 놀란 표정이었다. 잠시 할 말을 잃은 듯했다. 얼마나 지났을까. 그는 평소의 무표정한 얼굴로 돌아왔다. 그는 목사의 책상 위에 있는 연고와 딱풀, 핸드크림, 손톱깎이 같은 잡동사니를 가지런하게 정리했다. 딱풀과 핸드크림의 뚜껑을 단단하게 잠갔다. 이진우는 얼굴을 들지 않고 말했다.

"타오가 왜 그런 불행한 일을 당했는지는 모르겠네요. 정말 안됐습니다. 저희는 다만 취업 요청이 들어오면 소개해주려고 노력했을 뿐입니다. 개인사에 대해서는 잘 모릅니다."

"잘 모르시겠죠. 기부금을 받으셨고 그것으로 끝이었으니까요."

이진우가 얼굴을 들었다. 화를 내는 건지, 부끄러워하는 건지 미묘한 표정이었다. 김 형사가 유리잔에 콜라를 따라 앞에 놓았다.

"힘없는 노동자를 기업에 팔아먹고 대가를 받은 것처럼 생각하시겠죠. 하지만 다문화교류연구원은 지자체 지원금과 기부금으로 운영합니다. 지원금 사용 부분은 철저하게 감사받습니다. 재원은 두 명의 연구원과 제 임금, 사업비, 활동비로 쓰고 있는데 이 역시 자체 감사를 받습니다. 돈이 어떻게 모였고 어떤 일에 쓰였는지는 전에 보내드린 파일을 보고 확인하시지 않았습니까? 타오가 불행하게 된 일은 안됐지만, 그렇다고 저희가 외국인의 인권을 무시하고 기부금을 받기 위해 취업을 알선한 건 아닙니다. 그들의 인권을 위해서 사후 관리와 업체 감시에도 노력하고 있습니다. 타오도 마찬가지겠지만, 유학생은 불법취업이라는 한계가 있습니다."

이진우가 콜라를 한 모금 들이켰다.

"타오가 솔로몬유통에서 쫓겨나 죽기 전까지 누구와 지냈을까요? 혹시 그럴 만한 사람이 있을까요?"

"잘 모르겠습니다. 혹시 연구원 회원들 가운데 있을 수도 있겠지만, 역시 잘 모르겠습니다."

"알겠습니다. 생각나는 인물이 있으면 저희에게 꼭 연락해주세요."

이진우는 알았다면서 조용히 사무실에서 나갔다.

20분 후 정은이 학생이 들어왔다. 그 뒤에 또 최철원이 따라왔다. 그는 이번에도 씩씩거리며 다짜고짜 소리를 질렀다.

"아니 왜 은이까지 조사합니까?"

이지혁 형사가 아이 같은 목소리로 타일렀다.

"이진우 선생님도 왔다 가셨잖아요. 형식적인 거라고 하지 않았습니까."

"그래도 은이까지 조사하는 건 이해할 수가 없습니다."

"누가 학생더러 이해해달라고 했어요? 자꾸 이러면 공무 집행을 방해하는 겁니다. 가만히 계세요."

정은이는 날렵하고 민첩하게 보였고 작은 얼굴에 레깅스를 입고 있어서 짧은 머리에 군복 같은 옷을 입은 최철원의 모습과는 대조적이었다. 날렵한 치타 옆에 불안한 들개가 어슬렁거리는 것 같았다. 정은이가 최철원을 보고 타일렀다.

"선배님, 괜찮아요. 밖에 계시다가 끝나면 같이 가요."

정은이의 말에 최철원이 조용해졌지만, 밖으로 나가지는 않았다. 김 형사가 정은이 학생에게 콜라를 주고 뒤에 서 있는 최철원에게도 콜라 한 잔을 더 주었다.

"타오 씨 이름은 많이 들었지만, 개인적으로는 몰라요. 사회학과 친구가 있는데 몇 번 얘기했어요. 죽었다면서요? 최철원 선배가 말하던데."

정은이가 침착한 목소리로 말했다.

"친구가 타오에 대해 어떻게 얘기하던가요?"

"유학생 선배 중에 타오라고 한국말 잘하고 공부도 잘하는 예쁜 여학생이 있다고 했어요. 뭐 그런 정도….."

"사회학과 친구는 여학생인가요?"

"남학생이에요."

"혹시 다문화교류연구원에서 타오 씨를 본 적은 없나요?"

"아뇨, 회원이긴 하지만, 잘 나가지는 않아요."

정은이에게서 더 이상 알아낼 수 있는 정보가 없었다. 최철원이 정은이를 데리고 사무실에서 나가자, 이지혁 형사가 투덜거렸다.

"저 친구 정은이를 좋아하는 모양이죠?"

김태경 형사가 나름의 분석을 내놓았다.

"그럴 소지가 다분해도 서로 어울리지는 않는데…. 같은 단체 선배 회원이니까 같이 어울려주는 거겠지. 그런데 과장님, G군 학원 주차장 살인 사건 용의자도 군복 같은 거 입었다고 하지 않았나요?"

"그런가? 최철원은 김옥연 원장의 전 남자 친구는 아닌데….."

오지영은 최철원 같은 성격의 사람이 스토커가 될 가능성이 높다고 생각했다. 배신당하면 미친놈이 된다.

이지혁 형사가 사회학과 박사과정 1년 차 현고영만 남았
다고 했다. 현고영은 입만 빼면 모든 얼굴선이 굵었고 머
리칼이 어깨까지 내려와 예술가 같았다. 굵고 낮은 음성
이 외모와 잘 어울렸고 노래를 부르면 가수로 보일 외모
였다. 오늘도 검은색 얇은 티셔츠만 입고 있었다.

"타오는 몇 번 봤습니다. 얼굴이 예쁘고 우리말을 잘해서
관심을 받았던 것으로 알고 있습니다. 공부도 열심히 했
던 것 같고요. 학점을 잘 받았다는 얘기를 들었어요. 그런
학생이 나중에 베트남으로 돌아가면 잘될 겁니다. 우리
학과 후배였지만 학년 차가 많아서 개인적으로 이야기를
나눈 적은 없습니다."

"타오가 한 학기 남겨두고 학교를 그만둔 건 알고 있습니
까?"

"졸업반이었나요? 그런 사실은 몰랐습니다. 학부생 사정
은 잘 몰라서. 그만둔 거 맞습니까? 다시 복학하면 될 텐
데요. 당차 보였는데요."

"타오는 복학하지 못합니다."

"왜요?"

"지난 6월 Y시 강변에서 시체로 발견됐습니다."

"뭐라고요?"

오지영은 현고영의 표정 변화를 유심히 살폈다.

"우리 과에 불행한 일이 많네요. 권 교수님도 그렇게 되셨고."

"타오가 학교를 떠난 뒤 어디에서 누구와 지냈는지 찾고 있습니다. 혹시 짚이는 데가 없습니까?"

"저는 학교를 그만두었는지도 몰랐습니다. 정말 안됐네요. 끔찍합니다."

김 형사가 커피나 비타민 음료수를 권했더니 생수를 달라고 했다. 사무실에는 생수가 없어서 김 형사가 교회 현관까지 나가 생수를 유리잔에 받아왔다. 현고영은 타오의 죽음에 충격을 받았는지 말없이 계속 물만 마셔댔다.

현고영이 나간 뒤 김 형사와 이 형사는 유리잔과 비타민 음료수병을 각각 분리해서 경찰서에서 가져온 상자 속에 조심스럽게 담았다.

김태경 형사가 박곤 형사로부터 걸려온 전화를 받으면서 말했다.

"과장님, 박 선배가 데위 소라야 타액을 채취했답니다. 카페에 데려가서 차를 마시고 컵을 들고 나왔답니다. 절도죄로 신고당하지 않을까 걱정이네요."

타오

"잠깐, 전화 좀 줘봐. 할 말이 있어."

김 형사가 휴대폰을 건넸다.

"오지영입니다. 수고 많이 하셨네요."

"예. 외국인이라 조심스럽게 다뤄야 할 거 같아서요. 컵은 나중에 돌려주면 돼요."

"그러시죠. 범인이 이솔로몬을 죽였을 때 뭔가 서두른 감이 있다고 했잖아요?"

"비도 오지 않았는데 복수심에 불타서 난도질해 잔인하게 죽였다는, 그런 느낌? 하지만 익숙해진 살인이니까 아무런 단서도 남기지 않을 수 있었고요."

"서둘러 죽였다면 왜 그랬을까요?"

"…"

"이솔로몬을 몇 번 조사했잖아요. 그와 나눈 대화를 떠올려보세요."

"생각해보겠습니다."

"타오 기숙사 룸메이트는 찾았나요?"

"K대학병원 인턴인데 이연주라고 합니다."

"만나봐야겠군요."

"통화해봤는데요, 지금은 순환근무로 제주도에 있답니다. 4주 후 K대학병원으로 돌아온다고 합니다."

"베트남 유학생이 의대생하고 같은 방을 쓸 수도 있나 보죠?"

"기숙사 관리자한테 물어보니 타오가 1, 2학년 때는 외국인과 룸메이트를 했는데 3학년 올라가면서 꼭 한국 학생하고 같은 방을 쓰고 싶다고 요청해서 의대, 치대생 기숙사로 들어갔답니다. 마침 이연주 씨도 베트남어를 공부하는 중이라 면접을 보고 2년 동안 같은 방을 쓰기로 했다고 하더라고요. 이연주 씨는 의대 본과 3, 4학년 동안 타오와 같은 방을 썼던 거죠."

"면접을 누가 봤죠?"

"이연주 씨가 했답니다."

"알겠습니다. 이연주 씨한테는 내가 전화할게요."

오지영은 김태경 형사에게 휴대폰을 돌려주었다.

"이 형사, 최철원, 이근식, 이진우, 정은이, 현고영까지, 집이 어디인지, 승용차는 있는지, 있다면 무슨 차이고 번호는 뭔지 알아봐."

"주소는 다문화교류연구원이나 학과에서 알아볼 수 있지만, 차량은 어떻게 조사하죠?"

"차량 종류와 번호도 같은 곳에서 알 수 있을 거야. 교내에 주차하려면 차량번호를 등록해야 할 거야."

"차가 있을지 모르겠네요. 집이 모두 학교 근처일 거 같은데."

세 형사는 교회에서 나왔다. 지구대 순경도 돌아갔다. 오지영은 오늘 만난 다섯 사람 가운데 타오를 사랑하지 않은 것처럼 거짓으로 행동한 사람이 있었을까, 생각했다.

"오지영 형사과장님이시죠? 박곤 형사님한테 말씀 듣고 전화했어요. 이연주라고 합니다."

사무실에 도착하자마자 이연주로부터 전화가 왔다. 목소리가 맑았다. 처음이지만 친근한 느낌이 들었다.

"그러잖아도 전화하려고 했는데, 일단 끊으시죠. 제가 다시 전화할게요. 통화가 좀 길어질 거 같아서요."

"괜찮아요. 그냥 말씀하시죠. 지금 시간이 좋을 것 같아서요."

일부러 전화까지 한 걸 보면 할 말이 있는 것 같았다.

"타오 소식을 듣고 너무 놀랐어요. 어떻게 착한 타오에게 그런 일이 생겼을까요?"

전화기 너머에서 울먹이는 소리가 들렸다.

"타오와 2년 동안 같은 방을 썼다면서요? 친했습니까?"

"당연하죠. 타오는 착하고 귀여웠어요. 사실 제가 심부름을 많이 시켰죠."

"면접을 보고 같은 방 쓰는 걸 승낙했다면서요?"

"면접은 아니고요. 기숙사 측이 타오가 한국어를 배우고 싶어 한다고 하면서 무작정 제 방에 들여보내려고 했어요. 그래서 의대, 치대 기숙사에 왜 사회학과 학생을 넣느냐며 항의했죠. 그러니까 만나보고 결정하라고 하더라고요. 근데 만나보니까 귀여웠어요. 말도 잘 들을 것 같고요. 그렇게 해서 같은 방을 쓰게 된 거예요."

"대화를 많이 했겠네요."

"3, 4학년 때 병원 실습을 나가고 저녁에는 거의 공부만 했어요. 매주 시험도 치고요. 그래서 대화할 시간이 많지는 않았어요. 밤에도 불 끄지 못할 테니까 각오하고 들어오라고 했죠. 제가 늦게까지 공부할 때 타오도 책을 읽었어요. 제가 밤을 새우면 같이 새우고요."

알면 알수록 타오는 미래가 기대되던 젊은이였다.

"주로 무슨 책을 읽던가요?"

"전공 서적, 사회학이나 역사, 교양, 시, 소설. 타오는 소설을 무척 많이 봤어요."

"이연주 씨도 타오에게서 베트남 말을 많이 배웠나요?"

"타오가 열정적으로 가르쳐주긴 했는데 제가 너무 바빠서 공부할 시간이 별로 없었어요. 조금 배운 정도."

"무슨 심부름을 시켰나요?"

"빨래방 가는 걸 타오한테 부탁했어요. 먹을 거나 도시락도 사오라고 했고, 청소하면 쓰레기도 좀 버리라고 했어요. 물론 청소도 그 애가 더 자주 했지만요. 오해하지 마세요. 가정부처럼 부린 건 아니에요. 정말 타오가 자발적으로 했어요. 타오가 그렇게 죽다니… 너무 안됐어요."

이연주의 말투로 보면 갑질을 한 것 같지는 않았다.

"2월에 기숙사에서 나갔다고 하던데 그때 타오의 상태는 어땠습니까? 그 후의 행적을 조사하고 있습니다."

"타오와 저는 2월 초에 기숙사에서 나왔어요. 저는 인턴 숙소로 옮겼고 타오는 어디론가 간다고 했어요. 타오는 그때 임신하고 있었어요. 2월 말에 아기를 낳았을 겁니다."

"아기 아빠가 누구인지는 말하지 않던가요?"

"같은 천주교 신자라는 것 말고는 이야기하지 않았어요. 사랑하는 사람이라고 했어요."

"혹시 이솔로몬이라고 하지 않던가요?"

"솔로몬이요? 들어본 적 없는데요. 자기를 잘 이해해주는 사람이라고 했어요. 지난해 막 더워지려고 할 때였어요. 당시 타오는 학교에 가지 않고 회사에 다녔는데 임신했다고 하더라고요. 처음에는 행복한 것 같았어요. 그러다가 여름과 가을에는 상황이 나빠졌죠. 학점을 받지 못해 졸업도 못하고 회사도 그만둔다면서 거의 자포자기 상태였어요. 하지만 막상 기숙사를 나갈 때는 뭔가 희망이 있는 것 같았어요. 자세한 건 모르지만, 아이 아빠가 거처할 곳을 마련해준 것 같았어요."

"임신했을 때 학교나 기숙사 측에서는 아무 말 없었나요?"

"임신 사실을 숨겨서 아무도 몰랐죠."

"병원엔 다녔나요?"

"제가 선배 병원에 데리고 다녔어요. 아기를 어디서 낳았는지는 몰라요. 저도 기숙사 나온 뒤로는 연락하지 못했으니까요."

이연주가 갑자기 울음을 터뜨렸다. 타오를 동생처럼 여겼던 것 같았다.

"제가 조금만 신경 썼어도 그렇게 되지 않았을 거예요. 제가 데리고만 있었어도⋯⋯."

오지영은 이연주가 진정할 때까지 잠시 기다렸다.

"지난해 1학기 때는 학점을 받았지만, 집에서 돈을 부치지 못했어요. 회사도 임금을 제대로 안 줬고요. 타오 생활이 힘들지 않았나요?"

"등록금도 비싸고 기숙사비에 생활비도 필요했는데 회사가 임금을 절반 정도 떼먹었어요. 아주 못된 사람들이에요. 할 수 없이 등록금은 제가 내줬어요."

아무리 여유가 있어도 등록금을 선뜻 내주는 것은 쉽지 않은 일이다.

"제가 장학금을 받게 되어서 부모님에게 받은 등록금을 타오에게 줄 수 있었어요. 등록금과 생활비는 아빠가 통장으로 보내주셨거든요. 사회학과는 등록금이 그렇게 비싸지 않아요. 생활비는 타오가 회사에서 받은 돈으로 충분히 충당할 수 있었어요. 그런데 애가 얼마나 착한지 월급 타면 일정 부분 떼어서 베트남 집으로 보내는 거예요. 그런 애가, 어떻게 그렇게…."

이연주가 또다시 울음을 터뜨렸다. 오지영은 그녀를 직접 만나보고 싶었다. 순수하게 약자를 돕는 사람이었다.

"타오를 위해 최선을 다하셨어요. 너무 자책하지 마세요."

"아니에요. 제 잘못이에요. 조금만 신경 썼어도, 타오를 살릴 수 있었을 거예요. 사랑하는 사람이 있다고 해서 그냥 알았다고 했어요. 그보다 잘된 일이 어디 있겠나 싶었죠. 제가 조금만 신경 써서 돌봐줬으면 이런 일은 없었을 텐데…."

"이연주 씨가 아무리 도와줘도 베트남 미혼모가 한국에서 혼자 살아가는 것은 쉽지 않아요. 한국 사람도 어려운데요. 아마 남자도 타오를 돕는 데 한계가 있었을 거예요."

"어렵지 않았어요. 제가 전공의가 되면 대학병원 근처에 오피스텔을 얻으려고 하거든요. 만일 그때 타오의 사정이 좋지 않으면 제가 데리고 있겠다고 생각했어요. 타오는 한 학기만 더 공부하면 졸업하고 베트남에 돌아가 좋은 직장을 얻을 수 있었어요. 말이 한 학기이지 사실은 3학점 만 따면 되거든요. 그러면 아기도 어렵지 않게 키울 수 있 어요. 한 학기 등록금은 제가 얼마든지 댈 수 있고 오피스 텔도 넉넉한 평수를 얻을 거니까요."

이연주는 어려운 일을 아주 쉽게 말했다. 천사가 되는 것 도 능력이 있어야 가능성이 커진다, 적어도 한국 사회에서 는.

"이연주 씨, 혹시 타오가 남자에 대해 얘기한 적은 없나 요? 사소한 거라도 좋아요."

"남자에 대해서는 아무런 말도 하지 않았어요. 제가 짐작 하는 건 타오가 사랑하는 남자가 있지만 그리 여유 있는 형편은 아니라, 거처만 마련해줄 정도였는데 그래도 좋다 고 희망을 품고 그곳으로 간 거예요. 출산은 어렵지 않았 던 것 같아요. 저한테 연락하지 않은 걸 보면요. 그때 자 세한 사정을 물어봤으면 좋았을 텐데… 저도 인턴 취직 때문에 정신이 없었어요. 타오는 정말 생각이 깊고 이해심 이 많았는데…."

오지영은 이연주의 흐느끼는 소리를 들으며 휴대폰을 내려놓았다. 타오를 좋아한 사람도, 사랑한 사람도 있었다. 그녀는 고작 3학점 때문에 나락으로 떨어지고 살해당했다. 오지영은 등받이에 등을 기대며 한숨을 내쉬었다.

한영덕 과학수사팀장으로부터 전화가 왔다. 힘이 빠진 목소리였다.

"이솔로몬 손톱 밑에서 나온 혈흔은 자기 겁니다. 저항하다가 상대를 할퀴기라도 한 줄 알았는데 쓰러지면서 자기 피가 묻은 흙을 움켜쥔 겁니다."

14

오지영은 경찰서 현관에 서서 맑은 하늘을 보았다. 작은 구름 몇 점이 있을 뿐이다. 그렇다고 오후에 비가 내린다는 예보가 틀리기만을 바랄 수는 없었다. 경찰서 현관에서 서쪽을 보면 반달이 떠 있는 하늘을 볼 수 있다. 반달은 구름 사이에서 제법 크게 보였다. 얼마 만에 보는 하현달인가. 오지영은 상쾌한 가을 공기를 가득 들이마셨다. 공기가 축축해지고 비가 내리면 어떻게 할까? 어디서 누구를 지켜야 하지? 긴 하루가 될 거라는 예감이 들었다.

뒤에서 이지혁 형사가 그녀를 불렀다. 김태경 형사도 함께였다.

"전화도 안 받으시고, 한참 찾았습니다."

"왜?"

"어제 오후에 지시하신 거 있잖습니까? 최철원, 이근식, 이진우, 정은이, 현고영의 집과 차량번호를 알아보라고 하신 거요. 이진우 사무국장은 K대학 북문 앞 다문화교류연구원 2층에 살고 차는 없습니다. 다른 사람들도 한 명을 제외하고는 대학 근처 원룸에 살고 차는 없습니다."

"한 명은?"

"이근식입니다. 집 주소와 차량번호를 알아냈습니다."

이지혁 형사는 평소와 다르게 진지한 표정이었고, 덩달아 김태경 형사까지 긴장한 모습이었다.

"이근식의 집이 Y시에 있습니다. 강둑에서 멀지 않은 곳입니다."

"Y시?"

"자취방이 K대학 바로 옆에 있고, Y시에 본가가 있습니다. 부모님은 안 계십니다."

오지영은 이 형사가 말하는 내용이 무엇을 의미하는지 바로 깨달았다. 머릿속이 잠시 진공상태였다가, 곧바로 강한 전류가 흘렀다.

"차량은 마티즈, 번호는 50라2489입니다."

"차량번호 과학수사팀에 전달해. 나는 남부경찰서에 전할 테니까."

김태경 형사가 두 손을 들었다.

"이미 팀장님들과 Y시 남부경찰서에 전달했습니다."

"김 형사가?"

"그 있잖아요, 이종일 서장. 바로 전화했습니다. 언제든 전화해달라고 해서요."

"그래? 잘했어."

형사과에는 팀장들이 모여 있었다. 오지영은 사무실 안으로 들어서면서 구자광 2팀장을 찾았다.

"전에 윤미라 변호사 사무실에서 적어온 메모 갖고 계시죠? 타오 관련 메모 말입니다."

"네, 잠시만…. 타오 외 1인, 3월 9일 목요일 오전 11시, 임금 체불."

"이근식 사진을 변호사 사무실에 보여주시고 타오와 함께 간 남자가 맞는지 확인해보세요."

"바로 가겠습니다."

구 팀장이 나가는 것을 보면서 최계호 팀장이 말했다.

"이근식의 본가는 Y남부경찰서 형사들이 수색할 테고, 우리는 대학 근처 자취방이 어디에 있는지 찾는 게 급선무인 것 같소. 찾으면 그쪽으로 집결하겠소."

"이 형사는 이근식이 어떤 사람인지 좀 더 자세하게 알아봐. 시간이 별로 없어."

"네."

"그리고 이근식이 이진우 사무국장으로부터 윤 변호사 피살 소식을 듣고 대운동장으로 나갔다고 했지. 맞나?"

"맞습니다. 이근식에게 직접 들었습니다."

이 형사가 경례하고 밖으로 나갔다. 오지영은 이진우 사무국장에게 전화했다. 이진우는 전화를 받고서 아무 말도 없이 상대의 말을 기다리고 있었다.

"물어볼 게 있습니다. 윤미라 변호사의 시신이 대운동장에서 발견됐다는 소식을 누구한테 들었습니까?"

"정은이 학생입니다."

"다음으로 누구에게 알렸습니까?"

"정확히 기억나지 않습니다."

"현고영, 최철원 씨에게 전했나요?"

"네."

"이근식 씨에게도 전화했습니까?"

"그때 근식이가 제 전화를 받았는지는 잘 모르겠습니다."
오지영은 잠시 숨을 멈췄다가 천천히 말했다.

"이근식 씨는 대운동장에 나왔고 국장님에게 연락받았다
고 진술했습니다."

"그렇습니까? 근식이가 그랬다면 그게 맞겠죠."

"그날 이근식 씨를 보셨죠?"

"네, 저보다 일찍 나와 있었습니다."

"주민들이 삼겹살 시위할 때도 회원들에게 연락하셨죠?"

"네."

오지영은 이진우의 무표정한 얼굴을 떠올리며 전화를 끊
었다.

이종일 서장과 박종구 과장의 불협화음은 단서를 찾는
데 도움이 되지 않을 것이다. 100개도 넘는 담배꽁초와
콘돔을 분석해달라고 국과수에 보낸 전력이 있다. 그래도

박종구 과장은 신뢰할 수 있다고 오지영은 생각했다. 박 과장에게 전화를 걸었다. 그의 목소리에는 불만이 가득 묻어 있었다.

"서장과 직접 통화하시지 웬일이오? 그쪽 형사가 총경과 상대할 정도면 형사과장은 경무관하고 상대해야 하지 않겠소? 서장이 젊고 예쁜 형사한테서 직접 보고받았다며 자랑하고 다니더군."

김태경 형사가 예쁘다는 말은 처음 들었다.

"제가 다른 곳에 있었기 때문에 김 형사가 그런 것 같습니다."

"여기 모든 형사가 CCTV 분석에 매달리고 있소. 공원 주차장엔 없지만, 인근 지방도에 CCTV가 하나 있다고 전에 말하지 않았소. 6월 초에 그곳을 지나간 차량을 모두 확인하고 있소. 이근식 집 주소는 서장을 통해 전달받았소. CCTV에서 그 친구 차량을 확인하는 즉시 영장 받아 가택수색 진행할 거요."

"한 가지 부탁이 있습니다. K대학 옆에 이근식의 자취방이 있는데 거기도 수색 대상에 넣어주십시오."

"알겠소. 자취방 주소나 불러주시오."

"지금 찾는 중이라 파악하는 즉시 전달하겠습니다. CCTV 분석 결과 기다리겠습니다."

"이근식과 타오의 최근 사진 보냈소? 우리 형사들이 CCTV 그림을 수백 번도 더 봤소. 이근식의 마티즈가 이곳에 왔다면 금세 찾을 수 있을 거요."

박 과장은 수고하라는 말도 없이 전화를 끊었다. 오지영은 창밖을 바라보았다. 하늘은 아직 맑았다.

박종구 과장과 윤 형사가 탄 차가 이근식의 집 앞에 멈췄다. 아담한 양옥으로 다른 농가와 멀리 떨어져 있었다. 추수를 막 끝낸 논이 넓게 펼쳐져 있었다. 대문을 두드렸으나 대답이 없었다. 담을 넘어간 윤 형사가 안에서 대문을 열자, 박 과장이 안으로 들어섰다. 마당에는 잔디밭을 관리하지 않아 잡초가 무성했다. 잡초 사이에 자그마한 돌판 네 개가 차례로 줄지어 있었다. 박 과장은 뭔가 어울리지 않는다는 생각을 하면서 무심코 돌판을 밟고 지나갔다. 현관문도 잠겨 있었다. 어디로 들어갔는지 윤 형사가 안에서 문을 열었다.

거실 양쪽에 방이 하나씩 있고 방문은 열려 있었다. 박 과장은 오른쪽 방으로, 윤 형사는 왼쪽 방으로 들어갔다. 오른쪽 방에는 장롱 하나와 작은 서랍장, 책상과 의자가 있었다. 책상 위에는 필기도구를 담은 작은 나무 원통이 있었다. 장롱을 열었다. 한 칸에는 옷 몇 벌, 다른 칸에는 이불이 있었다. 윤 형사가 박 과장에게 자기 쪽으로 건너오라며 소리쳤다. 윤 형사가 수색하던 방 안으로 들어서는 박 과장의 입에서 신음이 새어나왔다.

"음… 이런…."

바닥에 깔린 매트리스 위에 엄마와 아기가 덮었을 이불이 펴져 있었다. 벽면에 있는 작은 탁자 위에는 젖병과 아기 용품이 있었고, 밑에는 아기 옷이 있었다. 플라스틱 바구니 안에는 일회용 기저귀가 있었다. 탁자 위 유리 액자에는 타오가 갓난아기와 찍은 사진 다섯 장이 끼워져 있었다. 앉아 있을 때도, 누워 있을 때도 타오는 아이를 안고 있었다. 박 과장은 사진에서 한동안 눈을 떼지 못했다. 사진 속 타오는 세상 전부를 안고 있는 표정이었다.

박 과장은 누워서 찍은 석 장의 사진을 유심히 들여다보았다. 모두 아기를 뒤에서 안은 사진이었다. 옆으로 누운 타오의 모습은 시체로 발견됐을 당시와 똑같았다. 어떤 미묘한 울림이 박종구의 투박한 마음을 흔들었다. 그는 타오가 아이 아빠를 무척 사랑했다고 확신했다. 그리고 아기를 어디서 찾을 수 있는지 알 것 같았다.

"윤 형사, 팀장한테 연락해서 강둑으로 세 명만 보내라고 해. 연장도 챙기라고 하고. 땅을 파야겠어."

윤 형사가 전화하는 동안 박 과장은 거실 옆 부엌으로 갔다. 음식을 해먹은 흔적이 없었다. 싱크대 서랍을 열어보았다. 라면 몇 개. 아래 서랍도 열었다. 분유통 하나. 뚜껑을 열었다. 절반 정도 들어 있었다. 박 과장은 고개를 갸우뚱하며 냉장고를 열었다. 순간 돌처럼 굳어버렸다. 종량제 쓰레기봉투가 들어 있었다.

오지영은 사학과 사무실에서 이지혁 형사와 만났다.

"이근식, 이 친구 이상한 면이 많아요. 잘생기고 명랑했는데 언제부터인가 내성적으로 변한 것 같습니다."

"친구들 말인가?"

"아닙니다. 그것도 좀 이상한데요, 어떤 친구가 있는지 아는 사람이 없더라고요. 보통 누구는 누구와 친하다, 이런 정도는 대충 알잖아요. 대학원 선후배, 동기들에게 물어봤는데 잘 모른다고 하더라고요. 이근식이 호감이 가는 사람은 아니었던 것 같습니다. 뭔가 언급하기 싫은 부분이 있는 것 같았어요. 그래서 혹시나 하고 지도교수한테 연락하니까 바로 보자고 하시더라고요."

지도교수는 윤유진으로 서양사를 전공하는 여교수였다. 백발이라 원로처럼 보였다.

"이근식 학생을 신입생 때부터 맡았습니다. 군대 갔을 때도 휴가 나오면 꼭 인사하러 왔어요. 석사과정 때는 논문 지도교수가 따로 있지만, 저한테 개인적인 문제를 들고 오기도 했죠. 대학원을 졸업하고 학교에는 거의 나오지 않은 걸로 알고 있습니다만, 그래도 가끔 저를 찾아왔어요. 저는 근식이가 개인적인 고민까지도 지도교수에게 상담할 정도로 주변에 친구가 없나 보다 생각했죠."

어느 정도는 오지영이 예상했던 이야기였다.

"최근 살인 사건 때문에 저를 만나고 싶다는 이 형사님 연락을 받고 가슴이 철렁했어요. 지금도 근식이에 대해 이렇게 말하는 게 옳은 건지 모르겠습니다."

"교수님이 아시는 대로, 느끼신 대로 말씀해주시면 도움이 될 것 같습니다."

"근식이가 관련된 게 확실한가요? 괜한 험담이 될까 봐 그렇습니다."

"용의자 중 한 명인 건 사실입니다. 저희는 이근식 씨가 어떤 사람인지 판단할 근거가 필요합니다. 교수님이 하시는 말씀은 비밀로 지켜질 겁니다. 부탁드립니다."

윤유진 교수는 잠시 마음을 가라앉히고 생각을 정리했다.

"근식이는 이타주의자입니다. 이해하기가 좀 어려울 수도 있을 텐데, 지나치게 남을 생각하면서, 남을 위해 살고 있

타오

습니다. 그럴 때 남은 근식이 선택한 사람 또는 어떤 존재입니다."

오지영 과장은 윤유진 교수의 말을 최대한 이해하려고 노력했다.

"그런데 다른 사람이 보면 이근식의 이타주의는 극히 주관적입니다."

"한번 애정을 쏟으면 집착이 강하다는 건가요?"

"결국 그런 얘기겠지요. 하지만 집착이란 단어보다는 사랑과 헌신입니다. 문제는 사랑과 헌신을 표현하는 방식입니다."

오 과장은 윤 교수가 일반적인 이야기를 추상화해서 하는 것은 아닐까 싶었지만, 개념에만 집착하는 사람으로 보이지는 않았다.

"일반적으로 보면 근식이는 여성에게 왕따를 당했다고 볼수 있어요. 잘생긴 청년이 접근하면 처음에는 호감을 느꼈다가 너무 집착하면 비호감으로 변하는, 그런 경우가 흔하지 않습니까? 실제로 여러 여학생에게 비슷한 일을 많이 겪었다는 소문을 들었습니다. 저와 면담할 때도 보면 외롭고 고독한 심리상태를 보일 때가 많았습니다. 그래서 이성 교제를 자제하라고 충고하고, 정신건강의학과도 소개했습니다. 너무 상처를 받지 않도록 도울 수 없을까, 생각했던 겁니다."

윤 교수는 책상 위에 있던 파일을 펼쳤다.

"근식이는 2학년 때 아버지가 병으로 사망하면서 독립했습니다. 혼자가 됐는데, Y시에 있는 집과 논밭을 상속받았습니다. 어머니는 아버지가 사망하기 전에 돌아가셨답니다. 부모님이 모두 돌아가신 후 줄곧 혼자였습니다. 친척도 없고 부모의 친구도 없었다고 합니다. 애정이 고팠을 겁니다. 지도교수 기간이 끝났는데도 나를 계속 찾아오는 것을 보면, 한 번 마음을 쏟으면 상대의 생각과 관계없이 관계를 지속하는 것 같습니다. 언젠가 조금 섬뜩한 사건이 있었어요…."

교수의 표정이 더욱 진지해졌다.

"근식이가 시골집에서 새끼 고양이를 주워서 키웠습니다. 사진을 보니 수놈이었는데 귀엽더군요. 집착이 강한 친구라 잘해줬을 겁니다. 그런데 어느 날 찾아와서 시골집 앞마당에 예쁘게 만든 작은 돌비석 사진을 보여주면서 고양이가 죽어서 묻어줬다고 하더군요. 저는 다른 고양이를 구해서 키우라고 조언했습니다. 시골집 말고 자취방에서 키우라고. 그게 여학생들에게 집착하는 것보다는 사고 위험이 적을 거라고 생각했어요. 그런데 근식이는 새끼 고양이가 왜 죽었는지 조사했습니다."

타오

오지영은 마른침을 삼켰다.

"그 후 저를 찾아올 때마다 새끼 고양이 무덤 옆에 만든 다른 돌비석 무덤을 보여줬어요. 네 개까지 늘어났는데, 그때 근식이의 얼굴이 너무 무섭게 보여 무슨 일이 있었는지는 물어보지 못했어요. 분명한 건 근식이는 처음 애정을 쏟은 고양이의 시각에서 벗어나지 못했다는 겁니다."

오지영은 그제야 비로소 윤 교수가 무슨 말을 하고 싶어 하는지 알아차렸다.

"첫 번째 돌비석에 새겨진 고양이 이름은 '리처드'였습니다. 순차적으로 생긴 비석에는 '헨리 7', '모어', 마지막으로 '셰익스피어'라고 새겼더군요."

이지혁 형사가 어리둥절한 표정으로 물었다.

"교수님, 셰익스피어는 알겠는데 다른 이름은 뭔가요? 고양이한테 왜 그런 이름을 붙인 거죠?"

"근식이는 영국 튜더 왕조 시대의 논문으로 석사학위를 받았어요. 자기 고양이에게 붙여준 이름인 리처드 3세는 영국 역사상 최악의 폭군으로 평가받는 인물입니다. 하지만 실제로는 위대한 성인인데 그를 죽이고 튜더 왕조를 연 헨리 7세가 그를 희대의 악당으로 왜곡했다는 얘기가 있어요. 역사는 승자의 기록이니까요. 토머스 모어는 튜더 왕조 사람으로 리처드 3세의 악행을 역사에 기록했고,

셰익스피어는 〈리처드 3세〉라는 희곡에서 그를 조카를 죽이고 왕이 된 악인으로 묘사했죠. 그러니까 리처드 3세의 시각에서 보면 헨리 7세, 토머스 모어, 셰익스피어는 모두 원수인 거죠."

"이근식이 그 얘기를 믿었다고 해도, 고양이에게 붙이기에는 너무 거창하지 않나요?"

"그래서 고양이 이야기를 두 분에게 한 겁니다. 과대망상. 근식이를 상담할 때 말실수라도 하면 어쩌나 하고 왠지 모를 초조함을 느꼈던 이유를, 살인 사건으로 그를 조사한다는 말을 들었을 때 깨달은 겁니다."

세 사람 사이에 침묵이 흘렀다.

오 과장은 타오의 시각에서 생각해보았다. 권윤정 교수는 '나'에게 단 몇 점의 학점을 주지 않아 대학 생활만이 아니라 청년기의 출발을 망치게 했고, 이영태 목사는 취직을 미끼로 '나'를 강간했다. 이솔로몬은 사장 아들이라는 위치에서 '나'를 가지고 놀다가 버렸고, 윤미라 변호사는 인권 변호사라고 자처하면서 임금도 제대로 받지 못하고 쫓겨난 '나'를 변호하기를 거부했다. 그렇다면 또 '나'를 능멸한 사람은 누구일까? 마땅히 '나'를 도와줄 의무가 있으면서도 무시한 사람은 누구일까?

휴대폰이 울렸다. 박종구 형사과장이었다.

"타오의 아기가 있을 만한 곳으로 가고 있어요. 오 과장
도 현장에 오면 좋을 것 같은데…."

"어딘가요?"

"타오가 발견된 강둑이오."

15

박종구 과장과 윤 형사가 강둑에 도착했을 때 형사들이
먼저 와서 기다리고 있었다. 그들 가운데에는 이종일 서
장도 있었다.

"이런 젠장!"

그는 서장을 무시하고 형사들에게 지시했다.

"마 형사하고 손 형사, 작은 삽 들고 덱 밑으로 들어가서
시체가 발견된 자리 밑을 파봐. 조심스럽게 파. 곽 형사는
카메라 들고 따라가."

두 명의 형사가 오른팔로 몸을 지지하면서 비탈길을 내려
가 타오의 시체가 낀 상태로 반쯤 묻혀 있던 기둥으로 갔
다. 부삽으로 타오가 누워 있던 자리의 흙을 조금씩 밀어
내며 파냈다. 형사과 형사들뿐만 아니라 교통과, 경비과,
지구대 경찰 수십 명이 강둑 경사면에 흩어져 목을 빼고
흙을 파는 그들의 일거수일투족을 주시하고 있었다.

이종일 서장이 박종구 과장의 눈치를 보면서 작은 소리로
말했다.

"뭐라도 나오겠죠? 박 과장만 믿습니다."

박 과장은 욕이 튀어나오는 것을 가까스로 참았다.

"확신해서 파는 건 아니에요. 의심스러워서 파보는 겁니

타오

다.”

“그래도 우리 박 과장 촉도 알아주니까 기대하겠습니다.”

“그동안 사건 하나 없었는데 언제 촉을 보기나 했습니까? 보물 찾는 것도 아닌데 뭘 그렇게…. 야 이 친구들아, 동작이 왜 그렇게 굼떠? 팍, 팍, 파보란 말이야, 점심 안 처먹었어?”

서장은 박 과장의 짜증에도 아랑곳하지 않았다. 뭐든 나오면 한 건 올리는 거고, 박 과장의 반응은 서장 경력에 아무런 영향도 없기 때문이다.

시간이 제법 흘렀다. 비탈이라 아래 흙을 파면 위쪽 흙이 흘러내렸다. 덱 아래라 고개를 숙여야 하고 기둥을 피해 작업하느라 움직임이 자연스럽지 못한 탓도 있었다. 자칫 잘못하면 미끄러져 강물에 빠질 수 있었다. 1미터 정도 파내려가도 아무것도 나오지 않았다. 흙은 제방을 쌓을 때 돋운 것처럼 보였고 누군가 파헤친 흔적도 없었다. 형사들은 중단하고 싶었지만, 박 과장 눈치를 보느라 이러지도 저러지도 못하고 있었다. 이종일 서장의 얼굴이 점점 굳어져갔다.

“과장님, 이쪽 아래를 파보세요.”

우거지상이던 박 과장이 소리가 나는 곳을 향해 얼굴을 돌렸다. 오지영 형사과장이 덱 위에 있었다. 그녀는 어린

이 탐조대 발판 위에 발을 딛고 올라 무릎을 굽힌 상태에서 새를 관찰하는 작은 구멍을 들여다보고 있었다. 그녀는 동상처럼 움직이지 않았다.

오지영의 눈은 구멍을 통해 새 둥지를 보고 있었다. 둥지 안에 새끼가 있을까? 그녀는 탐조 구멍이 성당에서 보았던 순교자의 돌형구와는 달리, 어린 생명을 감싸고 있는 푸른 숲속 보금자리로 이끄는 통로처럼 보였다.

김태경 형사가 덱 위를 걸어 이 서장과 박 과장이 있는 곳으로 와서 말했다.

"두 번째 기둥 옆을 파보시래요. 저기 작은 구멍 아래쪽에 있는 기둥 옆을⋯."

이종일 서장이 소리쳤다.

"마 형사요, 지금 기둥 말고 그 옆 기둥 밑을 파보쇼."

마 형사와 손 형사는 삽질을 멈추고 땅이 꺼져라, 한숨을 쉬면서 박 과장의 눈치를 보았다.

"뭐 해? 얼른 그 옆 기둥으로 가서 파보란 말이야!"

두 형사는 땀과 반죽이 된 흙을 온몸에 뒤집어쓴 채 오른 팔로 경사면을 지지하며 기다시피 해서 다음 기둥으로 이동했다. 기둥이 받치고 있는 덱 위에 오지영이 서 있었다.

기둥 옆으로 들어간 두 형사는 멈칫하고 서로 얼굴을 쳐다보았다. 비탈면의 각도가 일정하지 않았다.

"흙이 처음 기둥보다 부드러운 것 같은데?"

마 형사가 말했다. 두 사람은 조심스럽게 흙을 밀어내면서 파내려갔다. 10분 뒤 둘의 몸이 온통 땀범벅이 되었을 때, 갑자기 동작을 멈췄다. 그들을 지켜보던 경찰들 사이에 긴장감이 흘렀다. 마 형사가 흙을 손으로 밀어냈다. 손형사가 손으로 코를 막았다. 작은 이불 뭉치를 감싼 보자기 끝부분이 나왔다. 마 형사도 손으로 코를 막고 소리쳤다.

"과장님, 북부경찰청 과학수사대를 불러야 할 것 같습니다."

"뭐가 나왔나?"

"아기를 싼 보자기 같습니다."

"묶여 있나?"

"아뇨, 덮여 있습니다."

"들춰봐."

"냄새가 심한데요. 벌레도 있어요. 과수대를 부르죠."

"야 인마, 들춰보란 말이야!"

"우웩!"

손 형사가 토악질하는 것을 신호로 두 형사는 약속이나 한 듯 반쯤 기어서 덱 밖으로 나왔다. 걷기 힘든 만큼 나오는 데도 시간이 걸렸고, 그만큼 욕도 많이 먹어야 했다.

"야! 왜 기어 나오는 거야! 얼른 들어가지 못해?"

"모, 못하겠습니다."

"이 새끼들이, 얼른 안 들어갈래?"

"어휴, 너무 심해요. 과수대 불러주세요!"

"이 사람들이…! 지금 농담해? 그런 거 하라고 국민이 월급 주는 거야! 월급은 따박따박 받아 처먹고 뭐 하는 짓이야?"

"죄, 죄송합니다."

마 형사는 머리를 조아리면서도 완강했고, 손 형사는 거의 기절한 상태였다. 이 서장은 하늘만 쳐다보고 있었고, 다른 경찰들은 박 과장의 시선을 피하기에 바빴다.

오지영이 언제 내려왔는지 덱 밑으로 들어갔다. 이종일 서장의 입이 벌어졌고, 다른 형사들은 질린 표정이었다. 김태경 형사는 투피스에 구두를 신은 자기 옷차림을 보면서 형사들 뒤로 빠졌다. 박 과장이 씩씩거리면서 오지영을 따라 덱 밑으로 들어갔다. 오지영은 오른손으로 비탈길을 지탱하며 가볍게 걸어갔고, 박 과장은 뒤뚱거리며 한 걸음씩 무겁게 전진했다.

"어이쿠!"

몇 걸음 가지 못해 박 과장이 아래로 미끄러졌다.

"시발 진짜!"

그는 곧바로 일어서려고 했으나 몸이 무거운 데다 구두를 신고 있어서 그런지 계속 미끄러졌다. 할 수 없이 오른쪽 다리로 무릎을 꿇고 기어서 조금씩 움직였다. 두 번째 기둥에 먼저 도착한 오지영이 손으로 흙을 조금씩 밀어냈다. 첫 번째 기둥에 도착한 박 과장은 아까 형사들이 파놓은 구덩이 안에 들어가 잠시 쉬었다가 두 번째 기둥 앞으로 다시 기어갔다. 가까워질수록 냄새가 진동했다. 강보를 싼 보자기가 보였고 파다 만 흙더미가 얇게 덮여 있었다. 오지영은 분홍색 보자기를 덮고 있는 흙을 손으로 털어내고, 겹친 채 덮여 있는 보자기 끝을 들어 조심스럽게 벗겨냈다. 보자기와 아기를 싼 강보는 폴리에스테르 소재라서 썩지 않았다. 하지만 아기는 강보가 아니었다면, 그리고 입으로 보이는 부분 옆에 젖병 꼭지가 손으로 보이는 형체에 덮여 있지 않았다면 알아볼 수 없었을 것이다. 오지영은 아기의 배로 추정되는 부분에서 작은 돌덩어리 같은 조각들을 발견했다. 타오의 잘린 손가락이었다.

두 형사는 비탈길을 짚으며 더디게 밖으로 나왔다. 밖으로 나오자마자 이종일 서장이 활짝 웃으면서 박 과장의 등을 두드렸다. 박 과장이 혼잣말로 중얼거렸다.

"젠장!"

김 형사가 오지영의 옷을 털었고 물휴지를 꺼내 얼굴과 손을 닦아주었다. 마 형사가 눈치를 보면서 박 과장의 옷을 털었다.

"치워! 과학수사대에는 연락했나?"

"네, 곧바로 달려올 겁니다."

"손가락 열 개가 있어. 아기 분유병과 젖꼭지도 있고. 보물처럼 잘 다루라고 해."

"확실하게 감독하겠습니다."

박 과장의 휴대폰이 울렸다. 형사팀장이었다.

"찾았습니다!"

"뭐를?"

"50라2489 마티즈 승용차 말입니다. 6월 1일 밤 9시하고 6월 3일 밤 9시에 강둑 방면으로 가는 모습이 찍혔습니다."

"안에 탄 사람은 보이나?"

"얼굴은 잘 안 보이는데요. 6월 1일에는 운전자 한 명이 타고 있었고, 6월 3일에는 운전석과 조수석에 한 명, 총 두 명이 타고 있었습니다. 운전자는 남자 같습니다."

"6월 3일 조수석에 앉은 사람이 아기를 안고 있었나?"

"잘 안 보입니다. 아기를 안고 있다면 뒷자리에 타지 않았겠습니까?"

타오

통화 내용을 들은 오지영은 6월 3일 남자 옆에 앉아 있던 여성이 타오일 가능성이 높다고 생각했다. 그렇다면 1일엔 왜 남자 혼자서 왔을까? 아기를 데리고 왔을 것이다. 먼저 아기를 묻고 그다음에 타오를 데리고 가서 살해한 것이다.

오지영은 앞만 보고 있었다. 머릿속이 타오에 대한 생각으로 가득 차 있었다. 젊고 아름다운 베트남 여성, 총명하고 많은 사람의 사랑을 받았던 타오. 하지만 그녀를 둘러싼 환경은 결국 찐득거리는 액체로 만든 거미줄과 같았다. 최악의 궁지에 몰렸을 때 약간의 관심, 한 마디 위로의 말이 있었다면 타오는 아직 살아서 자신의 희망을 펼치고 있었을지 모른다.

"과장님, 전화 왔어요."

운전하던 김태경 형사가 큰 소리로 말했다. 구자광 2팀장이었다. 평소 말 많은 그의 목소리가 쩌렁쩌렁 울렸다.

"변호사 사무실 직원한테 타오 사진을 먼저 보여줬거든요. 여직원이 처음에는 고개를 갸우뚱하더라고요. 그래서 윤미라 변호사한테 상담받았던 베트남 여성이다, 우리말을 매우 잘했을 거다, 이렇게 설명해주니까 그런 것 같다고 하더라고요. 그래서 같이 온 남자 얼굴 기억하냐고 물으니까 또 모른대요. 그래서 제가 어떻게 했는지 아십니까? 마스크를 쓴 것처럼 코와 입을 가리고 이근식 사진을 보여줬죠. 그랬더니 맞는 거 같다고 하더라고요. 어떻게 그렇게 쉽게 기억하느냐고 물으니까 뭐라고 했는지 아십니까? 한 마디도 하지 않고 베트남 여자 옆에 앉아 있다가 나갔는데 눈빛이 특이했다고. 제가 또 물었죠, 어떻게 특이했냐고. 그랬더니 그 직원이 뭐랬는지 아세요? 로버트 패틴슨과 눈매가 비슷해서 기억한다고 하더라고요."

"그게 누구죠?"

"저도 모릅니다. 근데 그때 김태경 형사가 이야기했잖습니까? 그 뭐냐, 늑대 영화에 뱀파이어로 나왔다고 하는…. 타오와 함께 윤미라 변호사한테 도움을 청하러 간 남자가 이근식입니다."

오지영은 김태경 형사가 말한 영화의 제목을 생각해내려고 했지만 떠오르지 않았다.

"김 형사, 그때 말한 뱀파이어 영화가 뭐라고 했지?"

"트와일라잇?"

"타오와 함께 마스크 쓰고 윤미라 변호사 사무실에 갔던 남자가 그 영화 주인공 눈매와 똑같다고 하는군. 이근식은 타오를 잘 기억하지 못한다고 했잖아."

뒤이어 박곤 형사가 전화했다.

"이근식에게 초점을 맞추라고 하셨죠? 이근식이 타오와 관계있다면 이솔로몬과도 알 수 있다는 생각이 들었습니다. 그때 비슷한 말씀을 드렸죠? 지난 3일 화요일에 이솔로몬을 만난 곳이 바로 인문사회연구원 로비인데 4층에 사학과 사무실이 있습니다. 그때 이솔로몬이 자제력을 잃고 고래고래 소리를 질렀어요. 타오를 건드린 사람이 자기 하나냐고 말입니다."

"그래서요?"

"감이 오더라고요. 그때 이솔로몬의 입이 두려워졌거나 뭉개버리고 싶은 사람이 있을 수 있다는…. 그래서 당시 로비 CCTV를 찾아봤습니다. 화면에서 누굴 봤는지 아십니까?"

"…."

"저와 이솔로몬은 못 봤지만, 제가 로비에서 밖으로 나간 뒤 이근식이 나타나더라고요. 저를 뒤따라 로비에서 나간 겁니다. 이솔로몬이 한 말을 이근식도 들었을 겁니다. 이솔로몬이 광분하는 모습을 보고 죽인 겁니다."

솔로몬이 타오를 건드린 남자가 자기만이 아니라고 말할 때 이근식이 듣고 있었다.

"그리고 제가 이솔로몬에게 타오가 어떻게 죽었는지 말했거든요. 살해당한 뒤 옷이 벗겨지고 등등을요."

원래 죽이려던 목표물이라도 참을 수 없는 분노를 느낀다면 갑자기 패턴에서 벗어날 수 있다. 아니면 자신을 궁지로 몰아넣을 수 있는 위협 요인이라고 생각했을 수 있다. 이근식의 집을 수색하면 뭔가 단서가 나올 것이다.

때마침 기다리던 이지혁 형사의 전화가 왔다.

"이근식의 자취방을 찾았습니다. 대학교 담 옆에 있는 빌라 건물 2층입니다. 주소를 보낼 테니까 일단 학교 동문 쪽으로 오세요. 팀장님과 팀원들이 그쪽으로 집결하고 있습니다."

"이근식이 방에 있을까?"

"모르겠습니다. 뭔가 눈치챘는지 전화를 받지 않습니다. 문자를 보내도 읽지 않고요. 직접 확인해야 할 것 같습니다. 보안키 전문가가 필요할 것 같아서 최 팀장님이 근처에 있는 단골 기술자를 수배했습니다."

이근식은 집에 없었다. 현관문은 굳게 잠겨 있었고, 건물 뒤쪽 창문도 밖에서 열 수 없었다. 오지영은 동행한 기술자에게 문을 열게 했다.

자취방은 오지영 과장과 최 팀장, 김 형사, 셋이 서 있기에

타오

도 비좁았다. 침대, 옷장, 책상과 의자가 차지하고 남은 공간이 별로 없었다. 책상 위에는 노트북과 작은 달력이 있었다. 달력에는 어떤 메모도 없었다. 그리고 타오와 함께 찍은 사진이 있었다.

김태경 형사가 의자에 앉아 서랍을 열었다. 서랍 안에는 검은색 라텍스 장갑 묶음과 검은색 마스크 묶음이 있었고 물휴지 세 개가 한쪽에 있었다. 사각형으로 접은 비닐봉지와 그보다 훨씬 큰 검은색 비닐 뭉치가 세 개씩 있었다. 비닐봉지는 20리터 종량제 쓰레기봉투였다. 김 형사가 검은색 비닐 뭉치를 풀었다. 우비였다.

"이근식 이 친구, 대체 몇 명을 죽이려고 이렇게 많이 준비했을까요?"

"송곳은 안 보이네."

이지혁 형사가 한영덕 과학수사팀장, 고경중 형사와 나타났다. 최계호 팀장은 한 팀장과 고 형사에게 단서가 될 만한 것들을 이야기했고, 오지영은 김 형사와 함께 1층으로 내려갔다. 계단 옆에는 주차 공간이 있었고 한쪽 기둥 옆에 쓰레기봉투가 몇 개 버려져 있었다. 오지영은 건물 밖으로 걸어 나갔다. 다음 살인을 예고하는 전령 같은 가는 비가 부슬부슬 내리고 있었다. 오후 3시 55분. 마음이 초조해졌다.

최 팀장과 이 형사가 내려왔다. 최 팀장은 들고 있던 노트 한 권을 오 과장에게 건넸다.

"신발장을 열어보니까 역사 관련 책들이 꽂혀 있었소. 옷장 안에는 사회학 서적들이 있었고. 이 노트는 옷장 안 타오의 책들 가운데 있었소."

오지영은 노트를 한 장씩 넘겼다. 베트남어로 쓴 글이 적혀 있었다. 시인지 산문인지 알 수가 없었다. 계속 장을 넘겼다. 글은 노트의 절반을 채웠고 그 뒤로는 비어 있었다.

"마지막 장을 보세요." 최 팀장이 말했다.

오지영은 마지막 장을 펼쳤다. 돌형구 모양의 금색 책갈피가 끼워져 있었다. 노트 위쪽에는 'TO LEE'라는 알파벳이 적혀 있었고, 그 밑에 한글로 다음과 같은 문장이 적혀 있었다.

'그들이 나를 이렇게 만들었어!'

빗줄기가 조금 더 굵어졌다. 오지영은 갑자기 한기를 느꼈다.

'타오가 도움을 청한 또 다른 사람. 그런데 그 요청을 거절한 사람. 이근식은 지금 그 사람 근처에 있다.'

임시 수사본부를 교회 안 목사 사무실에 설치했다. 말이 본부지 오지영 과장은 목사가 쓰던 책상 의자에, 서장과 정보과장은 소파에 앉아 있었고, 신소식 형사3팀장이 임시 테이블에 앉아 휴대폰을 만지작거리고 있었다. 테이블 위에는 무전기와 직통 전화기가 설치되어 있었다. 동원된 경찰관들은 K대학 안팎에 2인 1조로 배치되었다. 위치는 형사과에서 지정해주었고, 이근식을 체포하는 것이 그들의 임무였다. 벌써 오후 5시다. 정보과장이 휴대폰으로 뉴스를 보며 말했다.

"서장님, 만일 K대학 주변이 아니면 어떻게 하죠?"

"솔직히 말하면 여기가 아니면 좋겠네. 사건이 발생해도 다른 경찰서 관할구역이면 좋겠어."

김인석 서장이 팔짱을 끼며 한숨을 푹 쉬었다.

"오늘은 꼭 잡아야 하는데…."

신소식 팀장이 서장을 보고 눈살을 찌푸렸다. 정보과장이 서장에게 말했다.

"대체 타오가 누구에게, 아니면 어느 기관에 도움을 청했을까요? 노동부나 구청, 시청은 아닐 테고, 경찰서도 물론 아니고요. 어느 기관, 누구일까요?"

휴대폰에서는 정치 관련 뉴스가 나오고 있었다. 오지영이 정보과장을 보고 말했다.

"기관이 아니라 개인일 겁니다. 기관을 상대로 복수할 수는 없겠죠."

"변호사 사무실도 기관 아니오?"

"타오와 이근식이 도움을 청한 상대는 윤미라 변호사 개인입니다. 이슬람 사원 문제로 다문화교류연구원을 통해 이근식이 전부터 알고 있던 변호사죠."

오지영은 이근식이 다음 살인을 계획하고 있는 곳도 K대학 안팎일 거라고 말하려다 말았다.

서장과 정보과장은 뉴스에 귀를 기울이고 있었다. 굴지의 대기업이 작업 중 사망한 근로자 관리 책임을 회피하자 이를 조사해 처벌해달라는 민원이 대통령실에 20만 건 이상 접수됐다는 뉴스였다. 대기업이 피해자 측과 접촉한다는 소식도 덧붙였다.

서장이 말했다.

"이 뉴스는 큰 사건도 아닌데 계속 나오네. 여론이 들끓으니까 이제야 대기업이 움직이는 거야."

정보과장이 고개를 끄덕였다.

"맞습니다. 자세한 내용은 몰라도 대기업 측에서 물밑 협상을 하지 않겠습니까? 아마 피해자 변호인들과 하고 있겠죠. 깔끔하게 합의를 봐야 보상이든 배상이든 할 겁니다. 어쨌든 대통령실에 민원이 들어가니 뉴스에도 나오고 뭔가 움직이네요."

타오

세 명의 경찰 간부가 서로 얼굴을 쳐다보았다. 정보과장이 말했다.

"대통령실 민원?"

"거기도 기관 아닌가?"

오지영의 머릿속을 스쳐가는 한 줄기 빛이 있었다. 지금까지 왜 생각하지 못했을까? 그녀가 하루도 빠짐없이 상대한 사람들이다.

"알 거 같아요. 타오가 도움을 요청했을 만한 곳."

김 서장이 무릎을 쳤다.

"맞아, 언론사! 억울한 일을 겪었는데 마땅히 호소할 곳이 없으면 언론사를 찾아가는 경우가 많아. 재판 결과에 불만을 품어도 언론사에 간다고 하니까. 그러니까 기자! 언론사 기자야!"

오지영은 머릿속으로 경찰서 출입 기자들을 떠올려보았다.

"이근식과 타오가 개인적으로 아는 기자가 있었을까? 무턱대고 언론사를 찾아가기보다는 면식이 있는 기자에게 부탁하지 않았을까? 그 기자를 어떻게 찾지?"

"언론사에 협조를 구하죠. 타오가 임금 체불 문제로 상담한 기자를 찾는 겁니다."

"곤란하지 않을까? 언론에 숨겨도 늘 공격받는 마당에

스스로 언론에 알린다? 사태가 감당할 수 없을 정도로 커지지 않을까?"

"기자가 살해당하면 더 감당할 수 없습니다. 살해당할 위험에 처한 기자가 있다면 보호부터 해야죠."

"그걸 누가 모르나? 이근식의 목표가 기자가 아니면 어떻게 하지? 괜히 벌집만 쑤신 꼴 아닌가. 경찰청장님까지 곤란해질 거야."

"우리 경찰서 출입 기자를 통해서 알아봐달라고 하는 게 좋겠습니다."

김 서장의 안색이 어두워졌다.

"모르겠어. 알아서 하게."

오지영은 신소식 팀장에게 경찰서 출입 기자들에게 협조 문자를 보내도록 했다. 올해 6월 이전에 베트남 여성인 타오와 임금 체불 문제로 상담한 기자가 있는지, 있다면 급히 연락해달라고 요청했다. 남자가 동행했을 수도 있다고 했다.

신소식 팀장이 문자를 보내자 1분도 지나지 않아 전화가 왔다. 신 팀장이 기자와 통화하는 사이에 오지영과 정보과장, 서장에게도 설명을 요구하는 기자들의 전화가 빗발쳤다. 살인 사건의 표적이라고 말한다면 언론사 전체가 뒤집힐 것이다. 별일 아니라고 가볍게 말하면 기자들이 협조하지 않을 수도 있었다. Y시에서 살해된 타오라는 여성의 생전 흔적을 파악하기 위한 것이라고 답변할 수밖에 없었다.

JBC 박우태 기자로부터 전화가 걸려온 것은 오후 6시가 조금 지나서였다. 오지영은 그를 상대하는 것이 싫었지만, 전화를 받을 수밖에 없었다.

"무슨 일인데요? 타오라는 여성이 Y시에서 죽었는데 왜 과장님이 수사합니까?"

"Y남부경찰서에서 협조를 요청했어요."

"그러면 남부경찰서 쪽에서 우리에게 직접 협조를 구하는 게 맞지 않습니까? 솔직하게 말씀해보세요."

"사실만 말씀드리는 거예요. 혹시 JBC에 타오라는 여성이 찾아간 적이 있습니까?"

"JBC가 아니라 K대학에서 봤습니다. 기자실에서요."

"언제 보셨습니까? 혹시 도움을 요청하지 않았나요?"

"음, 뭔가 있군요. 협조해드릴 테니까 말씀해보세요. 뭡니까?"

"그러면 엠바고를 지켜주시죠."

"나 혼자 알고 있는데 무슨 엠바고예요? 다른 기자들한 테 말하지 않으면 되죠."

"그러면 박 기자님 믿고 말씀드리겠습니다. 박 기자님이 지금 위험에 처해 있습니다. 우리가 보호해야겠습니다."

"잘 이해가 되지 않네요. 누가 나를 해친다는 말입니까?"

"그럴 가능성이 크다는 얘깁니다. 지금 어디 계십니까?"

"회사에 있습니다."

"다행입니다. 일단 그곳에 계십시오. 저희가 JBC로 가겠습니다."

"이곳에 오실 필요 없습니다. 타오를 만난 기자는 내가 아닙니다."

"네? 그럼 누군가요?"

"MKBC 정상원 기자입니다. 아마도 지난봄인 것 같은데 베트남 여성이 정 기자를 대학 본부에 있는 기자실로 찾아왔습니다. 그녀가 타오인지는 확실하지 않습니다만, 사진 보내주시면 확인할 수 있을 것 같습니다. 어쨌든 그 여성이 체불 임금 때문에 두 차례 찾아 왔습니다. 억울하다고 하면서 울더군요."

"사진은 바로 보내죠. 그때 정 기자가 어떻게 했습니까?"

"불법 취업이 문제였기 때문에 정 기자가 그냥 돌려보냈죠. 두 번째 찾아왔을 때는 대학 홍보실 직원이 쫓아냈고요. 그래서 기억하는 겁니다."

"누구와 같이 왔던가요?"

"남자가 있었습니다. 마스크를 쓴 채 아무 말도 하지 않았던 것 같네요."

"고맙습니다. 정 기자에게 연락해보죠."

신소식 팀장은 전화기 전원이 꺼져 있다며 3팀의 유 형사에게 정상원 기자 휴대폰 위치 추적을 지시했다.

오지영은 교회 현관 밖으로 나왔다. 머릿속에 오만가지 생각이 밀려왔다. 다시는 만나기 싫은 사람, 껄끄러운 상대, 전화조차 하면 안 될 것 같은 남자가 있다. 그녀는 망설였다. 전화하기 싫었지만 어쩔 수 없었다. 그녀는 천천히 MKBC 보도국 사회부장의 휴대폰 번호를 눌렀다.

"웬일이야?"

전화로 듣는 그의 목소리는 뉴스 리포트를 할 때와는 다르다.

"당신 부서에 정상원 기자 있어?"

"상원이는 왜?"

"정 기자가 위험에 빠진 것 같아."

"알아듣게 설명해줄래?"

"연쇄살인범의 다음 목표일 가능성이 높아."

사회부장은 오지영의 간단한 설명에 핵심을 파악했다. 그는 그녀의 판단 능력을 누구보다 잘 알고 있었다.

"큰일이군. 상원이는 금요일에 일찍 퇴근해. 내가 찾아볼게. 다시 통화해."

통화가 끝났을 때 박종구 형사과장이 윤 형사와 함께 교회로 찾아왔다.

"전형적인 가을비 같소."

투박한 말투에 인사도 없이 불쑥 목사 사무실 안으로 들어선 그들을 김인석 서장이 의아스러운 눈초리로 바라보았다. 오지영이 김 서장과 정보과장에게 그들을 소개했다. 빗물에 젖은 머리카락을 손으로 툭툭 털면서 악수한 박종구 과장은 서장 맞은편, 정보과장 옆 의자에 뒤로 넘어지듯 앉았다. 그의 바지에는 강둑에서 묻은 흙이 그대로 있었다. 윤 형사는 임시 테이블 의자에 쭈그리고 앉았다.

"젠장, 이종일 서장이 가보라고 해서 왔소."

정보과장이 현재 상황을 설명했지만, 듣는 것 같지 않았다. 간단한 설명이 끝나자, 박 과장은 안주머니에서 담배를 꺼내고 오른쪽 주머니에서 라이터를 꺼내 불을 붙였다. 김인석 서장과 정보과장이 인상을 찡그렸다. 박 과장은 그들이 인상을 찡그린 사실조차도 모르는 것 같았다. 박 과장이 오른 손가락에 담배를 끼운 채 김 서장의 위쪽 공간을 보며 말했다.

"오 과장요, 아직 말 안 했는데, 이근식의 시골집 냉장고에서 종량제 쓰레기봉투를 발견했소. 그 안에 피 묻은 우비하고 물휴지 같은 게 있습디다. 국과수에 맡기라고 했소. 듣고 있소?"

타오

오지영은 박 과장이 내뿜는 담배 연기가 퍼져나가는 것을 보았다. 아무도 박 과장에게 질문을 하지 않았다. 혈흔 분석 결과가 모든 것을 말해줄 것이다.

신소식 팀장이 형사들에게 MKBC 정상원 기자가 이근식이 노리는 목표물일 가능성이 높다고 알렸다.

"사진 보니까 타오라는 아가씨가 맞네요. 정 기자와 전화 됩니까? 회사에 알렸습니까?"

박우태 기자의 전화였다.

"전화도 안 되고, 회사에도 없어요. 금요일엔 일찍 퇴근한다고 합니다. 사회부장이 소재를 알아보고 다시 통화하기로 했습니다."

"모를 겁니다. 정 기자가 수요일 저녁에 대학원 수업을 듣거든요. 그래서 수요일에는 5시 40분쯤 기자실에서 나갑니다. 수업할 때는 휴대폰 전원을 끄고요. 지금도 수업 중일지 모르겠네요."

"어느 대학이죠?"

"K대학 대학원이요."

"무슨 과죠?"

"그건 모르겠습니다."

오지영은 MKBC 사회부장에게 다시 전화했다.

"정상원 기자가 혹시 대학원 수업을 듣나?"

"맞아. 수요일 저녁에 수업이 있어서 그날은 회사에 들어오지 않아. 오늘도 수업 중일지도 모르겠군. 캡이 자세히 알 거야. 물어보고 알려줄게."

"전공이 뭐지?"

"몰라. 그것도 캡한테 물어보지. 캡을 대학으로 보낼게. 정 기자 꼭 지켜줘. 부탁해."

"기자들 보낼 때 방송사 로고 찍힌 차는 안 돼."

오지영은 형사들에게 대학 본부에 집결하라고 지시하고 자신도 본부로 향했다. 박종구 형사과장은 소파에서 일어설 생각이 없어 보였다.

"알아서 잘하지 않겠소. 나는 여기서 대기하고 있겠소."

박 과장은 피곤한 듯 눈을 감았다. 윤 형사는 어느 틈엔가 신소식 팀장 옆에서 졸고 있었다.

밖에는 가을비가 주룩주룩 내렸고 평소보다 일찍 어둠이 찾아왔다. 이지혁 형사가 본부에 집결할 거면 대외협력처로 오라고 전했다.

형사들이 대외협력처에 들이닥쳤을 때 직원들은 모두 퇴근하고 사무실은 텅 비어 있었다. 대외협력처장도 퇴근한 뒤였다. 난감했다. 안내 직원은 어리둥절해하면서 비상 연락망을 보여달라는 요구를 무시하고 어딘가에 전화했다. 사무실 안으로 한 남자가 들어왔다. 그는 홍보팀장이라

타오

고 자신을 소개했다. 박우태 기자에게 연락을 받고 퇴근하다가 돌아왔다고 했다. 홍보팀장은 형사들을 기자실로 안내하고 여기저기에 전화를 해댔다. 하지만 정 기자의 소재를 찾는 게 쉽지 않은 모양이었다.

그때 MKBC 사회부장으로부터 전화가 왔다.

"정상원 기자는 경제학과 대학원에 다녀. 수요일과 금요일에 강의가 있어. 캡이 곧 도착할 거야."

오지영은 홍보팀장에게 경제학과 대학원 위치를 물었다. 홍보팀장은 경제학과 사무실에 전화해 조교에게 대학원 수업 장소를 물었다.

"경영대학 건물 2층 경제학과 전영빈 교수 연구실입니다. 정상원 기자가 안에 있는지는 모르겠답니다."

"전 교수님께 지금 전화해주세요. 정 기자가 그곳에 있는지만 알려달라고 하십시오."

홍보팀장은 다시 학과 사무실 조교에게 연락해 전영빈 교수의 전화번호를 받았다. 하지만 강의 중인 전 교수의 휴대폰도 꺼져 있었다. 오지영은 최계호 팀장에게 기자실에서 대기하라고 한 뒤 경영대학으로 향했다. 경영대학까지는 승용차로 2분도 걸리지 않았다. 홍보팀장이 연구실 문을 두 번 두드리고 바로 열었다. 오지영이 따라 들어갔다. 학생들이 놀란 표정으로 그들을 바라보았다. 학생들 가운데 낯익은 얼굴이 보였다. 정상원 기자였다. 오지영의 마음속 불안감이 눈 녹듯이 사라졌다. 전 교수는 놀란 눈으로 연구실에 들이닥친 사람들을 올려다보았다.

"홍보팀장 아닙니까? 갑자기 무슨 일입니까?"

"교수님, 죄송합니다. 정상원 기자한테 급한 일이 생겨서 왔습니다."

정 기자는 홍보팀장 뒤에 서 있는 오지영 형사과장을 보고 심각한 일이 벌어졌다고 판단한 듯, 조용히 책을 가방에 넣고 연구실에서 나왔다.

경영대학 로비로 내려왔을 때 최계호 팀장이 JBC 박우태와 다른 기자들을 안내해서 들어왔다. 나이 들어 보이는 사람이 자신을 MKBC 캡이라고 소개했다. 다른 사람들은 카메라 기자로 보였다. 캡은 정상원의 어깨를 두드리며 다행이라고 했다. 박 기자도 상기된 얼굴이었다. 오지영은 기자가 너무 많이 몰려와 일을 그르칠 수 있다고 생각했다.

"정 기자 안전은 확보했으니 됐습니다. 이제 형사과장님이 상황을 브리핑해주시고 계획도 말씀해주시면 좋겠군요."

캡이 말했다.

"이해를 구해야겠습니다. 브리핑할 시간이 없습니다. 범인을 체포하는 게 우선입니다. 정 기자와 이야기 좀 하겠습니다."

오지영은 정상원 기자를 한쪽으로 데리고 가려고 했다. 캡과 박 기자가 완강히 반대했다. 오지영은 할 수 없이 그 자리에서 정 기자에게 물었다.

"지난 3월 기자님을 찾아온 타오라는 여성 기억하세요?"

"네."

"그때 함께 온 남자도 기억하세요?"

"네, 조금 전에 봤어요. 이틀 전에도 봤고요."

오지영은 잠시 할 말을 잊었다.

"본부에서 여기로 오는 오솔길에서 봤어요."

"오솔길…, 그 사람 맞아요? 그런데 아무 일 없었어요?"

"전에 사진을 봤을 때 어디서 본 사람이라고 생각했어요. 그저께, 그리고 조금 전에 봤을 때도 마스크 낀 얼굴이 익숙하다고 생각했는데…, 과장님을 보는 순간 생각났어요. 이근식 씨 맞죠? 이지혁 형사가 들고 온 사진 속 세 사람 가운데 한 명, 그 사람이 3월에 타오 씨와 함께 기자실로 찾아왔었죠."

"용케 기억하셨네요."

"제가 좋아하는 영화배우와 비슷해서요."

"이근식을 만났을 때 어떤 모습이었습니까?"

"오솔길에서 마주칠 때마다 친절하게 길을 비켜줬어요. 비옷을 입고 있었고 검은색 마스크를 끼고 있었죠."

"이근식이 정 기자님을 노리고 있을지 몰라요. 타오와 자신을 도와주지 않았다는 이유로요."

정 기자는 자신이 얼마나 위험한 상황에 빠졌었는지 감을 잡지 못하고 있었다.

"기자님들은 여기서 잠시 대기하세요. 본부와 오솔길 일대 숲을 포위할 겁니다. 이근식이 정 기자님을 기다리고 있을지 모릅니다."

오지영은 구체적인 지시를 내렸다.

"최 팀장님, 팀장님과 1팀은 여기서 본부 쪽으로 그물을 편 채 좁혀가는 겁니다. 2팀은 본부 쪽에서 숲을 포위하라고 하세요. 3팀은 왼쪽을, 지원 부서 경찰관들은 오른쪽을 막으세요."

정상원 기자가 오지영의 팔을 잡았다.

"과장님, 잠깐만요. 저도 같이 갈게요. 제가 평소처럼 오솔길을 걸어가는 거예요. 밤 8시 조금 넘어서 수업이 끝나는 시간에 맞춰서요. 제가 앞서가고 과장님은 뒤에서 따라오는 거예요. 그가 나타나면 체포하는 거죠."

캡이 목소리를 높였다.

"미쳤니? 그러다가 한 방 맞으면 어쩌려고 그래? 그리고 경찰이 뒤따라가면 그놈이 알아차리고 도주할 거야. 뒤에 경찰이 따라오는데 너를 덮치겠어?"

"그 사람은 수업이 끝난 뒤를 노릴 거예요. 수업 전에는 날도 밝고 절 찾는 사람이 있을지도 모르니까요. 노리던 시간에 평소처럼 걸어가면 저에게 접근할 거예요. 저는 뒤에서 도망치면 돼요. 본부까지 먼 거리도 아니고, 경찰을 발견하고 도망치면 죄가 있다는 것을 인정하는 셈이 되겠죠."

오지영이 정 기자를 가로막았다.

"정 기자가 앞서갈 필요 없습니다. 이근식이 숲속에 있다면 정 기자가 미끼가 되건 말건 상관없습니다. 포위망 안에 있을 거니까요. 혹시라도 사고가 나면 곤란하니까 여기서 기다리세요."

"그렇다면 지금 가지 마세요. 포위만 하고 있다가 8시에 출동하세요. 아까 오솔길에서 보긴 했지만, 지금은 숲속에 없을 수도 있어요. 만일 다른 곳에서 경찰이 숲속을 수색하는 장면을 본다면 도주할 수도 있어요."

정 기자의 말도 타당했다. 오후 7시 5분이었다. 오지영은 형사들에게 자신을 노출하지 말고 본부와 경영대학 사이의 숲을 주시하며 대기하라고 지시했다. 초조한 시간이 흘렀다. 그사이 김인석 서장으로부터 어떻게 됐느냐고 묻

는 전화가 계속 왔다. 오지영은 기다리라고, 절대 본부 근
처로 오지 말라고 당부했다.

8시 5분. 형사들이 경영대학 로비를 나섰다. 빗줄기는 그
대로였지만 날은 더욱 어두워졌고 기온은 급격히 내려갔
다. 앞장서던 최계호 팀장이 갑자기 걸음을 멈췄다.

"조명이 없소."

미처 생각하지 못한 난관이 생겼다.

"홍보팀장님, 가로등이 없습니까?"

"가로등은 없고 바닥에 등이 깔려 있습니다."

바닥 등은 밝지 않았다. 오솔길 주위의 숲속은 칠흑 같았
다. 오지영은 난감했다.

"조명이 없습니까?"

캡이 물었다.

"라이트를 갖고 나온 형사도 있지만 켜고 접근하기가 어
렵습니다. 불빛을 보고 이근식이 도주할 겁니다."

"우리한테 카메라용 조명이 있습니다. 빛이 매우 강하니
까 필요할 때 켜서 활용하시죠."

오지영은 캡의 얼굴을 물끄러미 쳐다봤다. 그가 계속 말
했다.

타오

"대신 저와 JBC 박 기자가 카메라 조명을 들고 따라가겠습니다. 신호를 보내면 동시에 조명을 켜겠습니다."

거부할 수 없었다. 그때였다. 정상원 기자가 오솔길 쪽으로 갑자기 뛰어갔다. 형사들은 그녀를 잡을 수도, 소리칠 수도 없었다. 정 기자는 오솔길에 들어서자 휴대폰 라이트를 켰다. 평소 그렇게 본부 쪽으로 가는 모양이다. 형사들이 그녀 뒤를 쫓아 오솔길로 들어가 간격을 넓혔다. 최 팀장은 숲 외곽을 지키는 형사들에게 연락해 작전이 시작됐음을 알렸다.

최 팀장과 이지혁, 박곤, 최우진 형사가 앞장섰고 오지영 과장과 김태경 형사가 조용히 따라갔다. MKBC 캡과 JBC 박우태 기자가 조명을 들고 오지영의 뒤를 쫓아왔다. 최 팀장과 이 형사를 제외한 다른 형사들은 간격을 조금씩 넓혀가며 정 기자의 휴대폰 라이트를 주시했다. 정상원 기자는 겁도 없이 오솔길 양옆을 보면서 씩씩하게 걸어갔다. 여차하면 본부 쪽으로 달려갈 생각인 것 같았다.

많은 사람이 움직이고 있어도 오지영에게는 숲이 적막하게 느껴졌다. 나뭇잎에 가려져서 그런지 빗줄기가 잦아드는 것 같았다. 바람도 불지 않았다. 기온이 내려가 날이 추웠다. 정 기자의 모습은 보이지 않았다. 휴대폰 불빛이 비추는 오솔길 앞쪽만 희미하게 보일 뿐이었다. 그 빛은 멀리서도 습기를 머금은 축축한 빛깔이었다.

김태경 형사가 앞서가는 이지혁 형사의 소매를 잡았다. 앞장서지 말라는 의미였다. 이 형사가 뒤를 돌아보더니 김 형사의 손을 천천히 소매에서 떼어놓았다. 김 형사는 울상이 되었다. 오지영이 김 형사의 어깨에 손을 올리며 걱정하지 말라고 고개를 끄덕였다.

그때였다.

갑자기 휴대폰 불빛이 그 자리에 멈췄다.

불빛이 바닥에 떨어졌다.

숲속 모든 존재가 움직임을 멈췄다.

동시에 고막을 찢는 비명이 고요한 숲속의 무거운 공기를 날카롭게 갈랐다.

라이트를 갖고 다니는 형사들이 정 기자 쪽으로 불빛을 모았다. 동시에 두 개의 방송 카메라 조명이 켜지면서 숲속을 대낮같이 밝혔다. 이 형사와 박 형사, 최 형사는 불빛이 켜지기 전에 벌써 정 기자 옆에 다가가 있었다. 오지영은 김 형사와 함께 전속력으로 뛰어갔다. 불빛 속에서 정 기자가 자기를 놀라게 한 피사체를 바라보고 있었다. 오지영은 정 기자의 시선이 멈춘 곳으로 눈길을 돌렸다. 이근식이었다.

이근식은 오솔길 옆 돌조각상에 등을 기대고 다리를 앞

으로 벌린 채 앉아서 눈을 부릅뜨고 정 기자를 노려보고 있었다. 오른손 아래에는 송곳이 떨어져 있었다. 왼쪽 허벅지 옆에는 한 손으로 쥘 수 있는 돌이 부자연스럽게 놓여 있었다. 금빛 십자가 목걸이를 옷 밖으로 길게 늘어트린 그의 목은 단단한 끈으로 졸려 있었다. 끈은 흰 접시 모양의 돌조각 가운데 구멍을 통과해 조각 뒤편 고리에 묶여 있었다. 이근식은 의식이 없는 무생물체였지만, 바닥에 누울 수가 없었다. 조각상 기단에는 '달을 따다'라는 제목이 선명하게 보였다.

돌조각은 달이 아니라 성당 마당에서 본 순교자의 돌형구 같았다.

오솔길 양쪽 입구에 폴리스라인을 설치했다. 기자들은 현장에서 내보냈다. 형사들은 넓게 퍼져 라이트를 밝힌 채 범인이 흘렸을지 모를 단서를 찾기 위해 수색했다. 숲은 불야성이었다. 이근식의 부릅뜬 눈은 정면에서 비추는 조명을 받아 더욱 반짝였다.

시경 검시관과 대화를 나누던 한영덕 과학수사팀장이 최계호 팀장과 함께 오지영 과장에게 걸어왔다. 언제 나타났는지 박종구 형사과장이 이근식의 시신을 멀리서 바라보며 담배를 피우고 있었다.

"머리 뒤쪽이 함몰됐어요. 옆에 떨어져 있는 돌로 가격한 것 같습니다. 가는 전선으로 목을 묶었고요. 돌로 머리를 때려 기절시킨 뒤에 철사로 목을 감아 돌조각 뒤에서 조른 것 같습니다."

한 팀장이 말했다.

"이근식은 오후 5시 45분쯤 이 오솔길에서 경영대학으로 가는 정상원 기자를 만났습니다. 우리가 이 숲을 포위하기 시작한 게 7시 조금 넘어서였으니까, 범인은 그전에 이근식을 살해하고 도주했습니다."

대화는 더 이어지지 않았다. 빗줄기는 가늘어졌지만, 습한 공기가 숲을 덮었고 기온은 빠르게 내려갔다. 하지만 모두 우산을 쓰거나 옷깃을 여미는 것조차 잊은 듯했다.

이근식 살해 방법은 변호사와 목사, 이솔로몬을 살해한 방법과 달랐다. 오지영은 이근식이 살해당한 모습을 본 순간 타오를 둘러싼 슬프고도 잔인한 이야기의 윤곽을 이해할 수 있었다. 문제는 증거였다.

"마티즈!"

죽은 이근식을 내려다보던 오지영이 소리쳤다. 그 말을 듣고 박종구 과장이 옆으로 다가왔다.

"박 과장님, 6월 1일과 3일에 이근식의 본가 쪽에서 강둑

방면으로 가는 마티즈가 지방도로 CCTV에 찍혔다고 하
셨죠? 3일 강둑에서 본가 쪽으로 돌아가는 것도 찍혔는
지 확인해주세요."
"바로 알아보겠소. 얼마 걸리지 않을 거요."
오지영은 몸을 굽혀 이근식의 부릅뜬 눈과 시선을 맞췄다.
그녀는 이근식 집에서 발견된 타오의 노트 마지막 장, 돌
형구 모양의 금빛 책갈피 아래에 쓰인 문구를 중얼거렸다.
"그들이 나를 이렇게 만들었어!"

오지영은 집으로 돌아왔다. 성당에서 가져온 타오의 노트
가 집에 있었다. 돌형구 모양의 금빛 책갈피가 끼워진 장
을 펼쳤다.

　두 사람이 함께 누우면 따뜻하거니와 한 사람이면 어찌
　따뜻하랴.

성당에서 받은 이 노트는 타오가 성당을 떠나기 전, 그러
니까 지난해 이전에 기록한 것이다.
오지영은 성당에서 가져온 30쪽 분량의 얇은 사진첩을 펼
쳤다. 성당 행사 때 신자들이 모여 찍은 기념사진이 대부

분이었다. 오지영은 사진을 한 장씩 넘기며 타오를 찾았다. 어렵지 않게 찾을 수 있었다. 여섯 번째 장에 봉사활동을 하는 타오의 모습이 다른 신자들과 함께 있었다. 사진에서 드러난 얼굴 윤곽은 어머니를 닮았다. 열일곱 번째 장에는 신자 스무 명과 함께 찍은 사진이 있었다. 타오의 왼쪽에는 본당 신부가 있었고, 오른쪽에는 사무장이 있었다. 타오는 앞줄에서도 가장 작았는데 요정 같았다. 뒷줄 오른쪽 끝에 그 남자가 있었다. 사진 아래에는 '하계 성경 공부'라고 적혀 있었다.

오지영은 휴대폰을 들었다.

"안녕하세요. 무슨 일이세요?"

성당 사무장의 목소리는 늦은 밤에도 상냥하게 들렸다.

"밤늦게 죄송합니다. 여쭤볼 게 있어서요."

"얼마든지 물어보세요. 저는 괜찮아요."

"전에 타오가 성당 갈 때마다 돌형구 앞에서 기도했다고 하셨죠?"

"제가 그랬던가요? 맞아요. 타오는 성당에 올 때마다 항상 돌형구 앞으로 갔어요. 제 사무실에서 그곳이 잘 보이거든요."

"주일 성경학교 선생님한테 질문도 많이 했다고 하셨죠?"

"공부를 많이 해서 궁금한 것도 많았어요. 돌형구 앞에서도 어찌나 질문을 많이 해대던지."

"주일 성경학교 선생님이 몇 분이나 계시나요?"

"여러 명인데요, 지난해에는 역사학자가 성경 공부를 맡
아주셨어요. 고대 중동의 역사를 전공하시는 선생님인데
영국에서 학위를 받으셨죠. 대학 강의를 많이 하셨는데 지
금은 강의는 안 하시고 단체 활동에 전념하신다는 말을
들었어요."

"그분 이름이 어떻게 됩니까?"

"이진우 선생님이라고 해요."

사무장은 상냥한 목소리로 오지영이 예상한 이름을 말했다.

10월 6일 금요일 밤

이근식과 타오가 처음 만났을 때 둘은 서로 같은 부류의
사람임을 알아보았다. 그들은 사람을 그리워했고 사람들
로부터 상처를 받았다.

Y고등학교에서 특강할 때 3학년 학생인 이근식을 처음 만
났다. 나에게 깊은 인상을 받은 그는 K대학 사학과에 진
학해 후배가 되었다. 이근식의 성장 배경을 잘 알고 있는
나는 발랄했던 그가 대학에 들어와서 왜 따돌림을 당했는
지 이해했다. 동료들은 이근식이 타인에게 너무 집착해서
질리게 한다고 말했다.

이근식은 내가 쓴 논문과 책을 찾아서 읽었다. 나는 유대
의 신 관념에 비판적이었지만, 그는 오히려 믿음이 깊어졌
다. 내가 대학 강의를 포기하고 다문화교류연구원 활동에
전념하면서 더 가까이 다가왔다. 이근식은 나를 진심으로
존경했지만, 나는 그를 불안하게 여겼다.

타오가 성경 공부를 위해 찾아왔을 때 그녀의 아름다움
에 반했다. 그녀를 경제적으로 돕기도 했다. 나는 중년으
로 접어들었지만, 타오와 같이하기 위해 인생을 새로 설계
했다. 나이가 있어도 젊은 베트남 여성과 가정을 꾸리는
사람이 많기에 어렵지 않다고 생각했다. 그래서 타오에

게 직장을 소개해주었다. 하지만 그녀는 나를 떠났다. 그녀가 나의 보살핌에서 벗어나 솔로몬에게 갔을 때 현실을 깨달았다. 차라리 잘됐다고 생각했다. 그러면서도 타오가 버림받을지 모른다고 우려했다. 마침내 걱정이 현실이 되었을 때 놈에게 분노했다.

나를 통해 타오를 알고 있던 이근식도 솔로몬에게 분노했다. 타오가 버림받고 회사에서 쫓겨나자, 이근식은 무책임한 솔로몬을 증오했고 그녀에 대한 동정심이 갈수록 커졌다. 나는 그런 이근식에게 타오를 맡기는 게 최선이라고 생각했다. 두 사람은 이근식의 집에 머물렀다. 이근식은 타오를 위해 살기 시작했다. 타오는 자신에게 헌신적인 이근식이 고마웠다. 하지만 타오와 이근식, 그리고 두 사람을 지켜보는 나의 삶은 갈수록 비참해졌다. 미래가 없었다. 타오는 사람들이 자신을 그렇게 만들었다며 원망했다. 이근식 또한 타오의 눈으로 세상을 바라보며 그들에 대한 원망과 증오를 키웠다. 베트남 여자 타오는 혼자 아기를 키우며 이 땅에서 살아갈 수 없었다.

이근식이 대학교 근처 자취방으로 돌아가고 5월부터 나는 시골집에서 타오를 돌보며 함께 생활했다. 타오가 죽은 뒤 나는 이근식에게 그녀가 아기와 함께 집을 나갔다고 말했다. 이근식은 Y시 강둑에서 여성의 변사체가 발견됐다는 보도를 봤지만, 상세한 내용 없이 단순 사실만 나와서 진실을 알 수 없었다. 그는 오직 타오의 눈으로 그녀의 불행을 바라보았다.

나는 그가 두려웠다. 그가 사실을 알았다.

타오

Y시로 출발하려는 오지영 과장에게 구자광 2팀장이 이진 우가 다문화교류연구원 2층 자기 집에서 나오지 않고 있 다고 전화로 보고했다. 오 과장은 어젯밤 형사2팀에 이진 우를 감시하라고 지시했다.

김태경 형사가 운전하는 차에서 아침 뉴스를 틀었다. 토 요일이라 그런지 짧았다. 뉴스의 첫머리는 국지전에서 전 면전으로 확대되고 있는 중동 분쟁이었다. 이어 원유가 폭등 가능성과 걷잡을 수 없는 인플레이션 현상을 보도 했다. 담보대출 금리가 인상되면서 부동산 시장이 불안했 다. 지난밤에 충청남도 지역에서 지진이 발생했다. 국정감 사 관련 뉴스와 국내 정치 소식이 짧게 뒤를 이었다. 저녁 뉴스에는 K대학 살인 사건이 보도되겠지만, 간단하게 언 급될 것 같았다.

오지영은 방송사 인터넷 뉴스를 검색했다.

박우태 기자의 보도는 여전했다. 이슬람 사원 건립에 앞 장선 교수와 변호사가 테러를 당하자, 기독교 목사와 천 주교 신자가 살해당한 데 이어 급기야 기독교 역사 관련 논문을 쓴 신자가 순교 방식으로 살해당하는 끔찍한 사 건이 벌어졌다고 보도했다. 이슬람 측의 기독교 공격이라는 의견이 제기되고 있어 종교전쟁으로 확대될 수 있다는 합리적인 전망도 가능하다고 했다. 연일 실기하는 경찰은 한밤중 출동에도 준비성이 없어 방송사가 카메라 조명을 제공하는 촌극까지 벌어졌다고 비난했다. 오지영은 박우태 기자의 보도가 자극적인 논조에 수준이 너무 낮아 저녁 뉴스에는 방송되지 않을 것으로 예상했다.

정상원 기자는 '경찰은 이번 사건이 그동안 K대학 주변에서 발생한 연쇄살인 사건과는 다르다고 보고 있으며, 피살자 주변을 상대로 용의자를 찾고 있다'며 단신으로 전했다.

오지영은 상세한 보도는 자제해달라고 기자들에게 요청했다. 범인이 증거를 인멸하고 도주할 가능성이 있었다. 대신 범인을 검거하면 자세한 내용의 보도 자료를 배포하기로 약속했다. 그동안 JBC와 MKBC는 두 꼭지 정도의 리포트를 준비할 거라고 했지만, 요즘 국제정세의 변동성 때문에 보도가 가능할지는 기자들도 반신반의했다.

운전하던 김태경 형사가 음악방송으로 라디오 채널을 바꿨다.

"수천 명씩 죽어나가는 중동 사태가 연쇄살인 뉴스를 덮어버렸어요. 세상 참 웃기네요. 미사일로 사람을 죽이면 경찰 수사를 받지 않아도 되니."

타오

공원 주차장에 차를 세우고 강둑 위로 올라갔다. 날은 청명하게 갰지만, 어제 내린 비로 강물의 수위는 강둑 경사면 아래턱까지 높아졌다. 최계호 팀장과 박곤, 최우진, 이지혁 형사가 미리 와 있었다. 그들 옆에 있던 Y시 남부경찰서 이종일 서장이 오지영과 김 형사를 보고 손을 들어 보이며 활짝 웃었다. 그들 앞에는 크레인 차량이 강둑 위도로를 점용한 채 네 개의 붐을 도로 바닥에 고정하고 있었다. 크레인은 생각보다 컸고 물체를 들어올리는 지브의 길이도 강 한복판까지 닿을 정도로 길었다. 지브 끄트머리에 매달린 마티즈 승용차가 강물 밖으로 모습을 드러냈다. 박종구 형사과장과 윤 형사가 강에서 건져 올린 차를 도로 위에 내려놓도록 유도했다. 잠수부 두 명이 좁은 둔치 위로 올라와 허공에 뜬 차를 올려다보고 있었다. 마티즈는 공중에서 반원을 그리며 강둑 도로 위에 안착했다. 오지영은 차량을 살펴보았다. 창문이 모두 열려 있었고 차량 안팎이 진흙으로 덮여 있었다. 내부에는 나뭇가지가 어지럽게 엉켜 있었다. 차 열쇠도 그대로 꽂혀 있었다.

"차를 빨리 가라앉히려고 창문을 모두 열고 밀어버린 것 같네요."

김 형사가 말했다.

"그래."

"대시보드 안에 뭔가 들어 있을 것 같은데요."

경기북부경찰청 과학수사대원이 조수석 대시보드를 열었다. 꼭꼭 말린 뭉치 같은 게 들어 있었다. 이종일 서장이 기다렸다는 듯이 얼른 꺼내보라고 말했다. 과학수사대원은 박종구 과장의 눈치를 살피더니 그가 고개를 끄덕이자 두 손으로 천천히 뭉치를 꺼내 강둑 도로에 펼쳐진 초록색 방수포 위에 펼쳤다. 긴 팔 원피스였다.

오지영은 타오의 옷이라는 걸 알아챘다.

펼쳐진 옷 안에는 속옷과 부서진 휴대폰 조각들, 검은색 라텍스 장갑이 있었다.

과학수사대원이 차 트렁크를 열고 안에 흩어져 있는 것을 꺼내 방수포 위에 내려놓았다. 흙색으로 물든 운동화 한 켤레와 접힌 우산, 그리고 연장통이 있었다. 옆에는 길이가 짧고 면이 넓은 칼이 있었다. 타오의 손가락을 자를 때 사용한 것으로 보였다.

10월 10일 화요일 아침. 오지영은 이틀 동안 휴식을 취했다. 낮에는 동네 도서관에서 이진우가 쓰거나 번역한 책을 읽고, 밤에는 푹 잤다. 덕분에 왼쪽 팔의 움직임도 부드러워졌고, 출근하는 마음도 가벼웠다. 모처럼 경찰서에 활력이 넘쳤고 형사들도 여유를 찾았다.

회의를 끝낸 오지영은 그동안 수집된 증거를 검토했다. 오랜만에 증거다운 증거를 보고 만지고 확인하는 순간이었다. 그녀는 사람의 말이나 행위를 신뢰하지 않았다. 타인이 말하는 신념이나 믿음을 믿지 않았다. 형용사나 부사가 많이 들어간 대화엔 거부감이 들었다. 참인지 거짓인지 판단할 수 없는 대화에는 끼지 않았다. 오직 경험한 것, 경험할 수 있는 것만을 믿었다. 날씨 기록, 공과금 청구서, 카드 사용 기록, 영수증을 믿었다. 과학수사 분석 결과를 믿었고, 그것을 검토하는 일이 즐거웠다. 그녀가 가장 싫어하는 말은 좋아한다, 싫어한다, 믿어달라, 꼭 기억하겠다는 말이다. 그녀를 떠난 감성 충만한 친구들에게나, 그녀가 떠난 전남편에 관해서도 그랬다.

이근식의 승용차 대시보드에서 나온 라텍스 장갑 안쪽에는 지문이 검출되지 않았다. 옷에 싸여 있다 해도 차량이 오랫동안 물에 잠겨 있었기 때문이다. 미세증거라 할 만한 것은 없었지만, 옷은 타오 것으로 확인됐다. 사진에서 타오가 입고 있던 임산부용 원피스였다.

이근식의 집 냉장고에서 발견된 종량제 쓰레기봉투에는 검은색 비닐 비옷과 마스크, 라텍스 장갑, 물휴지가 피와 물에 젖은 채 들어 있었다. 피는 이영태 목사의 혈흔이었다. 비옷과 장갑, 물휴지 포장지에는 이근식의 지문이 다량으로 검출됐다. 쓰레기봉투는 K대학이 있는 지역에서만 사용되는 것이었다.

타오가 아기와 쓰던 방과 부엌에서 타오와 이진우의 지문을 서른개씩만 채취했다. 이근식의 방에서는 타오와 이진우의 지문을 채취하지 못했다. 그 방에는 이근식의 지문만 있었다.

오지영은 회의 때 한영덕 과학수사팀장이 설명한 CCTV 분석 자료를 재검토했다.

이근식은 지난 5월 1일 본가에서 K대학 옆 원룸으로 돌아온 뒤, Y시에 있는 시골집에는 가지 않은 것으로 추정되었다. 자취방인 원룸 현관 CCTV 화면은 여섯 달 동안 보관되는데, 거기에 이근식의 출입이 모두 기록되어 있었다. 그는 6월 12일 이후부터는 거의 매일 오후 5시쯤 나가서 밤 12시쯤 돌아왔다. 권윤정 교수가 피습당한 8월 27일에는 밤 11시 50분, 윤미라 변호사가 살해당한 9월 23일에는 밤 10시 30분, 이영태 목사가 살해당한 9월 28일에는 밤 9시 30분, 이솔로몬이 살해당한 10월 3일에는 다음 날 새벽 0시 30분에 귀가했다. 그는 그때마다 쓰레기봉투를 원룸 건물 앞 쓰레기 더미에 던지고 집으로 들어갔다. 쓰레기는 다음 날 아침 청소차가 와서 수거해갔다.

　　　　　　　　　　　　　　　　　　　　타오

9월 28일 밤 9시 30분에 원룸 앞 쓰레기 더미에 이근식이 던진 봉투를 5분 뒤 우산을 쓰고 나타난 이진우 사무국 장이 들고 간 것이 현관 CCTV에 찍혀 있었다.

이영태 목사 살인 사건이 발생한 9월 28일, 밤 8시에 이진우가 집이 있는 다문화교류연구원 쪽에서 학교 북문 방향으로 검은 우산을 쓰고 건너가는 모습이 K대학 북문 건널목 CCTV에 찍혔다. 학교로 들어간 것이다. 그리고 9시 45분에 우산과 비닐봉지를 들고 북문에서 집 쪽으로 길을 건너는 모습이 촬영됐다. 학교에서 나온 것이다. 10분 뒤에는 다시 우산만 들고 집 쪽에서 북문 쪽으로 건널목을 건너는 모습이 찍혔는데, 비닐봉지를 집에 두고 나와 다시 학교로 들어간 것으로 보였다. 비닐봉지는 이근식의 본가 냉장고에서 발견된 종량제 쓰레기봉투로 보였다. 그리고 밤 11시에는 다시 학교 북문 쪽에서 집 쪽으로 건너가는 모습이 찍혔다. 권윤정 교수가 폭행당한 날과 윤미라 변호사가 피살된 날에는 북문 건널목 CCTV에 찍힌 모습이 없었다. 이솔로몬이 피살된 날에는 다음 날 새벽 1시에 북문 앞 건널목을 건너 학교로 들어갔다.

이근식이 피살된 날에는 오후 5시에 집 쪽에서 학교 북문 쪽으로 건널목을 건너가는 모습이 CCTV에 찍혔다. 그리고 6시 50분에 학교 북문 쪽에서 자기 집 방향으로 건너

갔다.

대학 본부 정면을 비추는 CCTV에는 5시 10분에 이진우가 본부 뒤 오솔길로 들어가는 모습이 찍혔고, 5시 20분에는 이근식이 검은색 비옷에 마스크를 끼고 같은 길로 들어가는 모습이 찍혔다. 이근식은 이틀 전에도 찍혀 있었다. 5시 45분에는 정상원 기자가 오솔길로 들어갔다. 하지만 나올 때는 이진우 혼자였고, 이근식은 숲속에서 시체로 발견됐다.

이근식이 권 교수와 윤 변호사, 이 목사, 이솔로몬을 관찰하는 모습은 K대학 CCTV에서는 찾지 못했다.

타오와 이진우, 이근식이 Y시로 언제 어떻게 갔는지는 조사 전이었다. Y시로 가는 도로나 버스정류장 CCTV를 모두 조사하려면 엄청난 시간과 인력이 필요할 것이다.

타오는 기숙사에서 나온 2월 초에 이근식 또는 이진우와 함께, 어쩌면 세 사람이 함께 Y시 이근식의 집으로 들어갔고 4월 말까지 이근식과 함께 지냈다. 5월에 이근식이 K대학 옆 원룸으로 돌아오자, 그때부터 또는 그 이전부터 이진우가 시골집을 오가며 타오를 돌본 것으로 추정되었다. 타오가 출산한 병원은 찾지 못했다. Y시에는 아기를 낳을 수 있는 병원이 하나뿐이었는데 그곳에는 가지 않았다. 범위를 넓혀 일대의 산부인과 병원을 모두 찾는 것은 불가능했다.

마지막으로 국과수 감식 결과 통지서를 다시 읽었다. 사건은 해결되었다. 하지만 해결은 법률적인 종결을 의미할 뿐이다. 거의 모든 영역에서 의문점이 남아 있고, 문제는 해결되지 않을 것이다.

오지영은 아침에 박종구 과장이 메일로 보내준 사진을 열었다. Y시 강둑 앞 공원에서 커피 파는 여성을 조사할 때 그녀의 휴대폰에서 나온 사진이라고 했다. 무심코 넘겼다가 타오의 존재를 인식한 뒤 다시 찾은 사진인데, 커피 파는 여성이 이동식 카페 차량 앞에서 포즈를 취한 조카 부부를 찍은 사진이라고 했다. 조카 부부는 두 살짜리와 네 살짜리 아기를 안고 함박웃음을 짓고 있었다. 그 뒤 카페 차량 옆 간이 의자에 곰인형만 한 아기를 가슴에 꼭 안은 타오가 앉아 있었다. 임산부 원피스를 입고 있었고 옆에는 작은 가방이 놓여 있었다. 타오는 자기 앞에서 사진 찍는 젊은 부부의 뒷모습을 물끄러미 바라보고 있었다.

타오의 모습은 앞으로 가야 할 기나긴 여정을 앞두고 잠시 휴식을 취하는 남루한 차림의 고단한 순례자 같기도 했고, 이제야 긴 여정을 끝내고 마지막 숨을 고르고 있는 고독한 여행자처럼 보이기도 했다.

운전은 오지영 형사과장이 했다. 조수석에는 박종구 형사과장이, 뒤에는 김태경 형사와 윤 형사가 앉았다. 박종구 과장이 창문을 반쯤 열고 담배를 피워 입에 물었다. 차 안은 순식간에 담배 연기로 가득 찼다. 오지영은 다른 창문도 조금씩 열었다. 김 형사는 기침 소리를 일부러 크게 냈다. 그러자 박 과장이 뒤를 한 번 힐끗 보더니 세 모금 길게 피운 뒤 재떨이를 찾았다. 차 안에 재떨이가 보이지 않자 반쯤 남은 담배꽁초를 조수석 창문 밖으로 던져버리고, 연기가 다 빠져나가지 않았는데도 조수석 창문을 올렸다. 김 형사의 얼굴이 일그러졌다. 윤 형사는 차에 타자마자 졸고 있었다.

"이종일 서장이 김인석 서장을 어떻게 요리했는지, 그리된 거요. 나야 정년이 얼마 남지 않았지만 오 과장은 앞길이 창창한데 결과적으로 미안하게 됐소."

"괜찮습니다. 아마도 김 서장님이 젊은 이종일 서장을 배려했을 거예요."

"그렇다면 말이 더 안 되지. 이종일이가 김인석한테 뭘 처먹인 게 틀림없소. 오 과장이 수사를 다 했고 결국 진실을 밝히지 않았소."

"박 과장님!"

"왜요."

"Y남부경찰서가 체포하는 게 맞아요."

"맞는 말은 아니지만 어쨌든 그렇게 하겠소. 아니지, 용의
자는 데려가지만 체포는 그쪽이 하시오. 용의자도 안 데
리고 가면 이종일이 지랄발광할 테고."

다문화교류연구원 앞에는 박곤 형사와 최우진 형사가 지
구대 경찰 세 명과 진을 치고 있었다. 윤 형사가 그들과
합류했다. 오지영 과장과 박 과장, 김 형사는 현관을 지나
다문화교류연구원 옆 계단으로 올라갔다. 2층 오른쪽 문
이 열려 있었고, 이지혁 형사가 그들을 맞았다. 집 안으로
들어가니 거실에 식탁과 의자 넷이 있었고, 안쪽 의자에
이진우 사무국장이 앉아 있었다. 옆에서 최계호 팀장이 이
진우를 잡아 죽일 듯한 찡그린 표정으로 내려다보고 있었
다. 오지영과 박종구 과장이 앞에 앉았다. 이진우는 눈을
내리깔고 있었다.

"커피 있으면 한 잔 주시겠어요?"

상황에 어울리지 않는 오지영의 요구였지만, 이진우는 바
로 일어나 싱크대로 가서 커피포트에 물을 끓였다.

한눈에 보아도 모든 것이 잘 정돈되어 있었다. 거실 한편
에는 천장에서 바닥까지 연결된 책꽂이가 두 개 있었다.
영어로 번역된 고대 이집트와 서아시아, 그리스의 역사책
이 시대 순으로 정리되어 있었는데, 역사책마다 해당 주석

서가 원전 옆에 꽂혀 있었다. 다른 책꽂이에는 서양 철학 원전과 주석서가 철학자들의 탄생 연도에 따라 분류되어 있었다. 중단 아래로는 성서 관련 책이 꽂혀 있었다. 식탁 위에는 《토라로 본 인간의 본성》과 《중국 고대사회의 윤리와 법》이라는 책이 가지런하게 놓여 있었다. 오지영은 식탁 위에 놓인 책을 밀어서 옆으로 흩어놓았다.

이진우가 커피 한 잔을 들고 와 오지영 앞에만 놓았다. 그러고는 흐트러진 책을 가지런하게 포개놓았다. 오지영은 그가 자리에 앉으려 할 때 커피 잔을 엎지르면서 책을 다시 어질렀다. 커피가 번지며 책을 적셨다. 이진우가 본 능적으로 커피 잔을 세우고 옆에 있는 휴지를 몇 장 뽑아 탁자에 흘린 커피를 닦았다. 그리고 책을 다시 가지런히 놓았다. 그 상태에서 갑자기 동작을 멈췄다. 손을 천천히 자기 앞으로 가져가며 그녀의 눈을 쳐다보았다.

오지영은 그의 눈을 마주 보며 심리적인 변화를 읽어내려 고 했다. 그는 처음에는 오지영의 돌발 행동에 화났는지 눈을 크게 떴고 다음에는 노려보았다. 얼굴 근육은 조금 도 움직이지 않았지만, 마치 내밀한 본성을 들킨 것처럼 그녀를 노려보고 있었다.

"이진우 씨가 번역한 이 책 서문에 바빌로니아 유대인의 소설을 믿지 말라고 했더군요. 구약성경을 왜 그렇게 썼는지 파악하라고."

이진우가 오지영이 무슨 말을 하려는지 주시했다.

"왜 아기를 죽였어요?"

한동안 침묵이 흘렀다. 박종구 과장이 담배를 꺼내 입에 물었다. 라이터를 찾지 못해 이 주머니 저 주머니 뒤지다가 아까 차에 놓고 내린 것 같다고 중얼거렸다. 최 팀장을 올려다봤지만, 슬쩍 뒤로 물러날 뿐이었다. 박 과장은 일어나서 싱크대 앞 가스레인지로 담배에 불을 붙이고 다시 식탁 의자에 앉았다. 그가 담배 연기를 이진우 얼굴 위로 뿜으며 말했다.

"당신, 공부도 좀 한 거 같은데 구질구질하게 굴지 말고 그냥 사실대로 말해."

오지영은 말없이 이진우를 응시했다. 박 과장이 담뱃재를 털 곳을 찾더니 그녀가 쏟아버린 빈 잔을 앞으로 당겨 재를 털었다. 이진우는 재떨이가 된 커피 잔으로 시선을 내리더니 평소처럼 담담한 어투로 말했다.

"대체 무슨 말씀을 하는지 모르겠습니다. 이게 다 무슨 일입니까?"

박 과장이 그에게 담배 연기를 뿜어대며 역정을 냈다.

"이 친구 이거 정말 사람 실망시키네."

"제가 아기를 죽이다니요? 누구 아기를 죽였다는 말입니까?"

오지영은 착잡한 심정으로 이진우를 바라봤다. 박 과장이
소리쳤다.

"야 이놈아, 누구 아기라니! 타오 아기 말이야! 죽여서 어
디 숨겼어? 다리 밑에 버렸어, 아니면 땅속에 묻었어? 사
실대로 말해!"

이진우는 박 과장의 시선을 피하며 오지영을 향해 흔들림
없는 어조로 말했다.

"전에도 말씀드렸지만, 타오에 대해서는 개인적으로 잘
모릅니다."

오지영은 경험을 통해 용의자가 무엇부터 부정하려 하는
지 잘 알고 있었다.

"타오와 같이 지내지 않았나요?"

"무슨 말씀을…. 제가 왜 타오와 지냅니까?"

"아기만 돌봐줬나요?"

"타오도 잘 모르고 아기가 있는지 없는지도 모르는데, 어
떻게 타오의 아기를 돌봐줬다는 겁니까?"

"아기를 본 적도 없습니까?"

"타오가 애를 낳았는지도 몰랐다고 하지 않았습니까?"

"당신은 타오, 그리고 그녀의 아기와 함께 지냈어요. 그리
고 아기를 죽였어요."

"정중하게 말씀드리지만, 증거를 제시해주시겠습니까?"

"당신은 지난 6월 1일 밤 Y시에 있는 이근식의 집에서 타오의 아기를 젖병을 물린 채 안고 나왔습니다. 그리고 마티즈 승용차에 태워 강둑으로 가서 죽이고 넥 아래 묻었어요. 새 둥지가 보이는 구멍 아래를 받치고 있는 기둥 옆에요."

"…"

"정확하죠? 아기의 몸은 부드러워서 빠르게 분해되죠. 하지만 아기를 감싼 강보와 보자기는 화학섬유라 썩는 데 수백 년이 걸려요. 젖병과 젖꼭지도 마찬가지고요. 아기가 물고 있던 젖꼭지와 두 손으로 쥐고 있던 젖병에 당신의 지문이 남아 있었어요."

"…"

"내가 이해하지 못한 부분이 그겁니다. 왜 아기를 죽였는지."

"제 지문이 왜 거기에…?"

박 과장이 참지 못하고 폭발했다.

"야 이 사람아, 정말 이렇게 나올래? 자꾸 발뺌하면 죄만 더 무거워지는 거야, 알아? 죽였는지 안 죽였는지를 묻는 게 아냐. 왜 죽였는지 묻는 거야. 동기가 뭐냐 말이야? 아기는 왜 죽이고 불쌍한 타오는 왜 죽였느냐, 이 말이야?

또 증거를 대줄까? 구질구질하게 말이야, 공부 좀 했다는 사람이, 양아치도 아니고 말이야, 정신 차려, 이 치사한 새끼야! 왜 타오를 죽이고 잔인하게 손가락까지 잘라서 아기 옆에 뿌렸어, 똑바로 말해봐!"

오지영이 박 과장을 제지하며 이진우에게 말했다.

"당신은 이근식이 버린 쓰레기봉투를 그의 집 냉장고에 넣었잖아요. 범인이 이근식이라는 증거를 만들기 위해서 그랬던 거죠. 당신은 결말을 예측한 거예요. 그렇죠? 우리는 타오와 이근식, 당신의 행적을 다 파악했어요. 당신이 아기를 데리고, 다음에는 타오를 데리고 강둑으로 간 것도, 그때 마티즈를 강물에 밀어 가라앉힌 것도 알고 있어요. 당신은 모르지만, 곳곳에 있는 CCTV에 다 찍혀 있어요. 문제는 왜 아기를 죽이고, 그다음에는 타오까지 죽였느냐는 거죠. 대체 왜 그랬어요?"

긴 침묵이 흘렀다. 이진우는 천천히, 담담하게 말하기 시작했다.

"형사과장님 생각이 맞아요. 저는 결말을 알게 됐습니다. 모두 다 타오를 위해 한 일이었습니다. 그녀가 아기를 기른다는 건 불가능한 일입니다. 아시잖습니까? 한국 사회에서 밑바닥 인생이 어떤지. 베트남 출신의 미혼모 타오. 생각만 해도 끔찍한 일입니다. 그래서 타오의 부담을 덜어주려고 아기를 없앤 겁니다."

"그렇다면 타오는 왜 죽였어요?"

또다시 긴 침묵이 흘렀다. 그가 한숨을 쉬었다. 석고상처럼 무표정한 얼굴로 숨을 깊이 들이마셨다. 그는 절대 울지 않을 것 같았다.

"타오가 경찰에 알리겠다고 했습니다. 걷잡을 수 없었습니다. 일부러 그런 게 아닙니다. 살리려고 했는데 숨을 쉬지 않았어요."

"당신은 타오를 사랑하지 않았나요?"

"…."

"성당에서 타오를 만나 교리를 가르쳐주고 돌형구 앞에서 이야기하지 않았나요? 함께 사진 찍지 않았어요? 타오는 당신과 같이하는 미래를 꿈꿨어요. '두 사람이 함께 누우면 따뜻하거니와 한 사람이면 어찌 따뜻하랴.' 생각안 나요?"

이진우가 놀란 눈으로 오지영을 보았다.

"어떻게 그걸…."

그는 고개를 숙이고 한숨을 쉬었다.

"맞아요, 저는 타오를 사랑했어요. 타오와 미래를 함께하기로 마음먹었어요."

"그런데 왜 아기를 죽였어요? 타오를 사랑했다면서."

417

"타오는 솔로몬에게 갔습니다. 그게 낫다고 생각했습니다. 그런데 다시 돌아왔습니다."

"그래도 왜 아기를 죽였는지 설명이 안 돼요. 돌아왔으면 같이 살 수 있지 않았을까요? 타오는 3학점만 더 따면 졸업할 수 있는 상황이었어요. 단지 3학점! 왜 귀중한 아기를 죽여서 묻었어요?"

"아기는… 솔로몬의 아기잖습니까? 그놈의 배설물 때문에 타오를 평생 고생시킬 수는 없었어요. 타오를 위해서였습니다. 타오를 버린 사람의 애를 키우게 할 순 없었어요. 애초에 그놈한테 갔던 것도 타오의 잘못이었어요."

박종구 과장이 버럭 화를 냈다.

"이런 쌍놈의 새끼! 그렇다고 아기를 죽여?"

"결국 그거였군요. 솔로몬의 아기라서 없앤 거군요."

"저는 타오의 입장에서 생각했습니다."

"경찰에 알린다고 했을 때 그녀를 죽인 것도 타오의 입장에서 한 일인가요?"

이진우는 말이 없었다.

"이근식은 왜 타오의 죽음에 의문을 갖지 않았죠? 당신이 타오를 죽였다는 사실을 알았다면 그녀를 위한 복수를 시작하지도 않았을 텐데."

"뉴스에서는 타오의 시체를 자세히 묘사하지 않았습니

다. 그게 타오라는 사실을 아는 사람은 근식이와 저 말고는 없었기 때문에 근식이가 경찰에 물어볼 수도 없었죠."

"이근식은 왜 죽였습니까?"

"그는 살인을 멈출 수 없게 됐습니다."

"당신은 이근식에게 살인을 교사하고 그에게 죄를 뒤집어씌우려고 했어요."

"그건 아닙니다. 저도 근식이가 그럴 줄은 몰랐습니다. 근식이는 집착이 강하고 집착하는 대상을 위해 사는 녀석이었어요. 그래서 타오를 근식이에게 맡겼던 겁니다. 그렇게 타오를 대신해 복수하겠다고 나설 줄은 몰랐습니다."

"대신? 타오가 복수를 원했나요?"

"그건 아닙니다."

"타오를 불행하게 만든 사람들이 누구인지 이근식은 어떻게 알게 됐죠?"

"그녀가 얘기했죠. 저도 얘기했고. 하지만 연쇄살인을 저지를 줄은 꿈에도 몰랐습니다. 권윤정 교수가 피습됐을 때만 해도 근식이 짓인 줄 몰랐습니다. 윤미라 변호사가 숨졌을 때 그제야 감을 잡았죠."

"이영태 목사를 죽일 것도 알았죠? 그러니까 쓰레기봉투를 수거한 거 아닙니까? 살인하려는 걸 알았다면 막았어야 하지 않습니까?"

"막으려고 했습니다. 하지만 말도 꺼낼 수 없었어요. 근식이를 막는 것은 불가능했고 아는 체도 할 수 없었습니다. 범인이라는 사실을 안다는 것만으로도 근식이에게 당할지 모른다는 생각이 들었습니다. 두려웠습니다. 그래서 그가 살인범임을 입증할 수 있는 증거를 확보해놓은 겁니다."

"이근식이 이솔로몬을 죽인 증거는 필요 없었던 모양이죠?"

"솔로몬을 죽일 줄은 예상하지 못했습니다. 그날은 비가 오지도 않았잖아요."

모든 것을 알고 판단을 내렸다는 이진우의 말에 다들 조용해졌다.

"그때부터 근식이가 무서워졌습니다. 솔로몬의 부모, 기자들, 마지막에는 저까지, 모두가 표적이라는 것을 깨달았습니다."

"당신까지? 왜죠?"

"근식이가 그즈음 저와 연락을 끊었습니다. 타오가 어떻게 죽었는지 알게 된 거 같았습니다."

박 과장이 또 담배를 꺼내 가스레인지로 불을 붙여왔다. 담배 연기를 이진우의 얼굴에 뿜어대며 말했다.

"그러니까 당신은 아기가 솔로몬의 아기라서 죽였고, 그렇다고 타오와 오순도순 살아보지도 못한 채 그녀를 죽였고, 복수를 위해 연쇄살인을 저지른 이근식의 송곳이 당신 목까지 노릴까 봐 이근식마저 죽였다는 얘기군."

"이근식은 사이코였어요."

이진우의 말에 박종구 과장이 그의 얼굴에 담배 연기를 뿜었다.

"그러면 당신은?"

모두가 열리지 않는 이진우의 입을 바라봤다. 오지영의 질문이 계속됐다.

"뉴스 인터뷰하면서 종교전쟁처럼 이야기한 이유는 뭐죠?"

"기자가 그렇게 말해달라고 부탁했어요."

"수사에 혼선을 주기 위해서이기도 했겠죠."

박종구 과장은 말없이 이진우의 석고상 같은 얼굴에 담배 연기를 뿜어대기만 했다. 오지영은 이진우의 덤덤한 얼굴을 부서뜨리고 싶었다.

"아기를 묻은 곳에 타오도 묻으려고 했죠? 새 둥지가 보이는 곳 아래에."

"네."

"그런데 왜 손가락만 아기와 함께 묻었죠? 강보 안에 엄마의 손가락을 넣어준 이유가 뭐예요?"

"다시 땅을 팔 수가 없었습니다. 그래서 손가락만 아기와 함께 묻었습니다. 새가 알을 감싸는 것처럼 손으로 감싸라고요."

"타오와 아기를 돌볼 수많은 방법이 있는데, 당신은 가장 편하고 가장 야비한 방법을 선택했어요."

"……"

"아기 유전자를 채취했어요. 며칠 전 교회에서 비타민 음료 마신 거 기억하죠? 거기 묻은 타액에서 당신의 유전자를 뽑아냈어요."

"……"

"아기와 당신의 유전자가 일치했어요. 죽은 아기는 당신의 아이였어요."

긴 침묵이 흘렀다. 그의 눈이 점점 벌게졌다. 석고상 같은 얼굴이 뇌의 무게에 눌려 무너져 내리면서 금이 가는 것 같았다. 오지영은 이진우가 고통스러워하는 모습을 오랫동안 지켜보았다.

오지영은 자리에서 일어나 이진우에게 일어나라고 말했다. 박종구 과장도 무거운 몸을 힘들게 일으켜 세웠다. 이지혁 형사가 이진우의 손목에 수갑을 채웠다. 오지영은 금이 가고 부서진 석고상 같은 그에게 분노를 담아 천천히 말했다.

"이진우 씨, 10월 10일 오전 11시, 베트남 여성 팜티타오와 그녀의 딸을 살해한 혐의로 긴급 체포합니다. 당신은 변호인을 선임할 수 있으며 불리한 진술을 거부할 수 있습니다. 체포적부심을 법원에 신청할 수 있습니다."

이진우는 한 번만 더 강둑을 보고 싶다고 했다.

비가 내리고 나흘이 지나 강물이 맑았다. 강가에도 단풍이 들기 시작했다. 바람은 선선했고 하늘은 높았다. 이진우는 무표정한 얼굴로 강둑에 서서 습지를 바라보았다. 수갑을 찬 이진우를 이지혁 형사와 박곤 형사가 양쪽에서 잡고 있었다. 산책하러 나온 주민이 양쪽 팔을 붙들린 이진우의 뒷모습을 힐끔거리며 지나갔다. 주민은 20미터 정도 떨어진 곳에 Y남부경찰서 윤 형사와 옆에 쪼그려 앉아 습지를 내려다보는 여인도 지나쳐갔다.

이진우는 고개를 들어 날아가는 새를 보았다. 그가 몸을 움직이자 두 형사가 꽉 잡았다. 그는 턱으로 탐조대 덱쪽을 가리켰다. 두 형사가 그를 데리고 덱 위로 올라갔다. 그가 잠시 팔을 놓아달라고 했다. 오지영이 고개를 끄덕이자 두 형사가 잡았던 팔을 놓았다. 그는 아이들이 구멍으로 새를 볼 수 있도록 만든 통나무 발판 앞에 무릎을 뚫었다. 그리고 구멍을 통해 습지를 보았다. 그렇게 그는 오랫동안 무릎 꿇고 있었다. 귀를 기울이면 새 우는 소리가 여기저기서 들렸다. 그가 몸을 일으켰다. 두 형사가 양쪽에서 다시 그를 잡았다.

윤 형사 옆에 쪼그리고 앉아 습지를 바라보던 여인이 고개를 숙였다가 결심한 듯 일어섰다. 그리고 이진우 쪽으로 천천히 걸어왔다. 가냘픈 몸매에 다리가 길었다. 볕에 그을린 피부색에 긴 머리칼을 뒤로 묶었다. 이진우의 눈이 커졌다. 그의 안면 근육이 경련을 일으키기 시작했다. 타오의 어머니가 앞에 서서 그의 눈을 올려보았다. 그녀는 타오와 같은 모습이었다. 나이도 그보다 많지 않았다. 그녀는 가까이 다가와 그의 눈동자를 들여다보았다. 마치 그의 눈동자 안에서 딸을 찾으려는 것처럼. 이진우는 뒤로 물러섰다. 하지만 그녀는 더 가까이 다가섰다. 그녀는 자기 딸이 그랬던 것처럼 그의 눈빛에서 모든 것을 읽어냈다. 그녀의 큰 눈에서 맑은 눈물이 흐르기 시작했다. 눈물이 흐르는 동안에는 새 울음소리가 들리지 않았다. 모든 미물도 움직임을 멈췄다. 선선한 바람만이 불어와 그녀를 어루만지며 위로할 뿐이었다.

17

경찰은 권윤정 교수 폭행, 윤미라 변호사와 이영태 목사, 이솔로몬 피살 사건은 이근식의 범행으로 종결지었다. 타오와 아기, 이근식 피살 사건은 이진우의 범행임을 밝히고 검찰에 송치했다. 교회와 이슬람 사원 방화는 이영태 목사가, 데위 소라야 폭행은 이솔로몬의 행위로 결론지었다. 언론은 중동 분쟁과 그로 인한 경제적 영향을 주요 뉴스로 전했다. 사건 기사는 유명 연예인 마약 사건과 비현실적인 사기 뉴스로 도배되었다. K대학 살인 사건과 타오 살인 사건은 하나로 묶어 보도하는 데 그쳤다. JBC 박우태 기자도 마찬가지였다. 다만 그는 연쇄살인 사건을 Y시 남부경찰서가 해결했다고 덧붙였다. 늘 그랬던 것처럼 K대학 연쇄살인 사건은 금세 사람들의 관심에서 멀어졌다.

오지영은 이진우와 이근식을 생각했다. 타오에게 도움을 주려고 접근한 남자들이다. 그들이 이솔로몬보다 나은 점이 있을까. 깊은 우물 속에서도 큰 돌에 짓눌려 벗어날 수 없는 작은 생명체. 타오는 그런 존재였다. 오지영은 거기까지만 생각하기로 했다. 타오의 마음속 깊은 곳은 어땠는지 더 이상 가늠할 수 없었다.

솔로몬유통의 경영관리부장이 보여줄 게 있다며 회사로

한 번 방문해달라고 전화로 요청했다. 오지영은 솔로몬 유통으로 차를 몰았다. 경영관리부장은 회사 마당에 나와 있었다. 차를 안으로 유도해 한쪽에 주차하게 한 뒤 오지영을 사무실로 안내했다.

"사실 뉴스 보고 놀랐습니다. 솔로몬 때문에 앓아누우신 어른들도 벌떡 일어나셨다니까요. 부사장님은 일어났다가 기절하실 뻔했어요. 무슨 이런 일이 다 있답니까? 솔로몬이 너무 불쌍해요."

오지영은 경영관리부장의 수다가 싫지 않았다. 사람 사는 사회로 돌아온 느낌이었다.

"두 분은 출근하십니까?"

"댁에만 계십니다. 사시는 곳이 바로 옆 아파트라 넘어지면 코 닿는데도 두문불출하세요. 사실 아들이 그리됐는데 사는 게 무슨 의미가 있겠습니까?"

오지영은 할 말이 없었다. 부장이 눈치 빠르게 용건으로 들어갔다.

"전화로 설명하기가 어려워서 오시라고 했습니다. 직접 보세요."

사무실 안에는 큰 모니터 두 개가 있었고, 직원 한 명이 옆에서 대기하고 있었다.

"우리 회사 정문에 CCTV 있잖습니까? 거기에 찍힌 겁니다. 한 번 보세요."

직원이 모니터에서 폴더를 실행시켰다. 정문과 맞은편 편의점 전면을 비추는 CCTV 화면이었다. 8월 2일 오후 5시 50분, 한 남자가 편의점으로 들어갔다. 장면이 끝나고 화면을 앞으로 전진시켜 6시 20분에 맞췄다. 편의점에서 30분 전에 들어간 남자가 나왔다. 검은색 티셔츠에 운동복 바지를 입고 있었고 검은색 마스크를 끼고 있었다. 오지영은 그가 누구인지 바로 알아봤다. 이근식이었다.

"이놈 이거, 7일과 8일, 같은 시각에도 찍혔습니다. 8월과 9월에 여러 차례 왔다 갔어요."

"10월에도 찍혔습니까?"

"아뇨."

"사장님과 부사장님이 회사 옆 아파트에 사신다고 하셨죠? 그리고 매일 오후 6시에 퇴근하신다고. 걸어서 퇴근하시나요?"

"네. 그리고… 사실, 오후 6시 10분에는 제가 퇴근합니다. 저도 같은 아파트에 살거든요."

경영관리부장은 섬뜩하다는 표정을 지었다.

"편의점 점원이 그러던데, 이놈이 가끔 그 시간에 와서 창밖을 보며 30분 정도 앉아 있다가 가더랍니다."

경영관리부장은 지금도 소름이 돋는 모양이었다.

오지영은 이근식이 편의점에서만 이솔로몬의 부모를 관찰하지는 않았을 것이라고 생각했다. 아파트에도 그가 다녀갔던 흔적이 있을 것이고, 다른 감시 장소도 있었을 것이다. 오지영은 이근식의 살해 대상에 이솔로몬의 부모 외에 경영관리부장, 그리고 또 다른 사람이 있을지도 모른다고 생각했다. 마지막 목표는 이진우였을 것이다.

오지영은 일어나 커피를 마시고 멍한 상태로 있다가 출근했다. 출근해서도 오전 내내 아무것도 하지 않았다. 사건을 되짚어보는 것도 싫었다. 적어도 며칠은 조용히 지내고 싶었다. 살인 사건은 석 달 정도 뒤에, 아니 경찰서를 떠날 때까지 발생하지 않으면 좋겠다고 생각했다.

인터넷 게시판에서 구내식당 메뉴를 보았다. 그럭저럭 먹을 만한 집밥이 점심으로 나온다. 식당에 가면 아마도 김태경과 이지혁이 수다를 떨면서 함께 먹자고 할 것이다. 소소한 일상의 즐거움이다. 오지영은 사무실에서 나와 식당이 있는 지하 1층 계단을 내려갔다. 휴대폰이 울렸다. 상대의 번호만 떴다. 그냥 끊으려다가 별일도 없는 하루인데 보이스피싱 사기범이나 걸려봐라, 하며 전화를 받았다.

"오지영 과장님, G군 경찰서 서 형사입니다. 기억하시죠?"

"아, 서 형사님, 당연히 기억하죠."

"연쇄살인 사건 해결하신 거 축하합니다. Y남부서 이종일 서장이 자기가 했다고 방방 뜨던데, 여기서도 오 과장님이 해결했다는 거 잘 알고 있습니다. 역시 수사는 명불허전 오지영이라고 윗분들이 얘기하고 있습니다."

"그게 어디 축하받을 일인가요. 어쨌든 고맙습니다. 학원 주차장 살인 사건은 어떻게 됐습니까?"

"그거 때문에 전화했습니다."

서 형사가 사건을 해결한 모양이었다.

"어젯밤 용의자들을 검거하고 밤샘 작업해서 조금 전 보고서 올렸습니다."

"축하는 서 형사님이 받으셔야겠네요. 그런데 용의자들이라고 하셨나요? 두 명 이상입니까?"

"네, 두 명입니다."

"김옥연 씨 전 남자 친구를 도운 조력자가 있는 모양이군요. 알리바이 증명하는 데 도와준…."

"아닙니다. 함께 일하던 학원 선생들이 범인입니다."

"뭐라고요?"

오지영이 놀라서 얼어붙었다. 빠른 걸음으로 뒤따라오던

김태경 형사가 오지영 뒤를, 그 뒤를 따라오던 이지혁 형사가 김태경 뒤를 차례로 들이받았다. 이지혁 형사의 놀란 아이 목소리가 김태경 형사를 더 놀라게 했다.

"야, 뒤에서 밀면 어떻게 해! 일부러 그런 거지?"

오지영은 둘을 먼저 보내고 휴대폰에 귀를 기울였다.

"숨진 김옥연 씨와 함께 일하던 수학 강사와 국어 강사 있잖습니까. 그들이 공모해서 김옥연 씨를 죽이고 전 남자 친구가 의심을 받도록 꾸민 겁니다."

"그래서 피범벅이 된 사건 현장에 다른 사람의 신발 자국이 없었던 거군요."

"바로 그겁니다. 과장님이 하신 그 말 때문에 사건을 해결할 수 있었습니다. 발자국이 있으면 몰라도 없으니까 더 몰랐던 거죠. 말이 좀 이상한데요, 있어야 할 게 없으면 이상하게 생각해야 하는데, 없다고 모르고 지나간 겁니다. 말씀하신 대로 있어야 할 발자국이 없어서 용의자를 보았다는 두 사람의 진술이 아무래도 걸리더라고요. 그래서 그들을 의심하고 계속 추궁했는데 그 과정에서 국어 강사 핸드백 안에서 혈흔이 나온 겁니다. 김옥연 씨를 찌른 칼을 자기 핸드백에 넣었던 거죠. 칼도 국어 강사 집에서 찾았습니다."

"왜 그런 짓을 한 겁니까?"

"세 사람은 오래전부터 동업하며 학원을 키웠습니다. 그런데 김옥연 씨가 새 남자 친구와 결혼하면서 재산을 처분하고 호주로 가려고 한 거죠. 학원 대표도 김옥연, 건물도 김옥연 씨 소유인데 건물을 매입할 때 두 용의자도 돈을 보탰습니다. 2억 원씩 냈다고 하더군요. 김옥연 씨는 6억 원을 댔고요."

"그런데도 건물이 김옥연 씨 단독 소유예요?"

"등기할 때 공동명의가 아닌 김옥연 씨 이름으로 했답니다. 그러니까 김옥연 씨가 두 사람한테서 4억 원을 빌려서 건물을 산 셈이 되고, 두 사람은 순진하게 당한 겁니다. 그런데 학원 건물이 40억 원 대로 오르면서 결과적으로 엄청난 손해를 보게 된 거죠. 건물을 살 형편도 못 되고 새 건물주로 나선 사람은 다른 사업을 할 거란 소문이 있어서 두 강사는 갈 곳이 없어진 겁니다. 그래서 김옥연 씨를 살해했답니다. 김씨만 없어지면 어떤 식으로든 학원을 계속할 수 있다고 생각한 거죠."

"그랬군요."

"다 과장님 덕분입니다. 정말 감사합니다."

오지영은 결혼을 앞둔 딸을 잃은 부모 마음은 어떨지 잠시 헤아려보았다. 범인을 검거해서 다행이지만, 이면에는 늘 예상과는 다른 비극이 있다.

오지영은 구내식당으로 들어갔다. 김태경과 이지혁 형사가 식판에 밥까지 담아놓았다면서 자기네 쪽으로 오라고 했다. 김 형사의 목소리가 오늘따라 더 명랑하게 들렸고, 이지혁 형사의 얼굴은 더 귀여워 보였다.

박우태 기자는 꿈자리가 뒤숭숭했다. 아내 몰래 숨겨둔 돈과 아내에게 빌린 돈, 엄마한테 빌린 돈, 거기에 그만큼의 신용을 더해서 이동통신 주식을 사는 데 몽땅 투자했는데 6개월도 안 돼 거의 3분의 1이 날아갔다. 조금만 더 내려가면 깡통이다. 꿈속에서 깡통을 차고 구걸하러 다니다가 아내에게 들켰다. 돈이 너무 많이 풀리고 물가가 올라 각국 중앙은행들이 금리를 계속 올릴 줄 알았다. 그런데 자본주의는 나중에 어떻게 되든 지금 살고 보자는 식으로 폭탄 돌리기를 계속했다. 실물 경제가 어떻게 되든 금리를 인하하도록 바람 잡는 데 혈안이다. 그러니 경기가 좋지 않을 때 투자자가 몰릴 줄 알고 매수한 이동통신 주가 힘을 발휘하기는커녕 오히려 빠지고 있었다. 경기 하강에 배팅하지 말라는 말을 깜빡 잊었다.

사회부장이 출입처에 가지 말고 회사로 들어오라고 하자 박 기자는 꿈에서 본 깡통이 떠올랐다. 사회부장은 보도국장에게 가보라고 했다.

"사회부장하고 편집부장하고 같이 오란 말이야."

보도국장이 짜증을 내며 박 기자에게 언성을 높이자, 박 기자는 쏜살같이 달려가 인상 쓰는 사회부장과 고개를 끄덕이는 편집부장을 모시고 다시 보도국장에게 갔다. 보도국장의 목소리는 작았으나 들어본 적이 없을 정도로 무거웠다.

"자네 말이야, K대학 연쇄살인 사건 기사는 더 이상 안 쓰는 거야?"

"네, 용의자가 잡혔기 때문에…."

"용의자가 누구야?"

"이미 기사에 썼는데…."

"누구냐니까?"

"이진우 다문화교류…."

"그놈이 무슬림이야?"

"아닙니다."

"너, 전에 무슬림이 교회 목사하고 솔로몬인지 다윗인지를 죽였다고 하지 않았나?"

"무슬림이 죽였다고 한 건 아니고 그런 견해가 제기되고 있다고…."

"그런 견해는 누가 제기했는데?"

"그건 제보자들이…."

"제보자들이 누군데?"

"…."

"그런 견해를 제기한 이진우를 인터뷰하지 않았나?"

"그건, 그때 그 사람이 범인인 줄 모르고…. 그 사람이 수사에 혼선을 주려고 한 걸…."

"이진우가 수사에 혼선을 주려고 한 말을 자네가 인터뷰했다는 말이지? 이진우 말고 또 그런 견해를 제기한 사람은 누구야?"

"…."

"너, 팩트 갖고 기사 쓰지 않나?"

"다, 당연히 팩트 갖고 쓰지만, 언론 윤리에 저촉되지만 않으면 합리적인 의혹을 제기할 수 있고, 때로는 시청률 올리는 데도 공헌할 수 있고…."

"다시 묻는데, 무슨 근거로 무슬림이 기독교인을 죽였을지 모른다는 견해가 제기됐다고 보도한 거지? 그런 의견이 어떻게 합리적이라는 거지?"

"…."

"사회부장, 네가 얘기해봐."

"…."

"편집부장, 사회부장이 어려워서 말하기 어려운 모양인데,

선임 부장인 네가 말해봐."

"저희 부서는 사회부 사건 기사까지 팩트 체크하기에는…."

"그래서 편집부는 책임이 없다, 이 말이야?"

"그건 아닙니다."

"너희들 어떻게 할 거야?"

박우태는 뭐가 어떻게 돌아가는지 알 수가 없었다. 보도국장이 왜 이렇게 난리를 피우는지 이해가 되지 않았다. 평소에는 그냥 넘어간 걸로 왜 이 야단이야?

"국장님, 무슨 일이라도…?"

"무슨 일이라도? 이런 건방진 놈 봤나. 어디 대가리에 피도 안 마른 놈이 국장한테 그런 걸 물어? 내가 네 친구야? 무슨 일이라도? 소설도 엄청난 소설을 쓴 놈이 무슨 일이냐고?"

박우태 기자를 노려보던 보도국장이 이번엔 사회부장을 노려봤다.

"사회부장이란 놈이 이런 마와리 하나 관리 못하고…. 그러고도 이 공장에서 살아남을 수 있을 거 같아?"

사회부장이 머리를 조아렸다.

"죄송합니다, 국장님. 드릴 말씀이 없습니다."

"MKBC 사회부장 그놈은 왜 팩트 체크한다고 난리 피운 거야?"

"우리가 오보를 냈다는 걸 확인 사살하려고 한 거 같습니
다. 지금 어떻게 돼가고 있습니까?"

"뭐가 어떻게 돼? 사우디아라비아 대사관이 대표가 돼서
난리법석을 치고 있잖아. 자기들이 건설하는 그레이트시
티에 한국 기업의 참여가 어려울지 모른다고 협박한 거
같아. 21세기에 종교전쟁 운운한 것까지는 코믹하게 보았
는데 이슬람교도가 기독교도를 죽였다고 한 건 참을 수
없다는 거야. 그동안 지켜보다가 진범이 잡힌 걸 확인하
고 들고일어난 거지."

박우태는 일단 뭐라도 항변하고 싶었다.

"국장님, 외국 대사관이 대한민국 언론사에 기사 때문에
항의했다는 말씀입니까?"

"넌 조용히 있어, 인마! 누가 대사관이 언론사에 항의한다
고 했어? 언론사가 아니라 대한민국을 대표하는 굴지의
대기업에 그랬다는 거야!"

"아, 네."

"뭐가 네야, 뭘 알기나 알아? 대기업들이 수십조 원, 수백
조 원이 걸려 있는 그레이트시티 건설 프로젝트에 참여하
지 못하면 외국의 경쟁 기업보다 10년은 뒤처지는 거야.
너 요즘 경제부 기사도 안 봐? 그레이트시티 참여 예상

타오

기업 주가가 서너 배 오른 거 보지 못했나?"

"네?"

"네라고 했나? 아랍국들 대사관이 맹주 격인 사우디 대사관에 대한민국은 아직도 무슬림을 테러리스트로 보고 있다고 항의하니까 사우디 대사관이 앞장서서 우리 대기업에 그레이트시티 참여는 불가능할 거라고 협박하고, 그러니까 대기업들이 우리 회장에게 난리를 친 거고, 우리 회장은 사장에게, 사장은 나한테 난리를 친 거고, 그래서 우리 회사는 아랍국들 대사관에 보여주기 위해서 뭔가 큰 이벤트를 해야 할 처지가 되었다, 이 말이야. 왜? 대기업들이 우리 회사에 광고를 안 줄 테니까 말이야. 이 싸구려 마와리 새끼야! 아직도 무슨 말인지 이해하지 못했나?"

편집부장과 사회부장의 얼굴이 노래졌다. 박우태 기자는 참을 수 없었다.

"국장님, 오보했다면 책임지면 되는 거 아닙니까? 언론사가 다른 나라 대사관이나 국내 기업에 휘둘리면 되겠습니까? 엄연히 노동법이 노동자 권리를 보호하고 있잖습니까? 언론중재위원회에 제소해서 중재를 받으면 되지 않습니까?"

보도국장이 박우태 기자를 노려보더니 한심하다는 투로 말했다.

"이런 미친놈! 그런 건 기사를 제대로 쓴 다음에 주장하는 거야. 너 같은 20세기 피라미 하나 때문에 21세기를 사는 우리 방송사 기자들, PD들, 엔지니어들, 행정인, 광고부, 사업부, 다 굶어 죽게 생긴 거야. 아직도 사태 파악이 안 돼?"

"…."

"야 인마! 걔들이 아마추어야? 대사관이 언론중재위원회에 제소해? 대기업이 제소해? 광고 안 주면 우릴 죽일 수 있는데 뭐 하러 그 짓거릴 해, 이 싸구려 마와리 새끼야! 사회부장, 얘 데리고 나가!"

사회부장이 머리를 조아리며 박우태 기자의 등을 떠밀었다. 보도국장은 계속 씩씩거렸다. 편집부장이 목소리를 낮추고 보도국장에게 말했다.

"선배, 어떻게 할 겁니까?"

"아랍 대사관, 특히 사우디 대사관에 최대한 성의를 보여야 해. 그 사람들 화를 풀어야 한다고. 그러면 대기업들이 그쪽에 최대한 바로잡았다고 말할 수 있을 거야."

"성의라면…."

"보도국장 경질하고 사회부장은 먼 곳으로 인사 발령할 거야."

"선배까지 말입니까?"

타오

"사장도 날려야 되겠지."

"그렇게까지 해야 합니까? 박우태 기자는요?"

"저놈은 해고가 아니라 파면이야."

"어떻게요?"

"MKBC가 아마도 대기업 광고나 협찬을 더 많이 받는 조건으로 팩트 체크 뉴스를 여러 꼭지 했잖아. 우리에게 망신 주려고. 어쨌든 우리 시청자위원회에 민언련 출신 위원 있잖아. 그 위원이 MKBC 팩트 체크 기사를 제시하면서 박우태 기사에 문제를 제기할 거야. 그러면 민실위가 회사 측과 박우태 기자 처리를 논의할 거야. 징계를 요구하겠지."

"파면시킨다면서요?"

"그러니까 징계를 요구하면 인사위원회가 징계 수위를 정하잖아. 그때 박우태 기자에 대한 감사가 선행되어야 한다고 누가 주장할 거야. 그러면 감사를 하고, 뭐 하나 잡아서 검찰에 고발할 거야. 그 새끼 그거, 돈을 지저분하게 쓰잖아. 우리는 징계하려고 했다며 검찰 수사를 봐서 해고나 파면까지 할 수 있다고 밝히고 진짜 파면시키는 거지. 그리고 이 모든 과정을 뉴스로 계속 내보내는 거야."

"검찰이 수사를 빨리 할까요?"

"자네가 보도국장이 되면 그렇게 하도록 손써야지."

"제가요?"

"그래, 자네가 이 건을 잘 처리해야 해. 그래야 우리가 살아. 그러면 나도 적당한 시기에 보도 이사나 전무로 복귀할 수 있어. 무슨 말인지 알겠지? 그러니까 네가 보도국장을 하면서 검찰에 잘 얘기하라고. 나도 얘기해놓을 테니까. 아마도 외교부와 민정수석실 쪽에서도 그쪽 라인에 이야기할 거야. 사우디를 달래기 위한 이벤트가 필요하다고. 국익 문제라고."

"정부까지 나선다는 말이군요."

"당연하지. 아마도 방송통신심의위원회도 이번 건을 심의할 거야."

"그렇게까지요?"

"그래, 정부도 큰일이잖아. 가만히 있을 수가 없게 됐어. 한국이 IT 강국인데 그레이트시티 건설에 우리 기업이 하나도 참여하지 못하게 됐다고 해봐. 국가 망신은 둘째고 뭐가 어떻게 될지 몰라. 우리 기업 신용도도 떨어지고 대통령은 대통령대로 야당과 국민한테 욕을 바가지로 먹지 않겠어? 박태우인가 뭔가 하는 저놈이…."

"박우태입니다."

"그래, 그놈이 그레이트야, 그레이트!"

"어떻게 이런 일이…."

"한 가지, 노조가 박우태 조질 때 가만히만 있으면 돼."

"그건 걱정할 필요 없습니다. 박우태는 회사에 잘 보이려고 노조에 가입하지도 않았습니다."

"그래? 그건 신통하네. 잘됐군."

"노조도 사안이 중대하고 우리 회사 매출이 줄어들면 자기들도 죽기 때문에 박우태 한 놈 죽이는 데 반대하지 않을 겁니다."

"맞아. 저놈이 제대로 사고쳐서 우리 모두의 공적이 된 거야. MKBC 놈들은 협찬 광고 몇 푼 더 벌어먹을 기회를 잡은 거고. 지금 우리는 망한 거야. 그런데 위기 대처에 필요한 골든타임을 놓치면 그냥 망하는 게 아니라 폭망하는 거지."

"네, 사회단체나 할랄 수출업체 같은 민간인까지 나서면, 그래서 외신에 한 번이라도 타면 큰일입니다. 생각만 해도 아찔합니다."

"MKBC뿐만 아니라 다른 방송사도 우리를 죽이려고 법석을 떨면서, 광고 파이를 키우려고 할 거야. MKBC 사회부장 그놈, 잘 아나?"

"백 기자는 저도 잘 압니다. 잘난 체 심하게 하는 놈이죠. 우리가 좀 살살하라고 부탁해도 씨알도 안 먹힐 놈입니다."

"무사히 일 처리하고 나서 그놈 불륜 저지르고 있는 거 터뜨리지."

"그거 때문에 이혼했습니다."

"그래? 그 새끼 그거, 잘난 놈이 더 그런다니까. 불륜 저지르고 이혼당한 놈이 사회부장 한다고 흘리라고. 상간녀는 그 낯짝으로 뉴스 진행하고 있다고 하고. 새끼, 어디 한번 두고 보자. 댓글부대가 팩트 체크할 때 뭐라고 지껄이는지 눈에 불을 켜고 지켜볼 거야."

"국장님!"

"왜?"

"그 상간녀가 우리 공장 아나운서입니다."

며칠이 지났다.

권윤정 교수는 타오 어머니가 만나자는 요청을 거절할 수가 없었다. 아니 적극적으로 만나야겠다고 생각했다. 타오 어머니는 타오와 아기의 유골함을 들고 베트남으로 돌아갈 예정이었다. 떠나기 전에 권 교수에게 꼭 할 말이 있다고 했다. 그 말을 전한 오지영 형사과장은 타오의 어머니가 할 말이 무엇인지 모른다고 했지만, 권 교수는 짐작할 수 있었다.

권 교수는 이번 사건의 전모를 알고 충격에 빠졌다. 이진우와는 다문화교류연구원 사업으로, 또 이슬람 사원 문제로 여러 차례 만났다. 말이 없고 점잖은 사람이었다. 이근식도 안면이 있었다. 영화배우처럼 잘생긴 청년이라고 기억했다.

타오의 이야기를 들은 뒤로 뼛속까지 후회하고 절망했다. 대체 학점이 뭐기에 베트남 젊은이를 요절낸 것인가? 자신의 인생을 돌아보았다. 부러운 것 하나 없는 주류사회의 일원이었다. 타오, 아니 제2, 제3의 타오 같은 약자의 사정을 알려고 하지 않았다. 며칠 동안 뜬눈으로 지새웠다. 어떻게 타오에게 속죄할 것인가? 생각을 거듭한 끝에 다음 학기에 복직하지 않기로 했다. 미국에서 사회학 박사 학위를 받고 돌아와, 남들을 제치고 교수가 되어 어엿한 주류 학자로 인정받고 있지만, 전혀 사회적이지 못했다.

오지영이 타오 어머니와 함께 집으로 오겠다고 했지만 권 교수는 자기가 가겠다고 했다. 어머니에게 용서를 빌 것이다. 용서하지 않더라도 스스로 벌을 주겠다고 말할 것이다. 교수직을 그만두고 죽을 때까지 속죄하며 살고, 약자를 위해서 살겠다고 말할 것이다. 부모에게 증여받은 빌라 건물도 처분해서 사회운동을 위한 기금으로 쓸 것이다. 타오 동생들의 학비도 지원할 것이다.

권 교수가 K대학 정문 앞 성당에 도착했을 때 오지영 형사과장이 기다리고 있었다. 옆에 뚱뚱한 중년 남성이 서 있었다. 그는 자신을 Y남부경찰서 박종구 형사과장이라고 소개했다. 오지영 뒤에 서 있던 김태경 형사가 그들을 안내했다.

"타오 어머니는 본당 신부님하고 있습니다."

네 사람은 사무실 옆 현관으로 들어갔다. 예수가 배 위에서 바닷가 마을 사람들에게 설교하는 그림이 그들을 맞았다. 2층으로 올라갔다. 김태경 형사가 조심스럽게 문을 두드렸다.

에필로그

본당 신부와 사무장이 서 있었고 그 옆에는 처음 보는 젊은 여성이 오 과장에게 밝은 표정으로 고개를 숙였다. 건장한 체격에 인상 좋은 둥근 얼굴이었다. 사무장이 통역해줄 사람이라고 소개했다. 그리고 그들 옆에 타오 어머니가 앉아 있었다.

권윤정은 타오 어머니가 고생한 태가 보여도 아름다운 여성이라는 인상을 받았다. 어머니에게서 타오의 얼굴을 기억해낼 수 있었다. 매우 예쁜 베트남 유학생이었다. 한국말을 참 잘했다. 너무 예쁘고 말을 잘해서 질투심이 생겼던 것도 같았다. 권 교수는 누군가 가슴을 쥐어짜는 것 같았다. 타오 어머니가 그녀에게 고개를 숙이며 인사했다. 눈에서 눈물이 주르르 흘렀다. 목이 막혔다. 그녀는 어머니에게 깊이 머리를 숙이며 흐느껴 울었다. 타오의 어머니도 눈물을 흘렸다. 사무장의 눈에서도 눈물이 흘렀고, 사람 좋아 보이는 신부는 더 굵은 눈물을 흘렸다.

"정말 죄송해요, 뭐라고 할 말이 없어요. 타오 어머니. 너무너무 죄송해요. 무슨 말을 해야 될지 모르겠어요."

통역하는 여성도 눈물을 흘리며 말을 전했다. 타오 어머니는 아무 말이 없었다.

"타오에게 너무너무 미안해요. 어떻게 사죄해야 할까요. 저는 교수직을 그만둘 겁니다. 앞으로 타오와 어머니에게 속죄하면서 살기로 했어요. 타오와 같은 유학생을 위해 봉사하면서 살 겁니다. 제발 용서해주세요."

타오 어머니는 어깨를 들썩거리며 울기만 했다. 권 교수도 울음을 그치지 못했다.

"대체 어떻게 해야 하죠, 타오 어머니. 제가 도대체 무엇을 해야 하죠?"

오지영은 권 교수의 갑작스러운 모습에 놀랐다. 냉정했던 사람이 너무 많이 변해서 혹시라도 정신을 놓는 것이 아닐까 염려스러웠다.

타오 어머니가 먼저 정신을 차렸다. 그녀가 의자에서 작은 항아리를 안고 천천히 일어섰다. 타오와 아기의 유골함이었다. 유골함을 보자 권 교수가 울음을 그쳤다. 눈을 크게 뜨고 숨을 멈췄다. 입술이 떨리며 얼굴이 하얗게 변했다. 그런 권 교수의 팔을 타오 어머니가 작은 손으로 꽉 움켜쥐었다. 그리고 권 교수의 얼굴을 올려다보며 천천히 말했다. 통역이 눈물을 흘리며 한국말로 전달했다.

"한국을 떠나기 전에 교수님께 꼭 하고 싶은 말이 있었어요."

"…."

에필로그

"교수님께 타오 대신 사과하고 싶었어요."

"…."

"타오가 공부도 하지 않고 학점을 요구한 점, 사과드려
요."

"…."

어머니는 권 교수의 팔을 놓고 허리 굽혀 인사했다. 그리
고 유골함을 꼭 끌어안고 사무실을 나섰다. 권 교수는 자
기 옆을 스쳐가는 타오 어머니를 내려다보기만 할 뿐이었
다. 김 형사가 권 교수를 의자에 앉히며 사무실에 남았다.
박종구 과장이 문을 열어주고 타오 어머니를 안내하며 앞
장서 계단을 내려갔다. 오지영의 눈에 곰돌이 몸매에 안
짱걸음이 오늘따라 더 무겁게 보였다.

오지영과 일행이 현관을 나오자, 통역이 차를 가져오기
위해서 주차장으로 뛰어갔다. 박 과장은 하늘을 올려다
보기만 했다. 신부와 사무장은 타오 어머니 옆에서 계속
눈물을 흘렸다. 타오 어머니는 유골함을 가슴에 안은 채
현관 옆 돌형구를 말없이 바라보았다. 한 줌 재가 된 타오
도 엄마 품에 안겨 저 형구를 바라보고 있을까.

통역이 낡은 승용차를 그들 앞으로 몰고 왔다. 운전석에
서 내린 통역이 승용차 뒷문을 열었다. 타오 어머니가 신
부와 박 과장, 그리고 오지영에게 허리 굽혀 인사했다. 신

부가 뒷좌석에 타오 어머니를 태웠다. 사무장이 차 뒤편으로 돌아가 어머니 옆자리에 앉았다. 공항까지 배웅하려는 모양이었다. 통역이 그들에게 인사했다. 그녀는 오지영 과장을 보고 살짝 미소를 지었다. 오지영은 그제야 그녀가 타오의 룸메이트였던 이연주임을 알아챘다. 이연주가 운전석에 앉았다.

오지영은 타오 어머니를 베트남으로 떠나보내기 전에 무슨 말이든 하고 싶었다. 자기가 못하면 누구라도 타오 어머니에게 말해야 한다. 하지만 목에서 소리가 나오지 않았다.

차 뒷좌석 창문이 열렸다. 타오 어머니가 배웅하는 사람들에게 마지막으로 머리를 숙이며 인사했다. 창문이 닫히면서 차가 서서히 움직였다. 오지영이 갑자기 한 발 앞으로 나가 창문을 두드렸다. 차가 멈췄다. 이연주가 뒤쪽 유리창을 내렸다. 그녀는 타오 어머니에게 뭔가 말하려고 했다. 하지만 도저히 입이 떨어지지 않았다. 그때 통나무 같은 박종구 과장이 허리를 힘들게 굽혀 타오 어머니의 가냘픈 어깨 위에 크고 두꺼운 손을 살짝 얹었다. 그리고 수십 년 만에 처음 입을 여는 사람처럼 투박하게 말했다.

"미, 미안합니다."

박 과장을 올려다보는 타오 어머니의 까만 눈동자에 하

얀 구름이 피었다. 창문이 다시 천천히 올라갔다. 차는 조용히 성당 정문을 통과해 밖으로 나갔다. 하지만 세 사람은 그 자리에서 발을 뗄 수가 없었다. 신부가 흰 손수건을 꺼내 눈물을 닦았다. 그리고 돌형구를 내려다보며 말했다. "타오가 늘 들여다본 저 작은 구멍 말이에요. 사람 목숨을 소리 없이 빼앗으려고 만든 거지요. 하지만 순교자에게는 영원한 생명으로 가는 길이었어요."

추리소설을 쓰기 시작할 때 한국 사회의 문제를 현실적으로, 있는 그대로 다루고 싶다고 생각했다. 무슨 사명감이 있어서 그런 것은 아니다. 지금까지 살면서 상대적으로 남보다 조금 더 많은 사건을 접했고, 그래서 남보다 조금 더 많은 이야기를 기억하고 있기에, 언젠가는 머릿속 이야기를 풀어내고 싶었다.

오래전 처음 기자 생활을 할 때다. 새벽에 경찰서에 나가 밤새 일어난 사건을 취재하는데 성폭행당한 여성을 인터뷰한 적이 있었다. 피해자의 신원을 나에게 알려준 형사나 그 여성에게 성폭행당한 경위를 자세하게 물어본 나나 돌이켜보면 부끄럽고 죄스럽다. 그녀는 형사와 기자인 나에게 두 번째 폭행과 인권 유린을 당한 것이다. 폭행당한 남자에 대해서 취재한 기억은 나지 않는다. 대부분 폭행 사건의 가해자는 남자였기 때문이다.

그래서 현실적인 사건을 추리소설로 이야기할 때 탐정 역할을 여성 형사로 설정하고 싶었다. 과거의 야만성과 무식에 대해 속죄하는 의미도 있지만, 피해자 혹은 약자의 사정을 좀 더 깊이 이해하려면 남성보다는 여성이 적합하다고 생각했다. 그렇게 해서 오지영 형사과장을 주인공으로 사회 문제를 다룬 단편 추리소설 네 편을 2021년과 2022년에 《계간 미스터리》에 발표했다. 《타오》는 오지영 형사과장이 등장하는 다섯 번째 추리소설이고 전작들과는 달리 장편이다.

타오는 약자의 전형이라고 해도 과언이 아니다. 타오가 처한 현실을 우리가 모르는 바 아니지만, 구체적으로 들여다보면 더 복잡한 욕망 사이에서 갈기갈기 찢긴 형태가 아닐까 한다. 약자가 진짜 약한 자가 되는 과정은 하루아침에 이루어지지 않는다. 다시 일어설 수 있는 수많은 기회를 때마다 없애버리는 셀 수 없는 욕망, 거기에 우연 또는 재수 없음 등이 보태진다. 아니 우연이나 재수 없음은 없다. 지배와 피지배 구조에서 필연적으로 나타날 수밖에 없는 결과다. 이 과정에서 누군가가 단 한 번만이라도 재기의 기회를 없애지 않는다면 어디 약자가 영원히 약자로 남겠는가. 타오라는 이름에는 초목草木의 의미가 있다. 푸른 숲이 푸른 숲으로 보존되려면 숲을 훼손하거나 초목을 휘감는 검은 욕망의 손길이 없어야 한다. 《타오》를 통해서 말하고 싶은 한국 사회의 현실이다.

탐정의 세계는 사실만의 총합이어야 한다고 생각한다. 그리고 사실이라는 것은 경험했거나 경험이 가능한 것이다. 경험하지 않았거나 경험할 수 없는 것은 사실이 아니고, 따라서 진실을 밝히는 데 아무런 도움이 되지 못한다. 오관에 의해 직접 또는 간접적으로 수용된 경험적인 관념만을 증거물이나 데이터로 활용해야 하는 주체는 범죄를 수사하는 형사만이 아니다. 검사, 판사, 기자도 사실만을 인정해야 한다. 하지만 한국의 현실은 그렇지만은 않다. 특히 일부 언론은 사실과 믿음을 혼동하거나 심지어 사실을 왜곡한다. 판단을 내릴 때 모든 데이터 가운데 사실의 우위를 강조하는 것이 내가 추리소설을 쓰는 또 다른 목적이다. 따라서 오지영 형사과장의 이야기를 여기서 끝낼 수가 없다.

끝으로 나비클럽에 깊이 감사하고 있음을 《타오》에 새겨 넣는다. '예언자'라는 의미의 '나비'를 통해서, 추리소설이란 외피를 쓴 한국 사회의 이야기가 끊임없이 창출되기를 바란다.

타오

초판 1쇄 펴냄 2024년 10월 31일
2쇄 펴냄 2025년 2월 28일

지은이 김세화
펴낸이 이영은
편집장 한이
교정 오효순
디자인 일상의실천
　　　　조효빈
홍보·마케팅 김소망
제작 제이오

펴낸곳 나비클럽
출판등록
2017. 7. 4. 제25100-2017-
0000054호
주소 서울특별시 마포구 동교로22길
49 2층
전화 070-7722-3751
팩스 02-6008-3745
메일 nabiclub@nabiclub.net
홈페이지 www.nabiclub.net
페이스북 @nabiclub
인스타그램 @nabiclub

ISBN 979-11-94127-08-6 (03810)